JULIUS FREISINGER

Die Blumen der Toten

AF200816

Informationen zum Autor:

Julius Freisinger wurde 1989 in Leimen geboren. Im Alter von 24 zog er nach Klagenfurt und absolvierte dort im Jahr 2017 sein Studium der Psychologie. Seit seiner Zeit in Österreich hat er ebenfalls das Schreiben für sich entdeckt. Die Blumen der Toten ist der erste Kriminalroman mit dem sympathischen Ermittler Oliver Strauß. Weitere Romane sind in Vorbereitung.

Bibliografische Information der Deutschen Nationalbibliothek: Die Deutsche Nationalbibliothek verzeichnet diese Publikation in der Deutschen Nationalbibliografie; detaillierte bibliografische Daten sind im Internet über dnb.dnb.de abrufbar.

Covergestaltung: Thomas Grassler

Herstellung und Verlag:
BoD – Books on Demand, Norderstedt

ISBN: 9783744835787

Prolog

„Du bist so wunderschön", sagte er und blickte in ihre hellblauen Augen.

„So wunderschön", wiederholte er und strich mit seiner Hand eine Haarsträhne aus ihrer Stirn. Er nahm ihre Hand in seine und hauchte warme Luft auf ihre Finger. Dabei verfolgte er seinen Atem, der in kleinen Wölkchen mit dem feuchten Nebel um ihn herum verschmolz. „Ein Jammer, dass die heutige Nacht schon bald enden muss und ein neuer Tag anbricht. Aber wie sagt man so schön? Die Erinnerung an heute wird uns keiner nehmen können. Sie lebt weiter in unseren Herzen. Oder zumindest in meinem Herzen."

Sanft ließ er ihre Hand los und stand auf. Ein letztes Mal begutachtete er sie von oben bis unten, dann nickte er zufrieden, drehte sich um und lief den Trampelpfad hinunter in Richtung Stadt. Ihre toten Augen schienen seinen Schritten zu folgen, bis er um die nächste Kurve bog und verschwunden war.

Kapitel 1

Kriminalinspektor Oliver Strauß saß mit noch halb geschlossenen Augen auf dem Beifahrersitz des Streifen-
wagens, den sein junger Kollege Martin Erwanger unter
Missachtung sämtlicher Verkehrsregeln durch den Nebel
navigierte. Es war Oliver schleierhaft, wie Martin überhaupt
etwas sehen konnte. Zum einen war es erst kurz nach fünf
Uhr morgens, weswegen Oliver in regelmäßigen Abständen
die Augenlieder zufielen, zum anderen war Klagenfurt für
den dichten und undurchdringlichen Nebel bekannt, der sich
auch über Wochen hinweg hartnäckig über der sonst so
malerisch anzuschauenden Landschaft halten konnte. Viele
Bewohner der Region rund um Klagenfurt trieb dieses
Wetterphänomen gerade im Herbst in eine triste und graue
Depression, die sich erst im Frühling mit den ersten
Sonnenstrahlen wieder legte und in Erwartung auf den
nächsten Herbst ihren Sommerschlaf begann. Dieses neblige
Naturschauspiel war Oliver vor seinem Umzug aus Nord-
deutschland in den Süden von Österreich gänzlich unbekannt
gewesen und so dauerte es nicht lange, bis auch er zu den
besagten Menschen gehörte, die, nach dem Tausch der
herbstlich bunten Blätter gegen graue Nebelschwaden, oft
Probleme hatten, sich am Morgen zum Aufstehen zu
motivieren.

Martin hatte neben dem Blaulicht auch die Sirene an-
geschaltet, doch Oliver hatte ohne Kommentar dieses
Störgeräusch wieder zum Verstummen gebracht und sich die
Augen gerieben. Es war ihm eindeutig noch zu früh für diesen
Lärm. Seine Laune kroch ebenso hartnäckig wie der Nebel
draußen vor dem Autofenster am Boden herum und ließ sich
nicht ermutigen, aufzusteigen. Also klammerte er sich
krampfhaft an seinen Kaffeebecher, von dessen lebens-
erhaltendem Elixier er alle zwei Minuten einen Schluck nahm

und schaute ansonsten hinaus in die wabernde graue Masse. Er hatte keine Ahnung, wo genau ihr Ziel lag, er wusste nur, dass eine Leiche gefunden worden war. Weiblich, offensichtlich noch recht jung, Name unbekannt. Obwohl Klagenfurt keine einhunderttausend Einwohner aufzeigen konnte, kam es statistisch alle sechs Monate zu einem Mord. Dennoch gehörte die Untersuchung einer Leiche nicht zur Tagesordnung der örtlichen Kriminalpolizei und Oliver würde sich wohl auch nie daran gewöhnen können, in die glasigen Augen eines leblosen Menschen zu blicken.

Er ließ seinen Blick wieder durch die Landschaft wandern und erkannte den See, der nun zu ihrer Linken vorbeiglitt. Der Wörthersee, der unzählige Touristen im Sommer anlockte, war auch für Oliver ein ausschlaggebendes Argument gewesen, diesen Ort für sein letztes Lebensdrittel auszuwählen. Im Sommer der See, im Winter die Berge, es klang einfach zu schön, um wahr zu sein. Nach drei Jahren vor Ort bestätigte sich dieser Gedankengang: Es *war* zu schön, um wahr zu sein. Der Sommer war zu warm, der Herbst zu grau, im Winter fehlte der angepriesene Schnee und der Frühling hatte jede Menge Regen in petto.

Dennoch bereute er seinen Umzug nicht. Was hatte er denn schon zurückgelassen? Eine Exfrau, die nicht mehr mit ihm redete und einen Haufen überarbeiteter Kollegen, denen die Großstadt sämtliche Lebensfreude geraubt hatte. Hamburg wurde in seinem stadteigenen Radiosender zwar täglich als schönste Stadt der Welt gepriesen, nach über zwanzig Jahren im polizeilichen Dienst hatte er jedoch feststellen müssen, dass diese Beschreibung für ihn schon lange nicht mehr zutraf. Hamburg war zu groß, zu laut und der Inbegriff von Stress. Eben eine typische Großstadt.

Er wurde schlagartig aus seinen Gedanken gerissen, als Martin unsanft und nach wie vor viel zu schnell rechts in eine Seitenstraße einbog, um kurz darauf den Wagen einen Hügel hinaufzujagen.

„Junge, nun pass doch auf, wie ich gehört habe ist die Dame bereits tot, wir müssen ihr nicht unbedingt ins Jenseits folgen", grunzte er seinen Kollegen an. Dieser ignorierte seinen Vorgesetzten jedoch geflissentlich und raste weiter in halsbrecherischem Tempo um die nächste Kurve, bevor er schließlich mit quietschenden Reifen vor einer heruntergelassenen Schranke zum Stehen kam.

„Wir sind da", sagte Kriminalpolizist Martin Erwanger schlicht. „Weiter kommen wir mit dem Wagen nicht, wir müssen das letzte Stück zu Fuß gehen."

Ein leicht spöttisches Grinsen verzog sein Gesicht. Er konnte Oliver gut leiden und war auch tief beeindruckt von seinen Leistungen als Vorgesetzter, dennoch war ihm in den drei Jahren, in denen Oliver Strauß inzwischen sein Chef und Arbeitspartner war, aufgefallen, dass dieser morgens immer ein bis zwei Stunden Anlaufzeit brauchte, bis sein Gehirn auf Touren kam und zu Großem fähig wurde. Auch dass Kriminalinspektor Strauß *jede* Form von körperlicher Tätigkeit missfiel, war kein Geheimnis auf dem Revier. So wunderte es Martin nicht, dass Olivers von Müdigkeit gerötetes Gesicht noch eine Spur dunkler wurde.

„Ist jetzt nicht dein Ernst, oder?", fragte der Kriminalinspektor mit verquollenen Augen. „Wir lassen uns doch nicht von einer Schranke stoppen, vor allem nicht, wenn es um Mord geht. Wozu hat man denn die blöde Marke?"

„Tut mir leid, Boss", entgegnete Martin, stieß seine Tür auf und stieg schwungvoll aus dem Auto, „aber nach der Schranke geht es relativ steil auf einer Schotterstraße bergauf. Da kommen wir mit dem Wagen nicht weiter."

Während Oliver sich um einiges langsamer aus seinem Autositz quälte, verarbeitete sein Verstand mit einiger Missbilligung die Informationen, die ihm Martin gerade über den weiteren Weg gegeben hatte: *Bergauf* hatte er gesagt.

Schotterstraße. Wozu um alles in der Welt verhindert eine Schranke die Weiterfahrt, wenn sowieso kein Auto den Weg befahren kann? Er knöpfte seinen Mantel bis ganz nach oben zu, zog seinen Schal noch eine Spur fester um seinen breiten Hals und blickte sich um. Fünf weitere Streifenwagen standen bereits hier, einer hatte das Blaulicht eingeschaltet und tauchte die nähere Umgebung so in ein kreiselndes unnatürlich blaues Licht. Er blickte den Weg zurück, den sie gekommen waren und ihm fiel auf, dass die gesamte ihm ersichtliche Strecke mit grünen Straßenlaternen versehen war. Langsam dämmerte es ihm, wo genau sie sich befanden. Zu seiner eigenen Bestätigung drehte er sich um und schaute in der entgegengesetzten Richtung die Straße hinauf, die rechts vor der Schranke eine weitere Biegung nahm und in einiger Entfernung zu einem ebenfalls grün beleuchteten Tor führte, auf dem in großen Lettern *Schloss Turmhöhe* zu lesen war. „Direkt am Puffschloss", murmelte Oliver mehr zu sich selbst als an Martin gewandt. „Na, wenn das kein Zufall ist." Wortlos stapften sie an der Schranke vorbei und den Weg hinauf, während sich zu ihrer Rechten das Edelbordell imposant gen Himmel reckte. Der größte Betrieb schien schon vorüber zu sein, hinter den meisten Fenstern brannte kein Licht. Das riesige Anwesen lockte mit seinem Namen und den vielen kleinen Türmchen und Zinnen oft ahnungslose Besucher an, die mit dem Vorsatz einer Schlossbesichtigung die Wanderung hinauf zum Bordell in Angriff nahmen. Vor Ort gab es dann meist ernüchternde und peinliche Situationen, nachdem allen Beteiligten klar wurde, warum der Eintritt über einhundert Euro kosten sollte. Rund um das Gebäude lagen weitläufige eingezäunte Felder und Wiesen, über die keiner so genau wusste, ob diese ebenfalls zum Etablissement gehörten und welchen Zweck sie erfüllten. *Für den Auslauf der Nutten, damit die auch mal an die frische Luft kommen*, wurde Oliver mal abfällig von einem seiner Kollegen aufgeklärt.

Schon nach wenigen Metern kam Oliver ins Schwitzen und fing an, unverständliche Schimpfwörter vor sich hin zu brummen, während Martin weiterhin mit federnden Schritten grinsend ein bis zwei Meter vorauseilte. Die feuchte Luft sorgte zudem dafür, dass seine Kleidung auch von außen nass wurde. Ein Jogger lief an ihnen vorbei und warf neugierige Blicke auf die beiden Beamten. Oliver hatte gute Lust, ihm einen Schokoladenriegel hinterherzuwerfen und zu rufen „Du machst mir kein schlechtes Gewissen!", aber er litt auch ohne diesen Ausbruch schon an genug Sauerstoffmangel und wollte nur ungern auf besagtes Frühstück verzichten. Nach weiteren fünfzig Metern und etlichen Schimpftiraden von Oliver hörten sie die ersten hektischen Stimmen. Sie erreichten die Grenze zu einer ausgestrahlten Lichtung und betraten die freie Fläche. Oliver war bisher noch nie hier gewesen, stellte aber fest, dass dieser Ort tatsächlich einen Spaziergang wert war. Die Lichtung befand sich auf der Hügelkette, auf die sie kurz zuvor gefahren waren und bot einen hundertachtzig Grad Blick hinunter in das sogenannte Klagenfurter Becken. Unter ihnen zur Linken war die Stadt Klagenfurt mit all ihren Kirchtürmen zu sehen, die in Olivers Augen alle gleich aussahen. Zudem war die Universität, die für die relativ junge Stadtbevölkerung verantwortlich war und das Stadion, auf dem sich die Lichter der Straßenlaternen reflektierten, zu erkennen. Ein komplett unnötiges Bauwerk, da es nie vollständig gefüllt war und zu allem Übel auf sumpfigem Boden erbaut worden war, was dazu führte, dass die Instandhaltungskosten ins Unermessliche führten.

„Immerhin wissen wir genau, wofür unsere Steuern verbraucht werden", scherzte Martin, der Olivers Blick gefolgt war. Im Tal zu ihrer Rechten erstreckte sich der Wörthersee, der durch den trüben Nebel jedoch vollkommen im Dunst zu verschwinden drohte. Direkt vor ihnen am Hang befand sich der einzige Weinberg Klagenfurts. Es war ein kläglich kleines Feld, das höchstens für eine Flaschenanzahl im zweistelligen Bereich herhalten konnte.

„Genießt du die hübsche Aussicht?", fragte Guinness, der von hinten an sie herangetreten war und ebenfalls seine Augen über die langsam erwachende Stadt gleiten ließ. Sein richtiger Name lautete eigentlich Chester Hensley. Er kam gebürtig aus London, war sehr groß und dünn gewachsen und hatte sein langes braunes Haar zu einem Pferdeschwanz gebunden. Seine große Liebe für das gleichnamige dunkle Bier hatte ihm seinen Spitznamen verliehen. Als Gerichtsmediziner war er jedoch überragend und Oliver schätze die Zusammenarbeit mit ihm sehr.

„Wie schaut's aus, wo ist die Leiche?", fragte er ohne jegliche Begrüßung. Die frühe Uhrzeit nagte noch immer an Olivers Laune.

„Danke, mir geht's gut. Müde bin ich, aber wem sage ich das", überging Chester ironisch seine Frage und deutete dann mit dem Daumen hinter seine Schulter.

„Sieh selbst nach", sagte er und trat zur Seite.

Hinter seinem Rücken erblickte Oliver mehrere Bänke mit Blick auf den nebelverhangenen See. Ganz am Rand der Lichtung war zudem eine aus Holz gefertigte Hollywoodschaukel mit einer an den menschlichen Rücken angepassten gewölbten Sitzfläche. Das Wort *romantisch* kam ihm kurz in den Sinn und er musste stutzen: Romantik war nicht seine Stärke; dass er morgens um viertel nach fünf und unter diesen Umständen an Romantik dachte, verblüffte ihn. Um besagte Schaukel herum tummelten sich mehrere Männer und Frauen in schneeweißen Anzügen mit Kameras und anderen Arbeitsutensilien in der Hand. Ihre Aufmerksamkeit galt einer jungen Frau, die verträumt ins Tal blickte. Sie wurde durch mehrere Scheinwerfer angestrahlt, sodass sie den hellsten Punkt der Lichtung bildete. Das ganze Szenario erinnerte an eine Statue, die inmitten eines Platzes in der Stadt angestrahlt wurde. Nur flogen hier keine Tauben umher, stattdessen zogen Fliegen, Mücken und andere Insekten ihre Bahnen durch die Strahlen des gleißenden Lichts der Scheinwerfer. Oliver ging ein paar Schritte näher an sie heran und erkannte, dass die Augen unbeweglich und starr in ihren Höhlen ruhten. Sie war ganz offensichtlich tot. *Die Augen sind und bleiben das Schlimmste,* dachte er. Er hatte Unmengen von Blut gesehen, Gehirnmasse, die auf der Straße klebte und abgetrennte Körperteile nach schlimmen Unfällen, doch es waren die Augen, die ihn nachts in seinen Träumen heimsuchten.

„Bravo, du hast sie ganz allein gefunden", sagte Chester, allerdings war in seinem Ton nicht die gleiche Ironie zu hören wie noch kurz zuvor. Es war eher eine Art Bedauern, die in seinen Worten mitschwang. Sie zeigten einem jungen Beamten, den Oliver noch nie zuvor gesehen hatte, ihre Marken und duckten sich unter dem Absperrband hindurch, vor dem der Jogger, der sie beim Aufstieg überholt hatte, mit ungläubigem Blick stehen geblieben war, um die Leiche genauer in Augenschein nehmen zu können. Martin wartete bereits ungeduldig auf sie und reichte ihnen Handschuhe und Schuhüberzüge.

„Sie ist ein hübsches Ding", sagte er traurig.

„Sie *war* ein hübsches Ding", verbesserte ihn Chester.

„Guinness, so makaber wie eh und je", erwiderte Martin. „Ist es nicht sonderbar, dass du dein Geld mit den Toten verdienst? Wäre die Welt anständig und friedlich, wärst du arbeitslos!"

„Würdest du deinen Job besser machen, *dann* wäre ich arbeitslos", erwiderte Chester lakonisch. „Und trotzdem bekomme ich Monat für Monat mein Gehalt."

Oliver trat, ohne die Kabbelei zu beachten, ganz an die

Hollywoodschaukel heran. Das tote Mädchen hatte lange rabenschwarze Haare, die feinsäuberlich zu einem geflochtenen Zopf gebunden waren, der ihr über die linke Schulter auf ihre Brust fiel. Sie war blass geschminkt (oder lag es nur an ihrer Leblosigkeit?), hatte jedoch dunkelrot bemalte Lippen. Ihre Wimpern wirkten unnatürlich lang, was den toten Ausdruck in ihren strahlend blauen Augen zusätzlich betonte. Ihre Hände lagen mit der Handfläche nach oben in ihrem Schoß. Darin erkannte Oliver mehrere kleine Blüten. Er schob einen Mann mit Kamera unsanft aus dem Weg und ging noch einen Schritt näher an die Schaukel heran. *Kamille* dachte er. *Warum um alles in der Welt hält sie eine Kamillenpflanze in der Hand?* Die dünne weiße Bluse der Toten war durch die Erde der Pflanze leicht verdreckt, wirkte ansonsten jedoch tadellos und sauber. Auch ihr halblanger, im Wind sich sanft hin- und her wiegender dunkelblauer Rock wirkte auf ihn wie frisch gebügelt. Die Kleidung wurde an ihren Füßen mit hochgezogenen weißen Kniestrümpfen und schwarzen Ballerinas abgerundet. Die Luftfeuchtigkeit zusammen mit der Beleuchtung sorgte dafür, dass ihre Haut zu schimmern schien. Oliver musste unwillkürlich an die Schuppen eines Fisches denken. Seine Müdigkeit war nun endgültig verflogen. Er richtete sich auf und wandte sich an Chester.

„Guinness, was wissen wir bereits?", fragte er barsch.

„Nun ja, mit letzter Sicherheit lässt sich bisher nur sagen, dass sie tot ist", sagte Chester gewohnt lässig. „Ich muss für gesicherte Aussagen erst in die Gerichtsmedizin", beeilte er sich jedoch noch zu sagen, als er Olivers Blick bemerkte. „Du siehst ja selbst, dass es hier anders aussieht als an anderen Tatorten." „Aber kannst du nicht ungefähre Angaben machen? Oder muss ich dir erst sagen, wie großartig du mit deinen Voraussagen in den meisten Fällen auch ohne Mikroskope oder Reagenzgläser ins Schwarze triffst? Du weißt, Honig ums Maul schmieren ist nicht meine Stärke, aber ich brauch etwas, mit dem ich arbeiten kann."

Chester ließ einen theatralischen Seufzer hören. *Mikroskope und Reagenzgläser* wiederholte er Olivers Worte in seinem Kopf. *Als Chef schwer in Ordnung, von meinem Job jedoch keinen blassen Schimmer.*

„Ich bin selbst erst seit fünfzehn Minuten hier. Alles, was ich nun sage, sind Vermutungen und keineswegs gesicherte Informationen! Ich schätze, das Mädchen ist zwischen fünfzehn und zwanzig Jahre alt. So wie sich die Teenager entwickeln und schminken, lässt sich das auf den ersten Blick nicht so leicht erkennen. Stell dir vor, ich hatte neulich mit einer in der Bar unten am Kanal was am Laufen, die sich als fünfundzwanzig ausgab und als sie dann ihr Getränk bestellt hat, musste sie ihren Ausweis vorzeigen. Sie war erst siebzehn. *Siebzehn!!!* Weißt du, dass ich mich beinahe strafbar gemacht hätte? Ich schwöre dir, man hätte sie auch für Anfang dreißig halten können."

„Guinness! Mich interessiert dein verkorkstes Sexleben nicht im Geringsten, sag mir, was du über die Tote weißt!", erwiderte Oliver mit genervtem, aber auch leicht amüsiertem Unterton, da er schon viel zu viele derartige Geschichten von Chester zu hören bekommen hatte.

„Sorry, Boss", erwiderte Chester, während Martin trotz der traurigen Szenerie vor ihm ein kurzes Glucksen nicht unterdrücken konnte.

„Also gut. Ich denke, sie ist zwischen fünfzehn und zwanzig Jahre alt. Den Todeszeitpunkt schätze ich spontan auf zwei Uhr ein, also vor ungefähr drei Stunden."

„Vor drei Stunden erst? Woran machst du das fest?"

„Im Gesicht hat die Totenstarre bereits eingesetzt, die Augenlieder sind schon betroffen und es hat angefangen sich auf die Kiefernmuskulatur auszuweiten. Der Rest des Körpers ist jedoch noch nicht erstarrt. Normalerweise fängt die Starre nach circa zwei Stunden an, dies bezieht sich jedoch auf angenehme Zimmertemperaturen. Kalte Luft verlangsamt den Prozess und wenn ich dich so anschaue ist dir im Moment nicht wirklich mollig warm, denn deine Zähne klappern wie der Presslufthammer auf der Baustelle gegenüber von meiner Wohnung. Jedenfalls rechne ich daher eine Stunde dazu und komme auf drei Stunden."

Oliver presste seine Kiefer aufeinander und nickte, um anzudeuten, dass er die Überlegungen verstanden hatte.

„Noch mehr?", fragte er.

„Selbstverständlich", erwiderte Chester mit erhobenem Kinn, der jetzt, wo er erst einmal zu reden angefangen hatte, sein Können wie immer unter Beweis stellen wollte.

„Ihr Name ist noch nicht bekannt, sie trägt weder einen Ausweis noch sonstige Gegenstände mit sich, anhand derer wir ihre Identität bestimmen könnten. Ich habe leider den Verdacht, dass sie vergewaltigt worden ist, da sie blutige Flecken an der Innenseite ihres Oberschenkels hat. Ob es ihr Blut ist oder nicht, kann ich natürlich noch nicht bestimmen, aber mich würde es doch schwer verwundern, wenn jemand sein eigenes Blut so offensichtlich an der Leiche zurücklassen würde."

„Es sei denn, er wurde gestört", unterbrach Martin seinen Redefluss.

„Das glaube ich nicht", entgegnete Chester. Immerhin wurde sehr darauf geachtet, wie sie für uns hinterlassen wurde. Man beachte nur die Arme, die Kleidung und das geschminkte Gesicht, das übrigens höchstwahrscheinlich erst post mortem so hergerichtet wurde."

„Wer vergewaltigt denn eine Frau, wenn hundert Meter weiter das nächste Bordell ist?", fragte Oliver mehr zu sich selbst als zu den anderen.

„Eine Sache noch, Chef", sagte Chester. Er war einer der wenigen, die Oliver gerne *Chef* nannten. Dieser betonte zwar immer wieder, dass er ihn doch einfach bei seinem Vornamen nennen sollte, aber störend fand er diesen Titel trotzdem nicht.

„Schieß los."

„Neben dem Unkraut in ihrer Hand hatte sie auch noch einen Briefumschlag auf ihrem Schoß liegen. Er ist bereits eingetütet und auf dem Weg ins Labor, wo er geöffnet werden soll."

Oliver schaute verdutzt. „Einen Briefumschlag? Naja, ein Abschiedsbrief wird es kaum sein, Suizid liegt hier wohl sehr eindeutig nicht vor, obwohl es zur Jahreszeit passen würde." Tatsächlich gab es in dieser Region im Herbst durch die vermehrten saisonal bedingten Depressionen deutlich mehr Suizide als zu den anderen Jahreszeiten. Es hatten sich im Laufe der Jahre sogar einige Lieblingsbrücken und Bahnübergänge herumgesprochen, wo vermehrt Todeswillige ihren Plan in die Tat umsetzten. Unter einer dieser Brücken hatte ein alter Bauer seinen Landsitz, der das Geräusch eines menschlichen Körpers, der aus großer Höhe auf seiner Wiese aufschlug, inzwischen nur zu gut kannte. Daher schaute der Bauer meist gar nicht mehr nach, was denn den Lärm verursacht hatte, sondern rief gleich den Rettungswagen.

„Und was ist mit der Todesursache?", fragte Oliver.

„Hier wird es interessant", antwortete Chester. „Ich habe keinen blassen Schimmer." Seine Stimme klang beinahe so, als wäre ihm diese Tatsache peinlich, dabei hatte er noch gar nicht richtig mit der Untersuchung anfangen können.

Oliver rieb sich erneut die verquollenen Augen und schaute sich um. Immer mehr Polizisten irrten hin und her. Am Absperrband hatte sich ein altes Rentnerehepaar zu dem Läufer gesellt und die drei glotzten ungeniert auf die Tote. Oliver konnte solche Menschen nicht ausstehen. Wenn auf der Autobahn ein Stau entstand, weil sich auf der gegenüberliegenden Fahrbahn ein Unfall ereignet hatte und alle Autofahrer gucken wollten, brüllte er oft vor Wut. Er stapfte mit erneut bedrohlich roter Gesichtsfarbe zu den ungebetenen Gästen und baute sich vor ihnen auf, um die Sicht zu versperren.

„Gehen Sie weiter, hier gibt es für Sie rein gar nichts zu sehen."

Der Jogger prustete los. „Hier gibt es nichts zu sehen? Haben Sie sich mal umgedreht? Ich finde schon, dass hier etwas zu sehen ist."

Oliver schloss die Augen und atmete einmal tief durch. Es war wirklich ein dämlich klischeehafter Satz, den er hier losgelassen hatte.

„Was ist denn passiert?" fragte die alte Frau neugierig. Trotz ihrer vielen Falten hatte sie noch eine sehr kräftige Stimme.

„Das werden Sie wohl spätestens morgen früh in der Zeitung nachlesen können", erwiderte Oliver mit einem Blick den schmalen Pfad hinab, den er vor zehn Minuten noch hinaufgeschnauft war. Dort kamen nun zwei Frauen den Weg hinaufgestapft, die eine mit einer Kamera in der Hand, die andere mit einem in der rechten Hand krampfhaft umklammerten Diktiergerät. Olivers Gesichtsfarbe wurde, sofern dies überhaupt möglich war, noch eine Spur dunkler.

„Kein Kommentar!" brüllte er ihnen schon von weitem entgegen und bat die anderen drei ungebetenen Gäste nochmals eindringlich doch bitte weiterzugehen. Widerwillig kamen sie seiner Aufforderung nach, indem sich der Jogger mit großen Schritten davonmachte und das Rentnerpaar mit kleinen Schritten hinterhertrippelte.

„Hey Süßer!", sagte eine weiche, leicht gehetzt klingende Stimme neben ihm. Josepha Strasser, die Reporterin mit dem Diktiergerät in der Hand, streckte ihm das Tonband vor sein Gesicht, während sich ihre Kollegin bemühte, das tote

Mädchen vor die Linse zu bekommen. „Willst du mir nicht sagen, was hier passiert ist? Vielleicht springt ja auch etwas für dich dabei heraus…"

Trotz der Kälte trug Josepha ihren Mantel offen, sodass sich Oliver einen kurzen Blick auf ihr Dekolleté nicht verkneifen konnte.

„Kein Kommentar", wiederholte er mit gepresster Stimme seine Aussage. „Du weißt selbst, dass ich dir nichts sagen kann." *Außerdem habe ich selbst keinen blassen Schimmer, was hier passiert ist*, fügte er in Gedanken hinzu.

Sie zwinkerte ihm zu und knöpfte ihren Mantel zu.

„Selbst schuld", erwiderte sie und schlenderte betont lässig zu ihrer Kollegin. „Du weißt, wo du mich findest, falls du es dir anders überlegst."

Inzwischen hatten mehrere Beamte Planen rund um den leblosen Körper gespannt, um ihn bestmöglich vor den neugierigen Blicken zu schützen. Oliver wandte sich an Martin:

„Wer hat die Leiche eigentlich gefunden?"

„Ich glaub das alte Ehepaar, das du eben von hier verscheucht hast. Sie sehen zwar nicht so aus, aber sie besitzen anscheinend ein Handy, mit dem sie den Mord gemeldet haben."

„Na gut. Komm, wir hauen ab. Im Moment können wir hier nichts tun. Wir haben gesehen, was wir sehen mussten. Außerdem ist mir kalt und ich brauche einen Kaffee. Ich habe das Gefühl, heute ist so ein richtiger Scheißtag."

Nach einem letzten Blick auf die Reporterin Josepha, die ihm noch einen kurzen hoffnungsvollen Blick zuwarf und dabei am oberen Knopf ihres Mantels spielte, wandte er sich ab und duckte sich wieder unter dem Absperrband hindurch.

Noch war ihm nicht bewusst, dass er Recht behalten sollte. Zudem sollte dies nicht der letzte Scheißtag dieser Woche bleiben.

Kapitel 2

Oliver Strauß saß an seinem Schreibtisch und klickte an seinem Laptop durch die Vermisstenanzeigen der letzten Tage. In seiner Hand hielt er seine inzwischen dritte Tasse Kaffee, die so stark war, dass er das Gebräu beinahe kauen musste. Mit der Zunge wischte er sich immer wieder einzelne Kaffeepulverrückstände von den Schneidezähnen, die dem Kaffeefilter entwischt waren. Dass der schlechteste Kaffee der Welt in Polizeipräsidien gekocht wurde, war seiner Meinung nach kein Mythos. Dennoch verfehlte die rabenschwarze Flüssigkeit nicht ihre Wirkung.

Sein Partner Martin Erwanger saß ihm gegenüber, die Füße auf seinen Tisch gelegt und redete in der gleichen Geschwindigkeit in die Sprechmuschel seines Telefons, in der er Auto fuhr. Wütend knallte er den Hörer auf die Gabel.

„Sie haben den Brief immer noch nicht gelesen. Anscheinend ist irgendein Pulver im Kuvert und die werten Kollegen haben noch nicht bestimmt, um was es sich dabei handelt. Lahmärschige Idioten! Und wer arbeitet überhaupt alles an dem Fall?"

„Fast alle würde ich meinen", entgegnete Oliver, ohne den Blick vom Bildschirm zu wenden. „Gleich wissen wir mehr, Teambesprechung ist um neun."

„Schön, dass du mir das rechtzeitig sagst", entgegnete Martin, gereizt durch seine Untätigkeit. Er hasste es, wenn er nichts zu tun hatte, insbesondere jetzt, da es der erste interessante Fall seit Monaten war. Fahrraddiebstähle und aufgebrochene Autotüren, die sonst zu seinem Alltag gehörten, waren nicht der Grund, weswegen er sich für die Kriminalpolizei entschieden hatte.

„Kein Problem", erwiderte Oliver, der nicht richtig zugehört hatte und klappte frustriert seinen Laptop zu. Er konnte nicht verstehen, warum Eltern teilweise erst Wochen später bemerkten, dass ihr eigenes Kind verschwunden war. Andere schlugen schon nach dreißig Minuten Alarm und wollten ein komplettes Polizeiaufgebot inklusive Hubschrauber und Hundestaffel für die Suche nach ihrer Tochter, die dann mit Puppen spielend auf dem Dachboden gefunden wurde oder für den Sohn, der mit seinen Freunden ohne Bescheid zu sagen auf den Fußballplatz gegangen war. Obwohl er selbst nie Vater geworden war, konnte er diese Sorte Eltern verstehen. Aber wochenlang nicht bemerken, dass das Kind nicht mit zu Abend aß, keine Freunde heimbrachte oder sonst irgendwelchen Lärm machte?

Er würgte den letzten Rest Kaffee hinunter und stand auf, um in den Konferenzraum zu gehen. Als er die Tür öffnete musste er feststellen, dass dieser jedoch nur zur Hälfte mit Personen gefüllt war. Erstaunt blickte er auf seine Uhr. Es war bereits fünf Minuten nach neun. Martin kam kurz hinter ihm durch die Tür, stutzte kurz, blickte ihn dann schräg von der Seite an und fragte: „Hast du nicht gesagt, dass fast alle mit von der Partie sind?"

Oliver wusste nicht, was er erwidern sollte und ließ sich auf einen Stuhl am Kopfende des ovalen Tisches fallen.

Schweigend musterte er die Menschen in der Runde, die ihn allesamt mit neugierigen und fragenden Blicken anstarrten. Zu seiner linken saß Sophia Zotter, eine wie er fand trotz ihres jungen Alters von zweiunddreißig Jahren überaus begabte und zweifellos unverschämt gutaussehende Ermittlerin. Ihr fehlte teilweise noch etwas Erfahrung, dies machte sie jedoch durch kreative Gedankengänge, die sich oftmals als korrekt erwiesen, wieder wett. Sie hatte lockiges hellrotes Haar, das ihr bei einigen Kollegen hinter vor-gehaltener Hand den Spitznamen Pumuckel eingebrockt hatte.

Neben ihr saß Clemens Breuer. Er brachte das an Erfahrung mit, was Sophia fehlte, war mit seinen zwei Jahren vor der

Pensionierung allerdings so wenig innovativ, dass für ihn neue Methoden keine Rolle spielten. Oliver war sich nicht einmal sicher, ob er eine SMS schreiben konnte, geschweige denn ein internetfähiges Handy besaß. Wie zur Bestätigung holte Clemens in diesem Augenblick ein Mobiltelefon von der Größe eines Schuhkartons aus seiner Hosentasche. Es war eines der Exemplare, die nur alle zwei Wochen aufgeladen werden mussten und als Highlight Snake installiert hatten.

Neben Clemens hatte sich Martin auf einen Stuhl fallen lassen und angelte sich gerade eines der belegten Brote, die vor ihm auf dem Tisch standen, um gleich darauf herzhaft hineinzubeißen. Donuts standen nicht bereit. Hierbei handelte es sich im Gegensatz zum schlechten Kaffee tatsächlich um einen Mythos.

Neben Martin waren 3 Stühle nicht besetzt. Dann folgte Jackson Hunter. Er war das Computergenie unter ihnen und konnte Dinge mit seinem Laptop anstellen, von denen die meisten anderen im Raum nicht einmal wussten, dass so etwas überhaupt möglich war. Mit sechzehn Jahren hatte er zwei Tage vor Weihnachten die Firewall der örtlichen Polizei geknackt und aus Langeweile die Bilder einiger gesuchter Verbrecher mit Nikolausmützen verziert. Einen Tag später standen zwei Beamte der Kriminalpolizei vor seiner Tür, nicht, um ihn zu verhaften, sondern um ihm einen Job anzubieten. Mit seiner Einwilligung wurde seine Tat unter den Teppich gekehrt und nur bei feuchtfröhlichen Veranstaltungen gerne in Erinnerung gerufen. Seine Mutter war damals heilfroh über die Festanstellung, da Jackson als Problemkind von der Schule verwiesen worden war. Als wollte er unterstreichen, dass er der Informatiker mit leichter ADHS-Symptomatik in der Runde war, trug er ein zerknittertes kariertes Hemd, eine dicke Nickelbrille und zottelige dunkle Haare, die ihm ohne erkennbare Frisur wild vom Kopf abstanden. Seine Hände tanzten vor ihm auf dem Tisch auf einer imaginären Tastatur herum. Stillsitzen war ihm ein Fremdwort.

Den Abschluss der Runde bildete Nina Seidel. Sie war neu im Team und für Oliver ein noch relativ unbeschriebenes Blatt. Noch konnte er aus eigener Erfahrung nicht einordnen, in welcher Richtung ihr Spezialgebiet lag, jedoch hatte er von ihrem letzten Vorgesetzten erfahren, dass sie unheimlich gut in der Tatortanalyse war. „So eine Art weiblicher Monk, nur ohne die schrägen Ticks, wissen Sie?", hatte er am Telefon gesagt. Von der Hauptstadt Wien war sie aus familiären Gründen, die Oliver nicht weiter bekannt waren, an den Wörthersee gezogen.

Die letzten zwei Stühle blieben ebenfalls leer.

„Okay, dann lasst uns mal loslegen!", sagte Oliver schließlich, nachdem er sich vergewissert hatte, dass keine letzten Nachzügler durch die Tür kommen würden. Er hatte erwartet, dass der Raum voll sein würde, dass ihm das größte und beste Team des Reviers zu Verfügung gestellt worden wäre. Seinen Ärger darüber, dass nur die Hälfte der Stühle besetzt war, konnte er nur schwer verbergen.

„Wir haben eine weibliche Leiche, Todeszeitpunkt gegen zwei Uhr am heutigen Morgen, fünfzehn bis zwanzig Jahre alt, vermutlich vergewaltigt, was uns Blut an der Innenseite ihrer Oberschenkel verrät. Wir erwarten die DNA-Untersuchung mit der Übereinstimmung ihres Blutes und den anderen Abgleichen noch heute Nachmittag. Der Mörder hat uns eine Botschaft dagelassen, die wir jedoch noch nicht lesen können, da sich das Labor zimperlich anstellt. Das Mädchen wurde post mortem geschminkt und extra schick hergerichtet, ob für uns oder den Täter selbst wissen wir nicht. Sie hatte eine Kamillenpflanze in der Hand, warum zum Teufel wissen wir ebenfalls nicht. Entweder da draußen ist jemand, der uns nach Strich und Faden verarscht oder einfach nur ziemlich krank ist."

„Oder beides", grinste Jackson, während seine Finger nach wie vor auf dem Tisch herumtippten.

„Oder beides", bestätigte Oliver, ohne weiter auf den Einwurf einzugehen.

„Folgendes weiteres Vorgehen: Jackson, du hockst dich hinter deine Bildschirme und findest heraus, wer das Opfer ist. Wie du es anstellst ist mir egal, schnapp dir ihr Bild von der Pinnwand und die Fingerabdrücke aus der Gerichtsmedizin und gib mir einen Namen! Wenn die Abdrücke nicht weiterhelfen, checke die Schulfotos, Universitätsfotos und was dir sonst noch einfällt."

Jackson nickte, wenig überrascht über seine Aufgabe in diesem Fall.

„Nina, du schaust dir bitte den Tatort nochmal bei Tageslicht an. Die Spurensicherung wird zwar noch dort sein, aber denen traue ich nicht. Ich möchte, dass jemand aus meinem Team direkt vor Ort war und mir erzählen kann, wie es dort aussieht. Es geht mir nicht darum, was du siehst, sondern darum was der Täter bei dem Anblick der Lichtung gesehen hat. Sie muss ihm etwas bedeutet haben."

Es passte Oliver ganz und gar nicht, Nina alleine dort hinzuschicken. Er kannte ihre Fähigkeiten zu wenig, aber bei dem akuten Personalmangel, den seine Mannschaft aufwies, musste er sich auf den Monk-Vergleich ihres alten Vorgesetzten verlassen und darauf vertrauen, dass sie die Richtige für diesen Job war. Nina nickte und lächelte ihn kurz an, um zu signalisieren, dass sie verstanden hatte.

„Clemens, du gehst bitte ins Labor und bleibst dort solange sitzen und machst Druck, bis du mit dem Brief zurückkommst. Wir müssen wissen, was dort geschrieben steht und dem allerhöchste Priorität geben. Melde dich bitte bei mir, sobald du mehr weißt."

Auch Clemens brummte seine Zustimmung.

„Martin. Du gehst zu Chester in die Gerichtsmedizin und holst dir alle Daten, die inzwischen schon vorliegen. Vor allem ist jedoch wichtig, dass die Todesursache bekannt wird. Auch den genauen Todeszeitpunkt und alles, was er dir sonst noch liefern kann, soll er dir schnellstmöglich aushändigen. Daher weiche auch du ihm nicht von der Seite und geh ihm so lange auf die Nerven, bis du hast was du willst!"

Es war noch ein kurzes „Prima!" von Martin zu hören, bevor er sich an einem zu großen Bissen seines Käsebrotes verschluckte und in einen lautstarken Hustenanfall verfiel.

„Sophia, du machst dir Gedanken über Kamillentee."

„Wie bitte?", vergewisserte sich Sophia, ob sie wirklich richtig verstanden hatte.

„Das Opfer hatte Kamille in der Hand. Ich will wissen warum. Hat sie irgendeine Bedeutung in irgendwelchen Kulturen die mir gänzlich unbekannt sind? Ist Kamille eine Heilpflanze? Kann sie unter Umständen giftig sein oder braucht man Kamille ausschließlich für Tee? Sei kreativ und finde etwas."

„Natürlich, warum auch nicht?", erwiderte Sophia trocken.

„Ein junges Mädchen liegt tot nahe den Weinbergen und ich google Kamillentee. Ich liebe meinen Job."

Martin fing an zu lachen, was einen erneuten Hustenanfall mit sich brachte. Nachdem er sich die Tränen aus den Augen gewischt hatte, fuhr er an Oliver gewandt fort: „Und was machst du?"

„Ich", entgegnete Oliver, „erkläre unserem werten Big Boss, dass er ein Arschloch ist."

Kapitel 3

Oliver betrat das Büro seines direkten Vorgesetzten, des leitenden Polizeidirektors Ernst Kohler, ohne anzuklopfen.

„Können Sie mir sagen, was das soll? Fünf Beamte? *Fünf?* Und mehr kommen nicht in mein Team? Es geht um *Mord,* das ist Ihnen doch bewusst, oder? Ich will, dass alle dabei sind! Oder gibt es im Moment dringlichere Dinge, die an mir vorbeigegangen sind? Doch was bitte soll das schon sein? Wenn es nicht einen Doppelmord gibt, von dem ich wundersamer Weise nichts weiß, dann wohl..."

Oliver hielt mitten im Satz inne, als ihm auffiel, dass Kohler nicht alleine in seinem Büro war. Gegen den schweren Eichenschreibtisch gelehnt, der mit unzähligen Bildern von Familie, Kindern, an einer Angel hängenden Fischen und erlegtem Rotwild drapiert war, stand Staatsanwalt Vincent Klein. Somit waren die beiden einzigen Arbeitskollegen, die er nicht mit Vornamen ansprach, im selben Raum. Oliver hatte die sogenannte *höfliche Sie-Form* nie gemocht und auch nicht verstanden, warum die deutsche Sprache so konservativ war. In anderen Ländern war dieses Phänomen nur selten aufzufinden oder konnte gar als Beleidigung interpretiert werden. Daher hatte er sich vom ersten Tag an bei all seinen Untergebenen und gleichgestellten Kollegen nur mit seinem Vornamen vorgestellt, um klar zu signalisieren, welche Variante er bevorzugte. Nun sah er sich jedoch mit zwei Männern konfrontiert, die in der Hackordnung eindeutig über ihm standen. Diese hatten ihm nie das Du angeboten und Oliver würde einen Teufel tun, ihnen zuvorzukommen. Diesen Schritt empfand er nicht als seine Aufgabe, auch wenn er mit fünfundfünfzig Jahren der Älteste im Raum war. Außerdem war er mit ihnen nie so richtig warm geworden. Ernst Kohler empfand er oft als eingebildeten Idioten, der ohne seinen Vater, der in Klagenfurt als Richter tätig war, nie diese Position hätte erlangen können. Zudem hatte er für seinen Geschmack zu viel an den Hüften (neben ihm kam sich Oliver beinahe schlank vor) und zu wenig im Kopf. Vincent Klein dagegen war gerissen und intelligent und sich dieser beiden Fähigkeiten leider nur zu gut bewusst. Dementsprechend arrogant lief er durch die Flure des Gerichts. Seine dunkelblonden Haare waren zu jeder Zeit mit zu viel Gel nach hinten über seinen Kopf gestriegelt, seine maßgefertigten Anzüge stanken nur so vor Geld und seine schwarzen Schuhe glänzten heller als Olivers Spiegel im Badezimmer. Seine Verurteilungsquote sprach jedoch für sich. Eine kleine Befriedigung stellte für Oliver die Tatsache dar, dass er unter seinem Nachnamen *Klein* sehr litt, wo sein Ego doch schier ins Unermessliche reichte.

„Guten Morgen, Herr Strauß", sagte Kohler mit verrauchter tiefer Stimme. „Schließen Sie doch bitte die Tür hinter sich und setzen Sie sich."

Noch immer etwas überrumpelt kam Oliver der Aufforderung nach und ließ sich auf einen harten Stuhl von dem Schreibtisch fallen. Das war ebenfalls typisch Kohler. Während dieser sich auf einem großen schwarzen Ledersessel ausbreitete, mussten seine Besucher auf harten und schlecht konstruierten Holzstühlen Platz nehmen. In Kohlers Mund steckte eine Zigarre, die er jedoch nicht angezündet hatte. Stattdessen rollte er sie im Mund gekonnt von einem Mundwinkel zum anderen. Oliver schätzte ihn auf Ende vierzig, wusste es jedoch nicht genau. Vincent Klein dagegen war mindestens zehn Jahre jünger. Er stand nach wie vor an den Schreibtisch gelehnt und blickte nun mit einem Blick, den Oliver nicht so recht deuten konnte, von oben auf ihn herunter. Er fühlte sich unwohl und rutschte nervös auf seinem Stuhl hin und her.

„Vincent und ich haben grade über Ihren neuen Fall geredet", eröffnete Kohler das Gespräch.

Aha, die beiden schienen zumindest per Du zu sein. Wie schön.

„Ich nehme an, darüber wollten auch Sie mit mir sprechen."

„In der Tat", erwiderte Oliver, etwas besänftigt durch den Faktor, dass zumindest der beste Staatsanwalt mit an dem Fall arbeiten würde. Er mochte Vincent Klein nicht, aber er hatte Respekt vor seiner Arbeit und seinem Talent.

„Wie ich bereits sagte", nahm Oliver seinen Faden wieder auf, „kann ich nicht verstehen, warum mir in diesem Mordfall nur fünf anstatt zehn Personen zur Verfügung stehen. Es geht hier immerhin um einen Mord an einer Jugendlichen oder jungen Erwachsenen. Wenn wir erst herausgefunden haben wie sie heißt, werden uns ihre Eltern mit freundlicher Unterstützung der Presse die Hölle heiß machen und alles in Bewegung setzen wollen, um den Mörder zu finden. Wie soll ich das machen mit nur fünf Mitarbeitern? Die werden uns verklagen!"

„Falsch", entgegnete Kohler knapp, die Zigarette nach wie vor im Mundwinkel klebend, weswegen er leicht nuschelte. „Niemand wird uns die Hölle heiß machen. Es werden keine Beschwerden der Eltern kommen. Es wird sich sogar kaum jemand für diesen Mord interessieren."

Während er redete kratzte er lässig seinen prallen Bauch, der die Knöpfe seines weißen Hemdes gefährlich auf die Probe stellte. Oliver starrte ihn verständnislos an.

„Wie bitte?" brachte er dann endlich heraus.

„Sie ist eine Nutte", sagte Staatsanwalt Klein eindringlich. Sein unergründlicher Gesichtsausdruck war inzwischen einem süffisanten Grinsen gewichen.

„Niemand interessiert sich für Nutten, wenn sie nicht gerade für ihre Dienste in Anspruch genommen werden. Im Gegenteil, die meisten werden diesen Mord als einen Dienst an der Gesellschaft auffassen."

„Ihr wisst, wer sie ist?", fragte Oliver ungläubig, so perplex über diese Nachricht, dass er vollkommen vergaß, die beiden zu siezen.

„Nein, wir wissen nicht, wer sie ist", widersprach Kohler. Er und Klein wechselten einen belustigten Blick. Es machte ihnen sichtlich Spaß, Oliver in diesem Zustand der Ahnungslosigkeit zu sehen.

„Aber das ist auch gar nicht nötig. Vermutlich hat sie irgendeinen neuen Namen wie Chantale oder Jacqueline angenommen und kann sich gar nicht mehr daran erinnern, wie sie wirklich heißt."

„Könnten Sie dann bitte so gut sein und mir erklären, warum Sie zu glauben scheinen, dass es sich bei dem toten Mädchen um eine Prostituierte handelt?", fragte Oliver, der sichtlich genervt wieder zur höflichen Anrede übergegangen war. Auch das Wort *Nutte* vermied er tunlichst.

„Fakt eins", begann Klein und begann nun im Büro auf und ab zu laufen. Er war sichtlich in seinem Element.

„Wo wurde sie gefunden?"

„Bei den Weinbergen", entgegnete Oliver wütend, da er wusste, worauf Klein hinauswollte.

„Sie wurde vor dem Nuttenauslauf gefunden. Direkt am Gebiet des Puffs, indem sie wohl immer anschaffen ging. Fakt zwei: Sie war geschminkt wie eine Nutte."

Oliver lachte kurz auf, in der Überzeugung, dass Vincent Klein einen Witz gemacht hatte. Dieser ignorierte jedoch seinen Ausbruch und fuhr fort.

„Fakt drei: Es ist Herbst und somit haben wir kalte Tage und verdammt kalte Nächte. Sie trug jedoch nur einen kurzen Rock und eine eng anliegende Bluse. Man könnte fast meinen, dass die Kälte für ihren Tod verantwortlich gewesen sei." Diesmal lies Klein eine kurze Pause, um Oliver Zeit zu geben, erneut zu lachen. Dieser tat ihm den Gefallen jedoch nicht.

„Fakt vier: Sie trug blaue Kontaktlinsen. Viele Nutten tun das.

Schwarze Haare und blaue Augen, sehr exotisch und selten. Ihre braunen Augen wären zu durchschnittlich gewesen."

„Sie trug was?" Oliver schaute ziemlich perplex in das Gesicht des Staatsanwalts.

„Und ich dachte, sie würden die Ermittlungen leiten", entgegnete Kohler mürrisch. „Gehört da nicht auch die Koordination mit den anderen Abteilungen dazu?"

Oliver war sprachlos und guckte verlegen auf seine Schuhe. Dafür würde jemand zur Rechenschaft gezogen werden. Ihm wurde mit einem Mal sehr warm und sein Herz schlug unheimlich schnell.

„Fakt fünf." Klein hatte wieder übernommen, beugte sich zu Oliver herunter und streckte ihm seine Hand vor sein Gesicht, alle fünf Finger ausgestreckt, um seine Worte zu verdeutlichen.

„Niemand scheint sie zu vermissen."

„Wenn ich also zusammenfassen darf", fuhr Kohler wiederum fort und Staatsanwalt Klein überließ ihm tatsächlich die Ehre des Schlussworts.

„Sie schminkt sich wie eine Nutte, sie kleidet sich wie eine Nutte, sie wurde vor dem größten Puff Kärntens gefunden und, wie sie eigentlich wissen sollten, sie trägt blaue Kontaktlinsen, um sich interessanter zu machen. Zudem bedauert bis jetzt keiner ihr Ableben. Zugegeben, der Tod ist noch keine vierundzwanzig Stunden her, allerdings sollten Sie wissen, dass Eltern bei Kindern in diesem Alter übervorsichtig sind. Nun erinnern wir uns alle mal an die erste Klasse zurück und versuchen zwei und zwei zusammenzuzählen."

Sichtlich zufrieden lehnte er sich in seinem Sessel zurück, warf die Zigarre vor sich auf den Tisch und zwei Nikotinkaugummis in seinen Mund.

„Ich habe Vincent hergebeten, um zu besprechen, wie wir bei dem Fall verfahren. Du wirst doch hoffentlich einsehen, dass wir nicht all unsere Ermittler von ihrer aktuellen Arbeit abziehen können, um bei der Aufklärung eines Mordes an einer Nutte zu helfen, für die sich kein Mensch interessieren wird? Das wäre ja, wie sagt man so schön? Grob fahrlässig?" Diesmal war es an Klein ihm den Gefallen zu tun und kurz über seine Wortspielerei zu lachen.

„Ich bin jedoch nicht so ein Idiot, wie Sie denken mögen: Ja, es ist Mord und ja, Sie werden verdammt noch mal Ihr Bestes geben, diesen auch aufzuklären. Sie haben fünf hervorragende Mitarbeiter an die Seite gestellt bekommen und wenn Sie etwas brauchen, dann können Sie sich jederzeit melden. Außerdem wird Vincent Ihnen mit Staatsanwältin Erika Binder eine seiner besten Mitarbeiterinnen zur Seite stellen."

Olivers Kinnlade klappte auf und wieder zu, ähnlich einem Fisch, der verzweifelt nach Sauerstoff sucht.

„Sie werden nicht selbst an dem Fall mitarbeiten?", fragte er mit brüchiger Stimme an Klein gewandt, der sich inzwischen wieder lässig gegen den Schreibtisch gelehnt hatte.

„Nein, das werde ich nicht", bestätigte Klein. „Ich bin da an einer viel größeren Sache dran. Steuerhinterziehung eines Politikers, eine ganz dreckige Geschichte."

Oliver war sprachlos. Er saß noch einen Moment regungslos auf dem schmalen Stuhl und schaute abwechselnd den Staatsanwalt und seinen Vorgesetzten mit ungläubigem Gesichtsausdruck an, dann stand er auf und verließ ohne ein Wort des Abschieds das Büro. Die Tür ließ er offen.

Oliver stieß die Tür zur Gerichtsmedizin mit solcher Kraft auf, dass der Kalender, der neben der Tür an der Wand hing, zu Boden fiel. Er bückte sich, um ihn wieder aufzuhängen. Auf dem Bild für den Oktober war ein Cartoon, in dem der Oberarzt einem Patienten erklärte, dass er spätestens bei der Autopsie feststellen würde, was ihm fehlen würde. Er hängte ihn zurück an den Nagel, ging forschen Schrittes weiter und betrat den Raum, in dem die Untersuchungen der Leichen vorgenommen wurden.

Martin saß auf einem Schreibtischstuhl, die Schuhe wie so oft auf den dazugehörigen Tisch gelegt und schrieb auf, was Chester ihm diktierte. Beide sahen überrascht aus, als sie Oliver hereinkommen sahen und gleich darauf beunruhigt, als sie seine nur zu vertraute Gesichtsfarbe identifizierten. Sie kannten ihn allmählich gut genug, um zwischen den verschiedenen Rottönen auf seinen Wangen und seiner Stirn unterscheiden zu können, in welcher Laune sich ihr Chef befand. Scharlachrot war die gefährlichste Farbe und genau diese glühte ihnen nun entgegen.

„Wann um alles in der Welt wolltest du mir mitteilen, dass sie blaue Kontaktlinsen getragen hat?", fragte er an Chester gewandt, erneut ohne Begrüßung.

„Äähm…", stammelte dieser leicht beunruhigt und strich sich mit seiner behandschuhten Hand einige Haare hinters Ohr, die sich aus seinem Pferdeschwanz geschummelt hatten. „Ich gar nicht. Martin wollte das machen, zusammen mit all den anderen Erkenntnissen. Spätestens in zwanzig Minuten sollte der erste Zwischenbericht bei dir ankommen. Warum?"

„Weil mir gerade von Kohler unter die Nase gerieben wurde, dass er mehr über meinen Fall weiß als ich", polterte ihn Oliver an, während kleine Spucketröpfchen aus seinem Mund flogen. Chester sah aus, als würde er anfangen zu verstehen, wo das Problem lag.

„Sorry Chef, aber der hatte heute Morgen kurz angerufen und wollte wissen, was Sache ist. Da wusste ich noch fast nichts über die Tote, nur das mit den Kontaktlinsen. Das war relativ schnell offensichtlich, da die Linse des linken Auges durch den Transport der Leiche verrutscht war. Ich wollte dir nicht jede Information einzeln übermitteln und da ich dieses Detail als nicht dringlich eingeschätzt hatte, habe ich dir nicht extra Bescheid gegeben." Er sah verunsichert zu Boden.

„Ich will mich ja nicht einmischen, Oliver", warf Martin ein und schwang seine Beine vom Schreibtisch. „Aber hat Guinness nicht recht mit dem Gedanken, dass es irrelevant ist, ob sie Kontaktlinsen trug oder nicht? Dass die jungen Leute ihre Augenfarbe künstlich ändern ist heutzutage keine Seltenheit mehr. Ich habe Halloween mal eine Frau mit Kontaktlinsen in Form und Farbe des Atomkraftlogos mit nach Hause genommen, sah hammermäßig aus."

Olivers Schultern fielen ein wenig in sich zusammen. Er wusste, dass seine Kollegen recht hatten. Es war zwar nicht unwichtig, jedoch hätte er Chester ebenfalls zurechtgewiesen, dass er einen vollständigen Bericht erwarte, wenn dieser ihm wegen eines einzelnen Details angerufen hätte, das auf die Schnelle keine neuen Richtungen in ihrer Ermittlung mit sich gebracht hätte. Dennoch hatte er dagestanden wie der letzte Idiot.

Er setzte sich gedankenverloren auf eine freie Bahre, ließ seine Beine vor- und zurückpendeln und sah sich im Raum um. An der hinteren Wand reihten sich die einzelnen Klappen des großen Kühlraumes, in denen die sterblichen Überreste von Menschen gelagert wurden. Es gab keine Fenster hier unten und alles wirkte viel zu steril mit seinen Metalltischen und Instrumenten, die ihn irgendwie an eine Zahnarztpraxis erinnerten. Für ihn wäre das kein Arbeitsplatz, an dem er entspannt arbeiten könnte, eingeschlossen der tatsächlichen Arbeit, die es hier zu erledigen galt. Er blickte die beiden fragend an. „Nun gut, dann bringt mich mal auf den neuesten Stand. Guinness, was wissen wir über sie?" Er nickte in Richtung der Toten.

Chester verstand das Versöhnungsangebot durch die Nennung seines Spitznamens. Manchmal erinnerte Oliver ihn an seine Mutter. Wenn diese früher wütend auf ihn gewesen war, hatte sie ihn immer mit Vor- und Nachnamen gerufen. Wenn sie ihn *Honey* oder *Chesti* nannte wusste er jedoch, dass alles im Lot war. Schnell verdrängte Chester den Vergleich von Oliver mit seiner Mutter aus seinem Kopf und ging hinüber zu einer Bare. Er zog das weiße Laken hinunter und darunter kam das tote Mädchen zum Vorschein. Oliver hätte sie fast nicht wiedererkannt. Das Make-up war inzwischen von ihrem Gesicht entfernt worden und zeigte ein zierliches, ziemlich rundliches Gesicht. Der Zopf war gelöst und ihre langen schwarzen Haare lagen je zur linken und rechten Seite ihres Körpers. Sie war nackt und wirkte auf den ersten Blick unversehrt, ganz als ob sie schlafen würde.

„Wirklich ein Jammer", sagte Martin, der seinen Blick ungeniert über ihren Körper wandern ließ und an ihren Brüsten hängen blieb. Oliver ignorierte ihn und wandte sich wieder Chester zu.

„Anhand der Röntgenbilder ihrer Handknochen würde ich sie auf achtzehn Jahre schätzen. Allerdings weißt du wie ich, dass diese Angaben sehr ungenau sind und sie durchaus auch ein wenig älter oder jünger sein könnte. Sie trug, wie du bereits weißt, blaue Kontaktlinsen, die jedoch keine Dioptrien aufweisen. Sie scheint folglich gute und funktionstüchtige Augen zu haben und ihr Aussehen nur der Optik wegen geändert zu haben."

Oliver sank das Herz in die Hose. Eins zu null für Klein, Kohler und die *Nuttentheorie*. Er gab es ungern zu, aber der gewaltsame Tod an einer Prostituierten interessierte die Bevölkerung im Regelfall kaum mehr als der Wetterbericht der nächsten Woche.

„Äußerlich weist sie kaum Verletzungen auf", fuhr Chester fort. „Sie hat leichte Strangulierungsmerkmale am Hals, die jedoch keinesfalls tödlich gewesen sein können." Er streckte leicht das Kinn des Mädchens in Richtung Decke, was einen roten Striemen am Hals gleich über dem Kehlkopf zum Vorschein brachte.

„Unser Verdacht der Vergewaltigung ist leider richtig. Das Blut an ihrem Oberschenkel stammt eindeutig von ihr und sie hat mehrere Verletzungen in Form von kleinen Rissen im Inneren ihrer Vagina, die durch den zu trockenen erzwungenen Geschlechtsverkehr entstanden sind. Der Täter war schlau genug ein Kondom zu benutzen, was die physischen Verletzungen reduziert und uns leider keinen Fingerabdruck in Form seiner DNA hinterlassen hat. Ich vermute zudem, dass sie während des Verkehrs nicht bei Bewusstsein war. Es würden ansonsten mehr Verteidigungsspuren an ihr aufzufinden sein, wäre sie wach gewesen. Doch so gibt es leider keine Haut oder ähnliches unter ihren Fingernägeln. Im Gegenteil, ihre Hände wirken so, als wäre sie erst kürzlich bei einer Maniküre gewesen, so sauber sind sie. Ihre eigenen Fingerabdrücke ergaben natürlich keinen Treffer in unserer Datenbank, sonst hätte ich mich schon bei dir gemeldet."

„Todesursache?", fragte Oliver tonlos.

„Und hier bleibt es weiterhin rätselhaft. Da es sich ganz offensichtlich um keine äußere Gewalteinwirkung handelt, muss es eine Droge oder Gift sein, wenn man alle natürlichen Todesursachen ausschließt. Welche Art kann ich noch nicht sagen, aber das finden wir auch noch heraus."

Mit diesen Worten beendete Chester seinen Bericht. Sie blieben noch eine Minute stehen und starrten stumm auf die entblößte Leiche.

„In was für einer kranken Welt wir doch leben", sagte Oliver schließlich und bedeckte den Leichnam wieder bis zum Hals mit dem weißen Laken, das zu ihren Füßen lag. Er wandte sich zum Gehen.

„Bitte untersuche sie auch auf Geschlechtskrankheiten", sagte er an Chester gewandt und öffnete die Tür.

„Soll ich hierbleiben, Boss? Guinness weiter auf die Nerven gehen bis er die Todesursache gefunden hat? Immerhin habe ich nun umsonst hier gesessen, da du dir deinen Bericht selbst abgeholt hast."

„Nein, ich habe einen anderen Job für dich, der dir besser gefallen wird. Ich schicke dich ins Bordell."

Martins Miene hellte sich auf.

„Auf Kosten des Dezernats?"

Kapitel 4

Es war viertel nach eins, als Martin den Wagen zum zweiten Mal an diesem Tag sicher den Hügel hinaufsteuerte, entlang an den grünen Laternen, die um diese Zeit noch kein Licht spendeten. Oliver saß auf dem Beifahrersitz und blickte aus dem Fenster. Zur Mittagszeit war die Aussicht hinunter auf den See und die Stadt ungleich schöner, der Nebel hatte sich bis auf einige Ausläufer weitgehend aufgelöst und der Wald leuchtete in gelben und roten Blättern. Diesmal blieb Martin nicht vor der Schranke stehen, von wo aus sie vor acht Stunden in die Dunkelheit marschiert waren. Stattdessen passierte er das dort parkende Polizeiauto, das von Nina Seidel, die den Tatort begutachtete, dort geparkt stand und fuhr eine steile Kurve nach rechts und durch das große Tor, das die Grundstücksgrenze des Bordells Schloss Turmhöhe abgrenzte. Nach weiteren einhundert Metern vorbei an Bänken und Blumenbeeten erreichten sie den Parkplatz. Oliver stieg aus dem Wagen und blinzelte gegen die Sonne. Dann wandte er sich um und blickte hinauf zu den verschiedenen Türmchen und Zinnen des imposanten Gebäudes. Der Parkplatz lag kreisförmig um einen Brunnen, aus dem verschiedene Wasserfontänen sprudelten. In der Mitte des Brunnens waren vier Pferde nachgebildet, die scheinbar aus dem Boden zu springen schienen. Trotz des Herbstwaldes um sie herum lag kein Blatt auf dem Boden. Oliver blickte zu Martin herüber, der ebenfalls aus dem Auto gestiegen war und seinen Mantel enger um seinen Körper zog. Fast ehrfürchtig wanderte sein Blick zu dem großen Eingangsportal.

„Also dann", murmelte Oliver und lief in Richtung Tür. Nur zwei weitere Wagen standen auf dem großen Parkplatz, die jedoch beide nicht in Olivers Gehaltsklasse lagen. Martin folgte ihm und gemeinsam traten sie in das Gebäude.

„Guten Tag", wurden Sie von einer Empfangsdame begrüßt. Sie trug einen engen schwarzen Rock und eine weiße Bluse. Ihr langes braunes Haar hatte sie streng zu einem Knoten hinter dem Kopf zusammengebunden.

„Haben Sie in unserem Restaurant reserviert? Oder wollen Sie an der Bar mit einigen der Mädchen etwas trinken?"

„Sie haben hier drin auch ein Restaurant?", fragte Martin verblüfft.

„Selbstverständlich", antwortete die Frau.

„Wir würden gerne mit dem Besitzer dieses Etablissements sprechen", sagte Oliver und hielt der Frau seinen Ausweis entgegen.

„Haben Sie einen Termin bei Herrn Gruber ausgemacht?", entgegnete die Empfangsdame unbeeindruckt, jedoch nach wie vor höflich und mit einem strahlenden Lächeln auf den für Olivers Geschmack viel zu roten Lippen.

„Wenn er hört, was wir zu sagen haben, wird er einsehen, dass wir keinen Termin brauchen", entgegnete Martin und zwinkerte ihr zu. Anscheinend hatte er seine anfängliche Ehrfurcht schnell wieder abgelegt.

Die Frau runzelte ihre glatte makellose Stirn, nickte kurz und sagte: „Warten Sie bitte einen Augenblick", und verschwand durch eine Tür zu ihrer linken.

Oliver mochte Etablissements wie diese nicht. Sex gegen

Bezahlung war nichts, was er unterstützen konnte. Viel zu viele Zuhälter hatte er festnehmen müssen, nachdem sich herausstellte, dass sie entweder illegalen Mädchenhandel betrieben oder den Frauen Drogen verabreichten, damit sie weniger wehrhaft wurden oder diese verprügelten, wenn sie sich weigerten mit einem Kunden zu schlafen. Diese Art der Arbeit wurde mit seinem Ortswechsel nach Klagenfurt zwar weniger, vergessen würde er die gezeichneten Frauen jedoch nie. Trotzdem konnte er nicht anders, als beeindruckt zu sein. Schon im Vorraum musste die Einrichtung teurer gewesen sein als die Ausstattung in seiner ganzen Wohnung. Spiegel in goldenen Rahmen hingen an den Wänden, die größer waren als er selbst. Gemälde von wohl berühmten Persönlichkeiten, von denen er jedoch keine erkannte, blickten hochmütig auf ihn herab. Marmorsäulen ragten bis zur Decke empor und ein großer bestickter Teppich, auf dem eine Jagdgesellschaft verewigt war, bedeckte fast den gesamten Boden, der ebenfalls aus Marmor zu bestehen schien.

„Keine schlechte Bude hier", sagte Martin mehr zu sich selbst als zu Oliver.

Die Tür, durch welche die Empfangsdame noch vor kurzem verschwunden war, öffnete sich erneut und sie trat zusammen mit einem ziemlich kleinen aber kräftig gebauten Mann über die Schwelle. Oliver schätzte ihn auf Mitte vierzig. Er trug ein weißes Hemd und eine schwarze Jeans, seine Haare hatte er ähnlich wie Staatsanwalt Klein mit einem Kamm glatt über seinen Kopf nach hinten drapiert.

„Meine Herren, mein Name ist Gruber, ich bin der Besitzer dieses Etablissements. Dürfte ich Sie bitten, mir in mein Büro zu folgen?"

Ohne eine Antwort abzuwarten drehte er sich um und ging voran, nicht erneut durch die Tür, sondern den Flur entlang, der anschließend in einen großen Raum mündete, in dessen

Mitte eine Bar stand. Rund um den kreisförmigen Tresen waren Hocker aufgestellt, und an den Wänden standen große rote Ledersessel an ebenfalls kreisförmigen Tischen. Weiße Skulpturen, die bis an die Decke ragten und andere Schmuckstücke prangten von überallher. Ein einsamer Barmann stand gelangweilt am Tresen und polierte bereits glänzende Gläser, die er dann an die Decke an entsprechende Halterungen hängte. Neugierig warf er ihnen einen Blick zu. Herr Gruber ging jedoch schnellen Schrittes weiter in einen weiteren Flur, wo er eine Tür zu seiner Rechten öffnete. Oliver konnte sich zwei Möglichkeiten vorstellen, warum er so eilig unterwegs war, ohne auch nur nach einem Grund für ihren Besuch zu fragen. Die erste bestand darin, dass das getötete Mädchen tatsächlich von hier stammte und er bereits von ihrem Tod wusste. Die zweite und wahrscheinlichere Möglichkeit war die, dass Herr Gruber wohl ganz und gar nicht darauf erpicht war, dass Besucher seines Hauses im Flur der Polizei über den Weg liefen.

Er betrat gefolgt von Martin das Büro von Herrn Gruber und schloss die Tür hinter sich. Auch hier war die Einrichtung nicht weniger protzig. Die Gemälde der ihm unbekannten Persönlichkeiten waren gerahmten Bildern von nackten Frauen gewichen, die allesamt verführerisch in die Kamera blickten, der Rest der Einrichtung war jedoch ähnlich wie in den anderen Räumen. In der Mitte des Büros stand ein großer Schreibtisch mit einer Glasplatte, der abgesehen von einem Laptop gänzlich leer war. Oliver fragte sich gerade, warum man einen so großen Arbeitstisch benötigte, wenn dann doch nur ein Laptop darauf stand, als Herr Gruber sich vernehmlich räusperte. Erwartungsvoll und ein wenig ungeduldig schaute er Oliver und Martin abwechselnd an.

„Würden Sie mir erzählen, womit ich Ihnen dienlich sein kann?", fragte er mit übertriebener Höflichkeit und klar erkennbarem genervten Unterton. Die falsche Freundlichkeit beherrschte seine Empfangsdame eindeutig besser als er. Oliver kramte ein Foto aus seiner Manteltasche und legte es vor ihn auf den Schreibtisch.

„Haben Sie dieses Mädchen schon einmal gesehen?", fragte Oliver.

Die Aufnahme des Fotos stammte vom Obduktionstisch, jedoch war nur ihr Kopf darauf abgelichtet worden. Die Augen des Mädchens waren geschlossen und sah man von der Blässe ihrer Haut ab, so wirkte es fast so, als würde sie schlafen. Herr Gruber warf einen kurzen Blick auf das Bild.

„Nein."

„Wollen Sie sich das Bild nicht vielleicht noch einmal genauer anschauen, bevor Sie sich festlegen?", fragte Martin mit ebenfalls übertrieben freundlicher Stimme.

„Inspektor, waren Sie bereits einmal Gast in diesem Etablissement?", fragte Herr Gruber.

„Nein, war ich nicht", antwortete Martin verdutzt.

„Wollen Sie sich nicht vielleicht noch einmal genauer um-schauen, bevor Sie sich festlegen? Sehen Sie meine Herren, ich kann mir dieses Bild fünf Sekunden anschauen, ich kann es mir auch eine Stunde anschauen, es wird nichts an der Tatsache ändern, dass ich dieses Mädchen auf dem Bild noch nie gesehen habe."

„Dieses Mädchen hat also noch nie für sie gearbeitet?", übernahm Oliver wieder die Befragung.

„Wie sollte sie das getan haben, wenn ich sie noch nie gesehen habe?", antwortete Herr Gruber leicht spöttisch. „Aber mich würde interessieren, warum sie das denken."

„Kennen Sie alle ihre Mitarbeiterinnen persönlich?", über-ging Oliver seinen Kommentar. „Oder gibt es auch Personal, dass nicht durch Sie eingestellt wird."

„Ein Edeletablissement wie dieses läuft nur, wenn man sich persönlich um alle Mitarbeiterinnen kümmert", antwortete Gruber, der damit wohl die Ansicht vertrat, dies wäre

Antwort genug.

„Dann danke ich Ihnen vielmals für Ihre Zeit, das ist schon alles", sagte Oliver und steckte das Foto zurück in seine Tasche.

Gruber zog eine Augenbraue hoch und sah die beiden weiterhin verächtlich an. Dann nickte er, ging an ihnen vorbei und geleitete sie ohne ein weiteres Wort zurück durch den Flur, an der Bar vorbei und zum Ausgang, wo ihnen die Empfangsdame zum wiederholten Male ein breites Lächeln schenkte. „Sollten Sie noch etwas von mir brauchen, dann können Sie das nächste Mal auch gerne einfach anrufen", sagte Gruber, gab Martin eine Visitenkarte aus seiner Hemdtasche, wandte sich um und ging den Weg zurück in Richtung Büro.

„Bis zu ihrem nächsten Besuch", sagte die Frau zum Abschied und schloss hinter ihnen die große Tür.

„Was für ein schleimiger Kerl", sagte Martin und folgte Oliver in Richtung Auto. „Wenn du willst kann ich am Abend wiederkommen, mich inkognito an die Bar setzen und die Leute fragen, ob sie das Mädchen hier schon einmal gesehen haben." Er grinste.

Oliver schnaufte verächtlich.

„Glaubst du ernsthaft, dass dir hier irgendjemand Auskunft gibt? Die Leute gehen in so einen Laden, weil sie die Anonymität schätzen. Und die Mädchen werden ganz sicher nicht dafür bezahlt, dass sie sich mit dir darüber unterhalten, ob eine ihrer Kolleginnen eventuell nicht aufgetaucht ist. Außerdem glaube ich nicht, dass dieser Gruber gelogen hat. Ein schleimiger Kerl, aber einer, der die Wahrheit sagt würde ich meinen. In so einem Laden wird jede Frau angemeldet sein, ich kann mir schwer vorstellen, dass es hier in der Buchhaltung grobe Fehler gibt. Warum also sollte Herr Gruber lügen, wenn er weiß, dass wir dahinterkommen würden?"

„Also keine Prostituierte?", fragte Martin.

„Ich persönlich glaube nicht daran", sagte Oliver mit ernstem Ton. „Allerdings sind Kohler und Klein davon überzeugt."

„Wie geht es dann also weiter?"

„Nun, es gibt mindestens zehn Laufhäuser hier in der näheren Umgebung. Lass dir von Jackson die Adressen geben und fahre dorthin. Zeige allen, die du triffst, das Bild mit dem Mädchen und frage, ob sie dort arbeitet oder gearbeitet hat. Ich laufe zum Tatort und lasse mich von Nina Seidel in Staatsanwalt Kleins Büro fahren. Dort treffe ich mich mit einer gewissen Anwältin namens Erika Binder. Diese ist in den Augen von Klein die fähige Unterstützung für unseren Fall auf Seiten der Staatsanwaltschaft. Um vier Uhr ist dann die nächste Teambesprechung. Bis dahin werden wir hoffentlich erste Ergebnisse vorliegen haben."

Kapitel 5

Oliver marschierte die lange Auffahrt hinab in Richtung Tor. Obwohl die Sonne schien, fraß sich die Kälte geradezu durch seinen Mantel und in seine Glieder. Beim Ausatmen konnte er nach wie vor seine verbrauchte Luft verfolgen, die aus seinem Mund wie der morgendliche Nebel davonwaberte. Als er bei der Schranke angekommen war, die den Fußweg zu dem Weinberg begrenzte, musste er feststellen, dass das Auto von Nina Seidl nicht mehr dort stand. *Scheiße*, fluchte er innerlich. Er hatte keinen Gedanken darauf verschwendet, dass Ninas Inspektion bereits abgeschlossen sein konnte. Er zückte sein Handy und wählte Martins Nummer, doch dieser ging nicht an sein Telefon. Auch als er Nina anrief, hörte er nur den sich wiederholenden Ton des Telefons. Fluchend wählte er die Nummer der nächsten Taxizentrale, gab seinen Standort durch und setzte sich auf eine Holzbank mit Blick auf die Stadt, die gleich neben der Schranke stand. Er band sich seinen Schal neu, sodass dieser nun auch seinen Mund und die Nase vor der Kälte schützte, lehnte sich nach hinten und ließ sich die Sonne ins Gesicht scheinen. In diesem Augenblick fühlte er sich unendlich schwer und müde. Es gab einfach Tage im Leben, die waren frustrierend und dieser gehörte eindeutig dazu.

Als zehn Minuten später das Taxi neben ihm parkte, erwachte er abrupt aus seinem Dämmerschlaf. Er rieb sich die Augen und stellte fest, dass die Haut seiner Augenlieder vom vielen Reiben bereits gereizt war und brannte. Er ließ sich auf den Beifahrersitz des Taxis fallen und nannte dem etwas rundlich wirkenden Fahrer die Adresse.
„Und, war es ein sinnlicher Zeitvertreib?", fragte dieser an Oliver gewandt.
Oliver musste kurz nachdenken bis er verstand, worauf der Fahrer mit dem speckigen Lächeln anspielte. Seine Miene wurde finster und er erwiderte nichts, woraufhin auch während dem Rest der Fahrt geschwiegen wurde. Als Oliver zahlte, gab er kein Trinkgeld.

Erika Binder empfing ihn in ihrem Büro. Sie war durchschnittlich groß, hatte langes blondes Haar, das offen auf ihren Rücken fiel, eine sportliche Figur und trug den für ihren Beruf typischen schwarzen Blazer über der weißen Bluse. Allerdings besaß sie mehr Lachfalten als die meisten anderen Anwälte, die Oliver bisher zu Gesicht bekommen hatte. Ihr Schreibtisch, hinter dem sie Platz genommen hatte, war das genaue Gegenteil von Herrn Grubers Arbeitsfläche im Bordell: Er war über und über beladen mit Akten, losen Zetteln, Kugelschreibern und Notizblöcken. Ihr Laptop stand inmitten der Berge aus Papier und ein angebissenes

Baguette lugte unter einem Ordner mit der Aufschrift *dringend* hervor. Sie wirkte überaus gut gelaunt und schenkte Oliver zur Begrüßung ein natürliches und breites Lächeln.

„Kann ich Ihnen einen Kaffee anbieten?", war das erste, das sie ihn fragte. Dieser Satz ließ sie bei Oliver gleich unzählige Sympathiepunkte sammeln und dankend nahm er eine dampfende Tasse Kaffee entgegen, an dem er sich prompt die Zunge verbrannte, aber trotzdem zufrieden seufzte, weil das Gebräu ungleich besser schmeckte als bei ihm im Büro.

„Nun, wie Sie ja bereits wissen, werde ich Ihnen zur Seite stehen, sollte es zu einer Anklage kommen", eröffnete Erika das Gespräch. Ihre Stimme war klar und angenehm.

„Es wird zu einer Anklage kommen", erwiderte Oliver etwas zu bissig. „Es handelt sich um einen Mord und ich habe nicht vor, einen Mörder davonkommen zu lassen."

Da er auf dem Schreibtisch keinen freien Platz für seine Tasse ausmachen konnte, behielt er sie beim Sprechen in der Hand, wobei er es tunlichst vermied, wild zu gestikulieren.

„Staatsanwalt Klein hat erwähnt, dass ich mir keine allzu großen Hoffnungen auf meinen ersten Mordfall machen sollte", erwiderte Erika Binder. „Bei der Toten soll es sich wohl um eine Prostituierte handeln und bei Mordfällen dieser Art kommt es signifikant seltener zu Anklagen, geschweige denn zu Verurteilungen."

Oliver schloss kurz seine Augen als er vernahm, dass es sich für Binder um den ersten Mordfall handelte, ging aber nicht weiter auf diese Tatsache ein.

„Dass es sich bei dem Mordopfer um eine Prostituierte handelt, ist keinesfalls erwiesen", entgegnete er stattdessen. „So wie es aussieht hat sie zumindest nicht in dem Bordell gearbeitet, vor dem sie aufgefunden wurde. Wir grasen im Moment auch alle weiteren entsprechenden Einrichtungen ab, ich bin jedoch nicht überzeugt von Staatsanwalt Kleins

Theorie, dass es sich bei dem Opfer um eine Prostituierte handelt."

Binders Augen fingen bei diesen Worten an zu leuchten. Dass ihr erster Mordfall eventuell größer war als gedacht und dementsprechend mehr Aufmerksamkeit auf sich ziehen könnte, schien ihr wohl sehr zu gefallen. *So ist es halt im Leben*, dachte Oliver. *Für die einen handelt es sich bei einem Mord um eine Tragödie. Für die anderen kann er einen Karrieresprung bedeuten.* Dass es sich bei einem Mord jedoch ebenso um das vorzeitige Ende einer Karriere handeln konnte, rieb er Erika Binder nicht unter die Nase. Zum einen war er auf eine gute Zusammenarbeit mit ihr angewiesen. Zum anderen war sie ihm trotz allem sympathisch. Ihre Fähigkeiten musste sie ihm jedoch erst noch unter Beweis stellen.

Als Oliver pünktlich um sechzehn Uhr den Konferenzraum betrat, saßen alle bis auf Clemens bereits wieder an ihren Plätzen. Oliver runzelte die Stirn. Dass das Labor so lange für die Freigabe des Briefes benötigte, war eher unüblich. Auf dem Tisch in ihrer Mitte lagen zwei Zeitungen. Das konnte nur eines bedeuten: Die Reporterin Josepha Strasser hatte es irgendwie geschafft, einen Artikel in die heutige Ausgabe zu bekommen. Sehnsüchtig dachte er an ihren geöffneten Mantelknopf vom Morgen, der ihm einen freien Blick auf ihr verführerisches Dekolleté ermöglicht hatte. Dreimal hatten sie sich bereits privat getroffen, jedes Mal waren sie danach im Bett gelandet und alle Nächte hatte er in aufregender Erinnerung. Nur störte es ihn, dass sie ihn immer *Süßer* nannte. In seinen Ohren klang das irgendwie kindlich. Auch ihre unterschiedlichen Berufe bereiteten ihm Kopfschmerzen, da er höllisch achtgeben musste, ob sie ihn aus privater oder beruflicher Neugierde etwas fragte. Diese

Tatsache hatte er bei ihrem Kennenlernen auf schmerzhafte Weise in Erfahrung bringen müssen. Bei einer der seltenen Gelegenheiten, an denen er Martins und Chesters Einladung in die Kneipe angenommen hatte, saß sie ihm plötzlich gegenüber, um ihn in ein scheinbar zwangloses Gespräch zu verwickeln. Sie unterhielten sich über zwei Stunden, bevor sie ihm ihre Nummer gab und verschwand. Am nächsten Morgen konnte er ein hübsches Zitat von sich in der Zeitung lesen und musste von Kohler eine Schimpftirade der üblen Sorte über sich ergehen lassen. Als er daraufhin wutentbrannt ihre Nummer anrief, lud sie ihn als Entschuldigung zu einem Abendessen und einer Flasche Rotwein ein. Bis jetzt konnte er sich nicht erklären, warum er diese Einladung angenommen hatte. Er wusste, dass diese Liebschaft nicht einfach werden würde, dafür waren sie zu verschieden. Zudem war er nicht darauf erpicht, dass seine Kollegen über ihn und die Reporterin etwas erfuhren.

„Was schreiben sie denn über heute?", fragte er Martin, der erneut an einem Käsebrot kaute.

„Nicht viel", nuschelte dieser zurück und schluckte den Bissen hinunter. „Im Prinzip nur das Offensichtliche, tote Frau, Fundort, fertig. Allerdings ist auch die Presse auf die Nuttentheorie gekommen."

„Na prima", seufzte Oliver und ließ sich in einen der freien Stühle fallen. „Also, wo stehen wir? Wer will anfangen?"

Sophia ergriff als Erste das Wort.

„Ich habe heute Stunden meines Lebens damit verbracht, über Kamille zu recherchieren", eröffnete sie ihren Vortrag mit leicht vorwurfsvollem Ton. „Glaubt man dem Internet, der Apotheke und dem Blumenladen, in denen ich war, so kann Kamille praktisch alles heilen. Zunächst handelt es sich bei Kamille ganz offiziell um eine Heilpflanze, die bis auf wenige Ausnahmen in ganz Europa zu Hause ist. Sie wirkt schmerzlindernd und beruhigend, entzündungshemmend, krampflösend, antibakteriell...", las sie von einer vor ihr liegenden Liste ab. Als sie bei dem Punkt „Erkrankungen im Magen-Darm-Bereich und blähungslösend" ankam, versuchte Martin sein Lachen in einem Husten zu verbergen.

„Kommen wir nun zu den interessanteren Aspekten. Negative Folgen von Kamille gibt es kaum welche, da die medizinische Verwendung auch praktisch nur auf die Blüten beschränkt ist. Jedoch kann die Pflanze zu einer Bindehautentzündung führen, wenn sie mit dem Auge in Kontakt kommt. Zudem kann es vereinzelt zu Hautirritationen kommen, was jedoch mehr auf Verunreinigungen durch andere Pflanzen zurückzuführen ist. Hundskamille kann wohl auch zu Allergien führen. So weit, so gut. Folgende Theorie mag vielleicht etwas weit hergeholt klingen, aber Kamille wird anscheinend auch zur Wundheilung und zur Förderung der Heilung bei Entzündungen im Genitalbereich verwendet. Lagen die Hände des Opferns, das ja erwiesenermaßen vergewaltigt wurde, mit der Kamillenpflanze nicht in ihrem Schoß?"

Oliver musste lächeln, während er ihre Ausführungen in seinen Laptop tippte. Genau diese kreativen Ideen schätzte er an Sophia Zotter. Sie führte nicht nur stupide ihre Arbeit aus, sondern suchte jederzeit auch nach wichtigen Verbindungen. Natürlich stellte sich oft heraus, dass diese Theorien nichts mit dem eigentlichen Fall zu tun hatten. Dennoch waren es oft ihre Denkanstöße, die sie in einem Fall einen Schritt weiterbrachten.

„Du meinst also, es handelt sich um einen Vergewaltiger und Mörder, der seine Misshandlung im Anschluss bereuen könnte?", hakte Martin zweifelnd nach.

„Möglich wäre es", bestätigte Sophia. „Immerhin wurde sie post mortem entsprechend zurechtgemacht und die Reue nach einem Mord ist keine Seltenheit. Er hätte sie auch einfach achtlos liegen lassen können. Stattdessen hat er sie nach der Vergewaltigung wieder angezogen und äußerlich beinahe unversehrt hinterlassen."

Es entstand eine kurze Stille, in der alle über Sophias Worte nachdachten.

„Wie dem auch sei", übernahm Martin dann die Rolle des Vortragenden. „Eine Prostituierte scheint sie jedenfalls nicht zu sein. Ich war in sämtlichen Bordellen der Stadt und keiner will sie gekannt haben. Scheint so, als lägen Kohler und Klein mit ihrer Theorie falsch."

„Und auf die Verkündigung dieser Botschaft freue ich mich schon sehr", murmelte Oliver mehr zu sich selbst, als zu den anderen. Dennoch war der Satz deutlich im Raum zu hören und ein allgemeines belustigtes Lachen war zu vernehmen. Die kühle Distanz zwischen Polizeidirektor Ernst Kohler und ihrem direkten Vorgesetzten Oliver Strauß war nur allzu bekannt.

Nun stand Jackson vom Stuhl auf und fing seinerseits an zu erzählen. Stillsitzen und reden gleichzeitig schien nicht möglich zu sein, eine Tatsache, die jedoch niemanden störte.

„Die Fingerabdrücke haben keinen Treffer geliefert. Mit ihren geschätzten achtzehn Jahren ist das Opfer natürlich sowohl potenzielle Schülerin als auch potenzielle Studentin. Ich möchte hinzufügen, dass allein die Universität über zehntausend Studenten hat, mehr als die Hälfte davon sind weiblich. Dazu kommen noch alle Schülerinnen im Alter zwischen siebzehn und neunzehn Jahren, die ich mir an-schauen muss. Insgesamt eine Menge Gesichter."

Oliver wusste, worauf Jackson hinauswollte. Wenn er seinen Bericht so anfing, dann war er entweder zu keinem Ergebnis gekommen oder er wollte prahlen, dass er es trotz der schweren Umstände geschafft hatte, die Herausforderung zu meistern. Seinem sichtlich peinlich berührten Gesichts-ausdruck war jedoch zu entnehmen, dass er zu keinem Ergebnis gekommen war. Mit seinen gerade einmal zweiundzwanzig Jahren schien er solche Rückschläge nach wie vor persönlich zu nehmen.

„Wie dem auch sei", fuhr Jackson Hunter fort, während er nun doch stehenblieb und mit seinen Zeigefingern auf die Rückenlehne seines Stuhls trommelte. „Ich kann zu fünfundneunzig Prozent ausschließen, dass sie auf eine Schule innerhalb von Klagenfurt gegangen ist oder als Studentin an der Universität studiert hat. Schulen außerhalb Klagenfurts habe ich noch nicht durchgeschaut. Diese wären natürliche ebenfalls möglich, jedoch unwahrscheinlicher. Kurz gesagt: Ich habe nach wie vor keine Ahnung, wer sie ist."

Schlecht gelaunt ließ er sich wieder auf seinen Stuhl fallen und blieb verhältnismäßig ruhig sitzen. Nina Seidel, die seine Bedrückung zu spüren schien, eröffnete daher direkt ihren eigenen Bericht.

„Ich habe den Tatort bei Tageslicht erneut angeschaut und kann dem Bericht der Spurensicherung nichts weiter hinzufügen. Es gibt keine verwertbaren Spuren auf der Lichtung. Ob der Ort dem Täter etwas bedeutet hat, ob er ihn zufällig gewählt hat oder ob er ihn einfach praktisch fand lässt sich bis zu diesem Zeitpunkt noch nicht beantworten. Jedoch sind sich, denke ich, alle hier Anwesenden darüber im Klaren, dass es sich bei der Lichtung zwar um den Ablageort der Leiche, jedoch nicht um den Tatort im herkömmlichen Sinne handeln kann. Der Ort ist von mehreren Seiten begehbar, recht bekannt und ich habe mir sagen lassen, dass sich selbst nachts vereinzelt Wanderer dorthin verirren, um beispielsweise den Sonnenaufgang über der Stadt anzuschauen oder einfach den Sternenhimmel zu genießen. Schlecht geschützt vor Blicken ist die Lichtung auch. Selbst die Ablage der Leiche auf dieser Hollywoodschaukel war eine riskante Entscheidung. Außerdem wäre es sonst praktisch unmöglich für den Täter gewesen, keine Spuren zu hinterlassen. Der eigentliche Tatort kann jedoch nicht weit entfernt

gewesen sein, da sonst die Totenstarre weiter fortge-
schritten gewesen wäre. Zumindest unter der Annahme,
dass der Täter sie nicht bei Temperaturen um die acht Grad
im Freien vergewaltigt hat. Somit wäre beispielsweise das
Bordell Schloss Turmhöhe ein perfekter Ort für den Mord
gewesen: Nahe am Ablageort, Kleidung und Schminkutensilien zweifelsfrei vorhanden. Kamillenpflanzen sind
selbst jetzt noch rund um das Gebiet zu finden. Dieser Punkt
geht denke ich also wieder an die Theorie mit der Prostituierten."

Oliver, der anfangs etwas enttäuscht darüber war, dass Nina
dem Bericht der Spurensicherung nichts weiter hinzuzufügen
hatte, konnte dennoch nicht behaupten, dass sich seine
neueste Ermittlerin keine Gedanken gemacht hatte. Die
Richtung, in die ihre Theorie ging, gefiel ihm jedoch weniger
gut. Er konnte sich nach wie vor nicht mit dem Gedanken
anfreunden, dass es sich bei der Toten um eine Prostituierte
handelte. Oder *wollte* er sich vielleicht einfach nicht damit
anfreunden, um Kohler und Klein eins auswischen zu
können? In diesem Moment betraten Clemens Breuer und
Gerichtsmediziner Chester Hensley den Raum. Beide ent-
ledigten sich ihrer Mäntel und ließen sich auf einen freien
Stuhl nieder. Dass Chester aus der Gerichtsmedizin in ihrer
Teambesprechung saß war zwar etwas ungewöhnlich,
jedoch hatte Oliver nichts einzuwenden.

„Gift", sagte Chester müde. „Ich weiß zwar nicht welches,
aber ich kann mir keine andere Todesursache erklären, wenn
ich nach wie vor davon ausgehe, dass ich alle natürlichen
Ursachen ausschließen kann. Und ich denke wir sind uns
einig, dass ich es kann. Für alles Weitere brauche ich Zeit, die
Analysen laufen, darum dachte ich, ich höre mal bei euch
rein."

Er griff sich ein belegtes Brot vom Tablett auf dem
Konferenztisch und blickte erwartungsvoll in die Runde.

„Hat Guinness tatsächlich mal genug von seinen toten Freunden und sucht Anschluss bei den Lebenden", konnte sich Martin einen Spruch nicht verkneifen.

„Ich gebe es ungern zu, aber zeitweise ist das Leben zwischen Leichen wirklich etwas einsam", antwortete Chester etwas bedrückter, als es sonst seine Art war. „Vor allem, wenn es sich um junge Opfer handelt."

Oliver wandte sich an Clemens Breuer. „Wie ist dein Tag verlaufen?", fragte er ihn.

„Ich habe den ganzen Tag im Labor verbracht und darauf gewartet, dass man mir den Brief aushändigt."

Oliver dachte darüber nach, dass Martin bei so einem Tag vor Wut geschäumt hätte. Ein Mord passierte und er müsste den ganzen Tag im Labor sitzen und auf Ergebnisse warten. Clemens schien das jedoch nicht sonderlich gestört zu haben. Seine zwei Jahre, die ihn noch von der Rente trennten, wollte er anscheinend so entspannt wie möglich verbringen. Vielleicht war dies auch der Grund, warum das Labor so lange gebraucht hatte? Oliver konnte sich nicht so richtig vorstellen, dass Clemens wirklich Druck ausgeübt hatte.

„Gerade eben habe ich ihn bekommen. Bei dem Pulver handelte es sich übrigens nur um stinknormalen Sand. Ich habe den Brief bereits kurz überflogen und muss sagen... interessant. Er ist an dich adressiert." Mit diesen Worten reichte er Oliver zwinkernd ein gefaltetes Blatt Papier über den Tisch. Er faltete den Zettel auf und las vor:

Lieber Oliver,
in deinem Namen für meine Sammlung erworben.
Ohne jegliche Hochachtung
ein alter Freund

Kapitel 6

Oliver überflog die wenigen Buchstaben immer wieder, während er sechs Paar Augen mit neugierigem Blick und hochgezogenen Brauen auf seinem Gesicht brennen spürte. Es war einer der seltenen Momente, in dem sein Gesicht nicht rot anlief, sondern jegliche Farbe verlor. Er konnte sich absolut keinen Reim darauf machen, was das bedeuten sollte. *Welche Sammlung? Ein alter Freund?* Dass das Wort *Freund* in dem kurzen Brief sarkastisch verwendet wurde, war mehr als offensichtlich. Aber hatte er Feinde? Vermutlich mehrere. Immerhin war er nicht grundlos leitender Kriminalinspektor einer Mordkommission. Erneut rieb er sich über die müden Augen und blickte dann in die Runde.

„Kann sich irgendeiner einen Reim auf das hier machen?"

Er wedelte mit dem Blatt Papier in seiner Hand. Alle schüttelten die Köpfe.

„Okay. Da scheint uns jemand verarschen zu wollen. Oder eher: Da scheint jemand mich verarschen zu wollen. Ich mag es nicht verarscht zu werden. Und ich bin müde und fix und fertig. Und ihr seid ebenfalls müde und ausgelaugt. Darum bitte ich nun alle, die um fünf Uhr morgens schon beim Tatort waren, nach Hause zu fahren und sich vernünftig auszuschlafen. Kraftlos und ohne Energie bringt ihr mir nichts. Jackson, kannst du noch ein oder zwei Stunden nach der Identität des Opfers suchen?"

Jackson nickte ihm zu.

„Gut, danke. Wir treffen uns Morgen um sieben Uhr hier im Konferenzraum. Seid ausgeschlafen und frühstückt ordentlich, auch morgen wird ein langer Tag."

Mit diesen Worten stand er auf, warf den Brief vor sich auf den Tisch und verließ ohne einen weiteren Kommentar den Raum. Er hörte noch, wie hinter ihm das Gemurmel anfing, als er sich schon seinen Mantel schnappte und beinahe fluchtartig das Präsidium verließ. Auf dem Weg zum Parkplatz wählte er auf seinem Handy die Nummer von Staatsanwältin Erika Binder und bat sie, bei der morgigen Besprechung anwesend zu sein. Dann ließ er sich hinter das Lenkrad seines Dienstwagens fallen und starrte mit zusammengekniffenen Augen durch die Windschutzscheibe. Es wurde bereits dunkel, die vereinzelten Wolkenfetzen am Himmel waren von der Sonne magentarot gefärbt. Unwill-kürlich musste er an den Fundort der Leiche denken. *Romantisch* hatte er ihn in seinen Gedanken genannt. Jetzt würde besagter Ort bestimmt überfüllt sein von sich küssenden Pärchen, die von dort oben einen nicht zu verachtenden Sonnenuntergang über dem See beobachten konnten. Und jeder von ihnen war ahnungslos, was sich nicht einmal vierundzwanzig Stunden zuvor auf derselben Lichtung abgespielt hatte. Mit einem Mal verspürte er überhaupt keine Lust mehr in seine kalte dunkle Wohnung zu fahren. Er sehnte sich nach Wärme. Er sehnte sich nach einer Frau, die ihn in den Arm nehmen und halten würde. Er sehnte sich ausgerechnet nach der Frau, die alles, was er ihr erzählen wollte, am nächsten Tag in der Zeitung ver-öffentlichen würde. Er sehnte sich nach Josepha.

Als Oliver fünfzehn Minuten später bei Josepha an der Tür klingelte, tappte er nervös von einem Fuß auf den anderen. Er hatte sie nicht über seinen Besuch informiert und nach erst drei intimen Treffen war er sich nicht sicher, ob sie Überraschungsbesuche gutheißen oder ihm eventuell sogar ein fremder Mann die Tür öffnen würde. Gerade fragte er sich, ob sie überhaupt zu Hause sei und ob er vielleicht wieder gehen sollte, als er erst ihre Schritte hinter der Tür und dann den sich drehenden Schlüssel im Türschloss vernahm. Sie schaute ihn mit hochgezogenen Augenbrauen an und er blickte leicht betreten zu Boden.

„Na, wenn das keine Überraschung ist. Komm rein, Süßer", lachte sie dann gut gelaunt und trat zur Seite, um ihn durchzulassen.

„Danke", murmelte Oliver verlegen und trat in den Flur, um sich seiner Jacke und Schuhe zu entledigen. Dann folgte er ihr in das großzügig ausgestattete Wohnzimmer und ließ sich auf dem Sofa nieder. Josepha hatte ihr Wohnzimmer, was die Farben betraf, sehr vielfältig und dennoch geschmackvoll eingerichtet. Ein weinrotes Sofa stand vor einer dunkelgrünen Wand, Kissen in allen Farben, Formen und Größen lagen im ganzen Raum verstreut, bunte abstrakte Bilder und Kerzen waren im Raum verteilt. Ein kleiner Tisch stand beladen mit Zeitschriften und Büchern in der Mitte des Raumes. Über eine Stereoanlage lief eine CD von Eric Clapton. Josepha nahm sich einen Block und einen Stift vom Tisch, ließ sich ihm gegenüber auf einen Sessel sinken und blickte ihn erwartungsvoll an.

„Ich bin bereit, was kannst du mir über den Mordfall erzählen? Ist sie wirklich Prostituierte? Wie alt ist sie? Wann gibt es eine erste ausführliche Pressekonferenz? Den ganzen Tag über hat euer Pressesprecher kein vernünftiges Wort von sich gegeben. Morgen früh um zehn Uhr sollen erste Ergebnisse präsentiert werden."

Ergebnisse?, dachte Oliver. Was für Ergebnisse? Im Moment taten sich nur immer weitere Rätsel vor ihnen auf. Und warum wusste er nichts von der Pressekonferenz? Er sah Josepha mit zusammengekniffenen Augen und rotgefleckten Wangen an. Diese legte Stift und Block beiseite und fing an zu lachen.

„Nur ein Witz", sagte sie. „Dass du nicht für eine Stellungnahme vorbeigekommen bist, habe ich mir schon gedacht. Hast du Hunger? Du scheinst nicht gerade vor Energie zu

sprühen, sollen wir dich vielleicht ein wenig aufpäppeln?"
Sie stand auf und ging in die Küche, während Olivers Blick ihr folgte. Ihre enge Hose gefiel ihm ausgesprochen gut.

„Du machst dir ja keine Vorstellungen", antwortete er und erhob sich ebenfalls widerstrebend und schwerfällig vom Sofa. „Und Durst. Hast du zufällig Hochprozentiges im Haus?"

Sie aßen Kärntner Käsnudeln mit Rahmbutter und dazu einen gemischten Salat. Josepha verstand etwas vom Kochen, sie kochte die mit Quark und Kräutern gefüllten Teignudeln nicht nur, sondern briet sie zusätzlich noch kurz in der Pfanne an, bis sie eine leichte braune Kruste bekamen. Oliver aß schnell und viel und überließ es Josepha, die Gesprächs-führung zu übernehmen, während er an den entsprechen-den Stellen entweder den Kopf schüttelte oder zustimmend grunzte.

„Danke", sagte er als er fertig war und lehnte sich um einiges zufriedener gegen die Lehne seines Stuhls. „Das hatte ich bitter nötig."

Josepha lachte erneut, stand auf, ging um den Tisch herum und gab ihm einen Kuss auf seine Stirn.

„Komm mit", sagte sie dann, nahm seine Hände und führte ihn hoch in ihr Badezimmer. Dort zog sie erst Oliver und dann sich selbst aus, um ihn anschließend unter die Dusche zu ziehen. Er schloss die Augen und genoss die warmen Wassertropfen, die in sein Gesicht und auf seine Schultern prasselten. Er streckte die Arme nach Josepha aus und zog sie fest in seine Arme.

Diese Nacht gestaltete sich anders als die drei Nächte, die Oliver bereits mit Josepha verbracht hatte. Sie war anders, weil sie keinen Sex hatten, sondern einfach nackt bei-einanderlagen, die große Decke über sie gezogen. Sie hielten sich gegenseitig fest und lauschten dem Atem des jeweils anderen. Die Nacht war anders, weil Oliver nicht das Abenteuer der Nacht genoss, sondern die Geborgenheit, das Vertraute und nicht das Unbekannte. Und die Nacht war anders, weil früh morgens um kurz nach fünf Olivers Diensthandy klingelte. Es war Martin, der ihm verkündete, dass eine weitere Leiche gefunden worden war. Keine fünfhundert Meter vom letzten Fundort entfernt.

Kapitel 7

Sie sah aus wie ein Engel, der eigens für ihn vom Himmel hinabgeschwebt war. Ihr wallendes blondes Haar verschmolz in der Dunkelheit mit ihrem reinen weißen Nachthemd, während sie andächtig vor ihm kniete, die Hände gefaltet. Obwohl die Dunkelheit alles um ihn herum verschluckte, schien das Mädchen doch heller zu leuchten als die Sonne. Ein letztes Mal beugte er sich zu ihr herunter und roch an ihren Haaren, während er den Stoff des Nachthemds an ihrem Rücken glattstrich. Er schloss die Augen und genoss ihren süßlichen Duft. Der Wind säuselte kalt aber sanft um seine Ohren. Dann richtete er sich auf.

„Ich danke dir, du warst etwas sehr Besonderes. Nun entschwebe wieder dorthin zurück, woher du gekommen bist."

Mit diesen Worten drehte er sich um und ging. Schon nach wenigen Metern hatte die Dunkelheit ihn verschluckt. Sie blieb, wo sie war, andächtig kniend, die Hände zum Gebet gefaltet und tot.

Kapitel 8

„Ist nicht dein Ernst", grunzte Oliver müde ins Telefon.

„Ich bin in 10 Minuten bei dir und hole dich ab", gab Martin zurück.

„Ich... äh... Ich bin nicht zu Hause", erwiderte Oliver stammelnd. Es war ihm hörbar peinlich, als er Martin die Adresse nannte, an der er ihn einsammeln sollte. Als er auflegte saß Josepha aufrecht neben ihm im Bett und schaute ihn von einem Ohr zum anderen grinsend an.

„Meinst du, dein netter Herr Kollege nimmt mich ebenfalls in seinem Auto mit oder muss ich mir wirklich erst die Mühe machen, euch zu folgen?"

„Ich möchte keinen Kommentar hören", grummelte Oliver, als er zu Martin ins Auto stieg. Dieser hatte jedoch gar keinen Kommentar nötig, ihm bereitete es sichtlich großes Vergnügen, dass er seinen Chef und Partner in Verlegenheit gebracht hatte. Gut gelaunt fuhr er los, wobei ihm weder entging, wer da neben Oliver in der Tür gestanden hatte, noch, dass besagte Person ebenfalls eilig in ihr Auto gestiegen und losgefahren war.

„Soll ich versuchen sie abzuhängen? Bei Rot über die Ampel und ihr einen Strafzettel verpassen, wenn sie es uns gleichtut?", konnte sich Martin nun doch einen kleinen Seitenhieb nicht verkneifen. Oliver sparte sich jegliche Erwiderung und nahm stattdessen einen großen Schluck aus der Thermoskanne mit Kaffee, die ihm Josepha mitgegeben hatte.

„Was wissen wir bereits?", fragte er Martin und wechselte so gekonnt das Thema.

„Ich weiß praktisch nichts. Nur, dass eine Leiche gefunden wurde. Alles Weitere werden wir gleich sehen."

Eine Weile saßen sie schweigend nebeneinander, während

Martin den Wagen durch den erneut dichten Nebel lenkte. Die Scheibenwischer versuchten vergeblich der feuchten Masse Herr zu werden. Oliver sah durch das Rückfenster, dass Josepha mit ihrem alten Volvo hartnäckig an ihnen dran blieb. Sie witterte wohl bereits ihre nächste Story.

„Hast du nicht gesagt, die Leiche wurde nur fünfhundert Meter vom Fundort der Leiche gestern gefunden? Warum fährst du eine andere Strecke?", erkundigte sich Oliver nach einer Weile.

„Sie wurde oben beim Ausblickspavillon gefunden. Ich nehme nicht an, dass du ihn kennst, auch ein sehr netter Ort, ähnlich dem Ausblick von der Lichtung über dem Weinberg. Allerdings ist der Pavillon weiter oben im Wald gelegen, das heißt, wir müssen eine weitere Strecke gehen. Ich fahre von der anderen Seite auf den Berg, damit es nicht allzu weit wird, aber wir werden um einen zehnminütigen Marsch nicht herumkommen."

Oliver überlegte gerade, ob er bei voller Fahrt aus dem Auto springen sollte, um dieser Tortur am frühen Morgen zu entgehen, als Martin scharf rechts abbog, einen kleinen Hügel hinauffuhr und vor einem kleinen Waldweg stehenblieb. *Zu spät.* Zwei weitere Polizeiautos und ein Krankenwagen parkten bereits dort, die anderen Wagen vermutete Oliver wieder an der Schranke vor dem Bordell Schloss Turmhöhe. Widerwillig öffnete er die Wagentür und stieg aus. Hinter ihnen parkte gerade Josepha, stellte den Wagen ab und schwang sich ebenfalls aus dem Auto.

„Was für ein aufregender Morgen!", flötete sie, küsste Oliver auf die Wange und spurtete im Dauerlauf den Waldweg hinauf. Martin blickte Oliver mit hochgezogenen Augenbrauen an.

„Ich sage es noch einmal: Keinen Kommentar!", fauchte Oliver und stapfte Josepha erheblich langsamer hinterher.

„Auf keinen Fall will ich dir diesen *aufregenden* Morgen mit einem unangebrachten Kommentar vermiesen", grinste Martin und folgte ihm. Oliver seufzte. Was hatte er sich da nur wieder eingebrockt?

Der Weg führte sie ein ganzes Stück weit den Hügel hinauf, bevor er in sanften Schlangenlinien schließlich an Steigung verlor. Bis dorthin war Oliver bereits vollkommen verschwitzt und verfluchte lautstark jeden Stein und jede Baumwurzel über die er stolperte. Martin war weise genug, keine weiteren Sprüche mehr loszulassen, um den Blutdruck seines Vorgesetzten nicht noch weiter in die Höhe zu treiben.

Nach fünfzehn Minuten Keuchen und Schimpfen endete der Weg vor einem Felsen, in den kleine Treppenstufen eingeschlagen waren. Am Ende der Treppe herrschte bereits wieder reges Treiben. Oliver erklomm gerade die letzten beiden Stufen, als Josepha ohne ein Wort zu verlieren an ihm vorbeihastete und zurück in Richtung Auto spurtete. Oliver schaute ihr erst verdutzt hinterher, dann drehte er sich um und blieb wie angewurzelt stehen. Das Bild, das sich ihm nun bot war, und er konnte kein anderes Wort dafür finden, einfach faszinierend. Sie standen auf einem großen Felsvorsprung, auf der einen Seite der stockfinstere Wald, auf der anderen Seite der Ausblick auf ein Meer aus Nebel. Die Anhöhe war gerade hoch genug, dass sie die tief über der Stadt und dem See hängenden Wolken unter sich gelassen hatten und nun sah die noch sehr dunkle Landschaft aus, als wäre sie von einer großen Zuckerwatteschicht überdeckt, die durch die bereits verblassenden Sterne leicht funkelte. Genau zwischen dem Abgrund des Felsens und dem dunklen Wald stand ein Holzpavillon, der aus vier verschiedenen Richtungen mit hellen Baustrahlern beleuchtet wurde. Seine acht im Kreis aufgebauten Säulen, die das Dach trugen, erinnerten vage an ein kleines Karussell. Inmitten des

Pavillons lag ein Baumstumpf, vor dem eine junge Frau kniete, die Hände wie zum Gebet verschlossen und auf dem Stumpf abgestützt. Sie war barfuß, hatte hellblondes lockiges Haar und trug lediglich ein weißes Nachthemd, das durch die Scheinwerfer und den sich bildenden Raureif viel zu hell strahlte, beinahe so, als würde die Frau von innen heraus leuchten. Dass sie nicht wirklich betete war Oliver durchaus bewusst. Blendete man aber alle Personen aus, die wie Ameisen hin und her wuselten, Fotos schossen, Absperrungen errichteten oder mit Taschenlampen den Boden absuchten, so hatte diese Szenerie einfach etwas Faszinierendes. Surreal, traurig und schrecklich, aber faszinierend. Oliver drehte sich zu Martin um, der mit offenem Mund zu dem toten Mädchen blickte.

„Was um alles in der Welt…", flüsterte er leise.

Oliver ging noch zwei Schritte näher heran, ohne die Arbeit der Spurensicherung zu gefährden. Er sah, dass im Pavillon um die Frau herum Holzbänke angebracht waren. Wie viele Familien hier wohl schon ein Picknick veranstaltet und dabei die Aussicht genossen hatten? Diesmal saßen jedoch keine Menschen dort, kein fröhliches Kinderlachen oder Hundegebell war zu hören. Stattdessen lag dort etwas gleichmäßig, ja fast zwanghaft ordentlich über die Sitzflächen verteilt.

„Ist das Unkraut?", fragte Oliver den Gerichtsmediziner Chester Hensley, der gerade mit müden Augen von hinten an ihn herangetreten war.

„Ich habe keine Ahnung", antwortete dieser. „Ich bin kein Botaniker. Aber dass es sich um denselben Scheißkerl wie gestern handelt ist ziemlich eindeutig, meinst du nicht?"

Oliver schnalzte mit der Zunge, was wohl seine Zustimmung ausdrücken sollte.

„Kamille ist es jedenfalls nicht", fuhr Chester mit tonloser Stimme fort. „Ich habe mir eine der Blüten angeschaut.

Ebenfalls weiße Blütenblätter und auch in der Mitte gelb gefärbt, also der Kamillenpflanze zumindest sehr ähnlich. Allerdings sind die Blütenblätter viel breiter, das erkenn sogar ich als Laie in diesem Gebiet."

„Hier verarscht uns wirklich einer nach Strich und Faden", sagte Martin, der sich nun ebenfalls wieder zu ihnen gesellt hatte. In diesem Moment entdeckte Oliver die Kriminal-kommissarin Nina Seidel, die grade mit großen Augen die Anhöhe erreicht hatte und sichtlich verwirrt das Spektakel betrachtete. Er winkte sie zu ihrer kleinen Gruppe heran.

„Nina, es wird Zeit, dein Handwerk unter Beweis zu stellen. Wie man mir gesagt hat bist du eine Koryphäe auf dem Gebiet der Tatortuntersuchung. Finde alles, was die Spurensicherung nicht findet. Finde zumindest irgendwas, das uns einen Anhaltspunkt geben könnte. Warum hier, warum auf diese Art und alle weiteren Warum-Fragen, die dir einfallen."

Nina nickte, bewegte sich jedoch nicht. Oliver konnte es ihr nicht verdenken, diesen Anblick musste jeder von Ihnen erst einmal sacken lassen.

„Guinness, wie ist deine vorläufige Einschätzung?", fragte Oliver nun wieder an Chester gewandt.

„Tja, wenn du dir alles gemerkt hast, was ich dir gestern zu ziemlich genau derselben Uhrzeit gesagt habe", antwortete dieser mit Blick auf seine Armbanduhr, „dann weißt du es bereits. Alles stimmt überein. Das geschätzte Alter der Leiche, der Todeszeitpunkt, erneut befindet sich Blut an der Innenseite ihrer Oberschenkel, was auf eine Vergewaltigung schließen lässt. Allerdings trägt sie keine Kontaktlinsen, hat aber von Natur aus blaue Augen."

Oliver nickte müde und richtete seinen Blick weg von der leblosen Gestalt und wieder über die Wolkendecke, die durch den sich ankündigenden Aufgang der Sonne bereits heller zu schimmern begann.

„Und lass mich raten, ihr habt bisher keine weiteren verwertbaren Spuren gefunden", fragte er, ohne dabei Chester anzuschauen. Dessen betretenes Schweigen war ihm Antwort genug. Irgendwo über ihren Köpfen hämmerte ein Specht seinen harten Schnabel immer und immer wieder gegen einen Baumstamm. Leichte Kopfschmerzen stiegen in Oliver auf, als ob er es wäre, der seinen Kopf gegen eine Birke rammen würde. In den Bäumen lief das Leben ganz normal weiter und auch unten in der Stadt würde allmählich der Trubel von Neuem erwachen. Nur auf dieser Lichtung schien alles aus den Fugen geraten zu sein und still zu stehen.

„Lass uns fahren, Martin. Ich habe genug gesehen."

„Vielleicht hättest du andere Klamotten anziehen sollen", sagte Chester geistesabwesend. „Hast du nicht gestern auch schon in diesem dünnen Mantel in der Kälte gestanden und gefroren?"

Der Blick, den Oliver ihm zuwarf, ließ die Temperatur noch um weitere zwei Grad sinken und Chester ging schnellen Schrittes zurück in Richtung Pavillon.

Oliver stand in der kleinen Küche des Präsidiums, die Augen geschlossen, den Kopf gegen den Türrahmen gelehnt und rührte in seiner Kaffeetasse. Er lauschte dem leisen Klingeln des Löffels und träumte vom typischen Nieselregen Hamburgs, der ihm mit einem Mal sehr verlockend vorkam. Eigentlich war er der Großstadt entflohen, weil sein Arzt im nahegelegt hatte, kürzer zu treten. Was er in den letzten beiden Tagen gesehen hatte, war ihm jedoch in seiner gesamten Laufbahn noch nicht untergekommen. Es war inzwischen halb neun, eine halbe Stunde vor der Teamsitzung, die er aus gegebenem Anlass nach hinten verschoben hatte und er überlegte, ob er zu seinem Chef Kohler ins Büro platzen und nach mehr Unterstützung fragen sollte.

Seine Theorie mit den Prostituierten musste dieser doch nun verwerfen. Irgendetwas in ihm weigerte sich jedoch. War es Stolz? Er wollte, dass Ernst Kohler zu ihm kam, demütig und auf allen Vieren und ihn um Verzeihung bat und ihm dann die gesamte Mannschaft zur Verfügung stellte. Er wusste, dass es albern war, er brauchte mehr Unterstützung und heute Morgen in der Eiseskälte hatte er das perfekte Druckmittel für diese Bitte mit eigenen Augen in Form einer toten jungen Frau gesehen. Dennoch konnte er sich nicht dazu durchringen den ersten Schritt zu tun. Ja, es war eindeutig sein Stolz, der ihm im Weg stand. Und Trotz.

Gedankenverloren nahm er einen ersten Schluck Kaffee, die Brühe schmeckte wie immer abscheulich, und ging in den Konferenzraum. Er war überrascht als er sah, dass alle Details des ersten Mordes bereits an den grünen Pinnwänden an der Wand hingen. Ganz oben prangte ein Foto des ungeschminkten Gesichts des Mädchens. Direkt darunter hing ein Schild mit dem Wort *Name,* dass jedoch nach wie vor nicht ausgefüllt war. Oliver schloss daraus, dass Jacksons weitere Nachforschungen vom Abend zuvor ergebnislos geblieben waren. Darunter folgten Fotos des Tatorts sowie eine Menge Notizen von dem aktuellen Stand der Ermittlungen, der leider noch nicht allzu vielversprechend war. Auch die Kamillentheorie war ausführlich beschrieben an der Wand zu lesen. Insgesamt wirkte die Konstruktion wie ein großer Stammbaum, vom Foto des Opfers zweigten sich verschiedene Äste mit unterschiedlichen Informationen ab, die sich dann ebenfalls in weitere Zweige unterteilten. Allerdings erinnerte Oliver das Konstrukt nicht an eine Baumkrone, sondern eher an die Wurzeln eines Baumes, die sich aus dem Baumstamm in das Erdreich hineinfraßen und je tiefer sie kamen, desto kleiner, feiner und unübersichtlicher wurden sie.

Er ließ seinen Blick über die Ausführungen schweifen und las

Worte wie *geschminkt, circa achtzehn Jahre* oder *ein Meter sechsundsechzig.* Ganz unten hing eine Kopie des an Oliver adressierten Briefes. *Für deine Sammlung.* Was für eine verdammte Sammlung? *Ein alter Freund.* Kannte er den Mörder eventuell wirklich schon oder diente der Brief lediglich der Belustigung des Täters?

In diesem Moment betrat der junge Informatiker Jackson Hunter den Raum. Seine Augen waren verquollen und er gähnte herzhaft. Als er Oliver bemerkte hielt er sich erschrocken die Hand vor den Mund, um sein Gähnen zu verbergen.

„Ist schon okay", sagte Oliver verständnisvoll. „Wir sind alle müde. Ich nehme an, diese Arbeit hier an der Wand haben wir dir zu verdanken?" Er deutet mit dem Daumen hinter sich, um seine Worte zu unterstreichen.

Jackson nickte.

„Ich habe ihren Namen nicht herausgefunden, daher dachte ich, ich mache wenigstens irgendetwas Sinnvolles, damit ich auch etwas beitragen kann."

Manchmal erinnerte Jackson Oliver an einen Hund, der Angst hatte Prügel zu kassieren, wenn er einen Befehl nicht richtig ausgeführt hatte. Nur war es in Jacksons Fall nicht die Angst vor Gewalt, sondern die Angst davor, den Job zu verlieren, gekündigt zu werden, weil er keine Ergebnisse lieferte, was höchstwahrscheinlich daran lag, dass es sich bei der Gesuchten eben nicht um eine Schülerin oder Studentin handelte.

Erneut ging die Tür auf und Martin kam herein. Überrascht und dann anerkennend in Jacksons Richtung nickend sah er sich die Notizen an der Wand an, holte ein Foto aus seiner Tasche und hängte es rechts auf die gegenüberliegende Seite der Tafel. Auf der Aufnahme war das zweite Opfer zu sehen, wie sie in ihrem Nachthemd in betender Position umgeben von den weiß-gelben Blütenblättern auf dem Boden kniete. Anscheinend war die Spurensicherung und Gerichtsmedizin noch nicht soweit, ein Foto des Mädchens im ungeschminkten Zustand herausgeben zu können. Kurze Zeit später betraten auch Nina Seidel, Sophia Zotter und Clemens Breuer den Raum und setzten sich. Ausnahmslos alle hielten einen dampfenden Becher Kaffee in ihren Händen. Oliver blickte auf seine Uhr. Es war zehn Minuten vor neun. Er konnte sich nicht daran erinnern, dass das gesamte Team schon einmal zehn Minuten zu früh zu einer Besprechung erschienen war. Er las Müdigkeit aus ihren Gesichtern, jedoch eindeutig auch Verbissenheit und den Willen, sich zu beweisen. Lediglich Clemens Breuer schien ausgeschlafen und sogar halbwegs gut bei Laune zu sein. Vermutlich, weil er am Morgen einen weiteren Tag in seinem Kalender wegstreichen konnte, der ihn noch von seinem wohlverdienten Ruhestand trennte.

Endlich öffnete sich ein letztes Mal die Tür und die Staatsanwältin Erika Binder betrat den Raum. Sie hatte ihr Haar elegant in einem Zopf nach hinten gebunden, trug erneut die typische Blazeruniform und eine ebenso stereotype Aktentasche unter ihrem Arm. Sie ging um den Tisch herum, um sich bei jedem per Handschlag vorzustellen und ließ sich danach neben Oliver in einen freien Stuhl nieder.

„Okay, fangen wir also an", eröffnete Oliver das Briefing.

„Wir haben also unsere zweite Tote. Wie es scheint ist es dieselbe Vorgehensweise, derselbe Opfertyp und ein ähnlicher Fundort wie der von gestern, der, wie ich ganz stark vermuten würde, jedoch nicht der Tatort ist. Ebenfalls noch nicht nachgewiesen ist, dass das Opfer ebenfalls vergewaltigt wurde. Hinweise dazu liegen jedoch vor und ich zweifle nicht daran. Die beiden Tatorte liegen Luftlinie nur sechshundertfünfunddreißig Meter auseinander, geht man den Weg zu Fuß, sind es knappe neunhundert Meter. Zwei Morde also in zwei Tagen, das ist absolut unüblich. Wollen wir hoffen, dass es nicht in diesem Tempo weitergeht. Was wissen wir bereits zu dem heutigen Vorfall? Kann schon irgendwer etwas beitragen?

„Nicht zu dem heutigen Mord, aber zu dem gestrigen. Die Frau ist erstickt. Ich war gerade noch unten bei Chester und der hat es mir erzählt", meldete sich Martin zu Wort.

„Erstickt? Sagte er nicht, dass sie vergiftet wurde?", fragte Sophia verwirrt.

„Ganz genau. Das Gift hat wohl bewirkt, dass ihre Atmung ausgesetzt hat."

„Daher also die äußerliche Unversehrtheit", nahm Oliver den Faden wieder auf. „Okay. Jackson, würdest du…", aber Jackson war bereits aufgesprungen und fing an die neue Information der Tafel hinzuzufügen. Dann drehte er sich um und sah erwartungsvoll in die Gesichter der anderen.

„Also gut", ergriff Nina die Initiative. Ich komme direkt vom Fundort der Leiche, konnte mich aber noch nicht ausreichend umsehen, da das Spurensicherungsteam nach wie vor arbeitet. Daher würde ich gerne direkt nach der Besprechung wieder dorthin. Passt das für dich?", fragte sie an Oliver gewandt.

„Das passt ganz wunderbar", erwiderte dieser.

„Eins noch", fuhr Nina fort. „Bei der Pflanze handelt es sich um gewöhnlichen Jasmin."

„Gewöhnlicher Jasmin? Wenn der so gewöhnlich ist, warum kenne ich den dann nicht?", fragte Martin.

„Nein, die Pflanze *heißt* gewöhnlicher Jasmin. Wurde mir zumindest so von der Spurensicherung erzählt."

„Alles klar, Sophia, würdest du…"

„Prima", schnitt Sophia Oliver das Wort an. „Gestern habe ich Kamillentee gegoogelt, heute wende ich mich gewöhnlichem Jasmin zu. Geht klar, Boss", sagte sie sichtlich verärgert über ihren Auftrag. Oliver schluckte. Er wusste selbst, dass die Aufgabenverteilung eigentlich nicht fair war. Aber was sollte er machen… außer zu Ernst Kohler zu gehen und neue Leute zu verlangen? Schnell verdrängte er diesen

Gedanken wieder.

„Danke, Sophia. Martin, du musst deinen gestrigen Tag heute bitte ebenfalls wiederholen. Geh in die Gerichtsmedizin und lass dir von Guinness ein vernünftiges Bild der zweiten Frau geben. Danach fahre ins Bordell Turmhöhe und zeige das zweite Bild herum. Vielleicht haben wir Glück und jemand erkennt das Mädchen. Falls nicht, fahre zu den anderen entsprechenden Einrichtungen, die du gestern schon besucht hast. Außerdem verlange Proben der Schminkutensilien aus dem Edelbordell. Die werden doch sicherlich entsprechende Vorräte vor Ort haben. Ich will es mit den Proben aus dem Gesicht der Opfer vergleichen."

Martin nickte. Er schien mit seinem Auftrag zufrieden zu sein.

„Jackson, deine Aufgabe ist dir denke ich bereits bewusst?

Auch Jackson nickte. Man sah ihm praktisch an, dass er sein Können unter Beweis stellen wollte. Am liebsten hätte er sich jetzt sofort schon hinter seinen PC gesetzt und die Welt um sich herum vergessen.

„Clemens, kannst du dich bitte darüber informieren, ob es ähnliche Morde in Österreich schon einmal gegeben hat? Ich kann mir nicht vorstellen, dass es sich hier um die ersten Verbrechen des Täters handelt. Dafür sind sie zu detailliert, zu zwanghaft. Und zwei Morde an zwei Tagen wären wirklich *sehr* ungewöhnlich für einen Neuling auf diesem Gebiet. Schau auch nach merkwürdigen Tierunfällen oder ähnlichem, insbesondere Hunde und Katzen werden oft als Übung für die eigentlichen Morde verwendet. Finde irgendetwas, das Verbindungen zu unseren Fällen aufweisen könnte."

Auch Clemens nickte.

„Erika, hast du noch Fragen zum Vorgehen oder bestimmte Einwände beziehungsweise Vorschläge, was du noch in Betracht ziehen würdest."

„Also, im Moment bin ich mit der Gesamtsituation eigentlich

ganz zufrieden."

Ausnahmslos alle Gesichter wandten sich ihr zu und starrten sie mit offenen Mündern an. Selbst Jackson hörte auf, nervös von einem Bein aufs andere zu schaukeln.

„Oh, äh, ich meinte damit, dass die beiden Mordfälle so viele Parallelen aufweisen, dass wir problemlos einen Verdächtigen, wenn er denn dann gefunden wird, beider Morde überführen können, selbst wenn nur für einen der beiden Fälle Beweise gefunden werden. Der typische Handabdruck eines Täters, mit dem er die Polizei entweder verhöhnen möchte, den er für seine eigene Befriedigung braucht oder den er auch ohne eigenes Wissen hinterlässt, ist in so einem Fall Gold wert. Finden wir also Beweise für einen Mord, haben wir durch die Ähnlichkeit der Taten bereits genug in der Hand, um die Person für beide Verbrechen belangen zu können. Oberste Priorität der Gerichtsmedizin sollte neben potenziellen DNA-Spuren des Täters die Todesursache sein. Und ich meine nicht nur Gift, sondern die exakte Todesursache. Ich muss wissen, um welches Gift es sich handelt, wie es genau wirkt. Warum ausgerechnet dieses Gift. Wurde es gewählt, weil es leicht zu beschaffen war oder weidet sich der Täter an dem Erstickungskampf? Es wird Zeit, dass die Gerichtsmedizin Ergebnisse liefert. Nur so kann ich auch meine Arbeit vernünftig erledigen. Ich muss vor Gericht mit Details nur so um mich werfen können. Könnte das so weitergegeben werden?"

Kurz herrschte Stille im Raum. Oliver klappte seinen Mund zu, als er bemerkte, dass dieser immer noch offenstand. Er hatte Erika zu der Versammlung eingeladen, damit sie auf den neuesten Stand gebracht wurde. Die Abschlussfrage an sie hatte er mehr aus Höflichkeit gestellt und daher nicht erwartet, dass sie etwas sagen würde. Und vor allem nicht so viel. Dennoch hatte sie recht, das wusste er. Anscheinend hatte der Herr Oberstaatsanwalt Klein also nicht gelogen, als er sagte, er würde den Fall einer fähigen Mitarbeiterin übertragen. Oliver nickte und lächelte zufrieden.

„Selbstverständlich. Martin, du gehst ohnehin hinunter zu Guinness. Also, mach ihm Dampf. Wir alle treffen uns um zwölf wieder hier. Ich werde nun wohl oder übel zunächst auf die veranschlagte Pressekonferenz gehen, um den Pressedeppen Rede und Antwort zu stehen. Erika, ich nehme an du kommst ebenfalls mit?"

Oliver vermied es bei diesen Worten tunlichst Martin anzuschauen. Es mussten ja nicht gleich alle erfahren, dass nicht alle Mitarbeiter der Presse bei ihm verhasst waren.

Kapitel 9

Als Oliver und Erika um viertel vor zehn in den Raum für die Pressekonferenz traten, war dieser schon fast bis auf den letzten Platz gefüllt. Auf dem Podest am Ende des Raumes saßen der Direktor der Kriminalpolizei Ernst Kohler und sein Pressesprecher Gerrit Wiens, ein kleiner untersetzter Mann, der seine fehlenden Haare auf dem Kopf mit einem Dreitagebart wettzumachen versuchte und neben der eindrucksvollen Gestalt Kohlers seltsam verloren aussah. Mitleid hatte Oliver keinen, immerhin hatte er gestern von Josepha erfahren müssen, dass die Pressekonferenz stattfinden würde. Eine offizielle Mail und Einladung zu dieser an seine Person war von Herrn Wiens erst an diesem Morgen verschickt worden.

Oliver und Erika gingen rechts an dem wartenden Publikum vorbei und setzten sich ebenfalls auf die noch freien Plätze des Podiums, wobei sich Oliver neben Gerrit Wiens setzte, das kleinere Übel im Vergleich zu Kohler, wie er fand. Dann ließ er seinen Blick über die Menschen gleiten, die vor ihm saßen. Etliche Videokameras und Fotoapparate waren auf sie gerichtet, Tonbänder baumelten um die Hälse der Reporter oder wurden in ihren Händen gehalten. Es wurde vereinzelt noch hektisch telefoniert oder bereits auf mitgebrachten Laptops oder Blöcken geschrieben. In der zweiten Reihe direkt vor ihm entdeckte er auch Josepha, die ihm kurz und breit grinsend zuzwinkerte und sich dann wieder ihrem Laptop zuwandte. Oliver schloss für einen kurzen Moment die Augen. Er hasste diese Pressekonferenzen. Obwohl, das war gelogen, wenn ein Fall abgeschlossen war und einen guten Verlauf genommen hatte, wenn man stolz auf seine Arbeit sein konnte und Schritt für Schritt die gelungene Polizeiarbeit erläutern konnte, dann waren sie ganz in Ordnung. Dann brachte er teilweise sogar ein Lächeln für eine Kamera zustande oder ließ sich zu einem kurzen Kommentar für ein Interview hinreißen. Diese Art von Konferenzen machten jedoch einen verschwindend geringen Prozentsatz aus. In den anderen musste man sich von den Reportern Fragen gefallen lassen, die jegliches polizeiliche Vorgehen infrage stellten, die Versäumnisse der Ermittlungen in der Luft zerrissen und verkündeten, sie hätten alles ganz anders und natürlich ungleich besser gemacht.

In diesem Moment eröffnete der Pressesprecher Gerrit Wiens die Pressekonferenz, indem er alle Anwesenden begrüßte. Gelangweilt und schlecht gelaunt hörte Oliver den wenigen Details zu, die an die breite Öffentlichkeit gelangen durften.

„Also zu den Fakten. Gestern Morgen um zirka fünf Uhr wurde eine Frauenleiche bei dem Aussichtspunkt über dem Weinberg gefunden. Alter wahrscheinlich um die achtzehn Jahre, Name derzeit noch unbekannt. Dass es sich hier um einen gewaltsamen Tod durch Fremdeinwirkung handelt, ist erwiesen. Außerdem wurde das Opfer kurz vor seinem Tod zu nicht einvernehmlichem Geschlechtsverkehr gezwungen, höchstwahrscheinlich von ihrem Mörder. Auch heute

Morgen und ungefähr zur selben Uhrzeit wurde eine weitere Frauenleiche entdeckt. Der Fundort des zweiten Opfers befindet sich unweit entfernt von der ersten Fundstelle beim Aussichtspavillon im Wald, der den meisten Anwesenden unter dem Namen *Zillhöhe* bekannt sein sollte. Todesursache noch unbekannt, jedoch steht auch hier die Fremdeinwirkung außer Frage. Das Opfer wurde vermutlich ebenfalls zum Geschlechtsverkehr gezwungen. Auch die Identität der zweiten Frau ist bis dato noch nicht bekannt. Dennoch sind wir optimistisch, dass wir die Namen der beiden Frauen bald identifiziert haben werden."

Aha, wir sind also optimistisch, dachte Oliver und pulte gedankenverloren an dem Fingernagel seines rechten Daumens herum, während Kohler noch weitere Belanglosigkeiten zu Protokoll gab. Schließlich endete er mit den Worten, das Kriminalinspektor Oliver Strauß die Leitung des Falls übernommen habe und ihm auf Seiten der Staatsanwaltschaft Frau Erika Binder zugeteilt war.

„Jetzt wäre noch Zeit für ein paar Fragen."

Oliver wandte sich dem Daumennagel seiner anderen Hand zu, während die meisten Reporter ihre Hand in die Luft reckten.

„Bitte, Herr Beck", forderte Pressesprecher Wiens, der nun die Gesprächsführung wieder übernommen hatte, den ersten Reporter mit einem Nicken auf, seine Frage zu stellen.

„Vielen Dank. Meine Frage lautet: Warum übernimmt auf Seiten der Staatsanwaltschaft Frau Binder und nicht Oberstaatsanwalt Klein den Fall? Wäre dieser in so einer brisanten Lage mit zwei toten jungen Frauen in nur zwei Tagen nicht die bessere Wahl?"

Oliver war sich sicher, dass Erika neben ihm das Wort *Arschloch* zwischen ihren nach wie vor lächelnden Zähnen zischte. Er musste grinsen, horchte aber auf: Wiens und Kohler konnten in der Öffentlichkeit schlecht damit argumentieren, dass es sich bei den Opfern um Prostituierte handelte. Was also war ihre Begründung für die Presse?

„Wir können Ihnen versichern, dass es sich bei Frau Binder um eine unserer besten Anwältinnen handelt", wiegelte Wiens die Frage ab.

Gute Strategie: Die Frage einfach nicht beantworten. Prima.

„Hat es etwas zu bedeuten, dass beide Frauen nahe dem Bordell Schloss Turmhöhe gefunden wurden? Handelt es sich bei den Opfern vielleicht um Prostituierte?"

Oliver sah aus dem Augenwinkel, dass sich die Miene von Kohler schlagartig besserte. Er hielt also nach wie vor an seiner Theorie fest, unfassbar.

„Der Fundort der Leiche ist selbstverständlich immer ein wichtiger Aspekt in den polizeilichen Ermittlungen. Wir haben schon einige Theorien über die Tatmotive, einen haben sie selbst angesprochen, den wir zweifellos mit all unseren zur Verfügung stehenden Mitteln verfolgen werden."

Oliver hätte am liebsten sein vor ihm stehendes gefülltes Wasserglas nach Wiens geworfen. *Wir haben einige Theorien?* Und noch schlimmer: *Alle uns zur Verfügung stehende Mittel? Das mag zwar sein, aber uns stehen ja kaum welche zur Verfügung.* Er atmete einmal tief durch und fing an, in Gedanken bis zehn zu zählen. Noch so ein Ratschlag von seinem Arzt, der jedoch nie die gewünschte Wirkung zu zeigen schien, denn seine Wut verrauchte dadurch nicht im Geringsten. Dann hörte er eine Stimme und sein Herz rutschte ihm in die Hose.

„Meine Frage richtet sich direkt an den leitenden Kriminalkommissar Oliver Strauß. Herr Strauß, haben Sie bereits eine Theorie, was es mit den Pflanzen am Ablageort auf sich hat?", fragte Josepha.

Oliver schluckte und spürte wie sein Gesicht heiß wurde. Das war ein Detail, was eigentlich nicht an die Öffentlichkeit hatte dringen sollen. Erstauntes Gemurmel erhob sich im Saal, als fragende Blicke und Getuschel mit den Sitznachbarn ausgetauscht wurden. Ja, er hasste Pressekonferenzen wirklich.

„Wir wissen noch nicht, was es mit dieser Tatsache auf sich hat", antwortete er schließlich wahrheitsgemäß, während er mit zusammengekniffenen Augen zu ihr hinabfunkelte.

„Erwarten Sie denn noch weitere Todesopfer? Heute ist Dienstag, Montag hat der Spaß angefangen und die Woche ist ja noch jung… Und handelt es sich bei den Blumen eventuell um sein Markenzeichen? Das verlangt doch geradezu nach einem Namen. Wie wäre es mit Blumenmörder? Oder der mörderische Kavalier?"

Oliver starrte wie vom Donner gerührt in Josephas Augen, die seinen Blick nach wie vor unschuldig lächelnd erwiderte, während die Reporter um sie herum wie wild auf ihre Laptops tippten und ihre Blätter vollkritzelten.

Mit glühend rotem Kopf rauschte Oliver zehn Minuten später in das Büro von Ernst Kohler. Da dieser jedoch noch nicht wieder zurück war, lief er ähnlich wie Staatsanwalt Vincent Klein tags zuvor im Büro auf und ab bis sein Vorgesetzter schließlich eintrat.

„Wenn ich nicht in meinem Büro zugegen bin, dann haben Sie gefälligst draußen zu warten", echauffierte sich Kohler.

Oliver ignorierte seine feindselige Begrüßung und sagte mit betont ruhiger und gepresster Stimme: „Geben Sie mit mehr Mitarbeiter. Zwei Morde in zwei Tagen. Was wollen Sie denn noch?"

Er hatte es also getan und sich seinem eigenen Stolz widersetzt.

„Bis jetzt sehe ich keinen Grund, der mich dazu veranlasst, Ihnen weitere Mitarbeiter zur Verfügung zu stellen. Sie haben ein Team von fünf überaus fähigen Personen zur Hand. Machen Sie was draus und seien Sie dankbar, dass es nicht weniger sind. Das ist hier kein Wunschkonzert. Auch die Kriminalpolizei hat ein Budget, auf das sie schauen muss."

Oliver rieb sich die Schläfen. Die Kopfschmerzen vom Morgen wollten einfach nicht verschwinden und Kohlers Einstellung verschlimmerte das Pochen in seinen Schläfen noch um einige Nuancen.

„Gibt es noch etwas?", fragte Kohler nach einer Weile, weil Oliver keine Anstalten machte sein Büro zu verlassen.

„Nein, das war schon alles", antwortete Oliver und wandte sich nun doch zum Gehen. „Aber ich bin jederzeit bereit Ihre Entschuldigung anzunehmen, wenn Sie in den nächsten Tagen unzweifelhaft zu dem Entschluss kommen, dass Sie mit Ihrer sogenannten *Nuttentheorie* falsch liegen und mir doch die weiteren Personen zur Verfügung stellen wollen." Mit diesen Worten verließ er das Büro und blieb seiner neuesten Gewohnheit treu, die Tür offen stehen zu lassen.

Um halb elf öffnete Oliver die Tür zur Gerichtsmedizin. Chester saß vor einem Computer und sah sich stirnrunzelnd einige Diagramme an, die für Oliver völlig rätselhaft aussahen.

„Chester", sprach er ihn bei seinem richtigen Namen an, „gib mir etwas Handfestes. Ich brauche irgendetwas, wo ich ansetzen kann."

Chester blickte von seinem Bildschirm auf und sah ihn betrübt an.

„Komm mit", sagte er dann und führte ihn zu einer Bare, über der ein weißes Tuch ausgebreitet war. Chester zog es komplett herunter und Oliver sah zum ersten Mal die zweite Leiche im ungeschminkten Zustand.

„Noch so jung", seufzte er.

„Ungefähr gleiches Alter wie Opfer Nummer eins", bestätigte Chester. „Leider hat auch sie die typischen Verletzungen einer Vergewaltigung. Ich habe schon von Martin gehört, dass das unsere werte Anwältin freut, weil sie somit die beiden Morde vor Gericht in Bezug setzen kann, aber dass es sich hier um denselben Täter handelt ist auch so klar. Wie dem auch sei: Keinerlei Verteidigungsspuren und auch sonst keine äußerlichen Verletzungen."

„Auch keine Strangulierungsmerkmale wie bei der anderen?"

„Nein, zumindest sind sie nicht eindeutig zu erkennen. Allerdings waren Handgelenke und Füße mit hoher Wahrscheinlichkeit gefesselt."

„Warum bist du dir sicher, dass sie erstickt ist?"

„Ich bin mir nicht sicher. Zumindest nicht zu einhundert Prozent. Das erste Indiz dafür legt einfach die Tatsache nahe, dass äußerlich keine Spuren erkennbar sind, die auf irgendeine Form der physischen Gewalt hinweisen. Außerdem hat sie vereinzelte punktuelle Blutungen in ihren Augen, wenn du willst kann ich sie dir zeigen."

Oliver winkte dankend ab. *Das Schlimmste sind immer die Augen.*

„Diese sogenannten Petechien sind Indizien für den Erstickungstod. Allerdings sind sie bei beiden Opfern sehr schwach ausgeprägt, darum kann ich nicht mit Sicherheit sagen, dass es sich wirklich um besagte Petechien handelt. Um ganz sicher zu sein, müsste ich sie aufschneiden. Ihre Lunge, das Herz oder die Milz wären beispielsweise Organe, die mir verraten könnten, ob die Frauen erstickt sind. Ist die Lunge gebläht, ist das Herz erweitert oder ist die Milz blutleer und so weiter. Ich habe beide Frauen von Kopf bis Fuß abgesucht, aber keine Einstichstellen von Nadeln gefunden, in denen entsprechendes Gift in den Körper gelangt sein könnte. Diese sind oft sehr schwer zu erkennen, speziell, wenn sie sich zwischen den Haaren auf der Kopfhaut verstecken. Ich habe auch typische Verstecke wie die Zehenzwischenräume oder die Ohren untersucht. Nichts zu finden. Darum gehe ich davon aus, dass sie das Gift entweder in Flüssigkeit oder im Essen zu sich genommen haben. Ich habe vor, heute Mittag unser Opfer Nummer eins aufzuschneiden und ihre Organe zu untersuchen. Bis dahin warte ich noch auf letzte Bluttests, die eventuell auch schon Ergebnisse liefern könnten und damit das Herumschneiden überflüssig machen würden. Bis dahin habe ich leider nichts weiter für dich."

Mit diesen Worten zog er das Leichentuch wieder über das unschuldig dreinblickende Gesicht der jungen leblosen Frau und blieb dann mit hängenden Schultern vor der Bahre stehen.

„Oliver, ist dir bewusst, dass wir im Moment nichts in der Hand haben? Also wirklich gar nichts? Ich habe eine Tochter im Alter dieser zwei Frauen. Warum vermisst denn keiner die Opfer? Und was zur Hölle machen wir, wenn auch das Gift uns nicht weiterhelfen wird?"

Oliver hatte Chester noch nie so hilflos erlebt. Natürlich wusste er, dass der Mann vor ihm schon die zweite Nachtschicht in Folge schob und in der Nacht kaum mehr als vier Stunden geschlafen haben konnte. Dennoch waren die Augenringe unter seinen Augen tiefer als die von Oliver und auch die Augen selbst hatten ihr typisches Funkeln verloren. Es musste wirklich verdammt schwer sein die Todesursache von Leichen zu bestimmen, die im Alter der eigenen Kinder waren.

„Wenn wir nichts finden, mein lieber Guinness, dann suchen wir weiter. Und weiter und immer weiter und zwar so lange, bis wir etwas finden. Du weißt besser als ich, dass es in der heutigen Zeit praktisch unmöglich ist, *keine* Spuren zu hinterlassen. Wir finden den Scheißkerl, aber dazu brauchen wir deine Hilfe. Dazu musst du allerdings fit sein und so siehst du nicht aus. Hau dich eine Stunde aufs Ohr und dann mach weiter", sagte Oliver und konnte tatsächlich ein kleines, fast unmerkliches Lächeln auf dem Gesicht seines Kollegen entdecken.

„Keine Sorge, Oliver, mir geht's gut. Ich melde mich, wenn ich etwas habe."

Und damit wandte er sich ab und ging wieder zu dem Bildschirm mit der rätselhaften Graphik, auf dem inzwischen ein Bildschirmschoner angesprungen war. Ein Aquarium mit bunten Fischen und grünen Wasserpflanzen, die sich über den Bildschirm räkelten, war zu sehen. Es war das einzig Bunte, was Oliver je in den vier Wänden der Gerichtsmedizin zu Gesicht bekommen hatte. Kein Wunder, dass Chester hier unten einer so tristen Stimmung verfiel.

Kapitel 10

Es war kurz nach elf Uhr, als Oliver mit einem Streifenwagen zu seiner Wohnung fuhr. Zwar war nur noch knapp eine Stunde Zeit bis zum nächsten Treffen seines Teams, dennoch wollte er sich wenigstens kurz duschen, Zähne putzen und frische Unterwäsche anziehen. Er parkte direkt hinter seinem eigenen Wagen, den er letzte Nacht hatte stehenlassen, da Martin ihn morgens um fünf Uhr mitgenommen hatte. Siedend heiß fiel ihm ein, dass vor der Wohnung von Josepha ebenfalls noch ein Dienstwagen stand. Er sollte sich bald mal darum kümmern, seinen Leihwagenbestand wieder etwas zu reduzieren, sonst würde er sich in eine unnötige Konfrontation mit Kohler begeben und er wollte ihm keinesfalls berechtigte Kritikpunkte liefern.

In seiner Wohnung ließ er seine Kleidung achtlos zu Boden fallen, lief nackt vom Schlafzimmer ins Badezimmer und stellte sich unter die Dusche. Viel zu heiß ließ er das Wasser auf seinen Kopf prasseln und schloss dabei die Augen. Er fühlte sich so unendlich müde, sein Körper war keinen Schlafentzug gewohnt und seine Füße taten ihm weh.

Zehn Minuten später trocknete er sich ab, zog sich frische Klamotten an, rasierte sich und putzte sich die Zähne. Dann schaute er auf die Uhr. Viertel vor zwölf. *Verdammt.* Er griff sich die Schlüssel, zog seine Schuhe an und eilte zur Haustür. Als er die Tür hinter sich abschließen wollte sah er einen Klebezettel direkt über seinem Türspion kleben. Darauf stand: *„Sehen wir uns am Abend? Können unsere Fakten und unterschiedlichen Ansichten über euren Fall austauschen."* Darunter stand Josephas Name mit einem zwinkernden Smiley daneben. *Als ob,* dachte Oliver und rannte die letzten Schritte bis zu seinem Wagen.

Zwei Minuten zu spät kam Oliver in den Konferenzraum gehechtet. Die Mannschaft war bereits komplett versammelt und wartete auf ihn. Sie waren in leise murmelnde Gespräche vertieft, nur Martin kaute wieder an einem belegten Brot herum. Dass er ständig aß und trotzdem so dürr war, hielt Oliver schlichtweg für unfair. Er selbst musste unbedingt wieder mehr Sport treiben, er war bereits durch die Treppen im Präsidium ins Schwitzen gekommen. Ächzend ließ er sich auf einem Stuhl nieder und versuchte seine Schnappatmung unter Kontrolle zu bekommen.

„So viel zur deutschen Pünktlichkeit", sagte Martin und zwinkerte ihm wissend zu.

„Los geht's. Wer will anfangen?", japste Oliver in die Runde und überging den Kommentar.

Jackson hob die Hand.

„Jackson, wir sind hier nicht in der Schule, wenn du was sagen willst, dann spuck es einfach aus", seufzte Martin.

„Okay. Also ja. Ich habe auch für Opfer zwei keinen Namen den ich euch anbieten kann. Ich bin die Vermisstenanzeigen durchgegangen, ich bin die gesuchten Straftäter durchgegangen, ich habe die Schulen in Klagenfurt und die Universität überprüft, ich habe einfach alle Möglichkeiten in Betracht bezogen. Nichts. Ich komme einfach nicht weiter."

„Kopf hoch, Junge", sagte Oliver. „Nach der Sitzung erweitere deine Suche auf die Nachbarstädte und Dörfer. Fang mit Viktring an, Krumpendorf, Pörtschach und Velden. Zieh einen Zwanzigkilometerradius um Klagenfurt und schau dir alle relevanten Schulen an. Dranbleiben!", sagte Oliver.

Jackson nickte noch immer leicht betreten und fing wieder an mit seinem Bein zu wippen.

„Bei mir ist es wenig anders", begann Martin seinen Bericht. „Herr Gruber vom Puffschloss Turmhöhe war wenig begeistert mich erneut empfangen zu müssen. Er hat mir versichert, auch das Opfer Nummer zwei nicht zu kennen und mir nur widerwillig Proben von den Schminkutensilien der Angestellten mitgegeben. Ich habe selten so viele Proben nehmen müssen, da würde es mich nicht wundern, wenn das selbe Material auch für die beiden toten Frauen verwendet wurde, da es einfach keine weiteren Marken oder Puder oder was weiß ich geben kann. Die Proben sind alle im Labor, in einer Stunde sollten die Ergebnisse vorliegen. Auch die anderen Bordelle, Laufhäuser und Gogobars schienen wenig erfreut über meinen zweiten Besuch und alle haben mir klargemacht, dass sie die zweite Frau ebenfalls nicht kennen würden. Na, was für eine Überraschung. Also ich vermute: Weg mit der Nuttentheorie und her mit einer neuen."

„Daran könnte ich gleich anschließen", begann Nina ihren Vortrag. „Weder die Spurensicherung noch ich sind bis jetzt auf irgendwelche verwertbaren Spuren des Täters gestoßen. Das heißt nicht, dass dort keine Haare oder ähnliches herumliegen würden. Doch diese bringen uns bei so einem öffentlichen und bekannten Ort schwerlich weiter. Selbst die meisten von uns werden schon dort oben gewesen sein. Etliche Hundehaare werden sich auch dorthin verirrt haben, ganz zu schweigen von Haaren der anderen Tiere, die dort oben leben. Es ist wahrlich schwer unter diesen Bedingungen etwas zu finden. An der Leiche selbst ist keinerlei fremde DNA sichergestellt worden. Ich bin um den gesamten Fundort durch das Unterholz gestiefelt und habe keine Jasminpflanzen finden können. Das heißt, der Täter hat sie entweder von zu Hause mitgebracht oder vom eigentlichen Tatort mitgehen lassen. Ich kann mir schwer vorstellen, dass er sie unlängst irgendwo gekauft hat, es wäre vielleicht aber trotzdem nicht schlecht, dies zu überprüfen. Doch kommen wir zu besagten gesuchten Theorien. Opfer Nummer zwei wurde in betender Haltung gefunden, richtig? Mir ist aufgefallen, dass sie in südöstlicher Richtung ausgerichtet war. Kommen wir zu Opfer Nummer eins. Dort oben standen, wenn ich mich richtig entsinne, fünf Bänke, alle mit unterschiedlicher Ausrichtung. Die Frau wurde auf der Bank gefunden, die ebenfalls in südöstlicher Richtung lag, ihre Hände im Schoß zu einer Schale geformt. Nun ist es so, dass im Islam beim Gebet der Kopf in Richtung Mekka gerichtet sein soll. Nun ratet doch mal, in welcher Richtung Mekka von hieraus liegt?"

Oliver war verblüfft.

„Eine sehr interessante Theorie", nahm er ihren Faden auf. „Das heißt, entweder könnte es sich bei den Opfern um Personen muslimischen Glaubens handeln, oder aber der Täter könnte dieser Glaubensrichtung angehören? Sollten wir auf alle Fälle im Hinterkopf behalten. Jackson?"

Doch Jackson war bereits wieder aufgesprungen und fing an sein Wurzeldiagramm an den Stellwänden zu vervollständigen.

„Alles klar, dann mach ich mal weiter. Wie ihr euch

wahrscheinlich erinnert, habe ich mal wieder Stunden meines Lebens damit verbracht, ein bestimmtes Grünzeug besser kennenzulernen", begann nun Sophia ihrerseits zu erzählen. „Und um auf Ninas Vorschlag zurückzukommen, Blumenläden nach verkauftem Jasmin abzuklappern: Der ist nicht schlecht. Denn in freier Natur kommt der in Österreich nicht vor, um diese Jahreszeit schon gar nicht. Die sogenannte gewöhnliche Jasminpflanze braucht es eher warm und sonnig. Was ihre Wirkung anbelangt, so hat die Jasminpflanze nicht mal ansatzweise so viel zu bieten wie Kamille. Sie ist eher wegen des Geruchs bekannt, daher werden auch ätherische Öle aus ihren Blüten gewonnen, die scheinbar zu Aromatherapien oder zur Parfumherstellung verwendet werden. Allerdings gibt es in der Tat auch Jasmintee. Ich wage jedoch zu bezweifeln, dass es sich bei den gefundenen Pflanzen wirklich um den *echten* Jasmin handelt und nicht um eine Unterform. Mir wurde gesagt, dass normalerweise die Blütenblätter rein weiß sind. Bei unseren Pflanzen befindet sich jedoch eine gelbe Färbung in der Mitte, was sie rein optisch der Kamille etwas mehr ähneln lässt. Also handelt es sich wohl eher um eine der vielen Unterkategorien der Pflanze, was jedoch nicht weiter von Belang sein sollte. Normalerweise entwickelt die Pflanze zudem im Herbst rote Beeren, die sich anschließend violett färben. Am Fundort wurden diese jedoch nicht sichergestellt. Kommen wir nun jedoch zum interessanten Teil: Echter Jasmin ist giftig. Daher muss in der Therapie und den Tees mit sehr geringen Dosierungen hantiert werden, sodass keine Gefahr besteht. Eine Vergiftung äußert sich beispielsweise durch Mundtrockenheit, Erbrechen, Kopfschmerzen, Übelkeit, Durchfall, Herzrasen, Sehstörungen oder entzündeten Hautstellen. Direkt zum Tod soll die Pflanze jedoch nicht führen. Dennoch sollte Guinness in den Blutwerten nach diesen Pflanzenstoffen Ausschau halten."

Jackson schrieb wie verrückt auf der Tafel mit und auch Oliver atmete einmal hörbar auf. Das war doch schon mal ein Anfang, ein Punkt, an dem man ansetzen konnte.

„Okay, dann fehlt wohl nur noch mein Bericht", fing Clemens seinerseits an zu erzählen.

„Um es kurz zu machen: Es hat in den vergangenen zehn Jahren keinerlei Morde gegeben, die Ähnlichkeiten zu unserem Fall aufweisen würden."

Oliver hörte, wie Martin mit seinen Zähnen knirschte.

„Auch gab es in letzter Zeit keine vermehrten Anzeigen wegen verschwundener Tiere oder ähnlichem. Aktuell werden in Klagenfurt zwei Katzen vermisst, ich sehe jedoch keine Verbindung zu unserem Fall, da dieser Wert für die Verhältnisse in dieser Gegend keineswegs hoch ist. Außerdem stammen die Katzen aus ganz unterschiedlichen Ecken von Klagenfurt, die eine aus Klagenfurt-Waidmannsdorf, die andere kommt aus dem anderen Ende der Stadt. Das wäre schon sehr merkwürdig, wenn für die ersten Mordversuche an Tieren ein solcher Aufwand auf sich genommen wird. Nach meiner Erfahrung handelt es sich bei diesen Vorfällen lediglich um entlaufende Tiere und nicht um gezielte Tötungen. Bei diesem Weg handelt es sich also um eine Sackgasse."

In diesem Moment betrat Chester den Konferenzraum.

„Die Ergebnisse aus dem Labor sind fertig: Das Make-up der Opfer und die Proben aus dem Bordell stimmen überein. Es handelt sich um den gleichen Lippenstift. Und ich sage mit Absicht den *gleichen* und nicht den*selben* Lippenstift. Ob es sich auch wirklich um ein und denselben handelt, kann nicht mit Gewissheit verifiziert werden."

Oliver sank das Herz in die Hose. *Verdammt, nicht schon wieder einen Punkt für Kohler, Klein und die Theorie mit den Prostituierten.*

Martins Miene dagegen schien sich aufzuhellen.

„Prima, ich freue mich schon auf einen weiteren Besuch bei Herrn Gruber. Obwohl, eigentlich hat er mir klargemacht, dass ich dort nicht mehr erwünscht bin. Wie wäre es also, wenn wir ihn zu uns einladen würden?"

Oliver nickte zustimmend. „Ein weiteres Gespräch mit ihm könnte nicht schaden. Ich denke, er wird mit deinem Vorschlag uns zu besuchen einverstanden sein. Wir wollen ja seine Kundschaft nicht vergraulen. Also gut. Sophia, du bleibst bei deiner Blumenarbeit und findest heraus, welche Blumenläden hier echten Jasmin oder unechten oder halt welchen mit gelber Färbung in der Mitte verkaufen. Und schau mich nicht so an, inzwischen solltest du mit den Blumenverkäufern doch per du sein und Prozente bekommen, so oft wie du nun schon da warst. Nina, auch du sei mir nicht böse, aber geh zu beiden Tatorten zurück und kontrolliere alle Mülltonnen der näheren Umgebung. Wenn wir schon keine Spuren der Täter finden, dann vielleicht welche der beiden Frauen und ich bezweifle, dass es ihre eigene Kleidung war, in der wir sie gefunden haben. Daher suche ihre ursprünglichen Klamotten. Ja, auch ich bezweifle, dass der Täter so gedankenverloren war und diese einfach in einen öffentlichen Mülleimer geworfen hat, aber wir müssen sichergehen. Da sich die Frauen wahrscheinlich nicht freiwillig vor dem Täter entkleidet haben, gibt es vielleicht auf diesen Kleidungsstücken Hinweise für uns. Clemens, du besorgst uns bitte eine Karte mit allen Wanderwegen im Umkreis von drei Kilometern um die beiden Fundorte herum. Ich will wissen, auf welchen Wegen der Täter gekommen beziehungsweise geflüchtet sein könnte. Und achte auch darauf, dass eine Karte dabei ist, auf denen die im Wald verteilten Mülleimer verzeichnet sind und leite diese dann direkt an Nina weiter. Jackson, du weißt, was du zu tun hast, finde mir die Identitäten der beiden Frauen. Martin, du gibst mir Bescheid, wenn Gruber da ist. Wir werden ihn gemeinsam vernehmen. Und Guinness, du benutzt jetzt verdammt noch mal dein Skalpell, suchst dir eine der beiden aus und schneidest los. Wir müssen endlich wissen, was Sache ist."

„Bin dran Boss!", sagte Chester und verschwand wieder aus dem Raum.

„Wir treffen uns wieder um fünfzehn Uhr hier. Wer vorher auch nur die geringste Ungereimtheit entdeckt, der ruft mich sofort an."

Nun erhoben sich auch alle anderen von ihren Stühlen und verließen nach und nach den Raum. Nur Oliver blieb sitzen. Sie hatten zwei tote Frauen und weder ihre Identität noch eine wirklich heiße Spur zum Täter. Den einzigen Hinweis, den Chester ihnen mit dem Make-up gerade geliefert hatte, deutete in eine Richtung, an die er aus Gründen, die er nicht erklären konnte, nicht glaubte. Und der Presse wurde noch vor weniger als drei Stunden mitgeteilt, sie hätten einige vielversprechende Theorien, denen sie nachgingen. Kamille konnte für die Demut des Täters nach dem Mord stehen, sowas kam durchaus vor. Jasmin war giftig, beide Opfer wurden vergiftet, gab es hier einen Zusammenhang? Und dann noch die Theorie, die Tat sei aus religiösen Gründen verübt worden. Abgerundet wurden diese mehr als vagen Vermutungen durch einen Brief an ihn höchst selbst, der entweder bedeutete, dass der Täter ihn kannte oder aber einfach nur Spaß daran hatte, die Kriminalpolizei an der Nase herumzuführen. Sie hatten also nichts.

Kapitel 11

Dreißig Minuten später saß ein sichtlich genervter Gruber im Vernehmungszimmer. Erneut zierte ein blütenweißes Hemd seinen Oberkörper, dieses Mal spannte sich der Stoff jedoch etwas stärker an Schultern, Oberarmen und Bauch. Ob das Hemd eine Nummer zu klein war oder ob es sich durch die Anspannung seines Trägers so unvorteilhaft an den Körper schmiegte, vermochten Oliver und Martin, die ihm gegenübersaßen, nicht zu beantworten. Alle drei hatten eine dampfende Tasse Kaffee auf dem Tisch vor sich stehen, Gruber hatte seine jedoch nach einem ersten Schluck mit angeekelter Miene von sich weggeschoben, was ihm Oliver kaum verübeln konnte.

„Wir möchten erneut klarstellen, dass Sie freiwillig hier sind", eröffnete Martin das Gespräch. Allerdings würden wir Sie bitten, mit uns zu kooperieren, da es sowohl für Sie als auch für uns unnötiger Aufwand wäre, wenn wir Sie ständig auf Ihrem Anwesen besuchen kommen müssten, um Ihnen Fragen zu stellen.

Gruber blinzelte mit keiner Wimper, aber seine zu Fäusten geballten Hände verrieten auch so, dass er die Anspielung verstanden hatte. Wenn täglich die Polizei an sein Bordell klopfen würde, wären seine Stammkunden schneller verloren als er *ich bin unschuldig* sagen konnte.

„Ich deute Ihr Schweigen einfach mal als Zustimmung", fuhr Martin gut gelaunt fort. „Würden Sie uns bitte Ihren vollen Namen nennen? Nur fürs Protokoll."

Es dauerte eine halbe Minute, in der Gruber Martin mit zusammengekniffenen Augen anstarrte, bis er antwortete.

„Jonas Gruber."

„Vielen Dank. Sind sie in Österreich geboren, Herr Gruber?", fuhr Martin fort.

Gruber nickte.

„Ich würde Sie bitten, Ihre Antworten jeweils laut auszusprechen, da diese Befragung auf Tonband aufgenommen wird", sagte Martin. „Fürs Protokoll: Herr Gruber hat durch ein Nicken bestätigt, dass er in Österreich geboren ist und somit auch österreichischer Staatsbürger ist. Also gut, Herr Gruber, uns würde interessieren, wie viele weibliche Mitarbeiterinnen sie in ihrem Etablissement beschäftigen."

„Ungefähr dreißig", antwortete dieser weiterhin kurz angebunden.

„Sie beschäftigen dreißig Prostituierte auf Schloss Turmhöhe?", fragte Martin sichtlich beeindruckt.

„Nein. Aber ich habe dreißig weibliche Angestellte. Empfangsdamen, Kellnerinnen, Putzfrauen, ich beschäftige viele Mitarbeiterinnen. Den Service, den Sie meinen, bieten im Moment siebzehn Frauen an."

„Im Moment?", hakte Martin nach.

„Ja, das sagte ich", erwiderte Jonas Gruber. „Im Moment. Es kann durchaus mal vorkommen, dass neue Frauen dazukommen und andere dafür aufhören."

„Also siebzehn. Und wie alt sind diese siebzehn Mitarbeiterinnen?"

„Zwischen neunzehn und achtundzwanzig Jahren."

„Sie sind sich recht sicher bei Ihren Zahlen und Altersangaben", bemerkte Martin.

„Wer so ein edles Unternehmen führt wie ich, muss das auch sein, um ungewollte Besuche der Polizei zu vermeiden", erwiderte Gruber provokant.

„Bekommen besagte Mitarbeiterinnen neben ihrer Bezahlung auch noch andere Dinge von Ihnen als Vergütung?"

„Ich stelle ihnen günstige Wohnungen in der unmittelbaren Nachbarschaft des Schlosses zur Verfügung."

Oliver hätte am liebsten die Augen verdreht. Über das Anwesen als Schloss zu reden war schon sehr übertrieben. Zugegeben, es machte von außen einiges her, aber es handelte sich nach wie vor nur um ein Bordell.

„Wie ist es mit Kleidung und anderen Dingen wie Make-up, erotischen Accessoires oder Kondomen?"

„Auch hier stelle ich eine gewisse Auswahl zur Verfügung, jedoch ist jedem meiner Mädchen freigestellt, sich eigene Accessoires zuzulegen und zu benutzen. Jede hat schließlich unterschiedliche Wünsche und Vorlieben. Außerdem tauschen oder teilen einige von ihnen beispielsweise auch Kleidungsstücke untereinander aus."

„Das bedeutet, dass die Proben des Make-ups, welche ich freundlicherweise von Ihnen mitnehmen durfte, aus dem Bestand kommen, der von Ihnen zur freien Verfügung gestellt wird?", fragte Martin.

„Ja", erwiderte Gruber trocken.

Martin holte zwei Fotos der beiden toten Frauen aus einem Ordner, der vor ihm auf dem Tisch lag und schob sie auf Grubers Seite.

„Ich weiß, dass sie bereits sagten, dass Sie die Mädchen nicht kennen. Nun gibt es ja aber ungefähr dreißig Mitarbeiterinnen bei Ihnen auf Schloss Turmhöhe. Können Sie mit absoluter Sicherheit sagen, dass keines der Mädchen jemals für Sie gearbeitet hat? Egal in was für einer Position?"

Grubers Augen streiften die beiden Bilder nur kurz bevor er antwortete.

„Ja."

„Können Sie mir dann erklären, warum beide Opfer Make-up trugen, das auch Sie Ihren Mitarbeiterinnen zur Verfügung stellen?"

„Wollen Sie mich verarschen?", fragte Gruber mit leicht erhobener Stimme. Oliver beobachtete, dass die Knöchel seiner zur Faust geballten Hände weiß waren.

„Keineswegs", sagte Martin. Inzwischen war das Lächeln aus seinem Gesicht verschwunden.

„Sie haben doch selbst gesehen, dass ich unzählige Utensilien zur Verfügung stelle. Und jetzt macht es mich verdächtig, dass die beiden da auf dem Foto das gleiche Make-up verwendet haben?"

„Oh nein", meldete sich Oliver nun erstmals zu Wort. „Das macht Sie keineswegs verdächtig. Was ich allerdings merkwürdig finde ist, dass beide toten Frauen unweit ihres Etablissements gefunden wurden *und* das gleiche Make-up wie das, welches Sie zur Verfügung stellen, sichergestellt wurde. Wie würden Sie sich das erklären?"

„Ich muss gar nichts erklären. Dass man tote Menschen nicht in der Innenstadt ablegt, sollte doch klar sein. Mein Schloss befindet sich am Waldrand. Was sie mir da an den Kopf werfen ist noch viel banaler als nur Zufall, es wäre eher merkwürdig gewesen, hätten Sie die Toten woanders gefunden und mit anderem Make-up."

Da hat er allerdings recht, dachte Oliver. Allen dreien im Raum war klar, dass das ganze hier eine Farce war. Doch irgendwo mussten sie ja beginnen. Gruber war jedoch noch nicht fertig mit seiner Ansprache.

„Ich lasse Ihnen auch gerne eine Speichelprobe da, wenn Sie das wollen. Ich tue alles, damit sie mich endlich in Ruhe lassen. Ich gebe Ihnen Einblick in meine Steuerunterlagen, zeige Ihnen die Papiere aller meiner Angestellten und lasse Ihnen auch gerne eine Stuhlprobe da, wenn sie es verlangen. Aber machen Sie sich und mein Unternehmen nicht lächerlich."

„Vielen Dank, aber ich denke die Stuhlprobe und die Unterlagen werden nicht nötig sein. Das Angebot mit der Speichelprobe nehmen wir jedoch gerne an. Ich werde einem Kollegen aus dem Labor Bescheid geben, dass er Ihnen an der Rezeption eine Probe abnehmen soll. Fürs erste war es das, Sie können gerne nach Hause gehen. Wir melden uns dann bei Ihnen, sollten sich weitere Fragen ergeben."

Jonas Gruber blickte beide feindselig an, dann stand er ohne ein weiteres Wort der Verabschiedung auf und verließ den Raum.

„Idiot", grinste Martin. „Aber leider ein Idiot, der nicht auf den Kopf gefallen ist. Wie geht's weiter?"

Erwartungsvoll schaute er in Olivers müde Augen.

„Jetzt halten wir uns an dem anderen Strohhalm fest, der uns noch bleibt. Die muslimische Gemeinde in Klagenfurt sollte doch verhältnismäßig klein sein. Das nehme ich zumindest stark an. Willst du dich dort nicht mal erkundigen, ob einem diese Frauen bekannt vorkommen? Ich nehme an, die werden dort in der Gemeinde aufgefallen sein wie bunte Hunde, vorausgesetzt sie waren wirklich dort. Gibt es noch andere Glaubensrichtungen, die in Richtung Mekka beten müssen?"

„Keine Ahnung, aber auch das werden sie mir beantworten können", erwiderte Martin, stand auf und ließ Oliver allein.

Nach zwei Minuten, in denen Oliver unablässig einen Kratzer gegenüber von ihm an der Wand angestarrt und von einem weißen Strand, Palmen, blauem Wasser und einem Caipirinha in seiner Hand geträumt hatte, klopfte es an der Tür und Clemens kam herein.

„Et voilá", sagte er und legte eine Wanderkarte der von Klagenfurt aus nördlich gelegenen Hügelregion vor Oliver auf den Tisch.

„War alles im Internet zu finden ist", erklärte er stolz. Oliver fragte sich, ob er betonen wollte, dass er anscheinend trotz seines Alters mit Google umgehen konnte.

„Die in Frage kommenden Mülleimer habe ich mit Kugelschreiber als kleine blaue Punkte markiert. Zudem zeigen die zwei Kreuze den Ort an, an dem die beiden Frauen gefunden wurden. Ich habe die Karte schon an Nina weitergeleitet, damit sie nach der Kleidung suchen kann."

Oliver starrte auf die viel zu kleine Karte, da Clemens den normalen A4-Drucker gewählt hatte und verfolgte die unzähligen kleinen Linien, die sich kreuz und quer über die Hügel zu schlängeln schienen. Dann schaute er sich eines der Kreuze an. *Zillhöhe* stand dort, das war also der zweite Tatort. Und es führten nicht weniger als…

„Verdammt, fünf Wege führen hinauf zur Zillhöhe!", seufzte er resigniert. „Von wegen alle Wege führen nach Rom, die Historiker sollten sich mal diese Karte hier vornehmen, dann wüssten sie, dass die scheiß Zillhöhe das eigentliche Ziel war. Und da die Weinberge gleich nebenan sind, gibt es auch dort noch eine Menge Pfade."

Clemens nickte zustimmend.

„Es sieht in der Tat so aus, als wüsste der Idiot, was er tut", sagte Clemens zerknirscht.

Verblüfft schaute Oliver ihm ins Gesicht. Nun überraschte der alte Kerl ihn schon zum zweiten Mal in zwei Minuten. Erst bewies er, dass er tatsächlich auf seine alten Tage einen Drucker bedienen konnte und nun benutzte er auch noch ein Schimpfwort. In Olivers Ohren klang es immer sehr seltsam, wenn Personen, die älter waren als er, fluchten. Allerdings empfand er das schon seit zwanzig Jahren so. Er musste sich wohl einfach daran gewöhnen, dass er nicht der einzige war, der älter wurde und sich kaum veränderte. Von wegen *kommt Alter, kommt Weisheit.* Bei ihm kamen stattdessen Frustration, ein Bauchansatz und graue Haare. Erneut stierte er auf die kleine Karte.

„Okay, das war gute Arbeit. Hör mal, ich habe da so ein Gefühl, dass das nicht die einzigen beiden Kreuze auf der Karte bleiben werden, darum: Kannst du bitte dafür sorgen, dass wir die Karte als Poster ausgedruckt bekommen? Das hängst du dann bitte im Konferenzraum an die Wand und markierst erneut die Fundorte der Leichen und die Müll-eimer. Und das Ganze bitte so schnell wie möglich", schob er noch hinterher.

Clemens reckte seinen Daumen in die Höhe und verließ wieder den Raum. Oliver suchte erneut seinen Kratzer an der Wand und versuchte sich wieder seinem Tagtraum von vor fünf Minuten zuzuwenden. So sehr er sich auch anstrengte die Gedanken ans Meer und den warmen Sand an seinen nackten Füßen zurückzuholen, immer wieder tauchten die beiden toten Frauen vor seinem inneren Auge auf. Schließlich gab er sich einen Ruck und stemmte sich aus dem viel zu harten Stuhl hoch. Es war kurz nach ein Uhr Mittag, er hatte also noch knapp zwei Stunden Zeit, bevor das nächste Treffen bevorstand. Warum hatten sie keine Ahnung, wer die toten Mädchen waren? Inzwischen waren doch schon etliche Stunden vergangen und auch für Opfer Nummer eins hatte sich noch niemand gemeldet. Dabei wurde das Thema inzwischen in den Medien groß aufbereitet, die Bilder der Toten wurden hemmungslos alle halbe Stunde in den lokalen Nachrichtensendern gezeigt. Unwillkürlich musste er wieder an Josepha denken, denn schließlich war sie es, die in der Zeitung spätestens morgen den schlechten Fortschritt der Polizei, also *seine* Arbeit, in der Luft zerreißen würde. Er seufzte resigniert, schnappte sich sein Handy und rief sich ein Taxi. Er sollte die lästige Angewohnheit loswerden, die Dienstfahrzeuge immer überall stehen zu lassen. Sein eigenes Auto stand bei ihm daheim, ein Dienstwagen vor Josephas Wohnung. Als er ins Taxi stieg überlegte er kurz und entschied dann, sich zu Josephas Wohnung fahren zu lassen, wo er das Auto wechselte und schweren Herzens mit dem dort parkenden Dienstfahrzeug den Weg Richtung Schloss Turmhöhe einschlug. Er wollte beide Tatorte noch einmal bei Tageslicht inspizieren. Das war allemal besser als rumzusitzen und nichts zu tun.

Kapitel 12

Als Oliver keuchend bei den Weinbergen ankam, ließ er sich auf eine der Holzbänke sinken und schloss die Augen. Die Sonne hatte sich erfolgreich durch die Wolken gekämpft und schien auf seine Haut, die vor Kälte und Anstrengung bereits wieder leicht rosa gefärbt war. Der Schweiß auf seinen Handflächen und seinem Gesicht löste sich dampfend durch den direkten Einfall der Sonnenstrahlen. Er schaute auf die Hollywoodschaukel, auf der vor weniger als sechsunddreißig Stunden noch die erste Leiche gesessen hatte. Jetzt saß niemand dort, dabei war die Absperrung inzwischen wieder aufgehoben. Vielleicht fanden es die anderen Besucher, die hier mit ihren Hunden spazieren gingen und anscheinend zu viel Freizeit in ihrem Leben hatten, es dann doch etwas makaber oder vielleicht auch unhygienisch auf einer Schaukel zu sitzen, bei der vor kurzem noch Gevatter Tod zu Besuch gewesen war.

Warum hier? Warum hatte der Mörder diesen öffentlichen Ort gewählt? Es musste verdammt schwer gewesen sein mit der toten Frau den Weg hinaufzulaufen. Immerhin hatten sie sich darauf geeinigt, dass hier nicht der Tatort, sondern nur der Fundort gewesen sein konnte. Oder war sie zu diesem Zeitpunkt doch noch nicht tot? Hatte sie da noch nicht gewusst, in welches Unheil sie sich begab und war dem Mörder freiwillig gefolgt? Kannte sie den Mann also? Unwillkürlich zog er seinen Mantel enger um seinen Körper, da es ihn fröstelte. Da fiel ihm die Kleidung der Toten ein. Sie war für die Nacht viel zu dünn angezogen, als dass sie freiwillig mit ihm hier hinaufgestiegen wäre. Aber warum hatte sie dann weder Quetschungen noch andere Verletzungen die darauf hindeuteten, dass er sie gewaltsam mit hierhergebracht hatte? Oder hatte er sie mit vorgehaltener Waffe dazu gezwungen? Bis zur Schranke ist er höchstwahrscheinlich in einem Auto hergefahren und von dort musste er zu Fuß weitergegangen sein. Zumindest war das der kürzeste Weg, der zu diesem Aussichtspunkt zu Fuß aus möglich war. Er konnte sich beim besten Willen nicht vorstellen, dass das Auto des Täters von niemandem gesehen worden war, da im angrenzenden Bordell in der Nacht doch der größte *Betrieb* herrschen musste. Zumindest ging er stark davon aus, aber zu welchen Zeiten sich Männer bevorzugt Sex erkauften wusste er beim besten Willen nicht. Er würde es auf jeden Fall so machen, um tunlichst zu vermeiden, dass ihn irgendeine ihm bekannte Person beim Puffbesuch überraschte. Genau diese Heimlichtuerei in diesem Business führte allerdings auch dazu, dass sich niemals ein Bordellbesucher freiwillig als Zeuge melden würde. Und da keine Namenserfassungen in solchen Etablissements stattfanden, war es unmöglich herauszufinden, wer potenziell etwas gesehen haben konnte.

Oliver schaute hinunter auf den See. Trotz der Kälte entdeckte er kleine Segelboote, die auf dem Wasser umherkreuzten, die Segel weit aufgebläht im frühwinterlichen Wind. Jetzt bei Tageslicht war der Wald um ihn herum in den bunten Herbstfarben kein schlechter Anblick, allerdings verloren viele der Blätter schon wieder ihr saftiges Rot und Orange, um braun zu werden und schließlich herunterzufallen. Es war schon das beständige sanfte Rascheln des Waldes zu hören, dass durch herabrieselnde Blätter entstand. Waren Wälder an sich schon nie ganz ruhig, so gab es zu dieser Jahreszeit noch mehr stetige Geräusche als sonst. Er sah sich ein letztes Mal um, bevor er die Wiese wieder verließ und den Weg weiter Richtung Zillhöhe einschlug. Auf der Karte hatte er gesehen, dass er den Weg nur immer weiter entlanglaufen musste und dass dieser ihn automatisch ans Ziel bringen würde. Er war dankbar dafür, dass er keine Puls-Uhr trug, ansonsten hätte diese wahrscheinlich permanent gepiept, um ihn zum Anhalten zu überreden. Sein Herz hämmerte unablässig in seiner Brust, aber er ignorierte es tapfer, während der Weg sich kontinuierlich weiter hinaufschlängelte. Schließlich kam er zu der Gabelung, wo der Weg auf den Anstieg traf, den er am heutigen Morgen bereits gegangen war. Zumindest wusste er jetzt, wie weit es noch war. Sollte er auf dem Rückweg noch Zeit haben, musste er unbedingt ein Hemd zum Wechseln holen. Er überlegte gerade, ob er sich vielleicht auch welche mit ins Büro nehmen sollte, da er in letzter Zeit viel in den Hügeln unterwegs war, als er die letzte Kurve nahm und oben beim Pavillon ankam. Ein rotes Absperrband war rund um die Anhöhe gespannt und flatterte leicht in der kühlen Brise. Zu sehen war allerdings nichts mehr von dem schaurigen Spektakel, dass er nur Stunden zuvor beobachtet hatte. Von Nina war ebenfalls nichts zu sehen, sie musste wohl tiefer in den Wald vorgedrungen sein, um nach der Kleidung der Toten in den Mülleimern rund um die Tatorte zu suchen. Oliver ließ sich ächzend auf einer Bank nieder, die einen großartigen Blick auf den See bot. Er wischte sich die Schweißperlen von der Stirn und gönnte sich erst einmal zwei Minuten Pause, in denen er sich mit geschlossenen Augen auf seinen Herzschlag konzentrierte, um diesen per Gedankenkraft zu beruhigen. Irgendwo hatte er mal gelesen, dass so etwas funktionieren konnte und nach einiger Zeit beruhigte sich dieser tatsächlich ein wenig. Ob dies jedoch an seiner Gedankenkraft lag und nicht an der Pause, die er gerade einlegte, bezweifelte er stark. Schließlich richtete er sich wieder auf, drehte sich in Richtung Pavillon und ließ den Blick auf sich wirken.

Obwohl die Lichtung einen wunderschönen Ausblick bot, so war sie dennoch gut geschützt. Vom Tal aus konnte man schwer heraufschauen, vor allem nicht bei Dunkelheit und in alle anderen Richtungen war der Gipfel trotz der Erhöhung noch stark genug von Bäumen umgeben, sodass die Sicht schon nach wenigen Metern versperrt wurde. Er gab es nur ungern zu, aber der Täter wusste, was er tat. Und es war wahrscheinlich, dass er aus der Gegend stammte, denn solche Orte fand man nicht zufällig. Zudem musste er sich öfter in dieser Hügelkette aufgehalten haben, um zu wissen, wann hier wie viele Personen unterwegs waren und wie er die eventuell schon toten Körper hier heraufbekommen würde. Und dabei sollte er doch bestimmt gesehen worden sein. Er musste schließlich auch bei Tag hier gewesen sein. Und wenn er klug war, und alles sah danach aus, dass er es war, musste er auch nachts mindestens einmal den Weg abgelaufen sein, um festzustellen, ob er bei wenig Licht den Weg problemlos finden würde.

Oliver zog sein Handy aus der Tasche und wählte Jacksons Nummer.

„Hey Jackson, ich bin es, bist du schon weitergekommen?"

Ein klägliches Winseln war ihm Antwort genug.

„Dann unterbrich bitte kurz deine jetzige Arbeit und geh die Fotos der Spurensicherung bitte genau durch. Am ersten Tatort waren ein altes Pärchen und ein Läufer, die in ihrer morgendlichen Tätigkeit von uns überrascht wurden. Ich glaube zwar nicht, dass der Läufer etwas mit allem zu tun hat, so blöd wird der Täter schon nicht gewesen sein und auch die Alten kommen nicht infrage. Allerdings war es wahrscheinlich nicht das erste Mal, dass sie dort spazieren gegangen sind. Vielleicht haben sie in den letzten Tagen etwas Auffälliges bemerkt. Ich glaube irgendjemand hatte schon ihre Namen notiert. Finde sie und bestell sie zum Verhör. Außerdem, wer hatte eigentlich den zweiten Mord gemeldet?"

„Das war, soweit ich informiert bin, ein Tourist. Er war mit einem Rucksack voll Ausrüstung unterwegs, um den Maniac-Trail entlangzulaufen. Auf der Zillhöhe wollte er starten."

„Was für einen Trail?"

„Das ist unter Sportlern eine recht bekannte Strecke hier in der Gegend. Sie führt sechzig Kilometer und über tausend Höhenmeter um den Wörthersee herum. Er wollte sie anscheinend entlangwandern und ist daher früh gestartet. Da der junge Mann noch am Tatort beweisen konnte, dass er erst an diesem Tag nach Klagenfurt angereist war und er auch keine verdächtigen Gegenstände im Rucksack bei sich hatte, ließ man ihn seinen Trip fortsetzen. Sie haben aber seine Telefonnummer, falls du noch Fragen hast."

„Nein, danke."

Ohne ein weiteres Wort legte er auf und schloss erneut die Augen. Er wusste, dass Jackson der Falsche für die Aufgabe war, die er ihm gerade übertragen hatte. Bis jetzt hatte er noch nie jemanden zu einer Befragung geladen. Die Personen standen zwar nicht unter Verdacht, dennoch wusste er, dass Jackson beim Telefonieren vor Nervosität vermutlich mehr schwitzen würde als er bei seinem Fuß-marsch hier hinauf. Verdammter Personalmangel. Er hasste es, Kollegen alleine loszuschicken und im Moment waren alle ohne Partner unterwegs. Er hasste es auch, unerfahrene oder überforderte Kollegen mit Aufgaben zu betreuen, die eindeutig eine Nummer zu hoch für sie waren. Gedanken-verloren scheuchte er eine Mücke von seinem Ohr weg. So war es halt, in der Not fraß der Teufel Fliegen, so sagte man ja. Er sah auf seine Armbanduhr. Es war bereits viertel nach zwei. Mit dem Marsch zurück zum Auto würde er es nicht mehr schaffen, ein neues Hemd zu holen. Angeekelt hob er die Schultern, um den nassen klebrigen Stoff etwas von seinem Rücken zu lockern. Keiner seiner Kollegen hatte sich gemeldet. War es denn nicht langsam mal Zeit für eine gute Nachricht?

Kapitel 13

Als Oliver in den Konferenzraum zurückkehrte, war die schlechte Stimmung beinahe zu schmecken. Kaum einer wechselte ein Wort miteinander. Martin lief ununterbrochen auf und ab, sein kurzes blondes Haar stand ohne erkennbare Frisur ab, als hätte er vor Frustration mehr als einmal daran gezogen und Jackson hämmerte ohne jemanden anzuschauen auf den Tasten eines Laptops herum, den er vor sich aufgestellt hatte.

„Okay, was haben wir?", fragte Oliver in die Runde.

„Was wir haben?", fauchte Martin. „Das hier!"

Er nahm eine Zeitung aus seiner Tasche und warf sie vor Oliver auf den Tisch.

Oliver las die Schlagzeile. Seine Kinnlade fiel herunter. Mit ungläubigem Blick nahm er die Zeitung in die Hand und begann den ganzen Artikel zu lesen.

ZWEI TOTE PROSTITUIERTE: ERST DER BEGINN EINER ABSCHEULICHEN SÄUBERUNGSAKTION?
Nachdem am gestrigen Montag eine junge Frauenleiche über den Klagenfurter Weinbergen gefunden wurde (die Kaiserzeitung berichtete), ist auch vergangene Nacht eine Leiche entdeckt worden. Auf der Zillhöhe, nur neunhundert Meter vom ersten Tatort entfernt, einem malerischen Aussichtspunkt und beliebten Touristenziel, wurde unsere Stadt unfreiwillig Zeuge dieser zweiten Schandtat. Beide Frauen wiesen offensichtliche Spuren von Misshandlungen auf. Eine anonyme Quelle aus dem näheren Ermittlerkreis berichtet, dass der leitende Kriminalinspektor Oliver Strauß bei der Ermittlung bereits erste Erfolge zu verbuchen hat. So handelt es sich bei den beiden Frauen, deren Identitäten bis dato noch nicht bekannt sind, vermutlich um zwei Prostituierte. Mehrere Indizien scheinen diese Theorie zu

stützen. Auch über den seltsamen Umstand, dass der Täter bei beiden Opfern Pflanzenreste zurückließ, wird bereits spekuliert. „Es wird vermutet, dass der Täter mit uns kommunizieren will. Er hat Unkraut neben die Toten gelegt. Unsere Interpretation dazu ist, dass er die Stadt von ihrem Unkraut befreien will", so unser Kontaktmann. Es bleibt zu hoffen, dass die Polizei fähig genug ist, dieses widerliche Vorhaben zu stoppen. Bis dahin wird allen Frauen geraten, die nördliche Hügelregion von Klagenfurt zu meiden.
Josepha Strasser

Als Oliver die Zeitung sinken ließ, schaute ihn Martin, der sich inzwischen gesetzt hatte, verstohlen an. Oliver wusste nur zu gut, welche zwei Punkte seinem Partner Unbehagen bereiteten. Ausgerechnet Josepha. Und dann eine Quelle, die einen Haufen Blödsinn daherredete.

„Oookay", sagte Oliver, merkwürdig gefasst. „Ich nehme an, ihr habt alle schon gelesen, was die Zeitung hier… zustande gebracht hat. Möchte mir einer etwas dazu sagen? Vielleicht zur anonymen Quelle?"

Keiner bewegte sich auch nur einen Zentimeter.

„Hätte ich auch nicht erwartet. Warum sollte einer aus unserer Runde die Zeitung gezielt mit falschen Informationen füttern? Ich vertraue jedem hier im Raum voll und ganz."

Bei diesen Worten schaute Oliver Jackson, sein jüngstes Mitglied im Team, an. Er vermutete, dass dieser eine Extraportion Bestätigung brauchte.

„Zudem kann ich mir gut vorstellen, wer besagte Quelle ist. Man muss sich nur mal überlegen, wer so sehr an besagter Prostituiertentheorie festhält. Na, wenn er da nicht irgendwann extrem auf seinen dicken Hintern fallen wird. Und bitte lasst mich es sein, der ihm die Nachricht überbringt, dass er falsch lag. Zusammen mit ein paar wohl überlegten Beleidigungen, die ihn zwar hart treffen, mich aber nicht den Job kosten werden. Denn die hat unser Chef inzwischen mehr als verdient."

Nach diesen Worten ging eine Woge der Erleichterung durch den Raum, auch wenn nach wie vor Bedrückung in den Gesichtern zu lesen war. Schließlich wussten sie alle, dass keiner wirkliche Fortschritte in den Ermittlungen erzielt hatte. Dennoch, die Einzelheiten mussten besprochen werden.

„Nun gut." Oliver schob demonstrativ die Zeitung von sich weg. „Fangen wir mit den *wirklich* wichtigen Dingen an. Wie ihr sehen könnt, hat Clemens eine Karte der Umgebung besorgt und dort aufgehängt. Danke, dass das so schnell geklappt hat. Was kannst du uns dazu sagen?"

Aufmuntern, dachte Oliver, *das ist der ganze Trick*. Und er hatte es wirklich schnell geschafft die Karte im Posterformat zu beschaffen. Oliver hatte keine Ahnung, wie er das angestellt hatte. Entwickelte Clemens bei diesem Fall auf seine alten Tage etwa noch so etwas wie Ehrgeiz?

„Nun ja", sagte Clemens und erhob sich doch tatsächlich von seinem Stuhl, um zur besseren Erklärung auf die Karte deuten zu können.

„Die verschiedenfarbigen Linien stellen logischerweise die bekannten Wanderwege in der Hügelkette dar. Die Karte reicht vom Kreuzbergl auf der rechten Seite der Karte, das ungefähr fünf Kilometer von den Tatorten entfernt liegt, bis Görtschach auf der linken Seite der Karte, das ungefähr zwei Kilometer entfernt liegt. Weiter westlich gibt es keine für uns interessanten Wege, daher die verkürzte Darstellung in der westlichen Richtung. Die beiden Kreuze zeigen die Fundorte an, den Weingarten und die Zillhöhe. Den direkten Weg zwischen diesen beiden Orten habe ich mit blau nach-gezeichnet. Die kleinen roten Punkte geben an, wo sich im

Wald Mülleimer befinden, in denen eventuelle Kleidungs-
reste oder ähnliches entsorgt werden könnten. Die gelben
Punkte wiederum zeigen Wegweiser auf den Pfaden an. In
grün habe ich logische Verbindungen der Wege zu Straßen
eingezeichnet, da wir annehmen können, dass der Täter mit
dem Auto gekommen und geflüchtet ist. Insgesamt sind es
vier Orte, an denen ein Zugang per Auto sinnvoll wäre, wobei
zwei davon den meisten unter uns ja bereits bekannt sein
sollten. Zudem habe ich die Höhenunterschiede zwischen
den jeweiligen Parkplätzen zur Zillhöhe und die Strecken
berechnet, womit nur ein Weg, nämlich dieser hier, Sinn
machen würde."
Bei diesen Worten tippte Clemens mit seinem Zeigefinger
auf den größten der grünen Punkte.
„Unser Problem ist natürlich, dass dort auch all unsere
Fahrzeuge geparkt haben und somit etwaige Spuren
höchstwahrscheinlich dahin sind. Nichtsdestotrotz habe ich
einen Kollegen von der Spurensicherung angerufen und ihn
gebeten, erneut dort vorbeizuschauen, um nach etwaigen
frischen Reifenspuren zu schauen. Unsere Profile der Autos
sind ihm ja bekannt. Sollte etwas Ungewöhnliches dabei sein,
haben wir vielleicht Glück."
Mit diesen Worten beendete er seinen Vortrag und schaute
etwas unsicher in die Gesichter der anderen, die allesamt mit
großen Augen zu ihm zurückblickten. Keiner hatte ihm so viel
Engagement und Eigeninitiative zugetraut. Wollte da jemand
mit einer weißen Weste in den Ruhestand treten?
„Sehr gute Arbeit", sagte Oliver unverhohlen. „Nina, wie
sieht´s bei dir aus, hat deine Müllsuche irgendwas ergeben?"
Nach diesem ausführlichen Vortrag war es Nina sichtbar
peinlich, dass sie nicht ebenso viel zu sagen hatte.
„Ich habe jeden der eingezeichneten Mülleimer aufgesucht",
sagte Nina etwas kleinlaut. „Allerdings waren ausnahmslos
alle Mülleimer leergeräumt. Daraufhin habe ich bei der

Stadtverwaltung angerufen. Die Mülleimer werden nur einmal im Monat geleert. Anscheinend entsteht im Wald nicht viel Abfall bis auf Tüten mit Hundehaufen. Wie dem auch sei: Heute morgen wurden die Eimer geleert. Und um eurer Frage zuvorzukommen: Der Müll ist bereits entsorgt und nicht mehr einsehbar. Ich bin auch noch an der Straße entlanggelaufen, die am Fuße der Hügelkette läuft. Aber bis auf einen gebrochenen Absatz eines Damenschuhs und einer Kindermütze habe ich nichts gefunden. Wir hatten einfach… Pech würde ich sagen."

Verdammt. Oliver hätte sich am liebsten selbst in den Hintern getreten. Hätte er doch früher an die Mülleimer gedacht. Wie konnte man bloß so viel Pech haben. Aber auch Nina hatte Eigeninitiative gezeigt und gute Arbeit geleistet. „Okay, blöd gelaufen, aber gute Arbeit. Vielen Dank auch dir. Sophia, was kannst du berichten?"

„Ich kann berichten, dass von den etlichen Blumenläden in der Stadt genau zwei Jasmin im Sortiment haben. Allerdings ist eines davon ein sehr kleiner Laden, der diesen nur in fertigen Gestecken beigefügt hat. *Bella Flora* dagegen ist ein riesiger Laden. Dort gibt es keine Pflanze, die nicht verkauft wird. Es gibt sogar Obstbäume, die speziell für Balkone gezüchtet sind und so weiter, also lauter extravagantes Zeugs. Und Jasmin haben sie in vielen verschiedenen Sorten, auch in der, die wir gefunden haben. Allerdings haben sie davon schon seit längerem keinen mehr verkauft. Der letzte ging laut Kassenprüfung vor knapp dreieinhalb Wochen raus. Passen würde es also gerade noch, allerdings wurde die Pflanze in bar bezahlt und erinnern kann sich natürlich keiner an den Käufer. Videoüberwachung haben sie auch keine. Nachdem ich den Zeitungsbericht entdeckt hatte, habe ich zudem noch mit verschiedenen Verkäufern gesprochen. Dass einige Menschen Kamille als Unkraut ansehen, könnten sie noch verstehen, da diese auch direkt an Fußwegen oder

Straßen wächst. Bei Jasmin sei es jedoch ausgeschlossen, dass diese Pflanze als Unkraut bezeichnet werden kann. Dafür würde allein schon die Größe sorgen, die Sträucher können größer werden als ich. Also noch ein Indiz dafür, dass im besagten Bericht lediglich Blödsinn steht."

„Okay, danke dafür. Eine Möglichkeit weniger, das sind keine schlechten Nachrichten", hielt sich Oliver an seinen Aufmunterungsplan.

„Jackson, was kannst du berichten?"

Jackson begann wieder mit dem typisch nervösen Wippen seines Beines.

„Also, zunächst bin ich weiterhin an der Bildersuche dran. Ich habe noch ein paar denkbare, aber recht unwahrscheinliche Möglichkeiten, die ich durchgehen muss. Zunächst hat das neue Semester in der Universität erst vor ein paar Tagen angefangen, daher existieren noch nicht von allen Studenten Bilder. Es ist wohl völlig normal, dass es in der Produktion der Ausweise zu Verzögerungen kommt. Anders als in der Schule kann dort jedoch niemand als vermisst gemeldet werden, denen ist es ja egal, ob eine an der Universität gemeldete Person auch erscheint oder nicht. Sobald sie gezahlt hat, ist sie auch aufgenommen, vorausgesetzt sie hat eine Eignungsprüfung oder ähnliches bestanden. Wie dem auch sei, auf die entsprechenden Bilder warte ich noch. Wegen der angefragten Vernehmungen: Das Seniorenpärchen hat sich sofort bereit erklärt zu kommen, sie werden gegen halb fünf hier aufkreuzen. Es hat sich fast so angehört, als würden sie sich auf den Besuch freuen. Scheint wohl sonst nicht so viel Aufregendes in ihrem Leben zu passieren."

Ein nervöses Grinsen umspielte seinen Mund.

„Der andere Kerl war allerdings nicht so begeistert. Er hat sich trotzdem bereit erklärt, kann aber leider erst morgen. Er wird um zehn hier sein."

„Gut, sehr gut", nickte ihm Oliver zu. Dann blickte er Martin fragend an.

„Komplette Fehlanzeige", sagte dieser. Keiner in der muslimischen Gemeinde, die ich besucht habe, hat eines der beiden Mädchen je gesehen. Und sie sagten, an die beiden hätten sie sich bestimmt erinnern können. Ich bin danach sogar noch zu einem Versammlungszentrum der Zeugen Jehovas gefahren. Ich dachte, vielleicht gab es Streit in der Sekte oder so. Aber nein, auch dort hatte nie einer diese beiden Mädchen je gesehen und nach Streit sah es dort auch nicht aus, im Gegenteil schienen alle bester Laune zu sein. Ich hatte eher das Gefühl, die wollten mich am liebsten dortbehalten. Allerdings war es eh ein aussichtsloser Versuch, bei denen ist es egal, in welche Richtung man betet."

„Na, wer hätte das gedacht", grinste Oliver.

„So, und wo ist Guinness?"

„Noch in der Gerichtsmedizin unten", sagte Martin. „Er war wahrlich schlecht gelaunt, als ich ihn gesehen hatte. Anscheinend ist er, was die Todesursache anbelangt, noch immer nicht weitergekommen."

Das konnte doch nicht wahr sein. Ausnahmslos jeder hier am Tisch hatte saubere und hervorragende Arbeit geleistet sowie ein gesundes Maß an Eigeninitiative gezeigt und dennoch kamen sie einfach nicht voran. Zu allem Überfluss waren sie übernächtigt und die Zeitung vor ihnen trug auch nicht zur Verbesserung ihrer Laune bei.

„Wie geht's weiter?", fragte Martin und sah in an.

„Nun ja, was jetzt kommt wird euch wohl gar nicht gefallen. Martin, Sophia und Clemens, ihr geht heim, schlafen. Ich brauche heute Nacht jemanden, der Nachtschichten übernimmt. Wir können es uns nicht leisten, dass morgen früh um fünf wieder eine Leiche gefunden wird. Das heißt: Clemens, du übernimmst von zwölf bis zwei, Sophia von zwei bis vier und Martin von vier bis sechs Uhr in der Früh den Wachdienst an der Schranke. Aber nehmt keine offiziellen

Dienstfahrzeuge. Wir wollen ihn ja nicht darüber informieren, dass wir zuschauen. Jedem von euch wird zudem ein Kollege von der Streife zugeteilt. Zieht euch warm an und lasst den Motor und somit auch die Heizung aus. Das Auto soll leer wirken. Und denkt dran: Ihr sucht nach einem kranken Idioten, also passt gefälligst auf euch auf!"

Die Gesichter der drei Angesprochenen wurden düster. Sie alle hatten ohne Zweifel bereits andere Pläne für die Nacht gehabt und sei es nur den Schlaf nachzuholen, den sie in den letzten beiden Nächten versäumt hatten. Jedoch erhob keiner Einspruch. Sollte ihnen morgen am gleichen Ort erneut eine Leiche präsentiert werden, wäre das eine weitaus schlimmere Angelegenheit.

„Nina, du bleibst mit mir noch hier, wir werden das Gespräch mit dem alten Ehepaar führen und zwar getrennt. Du übernimmst die Dame, ich den Herren. Ich will nachvollziehen können, was sich das betuchte Pärchen aus den Haaren zieht und was den Tatsachen entspricht."

Auch Nina erhob keine Einwände, warum auch, sie hatte den wesentlich entspannteren Job zugesprochen bekommen. Sie strich sich eine Haarsträhne hinters Ohr und vermied es tunlichst, ihre Kollegen anzuschauen, die sie mit neidischen Blicken traktierten.

„Jackson, tu was immer du tun musst und kannst. Wenn dir noch Möglichkeiten einfallen, wie du die Namen ausfindig machen kannst, dann tu es. Und wenn es illegal ist mach´s trotzdem. Es ist mir egal was du veranstaltest, aber ich will die Namen. Und jetzt geht mir aus den Augen. Morgen um halb neun will ich euch alle wieder hier versammelt sehen und über unsere ersten Ergebnisse sprechen. Gute Nacht allerseits."

Dann wandte er sich an Nina.

„Nina, würdest du bitte noch Staatsanwältin Erika Binder über unsere fabelhaften Fortschritte informieren? Sie wird nicht begeistert sein, aber richte ihr doch bitte von mir aus, dass wir es auch nicht sind. Und danach warte bitte an der Rezeption, um unsere Gäste in Empfang nehmen zu können. Du kannst für die Befragung den Konferenzraum nutzen, ich werde mich mit dem Herrn in meinem Büro unterhalten. Wir wollen sie nicht gleich ins Verhörzimmer bringen, das erscheint mir ein wenig heftig. Ich besuche noch kurz Chester in der Gerichtsmedizin. Ruf mich bitte an, wenn sie da sind."

Kapitel 14

Als Oliver wenige Minuten später die Tür zur Gerichtsmedizin öffnete, sah er grade noch, wie Chester mit seiner flachen Hand auf den Schreibtisch hieb und laut *Arschloch* brüllte.

„Guinness, ist alles in Ordnung bei dir?", fragte Oliver besorgt.

„Ich habs´!", rief Chester und hämmerte seine flache Hand erneut gegen die Tischkante. „Ich habs´ raufgefunden, *Arschloch*."

Da Chester bei diesen Worten den Laptop vor ihm anbrüllte und nicht Oliver, ging dieser davon aus, dass er nicht ihn meinte.

„Du hast… Du hast die exakte Todesursache herausgefunden?", fragte Oliver vorsichtig, aber hoffnungsvoll.

„Ja verdammt. Zumindest zu 90 Prozent. Und ich muss sagen: Der Typ, den ihr da sucht, ist ein verdammt krankes Hirn."

„Ja, du erwähntest so etwas, ich erinnere mich. Aber brüll nochmal, vielleicht hat es Kohler in seinem Büro noch nicht gehört."

Chester blickte Oliver schräg an, dann lächelte er matt.

„Noch machst du Witze, aber hör zu, dann weißt du was ich meine. Der Typ benutzt blauen Eisenhut. Das ist, soweit ich weiß, die tödlichste Pflanze in ganz Europa. Und der Tod, den das Gift bewirkt… nun ja… ist ekelerregend. So ein perverser *Idiot!*"

„Guinness, sag mir alles was du weißt. *Jetzt!*"

„Ach verdammt." Guinness sah bedrückt zu dem Kühlraum hinüber, in denen Oliver die beiden Frauenkörper vermutete.

„Naja, schon minimale Einnahmen ab zwei Gramm haben eine tödliche Wirkung auf einen erwachsenen Menschen. Selbst eine Berührung der *verdammten* Blüten ist schon gefährlich und führt zu Taubheitsgefühlen. Der Tod tritt ungefähr dreißig bis fünfundvierzig Minuten nach der Einnahme ein, je nachdem, wie viel der Kerl verabreicht. Das Widerwärtige dabei ist, dass die vergiftete Person die ganze Zeit bei vollem Bewusstsein ist und extrem starke Schmerzen erleidet. Der Tod tritt dann durch Herzversagen oder Atemstillstand ein. Daher auch die Erstickungsanzeichen. Aber weißt du was die *Oberscheiße* ist?"

Oliver überging den Kommentar und schaute Chester aufmerksam an.

„In den meisten Fällen tritt vor dem Tod noch eine Lähmung ein. Sprich, der Körper empfindet Höllenqualen, die Person ist nach wie vor bei vollem Bewusstsein, kann sich aber kaum bewegen. So, folgende Theorie stelle ich nun auf: Beide Frauen wurden vergewaltigt oder nicht? Haben wir Verteidigungswunden gefunden? *Nein*, verdammt. Wissen wir jetzt warum? *Ja*, verdammt. Sie konnten sich wahrscheinlich nicht bewegen, weil dieses… dieses *Tier* bis auf die Lähmung gewartet hat, um sich dann an ihnen vergehen zu können."

Oliver starrte in Chesters Augen. Sein Mund war ganz trocken geworden und ihm war leicht übel.

„So ein kranker Idiot", sagte er dann und merkte, dass seine Stimme leicht zitterte. „Wie sicher bist du dir?"

„Sagte ich bereits, neunzig Prozent."

Da Oliver noch nie mitbekommen hatte, dass sich Chester jemals bei einer so hohen Prozentangabe geirrt hatte, musste wohl stimmen, was er sagte. Normalerweise war alles, was von ihm mit über fünfzig Prozent Wahrscheinlichkeit abgesegnet worden war, so sicher wie das Amen in der Kirche.

Sie saßen noch eine Weile zusammen und tauschten Belanglosigkeiten aus, waren froh über die Gesellschaft des jeweils anderen. Diese Entdeckung zu verdauen war nicht leicht und würde eine Weile dauern. Einen Schuss in den Kopf oder ins Herz, selbst das Aufschlitzen der Kehle mit einem Messer waren wesentlich schmerzfreiere Methoden als das, womit sie es hier zu tun hatten. Fünfundvierzig Minuten Höllenqualen wünschte man selbst seinem schlimmsten Feind nicht. Hier handelte es sich nicht um normale Tötungsdelikte. Womit sie es zu tun hatten, war reine Folter.

Zurück in seinem Büro stützte Oliver seinen Kopf in seinen Händen ab. Auf dem Weg nach oben war ihm noch eine weitere wichtige Erkenntnis aufgegangen. Der Täter benutzte eine Pflanze als Tatwerkzeug. Und bei den Frauen wurden ebenfalls Pflanzen gefunden. Eine davon, Kamille, war eine Heilpflanze. Die andere jedoch nur eine gewöhnliche Zierpflanze. Was hatte das zu bedeuten? War hier ein Gärtner am Werk, oder was?

Er schreckte zusammen als es an der Tür klopfte und Nina hereintrat.

„Oliver, mein Gott, ist alles in Ordnung mit dir? Du bist ja kreidebleich."

„Wie bitte? Ach so, ja. Ich meine nein. Guinness hat die exakte Todesursache herausgefunden. Aber ich nehme an du bist da, um mir mitzuteilen, dass die Befragung beginnen kann? Sei mir nicht böse, eine Aufklärung würde jetzt zu lange dauern. Wir treffen uns gleich nach der Vernehmung, in Ordnung?"

Nina nickte unsicher.

„Dann schick ich dir den Herrn mal hinein", sagte sie und verließ leise das Büro. Kurz darauf klopfte es erneut und ein alter runzliger Mann betrat das Büro. Oliver schätze ihn auf mindestens fünfundsiebzig Jahre. Es trug die typischen braunen Stoffhosen, unter denen Oliver Socken vermutete, die bis zum Knie hochgezogen waren, passende braune Lederschuhe, einen beigen Mantel und eine französische Baskenmütze auf dem Kopf. Ein karierter beigegelber Schal war um seinen Hals gewickelt. Hätte Oliver aus irgendeinem Grund mal einen gutmütigen Opa zeichnen sollen, genau so hätte das Bild ausgesehen. Vorausgesetzt er wäre mit der Begabung gesegnet gewesen, gut zeichnen zu können.

„Schönen guten Abend", sagte der kleine Mann und trippelte zum Schreibtisch vor, um Oliver die Hand zu reichen.

„Ebenfalls, danke", erwiderte Oliver. „Vielen Dank, dass sie unserer Einladung gefolgt sind. Mein Name ist Oliver Strauß, wie ist Ihr Name?"

„Ewald, Bernd Ewald."

Er setzte sich auf den Besucherstuhl gegenüber von Oliver. Und dann fing er an zu erzählen.

„Das ist ja ein starkes Stück, was da die letzten beiden Nächte passiert ist. Also, was ist denn genau passiert? Und wie weit sind sie mit den Ermittlungen, gibt es Verdächtige? Ich nehme an, dass ich und meine Hannelore, also meine Frau heißt Hannelore, die sitzt ja gleich nebenan und unterhält sich mit ihrer reizenden Kollegin, sie ist doch ihre Kollegin oder? Also, dass meine Hannelore und ich da außen vor sind, sie sehen ja selbst, das Alter macht nicht halt, aber man tut was man kann, nicht wahr? Aber diese Frau hätte ich ja nie da hochbekommen, auch nicht mit meiner Hannelore, früher, da wäre das kein Problem gewesen, wissen sie? Ich war mal richtig gut dabei, aber das Alter, sie wissen ja."

Oliver sah ausdruckslos in das faltige Gesicht seines Gegenübers und bekam gar nicht richtig mit, was alles für Wörter auf ihn einprasselten. In seinen Gedanken war er immer noch bei dem blauen Eisenhut.

„Hören Sie, Herr Ewald", unterbrach er schließlich einer Eingebung folgend den alten Mann mitten in seinem Sermon. „Ich habe nur eine Frage an Sie: Sind sie den Weg bei den Weinbergen schon öfter um diese Uhrzeit gegangen? Also praktisch mitten in der Nacht?"

„Allerdings", erwiderte der Alte stolz.

„Wie oft sind sie ihn in den letzten drei Wochen gegangen?"

„Nun ja, in den letzten drei Wochen nur gestern, am Montagmorgen. Sie müssen wissen, vor zweiundvierzig Jahren habe ich meiner Hannelore an dem Aussichtspunkt am Weinberg den Heiratsantrag gemacht. Wir sind damals, als wir noch jung waren, mein Gott waren wir damals noch jung und knackig, besonders meine Hannelore, obwohl sie sich besser gehalten hat als ich, meinen Sie nicht? Sie wissen ja, das Alter. Auf jeden Fall sind wir damals nachts losgezogen, um den Sonnenaufgang über der Stadt zu bewundern und gerade als die ersten Sonnenstrahlen hervorkamen habe ich den Antrag gemacht. Sie hat geweint, meine Hannelore, wissen Sie? Ich auch. Und sie hat natürlich ja gesagt. Es war wunderschön. Auf jeden Fall sind wir dann jedes Jahr zum Jahrestag erneut nachts da hoch und haben den Sonnenaufgang angeschaut. Insgesamt schon zweiundvierzig Mal. Nicht ein Jahr haben wir ausgelassen, nicht einmal, als meine Hannelore neunzehnhundertsiebenundachtzig die Grippe hatte. Dennoch wollte sie da hoch und den Sonnenaufgang sehen. Zuverlässig wie ein Uhrwerk, wissen sie? Selbst in unserem Alter."

Oliver sank der Mut.

„Das heißt, außer am Montagmorgen waren sie in diesem Jahr noch nicht in der Hügelregion unterwegs?"

„Oh nein, leider nicht, wir wohnen am anderen Ende der Stadt, wissen Sie? Außerdem ist es in unserem Alter kein leichtes Unterfangen mehr, Sie wissen ja, das Alter macht nicht vor uns halt. Sie als junger Mann haben da noch nicht so die Probleme, aber für meine Hannelore und mich ist das kein leichtes Unterfangen mehr. Dennoch werden wir nächstes Jahr wieder dort hinaufgehen und den Sonnenaufgang anschauen. Wie ein Uhrwerk machen wir das jedes Jahr aufs Neue. Wegen unserer Liebe."

Oliver musste sich zusammenreißen, um nicht zu lachen. Ihn hatte lange Zeit keiner mehr als jungen Mann bezeichnet und er war sich sicher, dass dieser plappernde Opa vor ihm und seine wunderbare Frau Hannelore besser zu Fuß in den Hügeln unterwegs waren als er.

„Haben Sie denn an dem Morgen noch irgendwen allein im Wald herumlaufen sehen?", fragte Oliver wenig hoffnungsvoll.

„Außer ihren Leuten und dem Sportler, der später dazukam, haben wir keinen gesehen, also ich nicht. Ich weiß natürlich nicht, ob meine Hannelore noch wen gesehen hat, ihre Augen sind noch besser als meine, müssen sie wissen."

„Das Alter?", fragte Oliver.

„Ganz genau", bestätigte Herr Ewald begeistert und reckte dabei einen Zeigefinger in die Luft.

„Aber für den Sonnenaufgang reicht es noch", lachte er fröhlich.

Als Oliver sich bedankt und den Herren hinausbegleitet hatte, ging er zurück ins Büro und ließ sich seufzend in seinen Sessel fallen. Er hatte sich von Anfang an keine großen Hoffnungen gemacht, dennoch war er bedrückt. Als wenig später Nina ebenfalls wieder sein Büro betrat, bedeutete er ihr, sich zu setzen.

„Hat sich irgendetwas aus dem Gespräch ergeben?", fragte Oliver.

„Ich weiß, wie man Spitzendeckchen häkelt und welcher Bäcker hier in der Gegend die beste Torte zubereitet. Aber was die wesentlichen Fragen anging, hatte Frau Ewald leider kaum etwas zu erzählen. Anders ausgedrückt: Komplette Fehlanzeige."

Oliver nickte. „Bei mir auch", sagte er. „Hör mal, Nina, was jetzt kommt wird dir nicht gefallen. Ich muss dich bitten, die Nachtschicht mit Sophia zu tauschen. Ich weiß, dass du jetzt nicht schlafen konntest, deswegen geh jetzt auch gleich nach Hause. Aber Chester weiß nun, dass es sich um ein pflanzliches Gift handelt und da Sophia inzwischen alle Blumenläden kennt, muss sie sich heute Nacht oder morgen in der Früh der Aufgabe widmen, alles über die entsprechende Pflanze herauszufinden, was es zu wissen gibt. Damit kann es morgen bei der Sitzung endlich weitergehen."

Nina wirkte in der Tat nicht begeistert, nickte aber tapfer.

„Okay, dann mache ich mich gleich auf den Weg, damit ich noch ein wenig Schlaf tanken kann", sagte sie und erhob sich wieder.

Oliver nickte, wünschte ihr eine gute Nacht und wählte anschließend Sophias Telefonnummer, um sie über ihre neue Aufgabe zu informieren. Wenn das so weiterging, würden seine Leute nach einer Woche vor Müdigkeit kündigen.

Kapitel 15

Als Oliver wenig später in seinem Auto saß überlegte er kurz, ob er zu Josepha fahren sollte. Dann allerdings dachte er an den Zeitungsartikel und an Martins Reaktion vom Morgen und bog Richtung Westen zu seiner eigenen Wohnung ab. Er drehte die Musik des Autoradios viel zu laut auf, um sich am Nachdenken zu hindern und ließ der Routine des Autofahrens freien Lauf. Als er auf seinen Parkplatz rollen wollte, musste er feststellen, dass dort bereits ein Auto parkte. Und nicht nur irgendein Auto, es war zweifelsfrei Josephas alter Volvo. Er parkte hinter ihr und ging zur Haustür. Da saß sie auf den Treppenstufen vor dem Wohnkomplex, in einen schweren Mantel gehüllt, zwei Schals übereinander und trank Tee aus einer Thermoskanne. Sie strahlte ihm entgegen.

„Hallo Süßer", schmunzelte sie, „Was macht die Verbrecherjagd?"

Oliver konnte sich nicht vorstellen, dass sie nur seinetwegen dort saß. Es war eine neue Story, die sie hierhergetrieben hatte, aber es war ihm egal. Im Moment war er nur wieder einmal glücklich, dass er den Abend nicht allein verbringen musste. Er ging an ihr vorbei und öffnete die schwere Holztür.

„Treten Sie doch ein, gnädige Frau", sagte er und reichte ihr eine Hand, um ihr aufzuhelfen.

Dankbar griff sie zu und zog sich hinauf, um einzutreten.

„Hast du Hunger?", fragte sie. „Wir könnten was zusammen kochen und eine Flasche Wein öffnen."

„Hunger habe ich, aber das Kochen und den Wein lehne ich ab", sagte Oliver. „Ich bestell eine Pizza und trinke ein Bier. Wenn du auch eine willst, dann lade ich dich ein."

„So schlimm, dein Tag?", fragte sie begeistert, im Wissen, dass ein schlimmer Tag für ihn eine gute Story für sie abgeben könnte.

„Natürlich sage ich da nicht nein, obwohl ich dennoch einen Wein bevorzugen würde."

Eine halbe Stunde später saßen sie in seinem Wohnzimmer auf dem abgewetzten alten braunen Ledersofa und aßen ihre Pizza. Während Josepha fast förmlich mit Messer und Gabel an ihrer Funghi zugange war, stopfte Oliver die ersten Stücke seiner voll beladenen Salamipizza mit extra Käse in sich hinein, um die zu großen Bissen mit Bier hinunterzuspülen. Langsam aber sicher erwachten seine Lebensgeister wieder und er fühlte sich wohler.

„Wer war deine Quelle?", fragte er unvermittelt.

„Ach, du weißt genau, dass ich dir das nicht sagen kann. Dein werter Chef hat mir verboten, seinen Namen zu nennen", grinste sie.

Oliver nickte resigniert. „Ja, das dachte ich mir. Es soll alles darauf hindeuten, dass die Polizei prima Arbeit leistet und vorankommt."

„Tut sie das denn nicht?", fragte Josepha wissbegierig.

Oliver gluckste innerlich. Da war also der Grund für ihren Besuch. Zumindest einer der Gründe. Nach wie vor hatte er gehofft, dass sie ihn vielleicht auch einfach nur hatte sehen wollen.

„Nun ja, ich will es mal so sagen: Das, was der werte Chef da losgelassen hat, entspricht zumindest zu achtzig Prozent nicht der Wahrheit und ist völlig frei erfunden. Und natürlich ist dieses Gespräch gerade inoffiziell und nein, du darfst mich nicht zitieren. Ich will nur sagen, dass du vorsichtig sein solltest mit dem was du schreibst. Wenn sich nämlich später herausstellt, dass es völlig an den Haaren herbeigezogen war, bekommst du dann nicht Probleme?"

Sie lachte glockenhell auf.

„Süßer, ich glaube du hast noch nicht ganz verstanden, wie das in einer Zeitung so funktioniert. Solange ich eine Quelle habe, auf die ich mich berufen kann, sind Falschmeldungen fast noch besser als die Wahrheit. Dann hat man gleich einen weiteren Artikel in petto, der den Schuldigen der Falschmeldung in der Luft zerreißen kann. *Polizei tappte trotz Beschwichtigung von leitenden Polizeimitarbeitern völlig im Dunkeln und ging falschen Spuren nach.* Ein prima Aufmacher für die nächste Story. Natürlich ist mir bewusst, dass nicht alles stimmen kann, was dein Vorgesetzter beziehungsweise meine Quelle da von sich gegeben hat. Aber das ist mir ehrlich gesagt ziemlich egal, denn er *hat* es gesagt. Und ich freue mich schon jetzt auf das Interview mit ihm, wenn du recht behältst und er falsch lag. Natürlich wird er versuchen die Schuld von sich zu weisen und das sind mit Abstand die witzigsten Interviews. Nur für dich könnte es in so einer Situation nicht so prima verlaufen, weil selbstverständlich sämtliche Schuld auf Untergebene abgewiegelt werden wird, von denen er angeblich die falschen Informationen bekommen hatte oder so ähnlich. Also solltest *du* dich vorsehen, nicht ich."

Oliver blieb das Stück Pizza, das er gerade herunterschlucken wollte, im Hals stecken. Er fing laut an zu husten und leerte schnell die vor ihm stehende Flasche Bier, um die Pizza doch noch herunterzuspülen.

„Du könntest das ganze natürlich schon jetzt richtigstellen, dann hätte er keine Gelegenheit mehr, das Ganze auf dich zu schieben", fuhr Josepha hoffnungsvoll fort. „Na, Lust auf ein kleines Exklusivinterview?"

„Ich verzichte", sagte er in übertrieben höflichem Tonfall und öffnete mit einem Zischen die zweite Flasche Bier.

„Jetzt aber mal Spaß beiseite", sagte Josepha und sah ihn nachdenklich, ja fast besorgt an. „Erwarten wir heute Nacht wieder eine Schreckensnachricht? Zwei Tote in zwei Tagen…

Wenn man von Verkehrsunfällen absieht, kann ich mich nicht daran erinnern, wann so etwas jemals in Klagenfurt vorgekommen ist. Habt ihr erste Hinweise? Und ich verspreche, nichts von dem was du nun sagst zu verwenden."

Oliver sah sie lange an. Er wusste ehrlich nicht, ob er ihr glauben konnte. Doch selbst wenn sie keine Reporterin wäre, dürfte er nichts erzählen.

„Nun ja, ich will es mal so ausdrücken. Heute Abend gab es den ersten Fortschritt. Keinen großen, aber es ist schon mal eine Menge wert, wenn man überhaupt etwas hat, auf dem man aufbauen kann. Außerdem tun wir alles, um einen weiteren Mord in dieser Nacht zu verhindern."

Gute Wortwahl. Beweisen, dass der Zeitungsartikel wirklich absoluter Blödsinn war und gleichzeitig darauf hinweisen, dass man seine Arbeit tat und tatsächlich ein erstes Resultat erzielt hatte. Dass es sich hierbei nur um die genaue Todesursache handelte, interessierte ihn nicht. Darauf konnte man aufbauen. Immerhin gab es endlich überhaupt etwas, dem sie nachgehen konnten.

Auch diese Nacht hatten sie keinen Sex, dafür waren beide zu müde und nicht in Stimmung. Nachdem sie ins Schlafzimmer gegangen waren, hatten sie sich umgezogen und waren direkt ins Bett gefallen. Josephas Körper fühlte sich unendlich vertraut und wohltuend neben seinem an, was Oliver so schnell wie lange nicht mehr einschlafen ließ und er dankte Gott, dass es sein Wecker und nicht sein Diensthandy war, der ihn am nächsten Morgen weckte. Keine neue Leiche. Kein neuer Mord. Zumindest nicht bis jetzt.

Kapitel 16

Es regnete in Strömen. Oliver hatte den Scheibenwischer auf die höchste Stufe gestellt und konnte trotzdem nicht schneller als vierzig Kilometer pro Stunde fahren. Auch diese Art von Regen kannte er aus Hamburg nicht. Dort konnte es zwar gut und gerne eine Woche lang auch mal durchregnen, aber der Regen war feiner und mehr ein nasses Kitzeln an Kleidung und Gesicht. In Klagenfurt stauten sich die Wolken in den angrenzenden Bergen der Karawanken und man hatte das Gefühl, das Wasser, das eigentlich für eine Woche ausgelegt war, versuchte mit aller Macht sich binnen einer Stunde auf die Erde zu stürzen. Sein Auto wurde regelmäßig durchgeschüttelt, wenn er durch Schlaglöcher fuhr, die durch den Regen unkenntlich wurden und davon gab es einige in der durch den Bankenskandal der Hypo-Alpe-Adria Bank pleite gegangenen Stadt. Das Geld wurde seitdem an allen Ecken und Enden gespart und anscheinend vor allem in der Ausbesserung der Infrastruktur. Noch so ein Punkt, den er in den Touristenbroschüren nie zu lesen bekam.

Als er, den Regenmassen trotzend, schließlich auf dem Parkplatz des Präsidiums vorfuhr, blieb er zunächst zwei Minuten im Auto sitzen. Vielleicht würde sich Petrus ja erbarmen und einige Sonnenstrahlen auf ihn herunterschicken. Einige Stoßgebete später sah es jedoch ganz so aus, als hätte Petrus besseres zu tun, als sich um das Wetter zu kümmern. Er schwang seine Aktentasche über den Kopf und rannte ohne das Auto abzuschließen und so schnell er konnte ins Gebäude. Als er durch die Glastür trat war er trotzdem komplett durchnässt. Noch ein Grund, in naher Zukunft irgendwann einmal Hemden zum Wechseln mit ins Büro zu nehmen.

Als er seine Bürotür öffnen wollte, wurde er von einem Mann in Regenhose und Regenjacke aufgehalten.

„Entschuldigen Sie bitte, aber ich bin zu einer Befragung um zehn Uhr vorgeladen worden. Allerdings ist mir zeitlich etwas dazwischengekommen, darum wollte ich fragen, ob wir das Ganze nicht vorverlegen könnten?"

Erst jetzt erkannte Oliver den Läufer aus dem Wald. Er schaute auf seine Uhr. Es war kurz nach acht, er hatte also eine knappe halbe Stunde, bevor er im Konferenzraum aufkreuzen musste.

„Dann kommen Sie mal rein", sagte Oliver und öffnete seine Bürotür.

Der Mann zwängte sich an ihm vorbei in sein Büro und schälte sich dann aus seinen noch tropfenden Regenklamotten. Er sah aus, als wäre er hierher geschwommen. Oliver empfand etwas Mitleid mit seinem Gegenüber, vielleicht besaß dieser kein Auto und hatte nun durch die Stadt mit seinem Fahrrad gegen den strömenden Regen ankämpfen müssen?

„Mein Name ist Oliver Strauß, ich bin der leitende Kriminalpolizist im Mordfall, dessen Resultat sie vorgestern Morgen bei ihrem Lauftraining bewundern durften. Darf ich fragen, wie Sie heißen?"

„Hannes Bachmann ist mein Name."

„Okay, Herr Bachmann. Sind Sie denn öfter in der Gegend der Weinberge und der Zillhöhe unterwegs?"

„Allerdings, ich gehe fast täglich mit meinem Hund in den Wäldern spazieren oder laufen, somit komme ich auch öfter in diese Region."

Oliver horchte auf. Das fing vielversprechender an als die letzte Befragung tags zuvor.

„Ist Ihnen denn in den letzten Tagen oder Wochen etwas Merkwürdiges aufgefallen? Sind Sie vermehrt einer Person begegnet, die sich sonst nie in der Gegend aufhält oder haben sie Autos gesehen, die sonst nie dort geparkt haben?"

116

Herr Bachmann schien kurz zu überlegen.

„Nicht, dass ich wüsste. Nach so langer Zeit kennt man die meisten Gesichter, die sich im Wald herumtreiben. Andere Hundebesitzer, Sportler oder Rentner, die die Zeit totschlagen müssen. Dennoch begegnet man bei fast jedem Lauf einer Person, die man bisher noch nicht gesehen hat. Dass eine davon vermehrt in letzter Zeit im Wald rumlief, kann ich nicht sagen. Allerdings habe ich natürlich auch nicht explizit darauf geachtet."

Oliver nickte. Es schien, als sei auch diese Befragung nicht die lang ersehnte Nadel im Heuhaufen.

„Na gut, dann will ich Sie auch gar nicht länger aufhalten. Sollte Ihnen doch noch etwas einfallen und sei es auch nur eine Kleinigkeit, dann zögern Sie bitte nicht uns anzurufen." Mit diesen Worten reichte er Herrn Bachmann eine Visitenkarte mit seiner Nummer über den Schreibtisch. Dieser nahm die Karte entgegen und blickte ihn überrascht an.

„Das war es schon? Ich hatte vermutet, dass eine Befragung länger dauern würde. Da hätte ich die Regensachen ja gar nicht extra ausziehen müssen."

Pünktlich um halb neun betrat er den Konferenzraum. Bis auf Jackson und Martin waren schon alle anwesend. Nina versuchte gerade, Wasser aus ihren langen Haaren zu drücken und Sophia und Clemens gönnten sich ein kurzes Frühstück. Alle sahen sie erneut sehr übernächtigt aus. Oliver bekam fast ein schlechtes Gewissen, als er ihre Augenränder bemerkte. Neben Josepha hatte er geschlafen wie ein Murmeltier. Er entledigte sich seines Mantels und setzte sich zu ihnen an den runden Tisch.

„Einen guten Morgen, lasst uns noch kurz warten bis alle da sind und dann geht's los. Denn ja, endlich machen wir Fortschritte."

Diesen Worten folgten sogleich die ersten Nachfragen, aber Oliver winkte ab. Mehr als einmal wollte er die Geschichte nicht erzählen müssen.

Kurz darauf ging die Tür auf und Erika Binder betrat den Raum. Oliver schaute sie kurz verdutzt an. Mit ihr hatte er nicht gerechnet, ehrlich gesagt hatte er es bis jetzt schlichtweg vergessen, sie über die neuesten Erkenntnisse zu informieren. Er hatte gestern nach dem Treffen Nina beauftragt, sie auf den neuesten Stand zu bringen. Diese schien wohl nach seinen vor ihr getätigten Andeutungen von neuen Entwicklungen erneut Erika angerufen und informiert zu haben. Dankend zwinkerte er Nina zu und begrüßte Erika in ihrer Runde.

Kurz darauf betraten auch Martin und Jackson den Raum und setzten sich. Martin sah aus, als wäre er samt seiner Kleidung duschen gewesen, Jacksons wild abstehende Haare waren jedoch trocken.

„So, dann noch einmal guten Morgen. Ich hoffe, ihr habt die Nacht alle gut überstanden. Da ich keine Nachrichten bekommen habe gehe ich davon aus, dass ihr nichts Verdächtiges gesehen habt?"

Martin, Clemens und Nina schüttelten der Reihe nach ihre Köpfe. Jackson hob seinen Arm. Oliver konnte sich ein kurzes Grinsen nicht verkneifen. Dieses Verhalten wie in der Schule mussten Sie ihm dringend austreiben.

„Ich hätte noch etwas zu melden, aber die neuen Entwicklungen im aktuellen Fall sind wohl wichtiger. Ich wollte es nur schon einmal erwähnt haben."

Oliver nickte ihm zu und begann wie gewünscht zuerst mit seinem Vortrag.

„Okay, wie gesagt, wir wissen nun etwas mehr. Guinness hat die Todesursache bestimmen können."

„Wer ist Guinness?", fragte Erika.

„Chester aus der Gerichtsmedizin", erklärte Martin und schüttelte seinen Kopf, sodass alle in der näheren Umgebung von Wassertropfen getroffen wurden, die aus seinen Haaren schleuderten. „So wird er hier von uns genannt."

Erika zog eine Augenbraue hoch, fragte aber nicht weiter nach.

„Genau, also wie ich bereits sagte", fuhr Oliver fort, „hat Chester die Todesursache nun zweifelsfrei bestimmen können. Er lag mit Gift ganz richtig. Es handelt sich um das Gift des blauen Eisenhuts. Schon zwei bis drei Gramm dieser Pflanze können eine tödliche Wirkung haben. Wurde das Gift geschluckt, so dauert es circa dreißig bis fünfundvierzig Minuten, bis der Tod eintritt. Bis dahin ist die Person jedoch bei vollem Bewusstsein und erleidet unvorstellbare Schmerzen. Ein Kreislaufkollaps mit Atemstillstand und Herzversagen führt schließlich zum Tod."

„Keine schöne Art zu sterben", murmelte Clemens düster.

„Das war leider noch nicht alles", fuhr Oliver fort. „Wir haben uns doch gewundert, warum wir keine Verteidigungsspuren in Bezug auf die Vergewaltigung gefunden haben. Nun ja." Er macht eine kurze Pause. „Vor dem Tod tritt oftmals eine Lähmung der Gliedmaßen ein. Wir können es nicht beweisen, aber es wäre durchaus denkbar, dass der Täter diese körperliche Lähmung für die Vergewaltigung ausnutzt. Sie bietet nämlich den kranken Vorteil, dass die Opfer noch bei Bewusstsein und in den Augen Schmerz und Angst zweifelsfrei zu erkennen sind. Gleichzeitig hat das Opfer keine Möglichkeit sich zu wehren."

Was?", fragten Martin und Jackson wie aus einem Munde.

„Sophia hat heute in der Früh schon eine Sonderschicht eingelegt und wird uns nun erzählen, was es sonst noch Wissenswertes über diese Pflanze zu hören gibt. Vielleicht bringt uns das ja etwas weiter", überging Oliver den Zwischenruf.

„Ich will euch ja nicht gleich am Anfang demotivieren", fing Sophia an zu berichten, „aber ich weiß nicht, ob uns die Todesursache viel weiterbringen wird."

Oliver schloss resigniert seine Augenlieder, sagte aber nichts.

„Also gut, wie gesagt, blauer Eisenhut. Da es sich dabei anscheinend um die giftigste Pflanze Europas handelt, wird sie auch Gifthut oder Ziegentod genannt, um nur zwei von vielen weiteren Namen anzuführen. Zwei Dinge werden uns dabei Kopfzerbrechen bereiten. Einerseits ist blauer Eisenhut nicht nur giftig, sondern paradoxerweise auch eine Arzneipflanze. Allerdings wird sie als solche fast gar nicht mehr verwendet, weil die Nebenwirkungen einfach zu groß sind. In China wird sie aber noch gegen Erkältungen, Rheuma oder Schmerzen eingesetzt. Was ich damit sagen will: Teilweise ist die Pflanze also tatsächlich in der Apotheke zu finden gewesen. Was jedoch viel schlimmer ist: Es handelt sich um eine durchaus beliebte Zierpflanze, da die dunkelblauen üppig besetzten Blütenblätter recht schön anzuschauen sind. Für Tiere wie beispielsweise Hummeln oder Raupen ist die Pflanze nicht giftig. Bei dem Menschen und anderen Säugetierarten sieht es schon anders aus. Ich glaube der Name Ziegentod erklärt schon alles. Es ist eine Tatsache, dass man die Pflanze aufgrund ihrer Schönheit sogar in Gärten findet. Sie benötigt eher feuchteren Boden oder nahe gelegene Bäche oder Seen und ist in Hügel- und Bergregionen häufig anzutreffen. Es sollte also nicht allzu schwer sein in Klagenfurt und Umgebung solche Pflanzen zu finden. Man kann sie zudem in einigen Pflanzengeschäften kaufen. Neben den von Oliver genannten Vergiftungserscheinungen kann die Pflanze bei Berührung auch Taubheit an den betreffenden Körperstellen auslösen, Kälteempfindlichkeit verursachen, Übelkeit hervorrufen oder Krämpfe auslösen. Es ist übrigens die Wurzel, die am giftigsten ist, obwohl ausnahmslos alle Teile der Pflanze als hoch giftig anzusehen sind. Dennoch scheint es immer wieder Vorfälle von vergifteten Kindern zu geben, weil die Eltern die Pflanze der Schönheit wegen im Garten stehen haben. Komplett bescheuert, wenn ihr mich fragt. Ja, soweit dazu."

Einen Moment sagte niemand etwas, alle ließen das Gesagte auf sich wirken. Da existierte also eine Pflanze, die hoch giftig und anscheinend überall zu finden war? Das hieß, eine wirklich verwertbare Spur war auch hier nicht geschaffen worden, eine Rückverfolgung vom Gift zum Täter war praktisch ausgeschlossen. Klagenfurt hatte so viele Sumpfgebiete, Bäche, Seen und Berge in der Nähe, da war es leichter, die Nadel im Heuhaufen zu finden als die richtige Eisenhutpflanze.

„Okay, nun kennt ihr also die traurige Wahrheit", sagte Oliver.

„Oliver, er benutzt eine Pflanze", sagte Martin und schaute seinen Partner eindringlich an.

„Ich weiß", seufzte dieser. „Das bedeutet wohl, dass die zurückgelassenen Pflanzen wieder eine ganz andere Bedeutung haben können. Vorausgesetzt, zwischen den Pflanzen und dem blauen Eisenhut existiert auch wirklich eine Verbindung. Allerdings ist Kamille keinesfalls giftig. Vielleicht als Kontrast gedacht, eine Heilpflanze und eine giftige Pflanze. Ich habe keine Ahnung, auf jeden Fall scheint der Kerl ein Pflanzenfaible zu haben. Allerdings", fuhr Oliver in der Hoffnung fort, die Stimmung wieder ein wenig heben zu können, „hat sich heute Nacht kein weiterer Mord ereignet. Entweder hat euer nächtlicher Einsatz wirklich etwas bewirkt und der Täter wurde abgeschreckt, oder aber es bleibt bei den zwei Morden. Im schlechtesten Fall haben wir einfach einen Tag gewonnen, den wir nutzen können, bevor diese kranke Person mit dem fortfährt, was sie am Montag angefangen hat."

„Nun ja", sagte Jackson mit leiser Stimme. „Mir fällt da noch eine dritte Möglichkeit ein. Denn wisst ihr, es ist vor fünfzehn Minuten eine Vermisstenmeldung bei uns eingelangt."

Olivers Miene hellte sich auf.

„Na endlich! Um welche der beiden Toten handelt es sich? Wie heißt sie und wo kommt sie her?"

„Nein, du verstehst nicht", fuhr Jackson fast ängstlich fort und vergaß dabei sogar das nervöse Wippen seines Beines. „Bei keiner der beiden Frauen handelt es sich um die jetzt als vermisst gemeldete Person."

Kapitel 17

„Verdammt."

Er sollte dringend aufhören so viel zu fluchen, aber irgendwie war dies das einzige Wort, das zu ihrer Situation passte. Es herrschte bedrückte Stille im Raum und alle schauten bestürzt zu Jackson, der seinen Blick nervös zu Boden gerichtet hatte.

„Wer ist sie?", fragte Oliver schließlich.

„Ihr Name ist Lilly Hassler, sie ist neunzehn Jahre alt und studiert im dritten Semester Medien- und Kommunikations-wissenschaften an der Universität hier in Klagenfurt. Obwohl ihre Eltern ebenfalls in Klagenfurt wohnen, ist sie inzwischen mit einer Freundin in eine Wohngemeinschaft gezogen. Diese liegt in der Mozartstraße, also unweit der Universität. Da sie in der Nacht von gestern auf heute nicht nach Hause gekommen ist, hat ihre Mitbewohnerin Alarm geschlagen."

„Hat sie einen Freund, war sie auf einer Party und hat einen Typen kennengelernt, bei dem sie dann übernachtet hat oder hat sie die Nacht bei ihren Eltern verbracht? In diesem Alter ist es doch eher ungewöhnlich, *wenn* man mal eine Nacht in den eigenen vier Wänden verbringt", sagte Martin mit seltsam schrägem Grinsen im Gesicht.

„Wenn es sich in diesem Alter mit den auswertigen Übernachtungen wirklich so verhält, dann sind sowohl diese Lilly als auch ich wohl sehr ungewöhnlich", fuhr Jackson mit einigem Trotz in der Stimme fort.

Betreten schaute Martin auf die Tischplatte vor ihm. Er hatten Jackson keineswegs persönlich treffen wollen.

„Sie war, und hier zitiere ich die Aussage ihrer Mitbewohnerin, eine Musterstudentin. Genau wie auch schon während ihrer Schulzeit geht sie nicht auf Partys, sondern sitzt lieber zu Hause und lernt. Es ist noch nie vorgekommen, dass sie sich mal nicht abgemeldet hat. Nun wissen allerdings weder ihre Eltern noch ihre Mitbewohnerin etwas über ihren jetzigen Verbleib. Da sie jedoch noch nicht lange genug verschwunden ist, kann sie noch nicht offiziell als vermisst gemeldet werden. Allerdings dachte ich, dass das Alter passt und… naja, dass es irgendwie wichtig sein könnte."

Mit diesen Worten schloss Jackson seinen Bericht. Oliver hatte ihn noch nie so viel auf einmal von sich aus reden hören. Und dann gab ihm ausgerechnet so ein trauriger Anlass den Mut, seinen Mund aufzumachen.

„Okay, keine voreiligen Schlüsse. Martin, du fährst zu der Mitbewohnerin von ihr, Jackson, du besorgst ihm die Adresse, okay? Auch die Adresse der Eltern suchst du bitte raus, Nina und Clemens, die werdet ihr übernehmen. Clemens, du sprichst mit dem Vater, Nina mit der Mutter. Und seid vorsichtig, sagt nicht das, was wir vermuten. Ihr wollt nur Informationen, um bei der Suche helfen zu können. Kein Wort darüber, dass ihr sie wegen zweier Mordfälle befragt, die beiden werden auch so schon genug Angst haben. Jackson, das war gute Arbeit von dir, hast du noch Möglichkeiten wegen der Namenssuche weiterzumachen?"

Jackson nickte.

„Dann mach das. Sophia, du organisierst bitte bei den

Kollegen Spürhunde und den Hubschrauber. Sag, die Anfrage sei von höchster Stelle genehmigt worden. Ich will, dass die Kreuzberglgegend von oben bis unten abgesucht wird. Du kümmerst dich also um die Tiere und den Hubschrauber, ich geh rüber zu unserem Freund Ernst Kohler und besorge die Unterstützung von der Streifenpolizei. Ich werde versuchen so viele Polizisten wie möglich zu organisieren. Diese wirst du vor Ort dann koordinieren, okay?"

Sophia reckte ihren rechten Daumen nach oben.

„Erika, würdest du mich zu Kohler begleiten? Wenn wir zu zweit bei ihm auf der Matte stehen, dann wird er weniger Möglichkeiten haben, uns etwas entgegenzusetzen."

Zehn Minuten später standen Kriminalpolizist Oliver Strauß und Staatsanwältin Erika Binder vor dem Büro des Polizeidirektors Ernst Kohler. Oliver wollte gerade die Tür aufreißen, als Erika ihn am Ärmel zurückhielt.

„Wir wollen etwas von ihm und nicht umgekehrt, also nicht mehr Angriffsfläche bieten, als wir sowieso schon aufweisen. Das Mädchen ist offiziell noch nicht einmal als verschwunden gemeldet. Wir müssen ihm also Honig ums Maul schmieren. Und wie macht man das?"

Oliver sah sie verständnislos an.

„Zunächst einmal klopft man an", sagte sie süffisant und klopfte sanft, ja fast zärtlich mit ihrer Hand an die Tür.

„Herein", hörten sie Kohlers Stimme und schon öffnete Erika die Tür und trat ein.

Ernst Kohler saß wie immer in seinem viel zu großen Sessel am Schreibtisch. Zu Olivers Überraschung war Ober-staatsanwalt Vincent Klein jedoch ebenfalls erneut in seinem Büro. Das schien allmählich Sitte zu werden, hatte der denn keinen eigenen Raum zum Arbeiten? Er lehnte mit ver-schränkten Armen an der Wand, sein Haar wie immer schmierig nach hinten auf den Kopf gelegt.

„Mit Ihnen wollte ich sowieso sprechen", war die Begrüßung Kohlers, als er Oliver erblickte. Erika bedachte er jedoch eher mit unsicherem Blick.

„Wie schön", sagte Oliver, zügelte sich jedoch. Erika hatte recht, sie wollten etwas von ihm, also nicht schon am Anfang unhöflich werden. Das würde ja doch zu nichts führen.

„Wir haben zwei tote Frauen und heute Morgen ging eine Vermisstenanzeige für eine junge Frau bei uns rein", kam Oliver direkt zur Sache.

„Darüber bin ich informiert", nickte Kohler.

„Ich brauche eine Suchmannschaft der Polizei, wir können ja schlecht mit sechs Mann den Wald durchsuchen."

„Sie gilt zwar noch nicht als offiziell vermisst, aber ich verstehe ihren Standpunkt. Wie viele Leute wollen sie?"

Oliver wusste nicht was er sagen sollte. Er hatte sich auf eine wütende Schimpftirade eingestellt und Kohlers frühes Einlenken warf ihn aus der Bahn.

„Äh, wie?", fragte er.

„Wie viele Leute sie wollen", wiederholte Kohler ungerührt.

„Zwanzig. Plus fünf Hunde samt Hundeführer. Nina Seidel fragt diese bereits an. Und auch um einen Hubschrauber kümmert sie sich."

„Einverstanden", sagte Kohler.

„Einverstanden?", echote Oliver. „Einfach so?"

„Hören Sie, bei den beiden zuerst gefundenen Frauen handelt es sich höchstwahrscheinlich um Nutten. Bei der als vermisst gemeldeten Person kann ich jedoch ebenso wie Sie Verbindungen zu dem Opfertyp Ihres Täters sehen und da wissen wir sicher, dass es sich nicht um eine Nutte handelt. Der Fall wird ernster, drei Morde an drei Tagen wären verheerend, um nicht zu sagen katastrophal. Deswegen billige ich ihren Wunsch nach der Suchmannschaft. Und wenn sie wollen, werde ich Ihnen auch noch zwei weitere

Kriminalbeamte für ihr Team zur Seite stellen. Und…“, an dieser Stelle schaute er wieder kurz verunsichert zu Erika Binder, „und Vincent und ich haben beschlossen, Ihrem Wunsch nachzukommen und ihn als Oberstaatsanwalt diesen Fall übernehmen zu lassen.“

Erika sah mit großen Augen erst Ernst Kohler, dann Vincent Klein und schließlich Oliver an.

„Es ist dein Wunsch, dass ich von diesem Fall abtrete?“, fuhr sie ihn entrüstet an.

„Keineswegs, das habe ich so nie gesagt“, entgegnete Oliver, erneut überrumpelt von der Wendung der Dinge.

„Sie wollen mich also aus dem Team raushaben?“, wiederholte Erika mit scharfem Ton.

„Keineswegs“, sprang ausgerechnet Staatsanwalt Klein Oliver zu Hilfe. Ganz zu Anfang des Falls, bevor die neuesten Wendungen ans Licht kamen, hatte Oliver Strauß den Wunsch ausgesprochen, dass ich als Staatsanwalt an seiner Seite arbeite. Ich habe jedoch Sie als überaus fähige Kraft empfohlen“, versuchte er zu beschwichtigen. „Nun will ich Ihnen natürlich keinesfalls den Fall wegnehmen. Dennoch scheinen sich die Tatsachen so zu entwickeln, dass eine Menge Fähigkeit und Erfahrung erforderlich zu sein scheinen, einen wie sich herausstellt sehr gerissenen Täter auch wirklich vor Gericht zu verurteilen. Denn dass er geschnappt wird, davon können wir ausgehen.“

Bei diesen Worten zwinkerte er Oliver jungenhaft zu.

Oliver fragte sich, warum bei so einem Fall für einen Staatsanwalt so große Fähigkeiten von Belang waren. Sollten sie auch nur einen Beweis haben, würde der Mörder für den Rest seines Lebens ins Gefängnis wandern, dafür würde schon die Abscheulichkeit der Taten sorgen.

„Wie dem auch sei, ich bin lediglich hier, um mich als potenzielle helfende Kraft zur Verfügung zu stellen“, fuhr Klein fort. „Wenn Strauß nach wie vor wünscht, dass ich als

Staatsanwalt an seiner Seite arbeite, dann werde ich dem Wunsch selbstverständlich nachkommen und meine Pflicht erfüllen. In diesem Fall müssten Sie von dem Fall zurücktreten, was jedoch nicht allzu schlimm sein sollte, da sie ja erst seit zweieinhalb Tagen an dem Fall arbeiten, oder nicht?"

Er lächelte Erika mit einem breiten falschen Lächeln an. Oliver begann langsam zu verstehen, was hier vor sich ging. Der Fall geriet mehr und mehr an die Öffentlichkeit und er wusste nur zu gut, dass Vincent Klein sein falsches Lächeln zu gerne in die Kameras hielt. Dass ihm nun eine junge Staatsanwältin seine Show stehlen würde, musste wie ein Stich ins Herz für ihn sein, vor allem, weil er es war, der den Fall zunächst abgelehnt hatte.

„Also Oliver, es liegt an Ihnen", ergriff Ernst Kohler erneut das Wort. „Wollen Sie mit Erika Binder weiterarbeiten oder doch auf die Erfahrung von Vincent Klein zurückgreifen?"

Oliver stand auf, zog seinen Mantel an und schob den Stuhl vor dem Schreibtisch zurecht.

„Vielen Dank für Ihr Angebot", sagte er schließlich, „aber ich bin mit Frau Erika Binders Arbeit bisher außerordentlich zufrieden. Staatsanwalt Klein, Sie hatten recht als sie sagten, es handele sich bei Erika Binder um eine Ihrer besten Mitarbeiterinnen. Aber auf ihr Angebot mit dem zusätzlichen Personal werde ich heute noch zurückkommen. Vielen Dank und auf Wiedersehen."

Mit diesen Worten drehte er sich um und verließ das Büro, während Erika hektisch ihre Sachen zusammenklaubte und ihm nachstolperte.

Bis sie in Olivers Büro ankamen sagte keiner von ihnen ein Wort. Als sie jedoch Platz genommen hatten, schaute Erika Oliver beinahe verlegen an.

„Danke, dass du dich für mich entschieden hast."

„Nun ja, diese Chance auf Genugtuung wollte ich mir einfach nicht entgehen lassen. Ich habe bekommen was ich wollte und konnte den beiden trotzdem eine Abfuhr erteilen. Schade, dass ich ihre jetzige Unterhaltung nicht hören kann. Wie dem auch sei: Ich hoffe doch, dass ich meine Entscheidung nicht bereuen werde?"

„Selbstverständlich nicht", antwortete Erika und stand auf.

„Ich mach mich jetzt wieder auf den Weg. Gib mir bitte Bescheid, wenn du mehr über das verschwundene Mädchen weißt."

„Abgemacht."

Auch Oliver stand auf und reichte ihr zum Abschied die Hand. Dann ließ er sich seufzend zurück in den Sessel sinken. Jetzt konnte die Arbeit also beginnen. Das wurde allerdings auch Zeit.

Kapitel 18

Zwei Stunden später, es war inzwischen kurz nach Mittag und die meisten Regenwolken waren weitergezogen, sodass vereinzelte Sonnenstrahlen durch die Wolkendecke brachen und die nasse Landschaft in eine dampfende Regenwaldatmosphäre verwandelten, stieg Oliver am abgesprochenen Sammelpunkt vor der Kreuzberglkirche aus seinem Dienstwagen. Sein Team war bereits vor Ort und instruierte die von Kohler bereitgestellten zwanzig Polizisten sowie fünf Hundeführer. Martin, Nina und Clemens hatten keine Besonderheiten von den Befragungen der Eltern und der Mitbewohnerin des verschwundenen Mädchens Lilly Hassler am Vormittag zu berichten. Wie Jackson erzählt hatte, handelte es sich bei ihr anscheinend um eine brave, fast langweilige Studentin, die normalerweise von morgens bis abends am Schreibtisch saß und lernte. Viele Freunde schien sie somit also nicht zu haben. Sie pflegte einen sehr engen Kontakt zu ihren Eltern und besuchte diese daher auch mindestens dreimal pro Woche, um mit ihnen gemeinsam zu Mittag zu essen. Sie hatte weder einen festen Freund noch war sie eine, die zu fremden Männern mit nach Hause ging. Die Kollegen, die dem Fall des verschwundenen Mädchens zugeteilt worden waren, hatten Martin versprochen, ihn über jegliche neuen Entwicklungen auf dem Laufenden halten.

Sophia war gerade dabei letzte Anweisungen an die verschiedenen Sucheinheiten zu geben. Es sollte eine lange Menschenkette gebildet werden, um die Hügelregion von Osten, wo die Kreuzberglkirche stand, bis zur Zillhöhe im Westen und somit den Orten der beiden bisherigen Leichenfundorte zu durchkämmen. Nina und Clemens hatten Kleidung von Lilly mitgebracht, um den Hunden einen Anhaltspunkt für ihre empfindlichen Nasen zu geben. Koordiniert werden sollte die Suche von Sophia via Funkgerät, die aus dem bereitgestellten Hubschrauber über der Region kreisen würde um sicherzustellen, dass keine allzu großen Lücken in der Suchmannschaft entstehen würden. Und dann ging es los. Eine Gruppe von insgesamt dreißig Personen teilte sich auf. Oliver blieb ganz am Rand des Hügels und überließ es den jüngeren Kollegen, sich tiefer in das Unterholz zu schlagen oder auf die andere Seite des Hügels vorzudringen. Er würde noch genug ins Schwitzen kommen, immerhin mussten sie eine Länge von ungefähr dreieinhalb Kilometern Luftlinie absuchen. Dazu kamen die zu bewältigenden Höhenmeter und Umwege durch zu dichtes Buschwerk, Felswände oder nicht passierbare Strecken durch umgestürzte Bäume. Zudem sorgten die gefühlten zweihundert Prozent Luftfeuchtigkeit dafür, dass Oliver schon jetzt schwitzte wie im Hochsommer. Dann hörte er die Rotoren des Hubschraubers, die unweit von ihm anfingen sich immer schneller zu drehen, um dann unter einem ohrenbetäubenden Donnern in den Himmel zu steigen. Warum genau hatte er Sophia eigentlich die Koordination überlassen und saß nun nicht selbst im Hubschrauber? Immerhin war er der Leiter dieses Teams und nicht sie. Es war wohl wegen seines schlechten Gewissens. Er hatte in der Nacht wunderbar schlafen können, während die Anderen eine Nachtschicht eingelegt hatten.

Sein Funkgerät gab ein leises Knistern von sich.

„Los geht's!", hörte er Sophias Stimme. „Langsam und gleichmäßig gehen. Ob es eine dreckige Socke oder ein einzelner Schuh ist, egal. Ihr meldet, was ihr findet."

Also gingen sie los. Oliver folgte einfach dem Weg, der die Abgrenzung der Hügel zu der Stadt und der Straße bildete. Er hatte wahrhaftig die einfachste Route zu gehen. Fünfzehn Meter rechts von ihm ging ein recht pickliger junger Polizist mit blonden und in alle Richtungen abstehenden Locken, der seinem Alter nach gerade erst die Polizeischule abgeschlossen haben konnte. Schon nach wenigen Metern hörte Oliver ihn fluchen, da ihm die Äste wohl Hände und Gesicht zerkratzten.

Es war eine beschwerliche Angelegenheit. Sie kamen nur langsam voran und mussten auf Sophias Anweisungen hin immer wieder stehenbleiben, weil die Menschenkette an einer Stelle auseinanderzureißen drohte und somit zu große Flächen nicht eingesehen werden konnten. Nach neunzig Minuten wurde eine halbe Stunde Pause eingelegt, da die Hunde nicht zu lange einem einzelnen Reiz folgen konnten. Oliver steckte sich einen Schokoriegel in den Mund und kaute lustlos auf den viel zu süßen Krümeln herum, die wie auf der Packung zu lesen war, das Ergebnis einer angeblich verbesserten Rezeptur waren. Die bisherige Suche war weitestgehend ereignislos geblieben. Abgesehen von einem

Haufen belanglosen Mülls und einem Stiefel, der auf einem Ast an einem Baum hing und mit einer Schuhgröße von fünfundvierzig allerdings deutlich ersichtlich nichts mit den Opfern zu tun haben konnte, hatten sie noch keine Erfolge verbuchen können. Inzwischen war sein Hemd komplett durchnässt und trotz der Sonne, die mehr und mehr am Himmel die Überhand gewann, fröstelte es ihn.

Als es schließlich weiterging war er aufgrund seiner verschwitzten Kleidung komplett durchgefroren. Auch der breite Weg, auf dem er anfangs gegangen war, hatte sich inzwischen in einen viel schmäleren Trampelpfad verwandelt und die vom Regen noch nassen Blätter, die er mit seinen Beinen immer wieder streifte, durchtränkten seine Jeans, sodass er sich wie ein einzelner großer Wassertropfen fühlte. Er hatte das Gefühl, dass sie mit jeder Minute langsamer vorankamen und den Flüchen des jungen pickligen Polizisten entnahm er, dass dieser ebenfalls mit der Gesamtsituation nicht gänzlich zufrieden war.

Als sie nach einer gefühlten Ewigkeit die Zillhöhe erreicht hatten, war Olivers Motivation bereits seit langer Zeit verloren gegangen. Seine Zehen und Finger waren taub und seine Nase lief ohne Unterlass. Er schaute auf seine Armbanduhr und stellte fest, dass es bereits kurz vor vier war. Er nahm das Funkgerät und gab den Befehl zum Abbruch der Mission. An der Schranke vor dem Eingang des Edelbordells wurden sie abgeholt und zurück ins Präsidium gefahren. Oliver wusste, dass er eigentlich froh sein sollte, dass sie keine weitere Leiche gefunden hatten. Dennoch war er enttäuscht, dass all der Aufwand umsonst gewesen war. Zudem hätte ein neuer Mord einen potenziellen Fehler des Mörders bedeutet. Wie sollten sie jetzt weitermachen?

Kapitel 19

Weißt du, es war wirklich anders geplant. Du hättest die anderen beiden sehen sollen, engelsgleich haben sie ausgesehen, zarte Haut und rosige Wangen. Ihre letzten Minuten waren geprägt von Liebe, Verlangen und Hingabe. Nun schau dich an, du stinkst vor Dreck, du schaust widerlich aus. Es tut in den Augen weh dich anzusehen. Genieße die Aussicht, es wird das Letzte sein, was du je sehen wirst. Gedemütigt schaust du auf die Welt, die sich einen Scheiß um dich kümmern wird. Du wirst in Erinnerung bleiben als die Frau, die in ihrer eigenen Kotze saß und keiner wird erkennen, was du für ein Potenzial hattest. Vergessen ist das Kind, das du einmal warst. Jetzt bleib hier und stirb.
Er drehte sich um und lief davon.
Doch ihr Herz hatte längst den Kampf aufgegeben und war stehen geblieben.

Kapitel 20

Oliver gönnte seiner Mannschaft eine Stunde Erholung, damit jeder nach Hause fahren und trockene Kleidung anziehen konnte. Er selbst setzte ebenfalls endlich sein Vorhaben in die Tat um und nahm aus seiner Wohnung gleich drei frische Unterhemden, zwei weiße Hemden, einen grauen Strickpullover, eine Jeans und ein Jackett mit. Beim Packen dachte er sehnsüchtig an Urlaub irgendwo am Meer. Sollte er jedoch gleich noch mit einem Urlaubsantrag bei Ernst Kohler vorbeischauen, konnte er genauso gut auch seine Kündigung einreichen. Außerdem war es nicht seine Art, einen offenen Fall einfach hinter sich zu lassen. Vor allem nicht einen Fall, bei dem täglich das Leben von Menschen auf dem Spiel zu stehen schien. Laut den Anwohnern der Kreuzbergregion, denen sie bei ihrer Suche begegnet waren, besuchten bereits weitaus weniger Spaziergänger, Sportler und Hundebesitzer die sonst so beliebte Gegend. Allmählich schien sich Angst in der Bevölkerung breit zu machen.

Zurück im Büro verstaute er seine gepackte Tasche unten in seinem Schrank und nahm sich ein weißes Blatt Papier aus seinem Drucker. Auf dieses schrieb er alle wesentlichen Stichpunkte, die ihm für den Fall relevant vorkamen. *Make up* aus dem Bordell? *Religiöse* Morde? Beide Frauen in Richtung *Mekka* ausgerichtet. *Pflanzen*, sowohl als Mordwaffe als auch als Heilpflanze bzw. Zierpflanze die zurückgelassen werden. *Brief*, der jedoch keinen Sinn ergibt, es sei denn, ich kenne den Täter in der Tat. *Kleidung* verschwunden. *Nachts* aktiv, war eventuell schon vorher vor Ort, um die Gegend auszukundschaften. *Wer* sind die Toten und warum vermisst sie keiner? *(Prostituierte?)* Ist *Lilly Hassler* in seiner Gewalt?

Oliver las die Stichpunkte immer und immer wieder durch, wurde jedoch nicht schlau aus ihnen. Irgendetwas Relevantes mussten sie übersehen. Zumindest konnte er im Moment keine Verbindung zwischen den einzelnen Punkten herstellen.

Um halb sechs ging er in den Konferenzraum. Seine Beine fühlten sich schwer an und er musste herzhaft gähnen. Wenn er schon so müde war, wie musste es dann erst den anderen ergehen, die bereits eine weitere Nachtschicht hinter sich hatten? Die Antwort auf seine Frage lieferte ihm der Anblick seines Teams, das bereits auf ihn wartete. Müde, verquollene Augen schauten ihn aus teilweise durch rote Striemen gezeichneten Gesichtern an. Keiner wollte sich anmerken lassen, wie ausgelaugt er war, es war jedoch ein kläglicher Versuch die Müdigkeit zu überspielen.

„Wir haben also niemanden gefunden", sagte Oliver zur Begrüßung. „Das sind streng genommen doch gute Nachrichten, oder nicht?", fuhr er fort. „Das Mädchen ist zwar nach wie vor nicht wieder aufgetaucht, denn noch haben wir keine Leiche gefunden. Das heißt jedoch, sie ist wahrscheinlich noch am Leben. Hoffen wir, dass es so bleibt. Jackson, irgendwas Neues an der Namensfront?"

Jackson schaute einmal mehr betreten zu Boden.

Oliver seufzte. Verdammt, wenn bis Morgen kein Durchbruch in Sachen Namen stattfinden sollte, dann müssten sie die breite Öffentlichkeit gezielter mit einbeziehen.

„Nun gut, die weitere gute Nachricht ist, dass unsere Runde ab morgen durch zwei Leute erweitert wird. Ich habe Kohler endlich überzeugen können, dass es sich hier nicht um „lapidare Nuttenmorde" handelt, wie er es ausdrücken würde. Das wird euch alle hoffentlich etwas entlasten."

Ein erleichtertes Aufatmen machte die Runde. Dann klopfte es an der Tür und Chester trat ein.

„Guinness, altes Haus, na, hast du wieder Langeweile?", fragte Martin, verstummte jedoch, als er dessen Gesicht sah. Es war weiß mit einigen roten Hitzeflecken. Kein gutes Zeichen bei Guinness, so viel wusste Martin, weshalb er ihn auch nur fragend anschaute.

„Was ist los?", fragte nun auch Oliver.

„Sie haben eine neue Leiche gefunden. Oben, bei der Kreuzberglkirche."

„Was?", fuhr Oliver ihn an, fast als wollte er ihm die Schuld dafür geben.

„Es ging gerade der Anruf rein. Direkt bei der Kreuzberglkirche, wo ihr heute mit eurem Suchtrupp gestartet seid. Soweit ich es verstanden habe bei den drei Holzkreuzen, die schräg hinter der Kirche Jesus Kreuzigung nachstellen sollen. Ein Mann, der mit seinem Hund spazieren ging, hat die Leiche entdeckt. Beziehungsweise der Hund hat sie gefunden. Ich weiß selbst noch nichts Genaues, ich muss los. Kommt ihr mit?"

Unsicher schaute Oliver in die Richtung seiner Mitstreiter,

diese waren jedoch bereits aufgestanden und griffen grimmig, aber entschlossen nach ihren Jacken.

„Ja, wir kommen mit", antwortete Martin anstelle von Oliver.

Sie eilten ohne ein weiteres Wort hinaus und zum Parkplatz. Jeder wusste, was er zu tun hatte. Martin setzte sich hinters Steuer und Oliver ließ sich einmal mehr neben ihm auf dem Beifahrersitz nieder. Und erneut rasten sie viel zu schnell durch den bereits dunkler werdenden Tag.

„Ich nehme mal an, dass es sich bei der Toten um Lilly Hassler handelt, was meinst du?", fragte Martin an Oliver gewandt, den Blick jedoch weiterhin auf die Straße gerichtet.

„Davon kann man wohl ausgehen", brummte dieser zurück.

„Oliver, dir ist doch klar, dass der Typ sich über uns lustig macht und zwar erfolgreich. Erst dieser bescheuerte nichtssagende Brief an dich. Dann dieses ganze Unkraut, das er am Tatort zurücklässt. Und jetzt hinterlässt er ausgerechnet an dem Ort eine weitere Leiche, von dem wir heute Mittag unsere Suche mit mehr als dreißig Mann gestartet haben. Der spielt doch mit uns."

„Ja, das ist mir durchaus bewusst", entgegnete Oliver müde.

„Aber du weißt nur zu gut, wozu das irgendwann führen wird?"

„Oh ja", antwortete Martin und zeigte ein gefährlich aussehendes falsches Lächeln. „Der Typ fühlt sich sicher und wird dadurch unvorsichtiger. Er macht Fehler."

Mit quietschendem Reifen brachte Martin den Wagen beim Parkplatz des botanischen Gartens zum Stehen. Die Kreuzberglkirche befand sich nun genau über ihnen, etliche Stufen gesäumt von kleinen Türmchen und Blumenbeeten zierten die Treppen den Hügel hinauf.

„Ich hasse Treppen", murrte Oliver und schwang sich aus dem Wagen.

Auch die anderen parkten bereits am Parkplatz, selbst Jackson war mitgekommen. Wahrscheinlich brauchte er eine Pause von seinem Computer. Ein wenig praktische Erfahrung würde ihm nicht schaden.

Gemeinsam stiegen sie die Stufen hinauf. Oben herrschte schon wieder einiger Trubel, Menschen rannten hin und her und verlegten Kabel für tragbare Scheinwerfer, andere trugen Planen durch die Gegend, wieder andere schauten einfach nur wichtig aus. Der picklige Polizist, der bei der Suche am Mittag neben Oliver geholfen hatte, war gerade dabei das Absperrband um die Kirche zu ziehen. Er nickte ihnen kurz zu und ließ sie durch. Oliver konnte etliche Kratzer in seinem Gesicht erkennen und konnte die Flüche, die er bei der Suche ausgestoßen hatte, nun wesentlich besser nachvollziehen.

Sie gingen links an der Kirche vorbei zu einem Aussichtpunkt, auf dem drei große Holzkreuze mit Lebensgroßen Figuren daran standen, die Jesus und zwei andere gekreuzigte Personen darstellen sollten. Wer diese anderen Personen waren, konnte Oliver nicht sagen, aber er meinte sich dunkel zu erinnern, dass neben Jesus damals noch zwei weitere Männer gekreuzigt worden waren. War seine Konfirmandenzeit also doch nicht völlig umsonst gewesen.

Sie traten noch einen Schritt näher an das Spektakel heran. Als sie die junge Frau erkannten, schlug sich Sophia die Hand vor den Mund und Jackson wandte sich kreidebleich ab. Zwei Dinge waren auf den ersten Blick ersichtlich. Zum einen war dieser Mord anders verlaufen als die anderen beiden. Diese Leiche war nicht in ordentlichem und sauberem Zustand hinterlassen worden. Im Gegenteil, sie saß im Schneidersitz im noch vom Regen matschigen Boden, der Rücken lehnte gegen das mittlere Kreuz, an dem die Figur von Jesus hing. Ihr langes rötliches Haar war dreckig und verfilzt, ihre Kleidung war teilweise zerrissen und wies etliche Blut- und

Dreckspritzer auf. Auf dem Kopf trug sie, ähnlich wie die Holzfigur über ihr, einen Dornenkranz aus roten Rosen. Die Stacheln hatten ihr an Stirn und Schläfen einige Wunden zugefügt, aus denen inzwischen getrocknetes Blut über ihr Gesicht gelaufen war, das zusätzlich blaue Flecken und Blutergüsse an Augen und Kinn aufzuweisen hatte. Auch an ihren Armen konnten sie etliche Hinweise auf Misshandlungen erkennen.

Die zweite Tatsache, die ihnen sofort ins Auge fiel, war, dass diese junge Frau vor ihnen nicht Lilly Hassler war. So verunstaltet und zugerichtet sie auch aussah, so war doch ersichtlich, dass diese Frau hier vor ihnen mindestens einen Kopf größer war als das als vermisst gemeldete Mädchen. Oliver wandte den Blick ab und schaute über die Mauer der Aussichtsplattform. Unter ihnen glitzerten die Lichter der Stadt. Erneut ein schönes Fleckchen Erde, dass sich der Täter da ausgesucht hatte. Eine Weile sahen sie der Spurensicherung bei der Arbeit zu. Dann kam Chester auf sie zu. Er wirkte ziemlich sauer.

„Also gut, ihr könnt stark davon ausgehen, dass es sich um dasselbe Dreckschwein handelt. Es ist auf den ersten Blick nicht ersichtlich, welche Todesursache vorliegt, was stark auf Gift und in unserem Fall blauen Eisenhut hinweist. Zumindest sind die äußerlich sichtbaren Wunden allesamt nicht tödlich. Außerdem ist eine neue Blume hinterlassen worden, diesmal in Form eines Rosenkranzes auf ihrem Kopf, aber das habt ihr wahrscheinlich selbst schon gesehen. Allerdings scheint der Mord anders abgelaufen zu sein als sonst. Ich würde vermuten, dass die Giftdosierung für die Frau nicht gut gewählt war, weswegen es nicht zu einer Lähmung der Gliedmaßen gekommen ist. Auf diese Weise haben wir einen Haufen Verteidigungsspuren am Körper der Frau."

„Heißt das, wir haben eine Chance auf Hautpartikel unter den Fingernägeln?", fragte Nina hoffnungsvoll.

„Nun ja, eventuell. Aber ich kann nicht garantieren, dass euch das helfen wird. Die Frau ist über und über mit fremder DNA überschüttet worden."

„Wie dürfen wir das denn verstehen?", fragte Clemens.

„Der Kerl hat Haufenweise Haare, Schuppen, Hautfetzen, Fingernägel und menschliche Ausscheidungen zurückgelassen!"

„*Was?*", fragte Sophia ungläubig.

„Was soll denn der Schwachsinn?", ergänzte Martin.

Oliver schloss die Augen. Er hatte bereits verstanden, was hier vor sich ging. Der Täter wusste, dass er dieses Mal nicht ausschließen konnte, keine Spuren hinterlassen zu haben. Für diesen Fall hatte er anscheinend vorgesorgt.

„Der Typ verteilt also fremde DNA auf der Leiche, damit, sollte seine eigene dieses Mal am Tatort aufzufinden sein, kein Beweis gegen ihn vorliegt, weil ebenfalls DNA von zig weiteren Menschen um die Leiche verteilt liegen", fasste Oliver zusammen.

Chester nickte betreten.

Martin öffnete den Mund und schloss ihn wieder. Anscheinend brachte er vor Wut kein Wort über die Lippen.

„Chester, schick sobald es dir möglich ist ein Bild der Toten an Jacksons Mailadresse. Wir haben gesehen was wir sehen mussten und ziehen uns zurück. Solltest du noch etwas Wesentliches entdecken, gib uns sofort Bescheid."

Chester nickte und ging zurück Richtung Leiche.

„Ich kenne diese Frau", sagte Jackson plötzlich.

Alle drehten sich ruckartig zu ihm um und starrten ihn an.

„*Wie bitte?*", fragte Martin.

Jackson stand hinter ihnen und starrte mit zusammengekniffenen Augen auf die am Boden sitzende tote Frau. „Ich weiß, dass ich dieses Gesicht schon einmal gesehen habe", wiederholte er mit nervöser Stimme, da ihn alle anstarrten und fing an auf seiner Unterlippe herumzukauen.

„Wer ist sie? Wer ist die Frau?", fragten Oliver und Martin gleichzeitig.

„Ich weiß es nicht mehr, aber ich könnte schwören, dass ich ihr Gesicht erst neulich gesehen habe. Und ich meine nicht draußen auf der Straße, sondern auf meinem Laptop. Ich muss ins Büro."

Oliver nickte. Immerhin, das war eine gute Nachricht.

Als sie in Richtung Wagen zurückgingen, wandte sich Sophia an Oliver. „Er hat also wieder Blumen zurückgelassen. Diesmal ist es die Rose. Ich nehme trotzdem an, ich muss diesmal keine Nachforschungen über die Blumengattung anstellen. Das Ganze hat doch keinen Sinn, jetzt mal ehrlich."

Oliver wollte grade antworten, da ließ ihn ein lautes *„Stopp!"* innehalten.

Erneut drehten sich alle um und blickten Jackson überrascht an.

„Was hast du da grade gesagt?", brüllte er Sophia an.

Diese starrte ihn entgeistert an.

„Was! Hast! Du! Gesagt!", wiederholte Jackson, noch immer sehr laut, doch sichtlich um Beherrschung bemüht.

Noch immer starrte Sophia ihn lediglich mit hochgezogenen Augenbrauen an.

„Ich sagte, dass es wohl nicht nötig sei...", begann sie schließlich doch noch ihren letzten Satz zu wiederholen, aber Jackson brachte sie mit seiner erhobenen Hand zum Schweigen. Oliver fielen beinahe die Augen aus dem Kopf. Der kleine Jackson, das Küken in ihrer Gruppe, der jeden nervösen Tick an den Tag legte, den man sich nur vorstellen konnte, hatte gerade Sophia mitten im Satz nicht gerade höflich unterbrochen.

„Ich weiß es", flüsterte Jackson.

„Du weißt was?", fragte Oliver, teils genervt, teils amüsiert.

Jackson starrte ihn kurz an, dann drehte er sich auf dem Absatz um und rannte so schnell er konnte den Weg entlang zum Parkplatz. Verdutzt schauten sie ihm hinterher. Dreißig Sekunden später war er auch schon bei einem der Dienstfahrzeuge angekommen, schloss auf, setzte sich hinters Steuer, ließ den Motor aufheulen und raste mit einer Geschwindigkeit davon, die selbst Martins Fahrstil in den Schatten stellte.

Oliver starrte ihm ungläubig hinterher. „Nun gut, ich hoffe nur, dass wir ihn im Büro wiedertreffen und er nicht spontan in den Urlaub fährt", meinte er.

„Äh, kann mich jemand mitnehmen?", fragte Nina kopfschüttelnd, „denn ich bin ursprünglich mit Jackson zusammen hergefahren." Sie lächelte schwach.

Martin reckte den Daumen in die Höhe. „Bei uns ist noch Platz."

Kapitel 21

Es war kurz nach sieben, als sie zurück in den Konferenzraum traten. Jackson hämmerte gerade mit seiner Faust auf den Drucker ein, der in der Ecke stand und hüpfte dabei unablässig auf und ab. Dabei ignorierte er stoisch die Blicke der anderen, die sich erschöpft in die Sessel sinken ließen und sein merkwürdiges Gebaren beobachteten.

Als der Drucker die geforderten Papiere endlich ausgespuckt hatte, drehte sich Jackson um und schaute Oliver an.

„Darf ich mich erklären?"

„Ich bitte sogar darum."

„Okay, also, ich kenne die Namen der Toten."

Kurz herrschte Stille. Dann erhob Nina das Wort. „Die Namen? Plural?"

„Allerdings", sagte Jackson und wirkte dabei so aufgeregt, dass Oliver Angst hatte, er würde sich einnässen.

„Außerdem weiß ich, was es mit dem Unkraut auf sich hat."

„Sag mal, willst du mich eigentlich verarschen?", fragte Martin entgeistert. „Was ist denn da plötzlich los bei dir. Nun sag schon was Sache ist."

„Okay, okay. Es war Sophia, die mich drauf gebracht hat. Du hast gesagt: *Diesmal ist es die Rose.* Na Glückwunsch, du hast vollkommen recht. Bei der Toten oben neben der Kreuzberglkirche handelt es sich um eine Austauschstudentin aus England."

Er tippte hektisch auf seinem Laptop herum und schaltete den Beamer ein.

„Tut mir leid, Jackson", sagte Oliver verwirrt, „aber ich verstehe immer noch nicht. Und ich glaube, dem Rest geht es ebenso.

„Nun ja, vielleicht versteht ihr jetzt."

Der Beamer projizierte den Studentenausweis einer Studentin an die Wand. Sie hatte langes, glattes rotes Haar, eine spitze Nase, ein auffälliges Muttermal auf der rechten Wange und einen im Verhältnis zu ihrem Gesicht eher schmalen kleinen Mund. Es war unverkennbar das Mädchen von der Kreuzberglkirche. Unter dem Foto stand der Name *Rose Madigan.*

„Ich fasse es nicht", krächzte Martin. Allmählich wurde ihnen die Tragweite von dem bewusst, was Jackson ihnen da gerade gezeigt hatte. Auch die anderen starrten mit glasigen Augen auf den Namen.

„Ich bin die Fotos der Studentinnen etliche Male durchgegangen. Ich sagte doch, dass es noch Möglichkeiten gibt, da noch nicht alle der eingeschriebenen Studenten auch ein Foto gemacht haben, mit denen ich es abgleichen konnte. Wie das Schicksal so spielt, handelt es sich bei Leiche eins und zwei ausgerechnet um solche Fälle, denn seht her."

Erneut tippte er etwas in seinen Laptop und drückte auf Enter, dann erschien ein anderer Studentenausweis, diesmal jedoch ohne Bild. Der Name stach sofort ins Auge: *Kamilla*

Zimmermann.

„Hier handelt es sich um die Tote Nummer eins. Zum Beweis, hier ist das Foto."

Bei diesen Worten reckte er eines der Blätter aus dem Drucker in die Luft. Die vergrößerte Aufnahme eines deutschen Personalausweises war zu sehen und das Foto mit dem schüchtern lächelnden Mädchen zeigte eindeutig das Gesicht von Opfer Nummer eins.

„Ebenfalls eine Austauschstudentin, allerdings aus Deutschland", erklärte Jackson.

„Er lässt Blumen mit den Namen seiner Opfer am Tatort zurück?", fragte Clemens verblüfft, bei dem der Groschen nun auch gefallen war.

Jackson nickte so heftig, dass ihm seine zotteligen Haare ins Gesicht klatschten.

„Das heißt", fuhr Nina langsam fort, „bei der Toten von gestern handelt es sich um eine Jasmin?"

„Korrekt", brüllte Jackson begeistert, hämmerte wie wild mit seinen Fingern in der Tastatur herum und projizierte einen dritten und erneut bildlosen Studentenausweis an die Leinwand. Der Name lautete *Jasmin Marie Schubert.*

„Auch sie ist eine deutsche Austauschstudentin", sagte Jackson mit vor Begeisterung aufgerissenen Augen und wedelte mit einem weiteren Blatt aus dem Drucker vor ihren Augen herum. Erneut war ein Personalausweis zu sehen und sie konnten die junge Frau von der Zillhöhe zweifelsfrei wiedererkennen.

„Alle drei Frauen sind erst seit wenigen Tagen hier in Klagenfurt, da das Semester an der Universität gerade erst begonnen hat. Deswegen konnte ich sie auch nicht finden, weil sie eben nicht von hier stammen, versteht ihr? Es war nicht meine Schuld! Es existierte gar kein Foto, mit dem ich das der Leiche hätte vergleichen können und die Fingerabdrücke konnten uns auch nicht weiterbringen."

„Und deswegen hat sie keiner als vermisst gemeldet", setzte Oliver die Gedanken von Jackson fort.

„Wer soll sie denn schon als vermisst melden. Sie sind erst seit kurzem hier und ihre Eltern und Freunde befinden sich in anderen Ländern und wundern sich natürlich nicht, wenn das Kind mal ein oder zwei Tage nicht schreibt. Das war verdammt gute Arbeit, Jackson!"

„Ja, nicht wahr?", antwortete dieser und Tränen des Glücks und des Stolzes stiegen in seinen Augen auf.

„Okay, ich weiß, dass es inzwischen spät ist, aber wir müssen Überstunden machen", verkündete Oliver. Keiner erhob einen Einwand, im Moment waren sie alle hellwach. Sie hatten endlich etwas an die Hand bekommen, mit dem sie arbeiten konnten.

„Also, für heute stehen noch einige Dinge an, die wir erledigen müssen. Sophia, rufst du bitte die Kollegen in England und Deutschland an und informierst sie darüber, um wen es sich bei den Toten handelt? Jemand muss ihre Familien informieren. Die Eltern müssen zudem die Gelegenheit bekommen, hier vor Ort ihre Kinder zu sehen, Abschied zu nehmen und offene Fragen zu stellen. Jackson, du vervollständigst unsere Wand mit allen Informationen, die wir jetzt haben. Bilder, Namen, persönliche Daten der Toten. Suche nach Verbindungen. Des Weiteren gehe alle Namen der Studentinnen an der Universität erneut durch und suche alle heraus, die nach einer Pflanze benannt sind. Fang mit denen an, die aus dem Ausland hierhergereist sind. Auf diese scheint er sich zu konzentrieren"

„Nun, da bin ich anderer Meinung", warf Martin ein.

„Wieso das?", fragte Oliver überrascht.

„Lilly Hassler. Lilly klingt für mich doch sehr nach Lilie oder nicht? Und sie stammt hier aus Österreich."

Oliver durchfuhr ein Schauer. Das andere vermisste Mädchen hatte er komplett vergessen und Martin hatte recht, sowohl das Alter als auch der Name passten. Das waren keine guten Nachrichten. Ihre Vermutung, dass derselbe Täter sie entführt haben musste, schien sich zu erhärten.

„Du hast recht", sagte er langsam. „Oh verdammt, das heißt, der Typ hat noch immer ein Mädchen in seiner Gewalt. Wir müssen jedoch bedenken, dass sie strenggenommen noch nicht in unsere Zuständigkeit fällt. Dennoch sollten wir die Kollegen, die an ihrem Fall arbeiten, darüber informieren, welche Vermutungen wir hegen. Außerdem bedeutet diese Nachricht... Naja, ihr wisst was es bedeutet. Wir müssen wieder Nachtschichten einlegen."

Nun waren doch einige schwere Seufzer zu hören. Die erste Euphorie verflog bei diesen Worten, aber sie wussten, dass sie keine Wahl hatten.

„Doch wir sind noch nicht fertig", fuhr Oliver über das allgemeine Gemurmel hinweg fort.

„Martin und Nina, ihr fahrt gleich im Anschluss an die Besprechung zurück zur Kreuzberglkirche. Unser Vorteil ist, dass in unmittelbarer Nähe zu diesem Tatort Wohnhäuser stehen. Es *muss* einfach jemand etwas gesehen haben. Ständig gehen dort Leute spazieren. Fragt nach Autos, nach auffälligen Personen, nach allem was euch einfällt. Vergesst den Hundebesitzer nicht, der sie gefunden hat. Und kommt mir gefälligst nicht ohne gute Nachrichten zurück."

In diesem Augenblick ging die Tür auf und Chester betrat den Raum. Verblüfft schaute er auf die Stelltafeln, auf die Jackson bereits die vergrößerten Personalausweise der ersten beiden Opfer gehängt hatte.

„Ihr wisst, wer sie sind?", fragte Chester überrascht.

„Wir wissen inzwischen noch so einiges mehr", bestätigte Oliver. „Aber ich denke, dass uns im Moment viel mehr interessiert, was du noch zu berichten hast."

„Nun ja, nicht allzu viel. Der Todeszeitpunkt war erneut nur kurz vor dem Auffinden der Leiche. Ich würde sagen, höchstens eine Stunde, bevor wir dort waren. Das Alter entspricht wohl ungefähr dem der anderen Mädchen, ich schätze, zwischen siebzehn bis zweiundzwanzig Jahre, aber da ihr wisst wer sie ist habt ihr da sogar genauere Informationen als ich. Bei der zurückgelassenen Blume handelt es sich diesmal, wie gesagt, um eine Rose. Ansonsten ist der Mord nicht so verlaufen wie die anderen, das habe ich euch ja bereits vor Ort erläutert. Es fand keine Vergewaltigung statt, da das Mädchen wohl bis zum Tod um ihr Leben gekämpft hat. Dadurch haben wir zwar die Chance, auf die richtige DNA des Täters zu stoßen, allerdings ist es praktisch unmöglich diese zu finden. Das Opfer hat sich mehrmals erbrochen und ist voller Erde und Dreck. Zusätzlich hat der Täter unzählige Haare, Schuppen, Fuß- und Zehennägel sowie Ausscheidungen auf und neben ihr verteilt. Wir nehmen an, dass er die Haare aus Friseurläden gesammelt und mitgenommen hat, Fuß- und Zehennägel könnten aus dem Abfall von entsprechenden Nagelstudios stammen. Den Urin, den er über ihre Kleidung vergossen hat, kann er aus allen möglichen öffentlichen Toiletten mitgenommen haben. Sobald eine Person nicht gespült hat und das kommt wie wir wissen ziemlich häufig vor, hat er nur ein kleines Fläschchen ziehen müssen und schon hatte er weitere fremde DNA zur Hand. Es wird auf alle Fälle einige Zeit dauern, bis wir verschiedene Proben genommen und ausgewertet haben, dennoch werden wir unser Bestes geben und alle Spuren analysieren. Aber ich denke jeder Pflichtverteidiger wäre dazu in der Lage, einen Angeklagten unter diesen Umständen rauszuhauen."

„Unter der Voraussetzung, dass man ihn überhaupt noch verteidigen kann, denn ich kann nicht versprechen, dass ich ihm keine Kugel zwischen die Augen jage, wenn mir der Typ endlich von Angesicht zu Angesicht gegenübersteht", sagte

Martin mit zusammengepressten Zähnen. Jeder wusste, dass dies kein Scherz sein sollte.

„Kontaktlinsen trug die Frau übrigens keine, obwohl sie braune Augen hatte", beendete Chester seinen Bericht.

„Okay, dann also weiter", nahm Oliver seinen Faden wieder auf, während sich Chester einen freien Stuhl schnappte und sich in die Runde setzte.

„Clemens, du nimmst Kontakt zu Erika Binder auf, sie wird brennend an den Fortschritten interessiert sein."

„Welche Fortschritte denn nun eigentlich genau?", fragte Chester aufgeregt in die Runde. Es war ihm anzumerken, dass er an den guten Nachrichten extrem interessiert war.

„Nicht jetzt, Guinness", erteilte ihm Oliver eine Abfuhr. „Die Nachtschichtaufteilung sieht wie folgt aus: Nina, du stehst von zwölf bis drei oben an der Kreuzberglkirche, Sophia, gleiche Uhrzeit bei der Schranke vor Schloss Turmhöhe. Martin, um drei löst du Nina ab, Clemens, du wirst ebenfalls um drei für Sophia übernehmen. Ich werde wieder dafür sorgen, dass ihr Unterstützung von der Streifenpolizei bekommt. Ich werde dann um sechs in der Früh an der Kirche übernehmen. Die Schranke wird ab sechs Uhr unbewacht bleiben, ich denke nicht, dass dort um diese Uhrzeit noch eine Überwachung notwendig sein wird. Und jetzt erledigt noch schnellstmöglich eure Aufgaben und dann verschwindet ins Bett. Auch morgen wird ein langer Tag. Besprechung ist auf neun Uhr angesetzt. Guinness, ich würde mich freuen, wenn du bis dahin schon einige Ergebnisse für uns hättest und uns daher bei der Sitzung mit deiner Anwesenheit beehren würdest. Außerdem kann ich dich noch kurz über die Fortschritte informieren, solltest du jetzt noch zwei Minuten Zeit haben."

Und so wartete er den allgemeinen Aufbruch ab, bis nur noch sie beide und Jackson im Raum blieben, der sich an den Stellwänden zu schaffen machte.

Oliver erzählte Chester alles, was sie in der letzten Stunde an Informationen gewonnen hatten. Dieser runzelte die Stirn und hörte aufmerksam zu. Dann schaute er Oliver nachdenklich an.

„Was ist? Was denkst du, Guinness?"

„Nun ja, ich weiß nicht recht. Der Brief."

„Der an mich adressierte Brief vom Täter?"

Guinness nickte. „Ganz genau. Was stand da noch gleich drauf? In *deinem* Namen für meine Sammlung."

Oliver blickte ihm verwirrt in die Augen, dann verstand er.

„Du meinst… *Strauß*, ich heiße Strauß mit Nachnamen. Und er tötet Frauen, die nach Blumen benannt sind."

„Sein eigener kleiner Strauß aus Blumen", bestätigte Chester. „Er hatte uns die Erklärung selbst geliefert."

„Was für ein verdammtes Schwein. Der will uns also zum Narren halten. Er spielt mit uns. Und wir befolgen brav seine Regeln und übersehen das Offensichtliche."

„Tja", erwiderte Chester und stand auf. „Dann ist es wohl an der Zeit, dass ihr eure eigenen Regeln aufstellt."

Kapitel 22

Als Oliver seine Bürotür öffnete, um seine Sachen zu holen und nach Hause zu fahren, schrak er zusammen als er registrierte, dass bereits eine Person auf seinem Schreibtischstuhl saß. Es war Josepha. Anscheinend hatte sie schamlos alle Unterlagen, denen sie habhaft werden konnte, durchgeblättert. Unter anderem erblickte Oliver den Notizzettel, den er erst vor kurzem zu den Mordfällen mit den verschiedenen Theorien und Stichpunkten geschrieben hatte.

„Ist dir klar, dass ich dich dafür verhaften könnte?", fragte Oliver perplex und ließ sich ihr gegenüber auf seinem

Besucherstuhl nieder.

„Nun mach mal halblang, Süßer, für Spielchen mit Handschellen sind wir doch etwas zu alt, findest du nicht?", fragte sie und grinste ihn breit über den Schreibtisch hinweg an. „Das meiste, was du hier rumliegen hast, wusste ich eh schon. Allerdings scheint meine Quelle seit heute Morgen nicht mehr ganz so auskunftsfreudig zu sein wie zuvor."

Oliver schnaubte laut auf. Ja, das passte allerdings. Selbst Kohler musste inzwischen klargeworden sein, dass seine Theorie mit den Prostituierten unhaltbar geworden war und prompt verfiel er also in ein peinliches Schweigen.

„Gehen wir zu dir oder zu mir?", fragte Josepha und zwinkerte ihm zu, „Denn weißt du, ich hatte keine Lust zu dir zu fahren um festzustellen, dass du vor meiner Haustür stehst oder andersherum. Daher dachte ich, ein kurzer Besuch hier in deinem Büro wäre sinnvoller."

„Du hättest anrufen und fragen können", erwiderte Oliver trocken.

„In der Tat, das hätte ich", bestätigte sie ohne näher auf den Einwand einzugehen.

„Ich muss früh raus, also zu dir", antwortete Oliver nach einer kurzen Zeit des gegenseitigen Taktierens. „Ich will nicht, dass du in meiner Abwesenheit auch noch meine komplette Wohnung durchsuchst."

„Ganz wie du willst", sagte Josepha und stand auf. „Wollen wir?"

Oliver schluckte. Er würde nur ungern neben ihr gesehen werden, immerhin war sie Reporterin und es sollte nicht so aussehen, als würde er ihr Informationen zugesteckt haben.

„Du willst nicht mit mir gesehen werden", schien sie seine Gedanken zu lesen. „Oliver, jetzt mal ehrlich, wir können unsere Beziehung nicht ewig geheim halten."

„Unsere Beziehung?", fragte Oliver überrascht. „Wir führen eine Beziehung?"

„Ach, Herzchen, was meinst denn du, was wir hier machen? Wie würdest du es denn nennen?"

Oliver lagen Ausdrücke wie *Spaß haben, zwangloser Sex* und ähnliche Dinge auf der Zunge, schluckte sie aber herunter. Natürlich lief das Ganze auf eine Beziehung hinaus, aber das würde unweigerlich zu Komplikationen führen und darauf war er alles andere als scharf.

„Oookay, dann mal los", ignorierte er einfach ihre Frage, stand auf und hielt ihr die Tür auf. Dieses eine Mal wenigsten schien das Glück auf seiner Seite zu sein. Auf dem Flur begegneten sie keiner Menschenseele.

Schwer atmend wischte sich Oliver mit seinem Arm den Schweiß von seiner Stirn. Da dieser jedoch ebenfalls von kleinen nassen Tröpfchen übersäht war, blieb der gewünschte Effekt aus. Er und Josepha lagen nackt und keuchend nebeneinander im Bett, die Decken hatten sie achtlos auf den Boden geworfen. Es fühlte sich an, als wäre in den vergangenen zwanzig Minuten alle Last der Welt von seinen Schultern genommen worden, er fühlte sich leicht und frei wie ein Vogel. Josepha streckte ihren Arm aus und zog sacht an den Härchen auf seiner Brust. Er drehte seinen Kopf in ihre Richtung.

„Danke", sagte er.

„Danke?", echote sie. „Du bedankst dich für Sex? Was ist denn mit dir los?"

„Keine Ahnung, aber gerade schien es mir angebracht", erwiderte er verlegen.

Er schaute auf die Uhr. Es war bereits kurz nach elf. Er hatte das Gefühl, je länger er lebte, desto kürzer wurden die Tage. Jeder Tag schien schneller zu vergehen.

„Ich muss schlafen", sagte er müde. „Um halb sechs klingelt der Wecker."

„Wieso das?", fragte sie neugierig.

Abschätzend schaute er sie an. Dann sagte er lediglich: „Wache halten. Am Kreuzbergl."

„Darf ich mitkommen? Eine Observation stelle ich mir spannend vor."

Oliver lag bereits ein bestimmendes *nein* auf den Lippen, als er anfing nachzudenken. Ja, es war verboten eine Unbefugte bei einer Überwachung mit im Auto zu haben. Dass es sich bei besagter Person um eine Reporterin handelte, machte die Sache zusätzlich brisant. Allerdings würden so die Stunden schneller vergehen, er säße nicht allein im Wagen und sie könnten sogar einen kleinen Spaziergang unternehmen. Es wäre doch mal schön, sich nicht nur am Abend zu sehen, sondern gemeinsam etwas zu erleben und sei es nur für zwei Stunden im Auto zu sitzen und den Sonnenaufgang zu beobachten.

„Okay", gab er schließlich nach.

„Großartig!", sagte sie. „Dann pack ich schon mal meine Kamera ein."

Sie stand auf, balancierte auf Zehenspitzen über ihre am Boden liegenden Kleidungsstücke und verließ den Raum. Während Olivers Augen noch ihrem entblößten Hintern folgten fragte er sich bereits, ob er gerade sein eigenes Grab geschaufelt hatte.

Kapitel 23

Als der Handywecker klingelte, hätte Oliver sein Telefon am liebsten mit einem gezielten Wurf an die Wand befördert. Josepha dagegen schien sofort hellwach zu sein. Sie lief mit den Worten „Ich mach uns eine Thermoskanne Kaffee" aus dem Zimmer und Oliver hörte, wie sie fröhlich pfeifend in der Küche verschwand.

Mühsam schälte er sich aus dem Bett und zog sich eine Hose an. Dann ging er ins Bad um sich im Waschbecken kaltes Wasser ins Gesicht zu spritzen. Viel langsamer als bei Josepha erwachten auch seine Lebensgeister. Er putze sich die Zähne, zog sich vollständig an und folgte Josepha in die Küche, um etwas Essbares zu suchen.

Zehn Minuten später saßen sie im Auto und waren unterwegs in Richtung Kreuzberglkirche. Oliver fuhr mit seinem Wagen, Josepha saß auf dem Beifahrersitz und hatte ihre Beine aufs Armaturenbrett gelegt. Am Fuße der Straße die zur Kirche hinaufführte schickte Oliver Martin eine SMS, dass er nun bereitstand und er wegfahren konnte. Sie warteten zwei weitere Minuten, dann erschienen die Scheinwerfer der Wagen von Martin und dem ihm zu-geteilten Polizisten. Langsam fuhren sie an ihnen vorbei. Als Martin Josepha auf dem Beifahrersitz erkannte, weiteten sich erst seine Augen, dann zwinkerte er Oliver kurz zu und schon war er verschwunden. Oliver startete den Wagen erneut und fuhr die Straße hoch bis auf den Besucher-parkplatz der Kirche, auf dem er rückwärts einparkte, um schnellstmöglich losfahren zu können. Dann schaltete er den Motor und die Lichter aus und öffnete das Fenster einen Spaltbreit, um die Scheiben am Beschlagen zu hindern. Sofort zog ein eisiger Lufthauch ins Innere des Wagens und Josepha wickelte den Schal enger um ihren Hals. Dann warteten sie.

Nach nur zwanzig Minuten war ihnen bereits so kalt geworden, dass Olivers Finger empfindlich schmerzten und Josepha ihre Hände immer wieder auf ihre Ohren pressen musste.

„Okay, das habe ich mir irgendwie spannender vorgestellt", sagte sie vorwurfsvoll in seine Richtung. „Wäre es möglich, dass ich kurz rausgehe und mir die Beine vertrete?"

„Ich komme mit", nickte Oliver. Ein wenig Bewegung würde ihnen guttun und so konnten sie auch die nähere Umgebung in Augenschein nehmen. Sie stiegen aus, Josepha hakte sich bei Oliver unter und so gingen sie einen kleinen Weg entlang, der in einem großen Bogen um die Kirche führte. Nach nur wenigen Metern passierten sie die drei Holzkreuze, bei denen am Abend zuvor noch die Leiche Nummer drei gefunden worden war. Die Techniker schienen schnell gearbeitet zu haben, denn die Absperrung war bereits wieder verschwunden. Sie folgten dem Weg weiter hinauf und kamen zehn Minuten später am höchsten Wipfel des Hügels an. Ein imposanter Turm aus Stein reckte sich gen Himmel, der ganz oben in eine breite Kuppel mündete. *Sternwarte Klagenfurt* konnte Oliver auf einem großen Messingschild gleich neben einer dunklen braunen Holztür im ersten schwachen Licht des Tages entziffern. Wofür ausgerechnet Klagenfurt eine Sternwarte brauchte, konnte er sich jedoch nicht erklären. Sie verließen die Hügelspitze auf der anderen Seite und folgten dem Weg weiter, der nach weiteren fünfzehn Minuten den Rundgang zur Kreuzbergl- kirche vollendete. Vor der Kirche blieben sie stehen und schauten hinunter auf die Stadt, in der langsam aber sicher das Leben begann. Der Himmel färbte sich bereits rosa und die ersten Autos und Busse stürzten sich in den täglichen Stadtverkehr. Josepha lehnte sich mit dem Rücken an Olivers Brust und er schlang seine Arme um ihren Oberkörper. So standen sie eine Weile und beobachteten das Treiben um sie herum. Olivers Blick wurde von zwei Eichhörnchen abgelenkt, die sich gegenseitig einen Baumstamm hoch und hinunter jagten. Eine Amsel beobachtete das Treiben ebenfalls und zwitscherte ihre Entrüstung aus voller Kehle. Schließlich löste sich Josepha sanft aus der Umarmung.

„Zurück an die Arbeit", lächelte sie, nahm in an der Hand und so spazierten sie zurück zum Auto.

„Oh verdammt", fluchte Oliver.

„Was ist los?", fragte Josepha und blickte auf. Da erkannte sie, was los war. Auf die Motorhaube von Olivers Wagen hatte irgendjemand eine Blume in den Autolack gekratzt. In diesem Moment hätte es Oliver der Amsel am liebsten gleichgetan und seine Frustration mit Inbrunst in den Morgen hinausgeschrien.

Kapitel 24

Nachdem Oliver Josepha bei ihr zu Hause abgesetzt hatte, trat er das Gaspedal durch und rauschte Richtung Dezernat. Er kochte innerlich. Der Typ war also dort gewesen und hatte sie beobachtet. Er war ihnen wieder einen Schritt voraus gewesen und verhöhnte sie nach wie vor. Außerdem war seine Motorhaube komplett im Eimer, da würde eine Nachbesserung des Lacks nicht ausreichen, die Schnitte waren zu tief. Hier hätte er den Kampf gegen den Rost bereits verloren noch bevor er angefangen hatte, er würde sie also austauschen müssen. Das würde keine billige Angelegenheit werden. Wütend schlug er mit der flachen Hand gegen das Lenkrad.

Um halb neun klopfte er gegen die Tür des Büros von seinem Vorgesetzten Ernst Kohler. Nach dem obligatorischen „herein" öffnete er die Tür und setzte sich seinem Chef gegenüber auf den harten Besucherstuhl.

„Ich würde gerne eine Rundumüberwachung der Kreuzbergl-region beantragen."

„Können Sie vergessen", erwiderte Kohler überrascht und genervt zugleich.

„Sie verstehen nicht", sagte Oliver. „Er ist dort."

Er zeigte Kohler ein Foto von seiner Motorhaube, dass er mit seinem Handy aufgenommen hatte.

„Das ist vor einer Stunde passiert, als ich mir kurz die Beine vertreten habe. Hören Sie, ich brauche nur vier Beamte, die rund um die Uhr an zwei Stellen, nämlich der Schranke vor Schloss Turmhöhe und bei der Kreuzberglkirche ab-wechselnd Wache schieben und alles beobachten, was ihnen ungewöhnlich vorkommt."

„Und wer soll das bezahlen? Und glauben Sie allen Ernstes, der Typ wird sich dort auch noch herumtreiben, wenn dort Beamte stehen?"

„Sie sollen ja nicht mit einem Schild auf der Stirn herumlaufen, auf dem *Achtung, Polizei* steht", erhob Oliver seine Stimme.

„Ich weiß nicht recht", sagte Kohler in zweifelndem Tonfall.

Oliver hielt kurz inne. Dann spielte er seinen Trumpf.

„Er hat das verschwundene Mädchen Lilly Hassler."

„Wie bitte?", fragte Kohler. „Woher wollen Sie das wissen?"

Da erzählte ihm Oliver alles, was sie am Abend zuvor aufgedeckt hatten, die Namen der Mädchen, die Verbindungen zu den zurückgelassenen Blumen und die Übereinstimmungen mit den Details zu Lilly Hassler. Dann wurde es still im Büro.

„Verdammt", murmelte Kohler.

„Allerdings", bestätigte Oliver.

„Ich kenne ihren Vater, wissen Sie?", sagte Kohler nieder-geschlagen. „Hoch anständig der Mann, sowas hat er nicht verdient."

Oliver war verblüfft. Doch dann wurde ihm einiges klar.

Darum also waren ihm gestern der Wunsch nach mehr Männern und der Suchmannschaft inklusive Hundestaffel und Hubschrauber ohne weitere Diskussionen genehmigt worden. Für einen alten Freund machte der ehrenwerte Ernst Kohler schon mal das begrenzte Budget locker. Für drei unbekannte Frauen hielt er so einen Aufwand jedoch für Geldverschwendung.

„Na gut, sie sollen die vier Streifenpolizisten bekommen", sagte Kohler schließlich.

„Dankeschön. Welche beiden Kriminalbeamte werden mein Team verstärken?", fragte Oliver erbarmungslos weiter.

„Ich habe Andreas Janker und Karin Wolff ihrem Team zugeteilt. Frau Wolff hat bis gestern Abend noch an dem Entführungsfall von Lilly Hassler mitgearbeitet. So wie es nun aussieht, ist es wohl ganz praktisch, dass sie bei Ihnen mitarbeiten wird."

Oliver nickte zufrieden. Das waren gute Nachrichten. Andreas und Karin waren beiden hervorragende Ermittler. Hatte es tatsächlich erst drei Leichen und eine verschwundene Frau gebraucht, damit dieser Fall ernst genommen wurde?

Kapitel 25

Weniger als zwei Minuten Zeit und trotzdem siehst du aus wie ein Kunstwerk. So langsam bekomme ich wirklich Übung. Ich kann dich beruhigen, bald werden die Menschen deine Schönheit zu schätzen wissen und unzählige Fotos von dir machen. Du wirst in aller Munde sein, unvergessen und ewig schön. Das hast du ganz allein mir zu verdanken. Denk ab und zu an mich wenn du emporsteigst zu den anderen, um über die Welt zu wachen. Gerne würde ich noch bei dir verweilen, aber die Woche ist noch nicht vollendet, es sind erst vier Tage vergangen. Sieben Tage hat Gott gebraucht, um die Welt zu erschaffen, so steht es geschrieben, nicht wahr? Ich werde auch nur sieben Tage brauchen, um mein Werk zu vollenden. Du warst die goldene Mitte, meine Nummer vier und du hast deine Aufgabe gut gemacht. Ich danke dir. Doch nun ziehe ich weiter. Weine mir nicht nach, wir werden uns wiedersehen. Keine Träne rollte ihre Wangen hinunter. Ihre Augen waren längst trocken und starr.

Kapitel 26

Als Oliver um Punkt neun Uhr den Konferenzraum betrat, waren alle anderen schon vor Ort. Selbst Andreas und Karin saßen bereits in der Runde und wurden gerade von Sophia auf den aktuellen Stand der Dinge gebracht. Oliver begrüßte beide per Handschlag. Sie hatten bereits öfter zusammengearbeitet und konnten sich zudem recht gut leiden. Karin, die mit ihrer Größe von einem Meter dreiundsechzig mit Abstand die kleinste im Team war, schätzte er vor allem wegen ihres Mutes und ihrer Fähigkeit, die Kontrolle in unübersichtlichen Situationen zu behalten. Er vermutete, dass ihre Größe zum Training dieses Durchsetzungsvermögens durchaus beigetragen hatte.

Andreas Janker dagegen war das genaue Gegenteil von ihr, sehr schlank und hochgewachsen, ähnlich wie Martin, mit kurzen schwarzen Haaren und einem dichten zwei Zentimeter langen Bart, der von einem Ohr zum anderen reichte. Andreas strahlte zu jeder Zeit Ruhe und Gelassenheit aus und schien nie etwas zu vergessen. Auch kleinste Details, die er irgendwo aufgeschnappt hatte, prägte er sich stets ein und konnte diese Informationen zu jeder Zeit herunterrattern. Somit diente er oft als wandelndes Lexikon, was die relevanten Fakten einer laufenden Ermittlung betraf.

Oliver setzte sich zwischen Chester und Nina in den Kreis und blickte zufrieden in die Runde. Auch die anderen schienen wesentlich optimistischer gestimmt zu sein als noch in den letzten Tagen. Nur Jackson wirkte aus irgendeinem Grund noch eine Spur nervöser als sonst. Seine Finger spielten mal wieder eine stumme Melodie auf einer imaginären Klaviertastatur auf der Tischplatte vor ihm. Wahrscheinlich lag es daran, dass nun noch mehr Personen mit im Raum saßen.

„Dann wollen wir mal", sagte Oliver und stellte fest, dass er trotz des morgendlichen Debakels einigermaßen gut bei Laune war.

„Ich habe gute und schlechte Neuigkeiten. Beginnen wir mit den Guten: Karin, Andreas, wir freuen uns, dass ihr bei uns seid."

Auf diese Worte folgte vereinzelt Beifall.

„Wir versprechen euch einen Haufen Überstunden und genug Informationen, dass eure Köpfe für den Rest des Jahres frei nehmen wollen", fuhr Oliver fort. „Seid ihr inzwischen auf dem neuesten Stand der Dinge?"

Karin nickte und Andreas sagte „Krasser Scheiß, Mann."

„Ja, so kann man es ausdrücken", bestätigte Oliver.

„Außerdem darf ich verkünden, dass keine weiteren Nachtschichten am Kreuzbergl anstehen. Ab jetzt werden uns vier Streifenpolizisten zu Seite gestellt, die diesen Job rund um die Uhr für uns übernehmen."

Eine Woge der Erleichterung ging durch den Raum.

„Kommen wir zu den weniger guten Nachrichten. Jackson, kannst du das hier bitte an die Wand projizieren?"

Er warf Jackson einen USB-Stick zu. Dieser schloss ihn im Handumdrehen an seinen Laptop an und öffnete über den Beamer ein Bild von Olivers Motorhaube.

„Diese Blume wurde heute Morgen in meine Motorhaube geritzt, als ich mir kurz meine Beine vertreten habe."

Die freudige Erleichterung, die noch kurz zuvor im Raum zu

spüren war, wich sichtlicher Bestürzung.

„Wir wissen also: Der Typ streift tatsächlich nachts durch den Wald und tut, was immer er auch tun mag. Vor allem aber beobachtet er uns. Er weiß höchstwahrscheinlich über jeden von uns Bescheid, also passt verdammt noch mal auf euch auf. Martin und Nina, ihr wart gestern noch bei den Anwohnern rund um die Kreuzberglkirche. Hat Irgendjemand etwas zu berichten gehabt? Hat jemand etwas gesehen?"

„Ja und nein", ergriff Nina das Wort. „Eine der Anwohnerinnen hat zwar keine Person gesehen, allerdings konnte sie angeben, was für Autos auf dem Besucherparkplatz vor der Kirche gestanden haben, nachdem wir mit unseren Dienstfahrzeugen dort abgerückt waren. Sie wohnt direkt gegenüber vom Parkplatz und hat fast den gesamten Nachmittag am Fenster gesessen, um uns bei der Arbeit zuzuschauen. Scheint wohl besser zu sein als Kino. Wie dem auch sei, sie hat von einem silbernen Mercedes berichtet, den sie dort öfter sieht und der wohl einem Mann mit Schäferhund gehört. Dann noch von einem alten dunklen Landrover, also so einen Jeep, der noch mit Plane anstatt eines festen Verdecks ausgestattet ist und einen großen Audi Modell Q, ebenfalls silber, was für einer genau weiß sie jedoch nicht mehr. Den Landrover und den Audi kannte sie nicht vom Sehen, was laut ihrer Aussage allerdings nichts zu bedeuten hat, da dort zu ihrem Leidwesen täglich unzählige Touristen parken würden."

„Ich habe ähnliche Auskünfte bekommen", stimmte Martin ihr zu. „Ein großer Audi mit verdunkelten Scheiben und ein ziemlich verdreckter Landrover. Von einem silbernen Mercedes wurde mir nichts berichtet, allerdings scheint der ja auch irrelevant zu sein. Fest steht jedoch, dass keiner der drei Wagen noch dort stand, als wir am Abend wieder dort ankamen. Alle drei können folglich höchsten in einem

Zeitraum von neunzig Minuten dort gestanden haben. Die letzten von uns sind um halb fünf dort weggefahren, um kurz nach sechs wurden wir bereits benachrichtigt. Das Zeitfenster ist also nicht allzu groß."

„Okay, das ist doch schon mal etwas", nickte Oliver.

„Guinness, wie schaut's bei euch aus? Habt ihr schon etwas mit den Proben anfangen können?"

„Jawohl", nickte Chester, „das haben wir in der Tat. Ich habe mit den Haaren angefangen und habe tatsächlich zwei Treffer in der Datenbank gefunden, die uns bereits vorliegen."

„Wirklich?", fragte Oliver? „Dann schieß los. Um wessen DNA handelt es sich."

„Naja", sagte Chester und grinste spöttisch. „Die eine gehört zu dir, mein Lieber."

„Was?", riefen Oliver und Martin wie aus einem Mund.

„Tja, er scheint wohl irgendwie an Haare von dir herangekommen zu sein. Auf jeden Fall liegen unzweifelhaft mehrere deiner Haare auf der Kleidung der toten Frau."

Oliver schloss die Augen. Und schon wieder ein Punkt, der auf das Konto des Täters ging.

„Und die andere DNA-Übereinstimmung?", fragte er matt.

„Jetzt wird es interessant", sagte Chester.

Hoffnungsvoll öffnete Oliver wieder seine Augen und schaute ihn auffordernd an.

„Wisst ihr noch, dass wir den werten und edlen Eigentümer von Schloss Turmhöhe der Form halber um eine Speichelprobe gebeten haben?"

Martin horchte auf.

„Oh bitte, bitte sag mir, dass die beiden Proben übereinstimmen und bitte lass mich es sein, der ihn persönlich zum Verhör abholt", sagte er und schaute abwechselnd Chester und Oliver an.

Chester zwinkerte ihm zu. „Eine hundertprozentige Übereinstimmung."

Oliver blickte zu Martin. „Hol ihn. *Jetzt.* Nina, du begleitest ihn bitte."

„*Strike*", flüsterte Martin, ballte eine Faust und sprang auf. Los, Nina, Abfahrt." Und mit diesen Worten verschwanden die beiden aus dem Raum.

„Okay, weiter geht's", nahm Oliver den Faden wieder auf. „Karin, du hast bis heute Morgen noch an dem Entführungsfall von Lilly Hassler gearbeitet. Was gibt es aktuell über diesen Fall zu berichten?"

„Nicht viel", erwiderte Karin. „Bisher gibt es weder eine Lösegeldforderung noch sonst irgendeine Regung des Entführers. Sowohl die Eltern als auch die Mitbewohnerin von ihr haben kein Lebenszeichen mehr von dem Mädchen gehört. Was leider kein gutes Zeichen ist."

„Okay. Warum behält er sie bei sich? Irgendwelche Theorien?"

„Vergewaltigung?", schlug Sophia vor.

Aber Chester schüttelte den Kopf. „Laut den Obduktionen haben keine mehrmaligen Vergewaltigungen stattgefunden. Das würde also gänzlich aus dem Muster fallen."

„Wie wäre es denn mit folgender Theorie", begann Andreas mit seiner tiefen ruhigen Stimme. „Ihr seid ihm im Weg. Die Hügelkette vom Kreuzbergl zur Zillhöhe scheint der Bereich zu sein, wo er sich auskennt, zu dem er immer wieder zurückkehrt. Gewissermaßen also seine Wohlfühlzone. In der Nacht von Dienstag auf Mittwoch wurde keine Leiche gefunden. Warum nicht? Ihr wart vor Ort. Erst, als die Suchaktion vorbei war und alle wieder unterwegs waren, gab es einen weiteren Fund. Wir haben also Montag, Dienstag und Mittwoch eine tote Frau. Dann in der Nacht von gestern auf heute wurde nichts gemeldet. Wir wissen aber, dass der Täter anwesend war, da er dein Auto mit einem unverkennbaren Symbol gekennzeichnet hat. Dennoch: Keine Leiche, denn ihr wart dort und habt ihn dran gehindert. Das heißt allerdings, dass jetzt im Moment die potenzielle Gefahr am größten ist, denn noch sind die uns zugeteilten Beamten nicht vor Ort, habe ich recht?"

In diesem Moment öffnete sich die Tür und wie zur Bestätigung seiner Worte traten vier Männer ein. Oliver erkannte erneut den pickligen jungen Polizisten, der ihm nun schon mehrmals über den Weg gelaufen war.

„Wir sollen uns bei Ihnen melden", sagte der Älteste von ihnen und streckte Oliver die Hand entgegen. „Wo genau sollen wir unsere Schichten abhalten?"

„Bitte nicht", murmelte Oliver, ignorierte die nach wie vor ausgestreckte Hand und blickte zwischen Andreas und den vier Neuankömmlingen hin und her. Dann deutete er auf die zwei Polizisten, die ihm am nächsten standen.

„Ihr zwei, sofort zur Kreuzberglkirche und zwar so schnell ihr könnt. Einer bleibt im Wagen und beobachtet alles, der andere sucht die Umgebung ab. Und zwar bewaffnet, habe ich mich klar ausgedrückt?"

Die beiden nickten.

„Und ich meine schnell", fuhr Oliver eindringlich fort, da sie noch keine Anstalten machten aufzubrechen. Dann wandte er sich an den Pickligen und den Vierten in der Runde.

„Gleiches Prinzip an der Schranke vor der Einfahrt zu Schloss Turmhöhe. Einer bleibt und beobachtet, der andere sucht die Gegend ab. Danach kann sich einer frei nehmen. Aber teilt euch die Zeit so ein, dass beide Orte vierundzwanzig Stunden am Tag unter Beobachtung stehen und ihr nachts zu zweit seid. *Los!*"

Mit diesen Worten scheuchte er sie wieder aus dem Raum und schaute dann mit unbehaglichem Blick wieder zu Andreas und dann zu den anderen. Dann blickte er auf die Uhr. Zwanzig Minuten nach neun. Das hieß, die Gegend war seit einer Stunde und zwanzig Minuten nicht mehr unter

Beobachtung. Gestern hatten neunzig Minuten für den Täter gereicht. Hastig kramte er sein Handy hervor und schrieb Martin eine SMS, dass er sich melden sollte, sobald sie den Bordellbesitzer Jonas Gruber abgeholt hatten. Zwei Minuten später klingelte auch schon sein Handy. Martin musste mal wieder seine besten Fahrkünste unter Beweis gestellt haben.

„Habt ihr ihn?", fragte Oliver.

„Nein, er ist nicht da", sagte Martin mit hörbar schlecht gelaunter Stimme.

„Verdammt", brüllte Oliver und schlug mit der Faust auf den Tisch. „Martin, durchsucht die nähere Umgebung. Ihr werdet dafür gleich Unterstützung von zwei Kollegen von der Streife bekommen, die sind schon auf dem Weg. Wir haben Grund zu der Annahme, dass gerade ein weiterer Mord stattgefunden haben könnte, höchstwahrscheinlich an dem verschwundenen Mädchen Lilly Hassler."

Oliver hörte einen Fluch am anderen Ende der Leitung, dann hatte Martin aufgelegt. Jetzt hieß es warten. Alle dreißig Sekunden blickte Oliver auf seine Armbanduhr und wartete auf das Klingeln seines Handys.

„Karin, weißt du welcher Kollege im Moment bei den Hasslers vor Ort ist, falls der Entführer sich meldet?" Karin nickte.

„Dann ruf bitte an und frag, ob es irgendwelche Neuigkeiten gibt. Jackson, wie viele Studentinnen hast du ausfindig machen können, deren Name und Alter ins Raster des Täters passen?"

„Dreiundvierzig", antwortete Jackson.

„So viele?", fragte Oliver überrascht.

„Nun ja, die meisten Studentinnen passen vom Alter her. Viele Frauen haben Doppelnamen und wenn ein Name wie Lilly als Lilie durchgeht, dann passen auch andere Namen, die ähnlich dem einer Blume sind."

„Druck mir bitte eine Liste mit allen Namen und der jeweiligen Anschrift aus."

„Hängt bereits an der Tafel."

Er deutete ganz an den Rand der inzwischen mit Notizen und Bildern sehr voll gewordenen Pinnwand. Dort hingen in der Tat zwei Blätter mit einer nach Olivers Geschmack viel zu langen Liste an Namen.

„Karin, würdest du..."

„Ich klemm mich ans Telefon und geh die Liste durch. Besuchen werde ich sie nicht alle können, aber ich kann auch am Telefon durchaus überzeugend sein und von Treffen mit tödlichen Unbekannten abraten", unterbrach sie seine Aufforderung.

In diesem Moment klingelte erneut Olivers Handy. Er drückte auf die Lautsprecherfunktion des Telefons und bellte ein lautes „Ja?".

Er erkannte die Stimme des pickligen Polizisten mit dem zerkratzten Gesicht und die vier Worte, die er sagte, ließen ihm das Blut in den Adern gefrieren.

„Wir kommen zu spät."

Kapitel 27

„Was soll das heißen, ihr kommt zu spät?", brüllte Oliver ins Telefon. Er hielt sich das Gerät nun doch ans Ohr, obwohl die Lautsprecherfunktion nach wie vor eingeschaltet war.

„Wir haben hier eine weibliche Leiche", hörten sie die zittrige Stimme am anderen Ende der Leitung.

„Ist es Lilly Hassler?"

„Wer ist Lilly Hassler?"

„Gott verdammt!", brüllte Oliver ins Telefon. „Beschreiben Sie sie."

„Sie ist Barfuß, hat ein türkises Nachthemd..."

„Ihr *Gesicht*, nicht die Kleidung", schrie Oliver verzweifelt sein Handy an.

Als Antwort kam ein würgendes Geräusch begleitet von einem herzhaften Stöhnen. Dann meldete sich die Stimme des anderen Polizisten.

„Hallo? Entschuldigen Sie bitte, aber meinem Kollegen geht es nicht so gut. Ich kann Ihnen versichern, dass der Anblick aber auch eher ungewöhnlich ist. Sie treffen uns am besten gleich bei den drei Kreuzen an der Kreuzberglkirche. Und ich glaube, sie haben nach der Frau gefahndet, zumindest habe ich ein Bild von ihr an der Tafel in Ihrem Konferenzraum gesehen. Es hängt ganz rechts oben in der Ecke."

Olivers Augen blickten erneut rechts an die Tafel und auf die Zettel mit den Namen, die Jackson ausgedruckt hatte. Direkt darüber hing ein Foto. Mit einem strahlenden Lächeln schaute Lilly Hassler auf sie herab.

„Wir sind schon unterwegs", sagte Oliver und legte auf.

„Ruhe", brüllte Oliver in die plötzlich aufkeimende Unruhe. „Das muss jetzt schnell gehen, daher passt auf: Chester, informier dein Team der Spurensicherung und fahr los."

Chester sprang auf uns lief mit schnellen Schritten aus der Tür.

„Andreas, ruf Martin und Nina an und sag ihnen, sie sollen zu Fuß durch den Wald zur Kreuzberglkirche laufen. Vielleicht entdecken sie jemanden auf dem Weg. Danach fahr selbst ebenfalls los zur Kirche."

Auch Andreas verschwand aus dem Raum.

„Karin, fahr du bitte zu Lillys Eltern und informiere sie über den Tod ihrer Tochter. Du kennst sie am besten. Bereite sie darauf vor, dass sie heute noch die Identität ihrer Tochter bestätigen müssen. Danach schnapp dir die vier Jungs, die *zu spät* am Kreuzbergl angekommen sind und instruiere sie, wie sie die Liste mit den Frauennamen durchtelefonieren sollen.

Im Moment wird ihre Kontrolle der Gegend wohl kaum nötig sein."

Karin nickte und verschwand ebenfalls.

„Sophia, Clemens, ihr begleitet mich jetzt direkt mit zum Tatort. Jackson, dein letzter Ausflug hat uns sehr geholfen. Wirst du einen weiteren Anblick eines toten Menschen überleben?"

Wäre das Thema nicht so ernst gewesen, hätte wohl jemand einen Scherz über Olivers unfreiwilliges Wortspiel gemacht, in diesem Fall griff Jackson lediglich zu seiner Jacke, um seine stumme Zustimmung kundzutun und sie verließen den Raum.

Es war kurz nach zehn, als Sophia den Wagen sicher auf dem gleichen Parkplatz zum Stehen brachte, auf dem vor wenigen Stunden noch Oliver sein inzwischen verkratztes Auto geparkt hatte. Noch hing kalter Nebel in der Luft und hinderte die Sonne daran, mit ihren Strahlen die Morgenluft zu erwärmen. Sie stiegen aus und spurteten in Richtung der drei Kreuze, an denen sie schon die stark misshandelte Leiche von Rose Madigan gefunden hatten. Dort entdeckten sie Chester, der einem der vier Streifenpolizisten gerade erklärte, wo er das Absperrband befestigen sollte. Sein pickliger Kollege saß unweit entfernt auf einer kleinen Mauer und hielt sich den Bauch. Kleine gelbe Bröckchen zierten seinen Schal und seine Schuhe.

„Du, lauf die Gegend ab und schau, ob du noch jemanden entdeckst, der das Spektakel hier beobachtet. Und nimm deinen Kollegen mit", raunzte Oliver den noch stehenden Polizisten an und nahm ihm das Absperrband aus der Hand, um es Clemens zu überreichen. Für unnötige Instruktionen zu Absperrbändern war nun gewiss keine Zeit.

„Chester, wo?", fragte er nur.

„Dreh dich um."

Alle drehten sie den Kopf in die Richtung, in die Chesters Hand zeigte. Unwillkürlich traten sie einen Schritt zurück. Ja, auch das war in der Tat kein alltäglicher Anblick. Aber bei der Toten handelte es sich unverkennbar um das verschwundene Mädchen Lilly Hassler. Der Täter hatte ihre Hände an den Handgelenken mit einem Seil zusammengebunden und an einem Ast über ihrem Kopf fixiert, sodass sie in einer stehenden Position verharrte. Der Kopf wurde mittels einer braunen Haarsträhne, die der Täter ebenfalls um den Ast über ihrem Kopf verknotet hatte, aufrecht gehalten. Der Rest ihrer braunen lockigen Haare umspielte ihr leicht rundliches Gesicht. Sie trug lediglich ein türkises Nachthemd, dass selbst ohne direkten Sonnenschein dünn genug war, um die Konturen ihrer Brüste und eines schwarzen Slips zu offenbaren. Ihre Augen standen offen und starrten sie an, was Oliver einen Schauer über den Rücken laufen ließ. Sie war barfuß und stand in einem Kreis aus zehn weißen großen Lilienblüten. Unwillkürlich musste Oliver an seine Mutter denken. Soviel er wusste waren Lilien ihre Lieblingsblumen. Schnell verdrängte er diesen Gedanken wieder aus seinem Kopf.

„Es scheint so, als wäre es diesmal wieder so verlaufen, wie er es sich eigentlich vorstellt", sagte Chester. Dann trat er vorsichtig näher an das Mädchen heran und begann erste Fotos zu schießen und sie mit übergezogenen Handschuhen näher zu untersuchen.

„Sophia und Andreas, geht zu den Anwohnern hier in der Gegend, ich will wissen, ob wieder jemand etwas gesehen hat. Clemens, schaff mir notfalls mithilfe deiner Dienstwaffe die ungebetenen Schaulustigen vom Hals."

Clemens nickte mit bitterem Gesichtsausdruck und ging zu der kleinen Menschentraube, die sich bereits am Parkplatz bei der Kirche versammelte. Oliver erkannte vor allem

Menschen, die mit ihrem Hund spazieren gingen, aber auch eine Gruppe von jungen Müttern, die ihre Babys um den Bauch gewickelt hatten und die Hälse reckten, um etwas sehen zu können.

Fünf Minuten später war auch der Rest der Spurensicherung eingetroffen und die Routine nahm ihren Lauf. Weitere fünf Minuten später kamen Martin und Nina außer Atem und verschwitzt am Tatort an, sie mussten die ganze Strecke im Dauerlauf zurückgelegt haben. Martin warf einen Blick auf die Tote und sah aus, als ob er am liebsten den nächsten Baum samt Wurzeln ausgerissen hätte. Dann ließ er seinem Frust mit einem lauten verzweifelten Aufschrei freien Lauf, um anschließend bemüht gleichmäßig zu atmen.

„Ich werde diesen Bastard umbringen", fauchte er.

„Hört zu", sagte Oliver an Martin und Nina gewandt, „schnappt euch die beiden Möchtegernpolizisten dort drüben und lasst euch zurück zum Bordell fahren. Bleibt so lange dort, bis Gruber zurück ist und bringt ihn dann unverzüglich zum Dezernat. Glaubt mir, wenn die Polizei lange genug vor seiner Haustür Position bezieht, dann wird er schon aufkreuzen. Wenn ihr beim Bordell angekommen seid, schickt die beiden ebenfalls weiter zum Dezernat, Karin braucht sie für eine andere Arbeit."

„Geht klar, Chef", murmelte Martin und rannte auf die beiden Polizisten zu.

„Ich pass schon auf, dass alles mit rechten Dingen zugeht", sagte Nina beschwichtigend zu Oliver und eilte ihrem Kollegen hinterher.

„Hey, du!"

Oliver erkannte die Stimme in Sekundenbruchteilen, schloss die Augen und atmete einmal tief durch. Dann drehte er sich um und blickte in Josephas Gesicht. Clemens kam gerade von hinten auf sie zugeeilt, woraus Oliver schloss, dass sie einfach unter dem Absperrband hindurchgerannt war. Er gab

Clemens ein Zeichen, dass er sich um den ungebetenen Gast kümmern würde und trat auf sie zu.

„Josepha, was tust du hier."

„Was für eine blöde Frage", antwortete sie. „Es ist mein Job, hier zu sein. Aber keine Sorge, ich werde kein Foto schießen. Sowas muss nicht in die Zeitung." Sie nickte traurig in Richtung der Toten.

„Ich wollte nur kurz mit dir reden, bevor ich gehe. Dir ist klar, dass der nächste Artikel nicht sonderlich positiv in Bezug auf eure Arbeit ausfallen wird, oder?"

„Na, dann bin ich aber froh, dass der erst heute Abend in Druck gehen wird. Vielen Dank auch für die freundliche Warnung."

„Warten wir´s ab. Ich möchte nur, dass du weißt, dass ich es nicht persönlich meine, was ich schreiben werde. Und wenn du willst, kann ich dich gerne zitieren. Möchtest du irgendetwas loswerden? Vielleicht kann es euch ja helfen die Öffentlichkeit mit einzubeziehen. Wir bekommen inzwischen etliche Briefe verängstigter Leser, die sich darüber be- schweren, dass die Polizei sie über die Vorkommnisse im Dunkeln lässt. Sie trauen sich nicht mehr, ihre Kinder alleine aus dem Haus zu lassen. Etliche nehmen sich frei, um bei der Familie sein zu können. Oliver, die Öffentlichkeit hat Angst! Und ich kann es den Leuten nicht verübeln. Irgendwas müsst ihr sagen."

Oliver dachte kurz über diesen Vorschlag nach, verwarf ihn dann aber schnell. Es war ein Vorteil für sie, dass sie nun die Zielgruppe des Mörders kannten. Das mussten sie ihm jedoch nicht auf die Nase binden. Im Gegenteil, wenn sie potenzielle nächste Opfer entsprechend instruierten, dann konnte sich dieses Wissen als ihre stärkste Waffe entwickeln.

„Lieb, dass du fragst, aber nein, danke."

„Okay, dann nicht. Sehen wir uns am Abend?"

„Josepha, das hier ist nicht der richtige Ort, um darüber zu sprechen. Ich melde mich."

„Alles klar. Also bis heute Abend."

Sie warf ihm eine Kusshand zu und lief mit einem entschuldigenden Blick in Richtung Clemens zurück und hinter die Absperrung. Oliver verdrehte die Augen. Natürlich konnten die Medien keine positiven Nachrichten über ihre Arbeit verbreiten. Wenn er Journalist wäre, dann würde er die bisherige Leistung der Kriminalpolizei auch mit Wonne in der Luft zerreißen. Das einzig Positive an diesem Tag war, dass laut ihrer Theorie eine nächste Leiche erst mit dem nächsten Tag und somit in frühestens vierzehn Stunden in Aussicht stand. Na, wenn das kein Grund für ein Freuden-tänzchen war.

Jemand tippte ihm von hinten auf die Schulter. Oliver drehte sich um und sah sich dem blassen Jackson gegenüber.

„Wenn es möglich ist, dann würde ich gerne zurückfahren. Diese ganzen Leute und auch die Tote" und bei diesen Worten deutete er mit dem Daumen hinter sich ohne jedoch das Mädchen selbst anzuschauen, „tun mir nicht wirklich gut, wenn du verstehst, was ich meine."

Auf seiner Stirn hatten sich kleine Schweißperlen gebildet und er sah ziemlich elend aus.

„Okay, fahren wir. Hier können wir im Moment sowieso nicht mehr viel ausrichten. Die anderen bleiben noch hier und kommen dann nach."

Sie gingen in Richtung Parkplatz zurück. Bei der Absperrung hielt Oliver noch kurz bei Clemens.

„Befrage jeden einzelnen Hundebesitzer, der hier steht und gafft. Ich will wissen, was sie gesehen haben. So ab-geschieden ist der Ort hier nicht, also haben wir vielleicht Glück. Und notiere alle ihre Namen."

Mit diesen Worten duckte er sich durch die Absperrung hindurch und verschwand mit Jackson aus der Menge.

Kapitel 28

Sie hatten die Hälfte der Strecke zurückgelegt, als Olivers Handy vibrierte. *Wir haben ihn, er verlangt einen Anwalt*, teilte ihm die SMS von Martin mit. Alles andere hätte Oliver auch stark gewundert. Dennoch sagte ihm sein Bauchgefühl, dass die Sache nicht so einfach war, wie es schien. Immerhin war er den DNA-Spuren nach genauso verdächtig wie Bordellbesitzer Jonas Gruber. Auch von ihm sowie von unzähligen weiteren und noch unbekannten Personen hatte man Haare und andere DNA-Träger am Tatort gefunden. Er zückte erneut sein Handy und wählte Sophias Nummer.

„Sophia, ich bin es. Fahr auf dem Rückweg bitte beim Friseur *Schnittstelle* in der Bahnhofstraße vorbei. Dort war ich die letzten Male immer zum Haareschneiden. Frage nach, ob sie irgendjemanden beobachtet haben, der geschnittene Haare mitgenommen hat, die auf dem Boden verteilt oder in ihrem Müll an der Straße lagen. Ich glaube zwar nicht, dass sie uns weiterhelfen können, aber fragen kostet nichts. Irgendwie muss er ja an meine Haare gekommen sein."

Er legte auf und starrte gedankenverloren aus dem Fenster. Der Täter wurde eindeutig risikofreudiger und damit auch fehleranfälliger. Diese Fehler galt es nun zu finden.

Mit einer Brezel in der Hand, die er aus der Bäckerei gegenüber dem Präsidium gekauft hatte, machte sich Oliver auf den Weg zum Konferenzraum, um auf die Ankunft von Martin, Nina und Jonas Gruber zu warten. Er war nicht sehr erpicht auf das Verhör, viel hatten sie nach wie vor nicht in der Hand, das sie gegen ihn verwenden konnten.

Sein Handy klingelte und er blieb stehen, um es hervorzukramen.

„Ja?", meldete er sich.

„Andreas hier. Wir bringen einen Gast mit. Erinnerst du dich an den Herrn Hannes Bachmann?"

„Das war doch der ach so sportliche Typ, den ich bereits einmal in meinem Büro für eine Befragung empfangen hatte. Was ist mit ihm?"

„Nun, wir haben ihn mit seinem Schäferhund im Wald beim Spazierengehen angetroffen."

„Und weiter?"

„Ihm gehört der silberne Mercedes. Na, macht es klick?"

„Ist nicht wahr?", fragte Oliver ungläubig. Beim ersten Tatort lief er ihnen persönlich über den Weg, beim dritten stand sein Auto nur fünfzig Meter vom Fundort der Leiche entfernt und jetzt beim vierten Opfer war er auch wieder im Wald unterwegs? Fehlte also nur die Tote auf der Zillhöhe, mit der sie ihn nicht unmittelbar in Verbindung bringen konnten.

„Gute Arbeit, bring ihn direkt mit. Und bitte informiere Anwältin Erika Binder, dass wir zwei hoffentlich interessante Verhöre vor uns haben. Vielleicht will sie ja zusehen."

„Wird erledigt."

Es klickte in der Leitung, Andreas hatte aufgelegt. Na also, endlich schien sich etwas zu bewegen in diesem Fall. Als er die Tür zum Konferenzraum öffnete traf er auf Karin und die zwei Polizisten, die bei der Zillhöhe hätten Wache schieben sollen. Alle drei hielten einen Telefonhörer ans Ohr gepresst und Karin fuchtelte mit ihrer Hand, um ihn aus dem Raum zu verscheuchen. Seufzend schloss er wieder die Tür und machte sich stattdessen auf den Weg in sein Büro. Nach wenigen Metern lief er bereits Martin über den Weg.

„Er ist bereits im Verhörraum eins, wir müssen nur noch auf seinen Anwalt warten, der ist in fünfzehn Minuten hier."

„Scheint ja reibungslos gelaufen zu sein."

„Naja, es geht. Er hat uns armselig genannt, weil wir wieder bei ihm auf der Matte standen, aber schauen wir doch mal, wer am Ende armselig aussieht."

Gemeinsam betraten sie Olivers Büro und setzten sich. Oliver biss in seine Brezel und musste feststellen, dass sie trockener war als die Butterkekse, die er in der obersten Schublade seiner Schreibtischschublade verwahrte. Seufzend warf er sie in hohem Bogen in seinen Papierkorb.

„Willst du einen Kaffee?", fragte er Martin stattdessen.

Der nickte. „Ja, warum nicht. Obwohl ich nicht weiß, ob der meinem Blutdruck im Moment besonders guttut. Aber um die Müdigkeit zu vertreiben nehme ich fast alles in Kauf."

Oliver legte eine Kapsel in die Maschine und stellte eine Tasse unter den Auslauf.

„Bei dir alles in Ordnung?"

Martin schnaubte verächtlich. „Mich regt dieses kranke Hirn auf. Vier junge Frauen in vier Tagen. Will der ewig so weitermachen oder was? Die Leute leben in Angst und trauen sich nicht mehr alleine auf die Straße. Ich kann mich nicht daran erinnern, dass wir sowas schon einmal hier in Klagenfurt erlebt hätten."

Oliver holte tief Luft und rieb sich zum wiederholten Male die Augen.

„Ja, ich weiß was du meinst. Um deine Frage zu beantworten: Ja, ich denke schon, dass er so weitermachen will. Wenn ich dich so anschaue kann ich aber erkennen, dass du etwas gegen diesen Plan hast. Also versuchen wir doch einfach, ihm sein Vorhaben nicht allzu leicht zu machen."

Martin lächelte schief. „Ich weiß auch schon, wie ich das Ganze stoppen werden", und mit diesen Worten tätschelte er sanft seinen Hüftgürtel an der Stelle, an dem seine Dienstwaffe befestigt war.

Es klopfte und Nina trat ein.

„Der Anwalt ist da und will seinen Mandanten sprechen. Außerdem ist Sophia mit Herrn Bachmann eingetroffen. Wen wollt ihr zuerst sprechen?"

„Kläre du doch bitte Herrn Bachmann über seine Rechte auf und bring ihn in Verhörzimmer zwei. Vielleicht besteht er ja ebenfalls auf einen Anwalt, in diesem Fall möchte ich keine Zeit verlieren und fange schon mal bei Herrn Gruber an. Martin, bist du bereit das Verhör zu leiten?"

Noch immer war das schiefe Grinsen in Martins Gesicht zu sehen. Oliver deutete das als ein Ja und ging voraus. Vor Verhörzimmer eins trafen sie Staatsanwältin Erika Binder, die mit angespanntem Gesichtsausdruck auf sie wartete.

„Liefert mir was, mit dem ich arbeiten kann", sagte sie nur und blickte mit grimmigem Gesichtsausdruck durch die von innen verspiegelte Glasscheibe auf Jonas Gruber.

Sie öffneten die Tür und betraten denselben Raum, in dem auch schon Grubers letzte Befragung stattgefunden hatte. Er trug wieder sein obligatorisches weißes Hemd und eine schwarze Jeans. Neben ihm hatte bereits sein Anwalt platzgenommen, sprang jedoch sofort auf, als Oliver die Tür öffnete.

„Ich möchte auf der Stelle erfahren, mit welchem Recht Sie meinen Mandanten hier festhalten", platzte er heraus.

„Ja, das kann ich mir gut vorstellen", sagte Martin und setzte sich auf den linken Stuhl. Oliver blieb vorerst stehen und lehnte sich an die Wand hinter Martins Rücken. Er wollte seinem Kollegen die Gesprächsführung überlassen.

„Wenn Sie mir Ihren Namen verraten würden, können wir auch gleich beginnen", sagte Martin freundlich. Natürlich kannte Martin den Namen bereits. Vor Ihnen saß kein anderer als der teuerste Strafverteidiger aus ganz Kärnten: Nikolas Steiner. Jedoch hatten Martins Worte den gewünschten Effekt und Steiner geriet kurz aus seinem Konzept. Zwar hatte er noch nie mit Martin in einem Vernehmungsraum gesessen, dennoch war er wie selbstverständlich davon ausgegangen, dass Martin seinen Namen kannte.

„Mein Name ist Steiner, ich bin der Strafverteidiger von Herrn Gruber."

„Angenehm, mein Name ist Martin Erwanger, mein Partner hinter mir heißt Oliver Strauß. Es freut mich wirklich sehr, dass sie sich so kurzfristig Zeit nehmen konnten, um herzukommen."

Oliver musste sich bemühen nicht zu lächeln. Trotz der Ernsthaftigkeit der Situation hatte es Martin geschafft Anwalt Steiner vollkommen den Wind aus den Segeln zu nehmen und das schon während der Begrüßung. Sie beide wussten nur zu gut, dass dieser kurzfristige Besuch Gruber ein kleines Vermögen kosten musste und ihre Namen Herrn Steiner nur zu gut bekannt waren.

„Äh, ja, wie gesagt, wenn sie keinen begründeten Verdacht gegen meinen Mandanten haben, dann würde ich vorschlagen, dass Sie ihn nun einfach wieder hübsch gehen lassen", versuchte Steiner seinen Faden wieder aufzunehmen.

„Da stimme ich Ihnen voll und ganz zu, Herr Steiner", nickte Martin tatkräftig.

„Leider haben wir jedoch einen begründeten Verdacht gegen ihren Mandanten und zwar verdächtigen wir ihn des vierfachen Mordes."

Nikolas Steiners Miene verfinsterte sich. „Wie meinen?"

„Also, Herr Steiner, wenn es Ihnen nichts ausmacht, dann würde ich gerne von Ihrem Mandanten erfahren, wo er sich die letzten zwei Stunden aufgehalten hat."

„Sie müssen darauf nicht antworten", sagte Strafverteidiger Steiner sofort.

„Da hat ihr Anwalt vollkommen Recht", sagte Martin und wandte sich nun direkt an Herrn Gruber.

„Allerdings sollte Ihnen klar sein, dass Sie durch die Beantwortung der Frage die Chance hätten, sich selbst zu entlasten. Andernfalls sähen wir uns gezwungen, sie vorerst hier festzuhalten."

„Mit welcher Begründung?", fauchte Steiner dazwischen.

„Mit der Begründung, dass Herrn Grubers DNA gestern auf dem Körper einer toten jungen Frau sichergestellt wurde." Steiner, der bis zu diesem Moment noch stehen geblieben war, setzte sich bei diesen Worten langsam hin und schaute erschrocken auf seinen Mandanten neben ihm. Dieser schaute nicht minder erschrocken erst in Martins Gesicht, dann zu seinem Strafverteidiger und wieder zurück zu Martin.

„Wie ist das möglich?", flüsterte er.

„Sehr gut, sehr gut, genau diese Frage würde ich gerne von Ihnen beantwortet haben", sagte Martin.

„Ich… habe keinen blassen Schimmer wie", stammelte Gruber noch immer völlig perplex. Sein Gesicht war inzwischen kalkweiß geworden und seine Hände zitterten leicht. Kein gutes Zeichen, dachte Oliver. Er sieht zu erschrocken darüber aus, dass wir seine DNA gefunden haben. Wäre er wirklich dort gewesen, hätte er eher damit rechnen müssen.

„Nun gut", sagte Martin und nickte, noch immer freundlich lächelnd. „Dann kommen wir doch einfach zu meiner ersten Frage zurück: Wo bitte waren Sie in den letzten zwei Stunden?"

„Ich würde gerne mit meinem Mandanten alleine sprechen", warf Steiner ein.

„Oh, da bin ich mir sicher, dass Sie das wollen", sagte Martin verständnisvoll und stand auf. „Werden zehn Minuten genügen?".

Steiner nickte und Oliver und Martin verließen den Raum. Vor der Tür war sein halbes Team versammelt, neben Erika Binder standen inzwischen Andreas, Nina, Sophia und Jackson.

„Auf mich wirkte er ehrlich erschrocken", sagte Sophia. „Entweder ist er ein verdammt guter Schauspieler oder er hatte echt keine Ahnung, worüber ihr sprecht."

„Das sehe ich genauso", sagte Oliver. „Nina, wie sieht es aus, verlangt der Herr Bachmann einen Anwalt?"

„Nein, aber er wünscht, dass ihr das Gespräch möglichst bald beginnt, da er gerne wieder los möchte.

„Immer im Stress die Leute, immer im Stress", sagte Oliver und sah Andreas fragend an.

„Hast du Lust, die Befragung zu übernehmen?"

Andreas glättete seine Anzugjacke und verschränkte seine Finger ineinander, um sie mit einem lauten Knacken von sich zu drücken.

„Aber sehr gerne", sagte er und betrat gefolgt von Oliver den zweiten Raum. Mit ebenfalls freundlichem Lächeln streckte er seine Hand aus und ging auf Herrn Bachmann zu, der mit verschränkten Armen am anderen Ende des Raumes an die Wand gelehnt stand.

„Herr Bachmann, dann setzen Sie sich doch bitte. Wir können gerne loslegen."

„Wie lange wird die Befragung denn dauern? Ich war doch erst vor zwei Tagen hier."

„So ist es, ganz genau. Herr Bachmann, ich bin erst seit kurzem mit diesem Fall vertraut, daher müssen Sie bitte entschuldigen, dass ich ein wenig weiter aushole und Sie Fragen beantworten müssen, auf die Sie eventuell bereits schon einmal geantwortet haben. Sie verstehen sicherlich, dass für uns Zeit im Moment sehr kostbar ist und es daher wesentlich schneller geht, wenn ich Sie relevante Aspekte erneut frage anstatt sie im Protokoll Ihrer letzten Befragung nachzulesen."

Bei diesen Worten schaute Andreas doch tatsächlich entschuldigend drein.

„Also, Herr Bachmann, am Montagmorgen, waren Sie dort im Wald laufen? Bei den Weingärten?"

„Ja, natürlich. Dazu habe ich bereits meine Aussage gemacht."

„Sehr gut, dann bin ich richtig informiert. Haben Sie einen Blick auf die Leiche werfen können?"

„Sie war noch nicht verdeckt, als ich dort ankam. Das war ungefähr zeitgleich mit Ihrem Kollegen, der hinter Ihnen steht."

„Sie sind also zeitgleich mit meinem Vorgesetzten dort angekommen? Sehr schön, vielen Dank. Herr Bachmann, heute waren Sie mit ihrem Hund auf dem Kreuzbergl spazieren, ist das korrekt?"

„Natürlich, das wissen Sie ja bereits", erwiderte Herr Bachmann, der allmählich zu ahnen schien, worauf Andreas hinauswollte, denn er fügte noch hinzu „Ich bin fast jeden Tag mit dem Hund dort unterwegs."

„Sehr schön, vielen Dank. Sagen Sie, Herr Bachmann, haben Sie heute auch einen Blick auf die tote Frau werfen können?"

„Nun ja, das ließ sich ja schwerlich vermeiden, oder?", stellte dieser die Gegenfrage.

„Da haben Sie recht", bestätigte Andreas. „Herr Bachmann, mich würde interessieren, wo Sie sich gestern zwischen sechzehn und achtzehn Uhr aufgehalten haben."

Eine kurze Stille trat ein.

„Ich war mit meinem Hund spazieren."

„Wo?", fragte Andreas und schaute sein Gegenüber aufmerksam an.

„Auf dem Kreuzbergl", lautete die knappe Antwort.

„Aha. Gehen sie jeden Tag am Kreuzbergl spazieren?"

„Nein."

„Aber gestern Nachmittag und heute am Vormittag schon."

„Offensichtlich, ja."

„Sagen Sie, haben Sie gestern einen Blick auf die tote Frau erhaschen können?"

„Ich wüsste nicht, warum das relevant sein sollte."

„Oh, das macht gar nichts", sagte Andreas. Seine Stimme war noch immer ruhig und angenehm, nur das freundliche

Lächeln begann langsam aus seinem Gesicht zu verschwinden.

„Also? Haben Sie?"

„Nur kurz", sagte er.

„Nur kurz, aha. Okay Herr Bachmann. Dann kommen wir zu vorgestern, Dienstag. Waren sie an diesem Tag vielleicht in der Nähe der Zillhöhe unterwegs?"

„Nein, war ich nicht."

„Und da sind Sie sich sicher?"

„Ja, ich bin mir absolut sicher."

„Waren sie denn am Dienstag joggen?"

„Nein."

„Waren Sie mit ihrem Hund spazieren?"

„Ja, natürlich."

„Wo, wenn ich fragen darf?"

„Nur eine Runde um den Häuserblock. Ich hatte Dienstag einen stressigen Tag mit vielen wichtigen Terminen, daher hatte ich keine Zeit für einen langen Lauf durch den Wald. Übrigens habe ich heute auch einen vollen Terminkalender, wenn Sie verstehen?"

„Hat Sie denn jemand gesehen, als sie *um den Block* gegangen sind."

„Na, ganz bestimmt, allerdings keine Person, die ich näher kenne oder jetzt noch beschreiben könnte. Auf sowas achtet man ja nicht."

„Also eines beschäftigt mich doch sehr, Herr Bachmann. Seit Montag wurde uns jeden Tag ein Mordfall gemeldet, inklusive heute haben wir also vier junge Frauen, die getötet wurden. Ich denke, ich muss nicht betonen, dass es sich um ein und denselben Täter handelt? Ein einzelner Mann hat in den letzten vier Tagen Grausames angerichtet."

„Ich will Ihnen ja nicht sagen, wie Sie ihren Job zu machen haben, aber kann es sich beim Täter nicht auch um eine Frau gehandelt haben?"

Andreas fuhr fort, als hätte er nichts gehört. „Ein Mann, der sich bestens in der Gegend auskennt, alle Wanderwege, Parkplätze und Fluchtmöglichkeiten. An drei der vier Örtlichkeiten können wir nachweisen, dass Sie vor Ort waren. An allen drei Tatorten haben Sie sogar die Leiche gesehen. Dabei geschah ein Mord mitten in der Nacht, einer am späten Nachmittag und einer am frühen Vormittag. Es handelt sich folglich um drei komplett unterschiedliche Tageszeiten. Dennoch waren Sie jedes Mal vor Ort. Wie erklären Sie sich das?"

„Ich habe niemanden umgebracht."

„Wie erklären Sie sich dann diesen Zufall?"

„Ganz genau so. Es war Zufall! Oder Pech! Was weiß ich, gestern hatten Sie den halben Tag den Wald für Ihre Suche abgesperrt, da konnte ich erst nachmittags mit meinem Hund spazieren gehen. Was kann ich dafür, dass da dann schon wieder eine tote Frau liegt. Es ist Ihre Aufgabe, das zu verhindern, nicht meine."

„Allerdings, das ist unsere Aufgabe. Na, dann fangen wir jetzt mal an, unseren Job zu machen. Ich möchte, dass Sie mir auf diesen Zettel hier", und er schob ihm ein leeres Blatt mit einem Kugelschreiber über den Tisch, „Ihren Tagesablauf von vor zwei Tagen so ausführlich wie möglich inklusive aller Uhrzeiten und Ortsangaben aufschreiben. Jetzt."

Er lehnte sich zurück, verschränkte die Arme und wartete.

Hannes Bachmann bewegte sich einige Sekunden überhaupt nicht. Dann streckte er langsam die Hand nach dem Stift aus und fing an zu schreiben. Langsam und sorgfältig.

„Ich sehe, Sie haben Ihre Aufgabe verstanden. Wir sind in fünf Minuten wieder da. Damit stand Andreas auf und Oliver folgte ihm aus dem Raum. Erika Binder und Martin standen noch vor der Tür, die anderen waren inzwischen wieder gegangen.

„Was denkst du?", fragte Andreas und schaute Oliver an.

„Schwierig. Er nimmt schnell eine verteidigende Position ein und liefert Erklärungen für Dinge, nach denen wir gar nicht gefragt haben. Der Kerl ist mir suspekt. Die Frage ist, ob er beweisen kann, dass er am Dienstag nicht bei der Zillhöhe war, denn dann wären alle unsere Indizien für die Katz."

„Es sei denn, es handelt sich um zwei Täter", warf Erika ein. „Überlegt mal, alles öffentliche Orte, einer steht Schmiere, der andere bringt die Leiche in Position."

„Möglich wäre es natürlich", sagte Oliver nachdenklich, „aber daran glaube ich nicht. Die Morde sind zu persönlich, zu detailversessen und nach immer demselben Prinzip. Die Vergewaltigung, das Gift, die Pflanzen, die Masche mit den Namen. Ich glaub nicht, dass zwei Menschen an genau dieser Phantasie Befriedigung empfinden. Eher entspringt dieser Gedanke einem kranken Kopf, der Gedanke nimmt Form an, er kann an nichts anderes mehr denken und dann ergreift er die Gelegenheit. Fast zwanghaft nach immer dem gleichen Prinzip. Nur einmal ist es aus dem Ruder gelaufen, gestern hat nicht alles so geklappt wie er wollte und schon hat er sich nicht mehr unter Kontrolle und misshandelt die Frau mit Schlägen und Tritten. Quasi als Bestrafung dafür, dass sie nicht in sein Muster gepasst hat. Ich glaube, der Typ würde noch die Haare seiner Opfer richten, selbst wenn er schon den Lauf einer unserer Waffen an seiner Schläfe spüren würde, nur um sein Werk zu vollenden."

„Diese Waffe an seiner Schläfe, das wird meine sein", erwiderte Martin freudlos. „Nur weiß ich nicht, ob er tatsächlich noch den Lauf zu spüren bekommt, oder ich gleich zur Kugel übergehe. Wie dem auch sei: Die Glocke für die zweite Runde mit Herrn Gruber hat geläutet. Wollen wir?"

„Ich schaue durch den Spiegel zu, diesmal geh bitte allein", antwortete Oliver. „Er soll sich ganz auf dich konzentrieren können. Ich meine eine gegenseitige Abneigung bei euch zu vermuten, vielleicht rutscht ihm durch den Ärger über dich ja etwas heraus?" Er zwinkerte seinem Partner zu.

„Du vermutest eine gegenseitige Abneigung?", grinste Martin. „Die geb´ ich dir schriftlich. Und damit öffnete er die Tür und trat zurück in den Verhandlungsraum.

„Herr Gruber, können Sie mir jetzt erklären, warum ich Sie heute Vormittag nicht im Schloss Turmhöhe angetroffen habe?", eröffnete Martin die zweite Runde.

„Um diese Uhrzeit bin ich selten dort aufzufinden. Es herrscht dann kaum Betrieb in meinem Etablissement und meine Anwesenheit ist daher nicht zwingend notwendig. Ich war zu Hause und habe geschlafen."

„Waren Sie alleine?"

„Ja, ich lebe allein."

„Und Sie hatten keinen Damenbesuch bei sich?"

„Mein Mandant hat Ihre Frage bereits beantwortet", mischte sich Anwalt Steiner ein.

„Oh, Verzeihung", sagte Martin zuckersüß. „Herr Gruber, wann sind Sie ins Bordell zurückgekehrt?"

„Zwei Minuten, bevor Sie mich mitgenommen haben."

„Und wie lange haben Sie in der Nacht von gestern auf heute dort gearbeitet?"

„Ich bin um halb drei nach Hause gefahren."

„Und von halb drei in der Nacht bis heute Vormittag sind Sie also niemandem begegnet?"

„Korrekt."

„Herr Gruber, wie viele männliche Angestellte beschäftigen Sie?"

„Ich denke doch, diese Frage ist irrelevant", warf Anwalt Steiner erneut ein.

„Ganz im Gegenteil", erwiderte Martin. „Diese Frage ist sogar von größter Wichtigkeit für Ihren Klienten. Hören Sie, wir haben DNA Ihres Mandanten am Tatort gefunden. Er sagt, dass er sich diesen Umstand nicht erklären kann. Des Weiteren wurden drei der vier Leichen mit Make-up hergerichtet. Dabei handelt es sich um die gleiche Art von Make-up, die auch im Schloss Turmhöhe von Ihrem Mandanten zur allgemeinen Verfügung angeboten wird. Das kann natürlich ein Zufall sein. Vielleicht ist es aber auch keiner. Und da wir für Make-up und DNA eine Begründung suchen, wäre doch ein männlicher Angestellter keine schlechte Option, um Ihren Klienten aus der Schlinge zu ziehen. Was meinen Sie?"

Diese Möglichkeit konnte sich Steiner in der Tat nicht entgehen lassen. Er nickte seinem Mandanten auffordernd zu.

„Fünf."

„Nur fünf männliche Angestellte?"

„Es wird Sie vielleicht wundern, aber ich habe größtenteils Frauen angestellt", sagte Herr Gruber und schaffte dabei sogar ein spöttisches Lächeln. „Ich habe drei Köche und zwei Barkeeper. Das sind alle."

„War in der letzten Woche einer der Männer krankgemeldet oder hat seine Schicht getauscht?"

„Nein, nichts dergleichen. Und da, wenn ich richtig informiert bin, die ersten beiden Morde um ungefähr die gleiche Uhrzeit stattgefunden haben, scheiden auch schon alle fünf Mitarbeiter aus, da von Montag auf Dienstag die Schicht gewechselt hat. Ich schicke Ihnen gerne Namen und Arbeitszeiten der Männer."

„Wir wären Ihnen dafür sehr verbunden, vielen Dank. Herr Gruber, wo waren Sie gestern Nachmittag gegen fünf Uhr?"

„Im Schloss."

„Sie meinen das Bordell?"

„Ja. Dabei handelt es sich um ein Schloss."

„Verstehe. Kann das jemand bezeugen?"

„Selbstverständlich. Es waren genug Leute dort, mit denen ich gearbeitet habe. Auch diese Namen kann ich Ihnen nennen."

„Wunderbar. Wenn Sie mir die Namen und den Dienstplan ihrer Mitarbeiter an diese Mailadresse geschickt haben", und er reichte ihm seine Visitenkarte, „dann dürfen Sie gehen. Eine Kollegin wird Ihnen dafür in Kürze ein Mobiltelefon und einen Laptop zur Verfügung stellen."

„Wie bitte?", fragte Anwalt Steiner überrascht? „Sie finden DNA-Spuren meines Mandanten auf einer Leiche und jetzt darf er einfach gehen? Sind Sie sicher, dass das mit der DNA von Ihnen keine Lüge war?"

„Oh ja, bin ich", sagte Martin bestimmt. „Allerdings ist seine DNA nicht die Einzige, die wir gefunden haben."

Und noch ehe Steiner seinen Proteststurm wegen Verschleierung der Tatsachen starten konnte, stand Martin auf und verließ den Raum.

„Gut gespielt", sagte Oliver und nickte Martin anerkennend zu. „Sollte sein Alibi für gestern Abend wasserdicht sein, dann fällt er allerdings aus dem Kreis der Verdächtigen raus. Können Nina und du die Zeugen vernehmen, um sein Alibi zu prüfen?"

„Geht klar", sagte Martin und verschwand nach oben. Bestimmt musste er erst mal kurz an die frische Luft und tief durchatmen. Es musste ihn viel gekostet haben, sein Temperament gegenüber Gruber zu zügeln.

„Andreas, wir sind dran", sagte Oliver und sie gingen wieder zu dem Verhörraum schräg gegenüber.

Als Andreas die Tür öffnete und sie beide eintraten, kippelte Hannes Bachmann gerade auf den Hinterbeinen seines Stuhls, seine Augen waren dabei starr auf das Blatt vor ihm gerichtet. Andreas setzte sich ihm gegenüber, während Oliver das Blatt an sich nahm und es überflog. Arbeitszeiten, Hundespaziergänge, Essenszeiten und Sporteinheiten, alles war mit den entsprechenden Uhrzeiten aufgelistet. Herr Bachmann hatte seine Arbeit wie einen Stundenplan in der Schule angefertigt, präzise und übersichtlich. Er nickte Andreas zu, um ihm zu verstehen zu geben, dass die Liste vollständig war und lehnte sich wieder an die Wand. Er hatte nicht vor, sich am Gespräch zu beteiligen, hatte aber das Gefühl, dass zwei Polizisten Herrn Bachmann mehr verunsicherten, als wenn Andreas alleine gewesen wäre. Und Unsicherheit war wichtig.

„Herr Bachmann, haben Sie vor, in den nächsten Tagen zu verreisen?"

„Nein, habe ich nicht." Seine Stimme wirkte inzwischen ziemlich kraftlos. War er am Anfang wegen des Verhörs noch fast aufgebracht gewesen, so schien er jetzt mehr resigniert und entmutigt.

„Sehr gut, das würde ich Ihnen auch nicht empfehlen. Generell sollten Sie sich in der nächsten Woche bei uns melden, wenn Sie die Stadt verlassen wollen."

Hannes Bachmann schaute ihn nur aus großen Augen an.

„Herr Bachmann, wären Sie damit einverstanden uns eine Speichelprobe zu geben?"

„Warum?"

„Muss ich diese Frage wirklich beantworten?", fragte Andreas nach wie vor mit seiner sonoren Bassstimme.

„Nein."

„Was nein?"

„Sie müssen sie nicht erklären. Bin ich dazu verpflichtet?"

„Keinesfalls. Aber so wie die Dinge stehen wird es nicht schwer sein einen Richter davon zu überzeugen, dass Sie uns doch eine überlassen müssen. Sie würden uns allerdings einen Haufen Papierkram ersparen, wenn Sie sich freiwillig dazu bereit erklären würden."

Stille.

„Ich überlege, ob ich doch einen Anwalt hinzuziehen sollte."

„Das ist natürlich Ihr gutes Recht und Sie können jederzeit das Gespräch hier beenden und auf Ihren Anwalt beharren. Jedoch könnten Sie jetzt auch einfach aus dieser Tür dort marschieren, wenn Sie uns nur eine Speichelprobe dalassen würden."

Es dauerte über eine Minute bis Hannes Bachmann klein beigab und nickte.

„Wunderbar. Es wird auch nur zehn Sekunden dauern."

Er zückte sein Handy und wählte Chesters Nummer, der auch schon zwei Minuten später mit einem Wattestäbchen und einem Plastikröhrchen bewaffnet den Raum betrat.

„Einmal bitte den Mund öffnen. Sehr gut."

Er fuhr mit dem Wattestäbchen an der Innenseite der Wange seines Gegenübers herum und nickte dann zufrieden.

„Die Firma dankt", sagte er lächelnd und verließ wieder den Raum.

„Ich kann jetzt gehen?", fragte Hannes Bachmann unsicher.

„Wenn Sie uns versprechen, die Stadt nicht zu verlassen?"

Bachmann nickte. Da Andreas und Oliver keine Anstalten machten sich zu bewegen, saß er auch noch einige Sekunden unsicher auf seinem Stuhl, bis er mit einer raschen Bewegung von Stuhl aufstand und dann schnellen Schrittes aus dem Raum flüchtete.

„Interessanter Junge, wirklich interessant", sagte Andreas und blickte über seine Schulter zu Oliver.

Dieser reichte ihm den Zettel mit dem tabellarischen Tagesablauf.

„Überprüfen. Und zwar gründlich."

„Zu Befehl", grinste Andreas, schnappte sich den Zettel und eilte ebenfalls aus dem Vernehmungsraum.

Kapitel 29

Als Oliver um viertel vor zwölf wieder den Konferenzraum betrat, traf er nur auf Sophia. Karin und die vier Polizisten mussten sich einen anderen Raum gesucht haben, um ungestörter telefonieren zu können.

„Hat die Vernehmung noch etwas gebracht?", fragte sie Oliver neugierig.

„Das wird sich erst noch herausstellen. Was ich fragen wollte: Hast du beim Friseur angefragt wegen der Haare?"

„Ja, habe ich. Da ich den werten Bordellbesitzer Herrn Gruber jedoch direkt hierhergefahren habe, konnte ich keinen Stopp bei ihm einlegen und habe daher vorhin telefonisch mit ihm Kontakt aufgenommen. Er ist sich keiner Person bewusst, die irgendwann einmal Haare vom Boden aufgeklaubt hätte. Er verkauft ab und zu die Haare von Frauen, wenn sie von einer Langhaar- auf eine Kurzhaarfrisur wechseln, damit daraus Echthaarperücken für Krebspatienten entstehen können. Ich denke aber, dass dich das nicht betreffen sollte."

Sie lachte kurz und schaute auf Olivers Hinterkopf, in dessen Mitte schon deutlich lichteres Haar zu sehen war als noch am Rand.

„Allerdings wirft er die gesammelten Haare einfach in die Mülltonne vor seinem Friseursalon, es wäre also ein Leichtes gewesen, sie daraus zu stehlen. Dass es sich bei den Haaren ausgerechnet um deine handelt, halte ich jedoch nicht für einen Zufall. Er muss dich beobachtet haben."

„Das denke ich auch", sagte Oliver nachdenklich.

Die Tür wurde aufgerissen und Chester kam hereingestürmt.

„Wir haben einen neuen Treffer. Erik Heinz."

„Wer ist Erik Heinz? Und meinst du mit neuem Treffer eine Übereinstimmung in der DNA?", fragte Oliver überrascht.

„An den erinnere ich mich", sagte Sophia und blickte mit

zusammengekniffenen Augen zu Chester. „Hatten wir den nicht vor ein paar Jahren mal wegen sexueller Belästigung gesucht?"

„Ganz genau", bestätigte Chester. „Gesucht, gefunden und verhaftet. Er wurde zu zwei Jahren auf Bewährung verurteilt. Dadurch haben wir ihn im System. Natürlich kann es wieder falscher Alarm sein, denn wie gesagt, wir haben mindestens fünfzig verschiedene DNA-Proben im Labor. Seine ist jedoch zweifelsfrei dabei."

„Drei Tage ist hier tote Hose und heute gehen die Verdächtigen ein und aus. Oliver, soll ich ihn holen?", fragte Sophia.

„Schnapp dir einen von Karins vier Mitarbeitern und hol ihn", nickte Oliver. „Sehr gut, Guinness, weiter so. Wie viele haben die da unten denn schon durch?"

„Ungefähr die Hälfte ist inzwischen bestimmt, lieferte jedoch keine weiteren Treffer in unserem System. Ich gehe denen weiterhin ein wenig zur Hand, dann geht's schneller."

Mit diesen Worten drehte er auf dem Absatz um und spurtete wieder hinaus. Tja, so war das halt. Die Motivation konnte ins Unermessliche steigen, wenn man das Gefühl hatte, dass man auf der richtigen Spur war. Das Problem war nur, dass die DNA von Tatort drei nicht sehr aussagekräftig war. Zu viele Proben wurden dort zurückgelassen. Außerdem handelte es sich nur um die Ablageorte. Die eigentliche Vergiftung, Vergewaltigung und Misshandlung musste woanders stattgefunden haben und zwar... in einem Auto? Das war zumindest eine plausible Möglichkeit. Verdammt, er hatte ganz vergessen Andreas nach den Beobachtungen der Anwohner rund um die Kirche zu fragen. Durch die beiden Verhöre war das komplett untergegangen. Er ging ein Stockwerk höher und klopfte an Andreas Büro. Als er die Tür öffnete hielt er sich gerade sein Telefon ans Ohr und hob die geöffnete Hand, um ihm zu verstehen zu geben, dass er gleich fertig sei. Oliver setzte sich und wartete geduldig, bis er aufgelegt hatte.

„Gibt es bereits was Neues von Bachmanns Alibi?", fragte er zunächst.

„Ich habe gerade erst angefangen, daher kann ich noch nicht viel sagen, aber bisher hat er nicht gelogen."

„Okay. Du und Sophia, ihr habt doch die Anwohner befragt, die rund ums Kreuzbergl wohnen. Ist dabei irgendetwas Interessantes herausgekommen?"

„Nicht wirklich. Alle Anwohner in der näheren Umgebung wussten nichts über ein Auto, allerdings ist ein Stück weiter in den Wald hinein ein recht beliebtes Lokal. Dort sollen einige Gäste gewesen sein und somit auch verschiedene Autos gestanden haben, um welche Marken es sich dabei handelt weiß jedoch niemand der Angestellten mehr. Allerdings glaube ich kaum, dass unser Täter dort geparkt hat, denn dort hätte ihn jeder Besucher des Lokals sehen können. Er muss von der anderen Seite gekommen sein, die weitaus ruhiger gelegen ist."

„Du weißt nicht zufällig, welches Auto Bordellbesitzer Gruber fährt?"

„Einen silbernen Porsche Cayenne", sagte Jackson, der plötzlich hinter Oliver in der geöffneten Tür auftauchte. „Ein ziemlich großes Teil. Außerdem sind auf seinen Namen noch drei Motorräder zugelassen."

Obwohl er bereits vor ihnen stand, klopfte er nervös an den Türrahmen und trat ein.

„Ich soll von Karin ausrichten, dass sie bis auf sieben Namen alle Frauen erreicht haben. Den Rest versucht sie nun persönlich zu besuchen, da dort keiner auf die Anrufe reagiert. Sie meldet sich, wenn sie durch ist."

„Sehr gut, danke."

„Ich habe außerdem eine Liste mit den Namen der Personen ausgedruckt und aufgehängt, die in Klagenfurt einen Landrover angemeldet haben. Es handelt sich dabei allerdings um knapp einhundert Personen, das wird uns also nicht viel weiterhelfen. Auch für Audis wollte ich eine Liste erstellen, jedoch gibt es davon knapp siebenhundert Exemplare in Klagenfurt. Selbst wenn ich mich auf die silbernen Q-Modelle beschränke sind es noch über hundert Autos, die infrage kommen."

„Danke trotzdem, das war gut mitgedacht. Vielleicht hilft es uns auf lange Sicht weiter. Kannst du die Liste jedoch noch ein zweites Mal ausdrucken und diesmal alle Autos aussortieren, die auf eine Frau zugelassen sind? So wie die Dinge stehen glaube ich nicht, dass sich unser Täter in einer Beziehung befindet. Lass zur Sicherheit trotzdem beide Listen an der Wand. Man weiß ja nie."

Jackson nickte und verließ das Büro. Auch Oliver erhob sich wieder. Das Alibi von Hannes Bachmann hatte oberste Priorität, da wollte er Andreas nicht länger als nötig ablenken.

Es war bereits halb eins, als Sophia mit Erik Heinz das Präsidium betrat. Für Oliver hatte Erik Heinz das typische Profil eines Schlägertypen: Hochgewachsen, breite Schultern, kahl rasierter Schädel, Pranken so groß wie Teller und ein Gesichtsausdruck, der einen angst und bange werden ließ. Er beobachtete ihn eine Weile durch die verspiegelte Scheibe. Herr Heinz saß aufrecht in seinem Stuhl und blickte stur geradeaus ohne einen Muskel zu bewegen.

„Ich frage mich, wie wir ein Haar von ihm finden konnten, wenn der Typ doch eine Glatze hat", sagte Sophia und blickte fasziniert auf ihren Gast.

„Vielleicht war er heute Morgen noch beim Friseur", grinste Oliver. „Hör mal, du hast ihn abgeholt, daher finde ich, du solltest ihn auch vernehmen und zwar alleine. So wie ich ihn einschätze sieht er in einem Mann eine Person, der er rein aus Prinzip kontra geben muss. Eine Frau jedoch könnte ihn provozieren und unüberlegt handeln lassen. Denk daran, ihn nach seinem Auto zu fragen. Ansonsten haben natürlich die Alibis oberste Priorität. Ich würde dich daher bitten, direkt nach der Befragung mit der Überprüfung der Alibis zu beginnen. Ich bleibe hier vor der Scheibe und werde euch zuhören."

In diesem Moment kam Andreas auf sie zu gehechtet.

„Oliver, das Alibi ist ein Fake. Hannes Bachmann hat angegeben, zur Tatzeit noch geschlafen zu haben. Da er alleine lebt, ist das schwer zu widerlegen. Allerdings hat mir ein Nachbar gegenüber von seinem Anwesen gerade am Telefon mitgeteilt, dass sein Auto um vier Uhr morgens nicht vor seinem Haus stand."

„Wie kann er sich da so sicher sein?", fragte Oliver alarmiert.

„Er hatte Frühdienst. Der Nachbar, ein Mann namens Patrik Unterweger, hat um kurz vor vier sein Haus verlassen, um zur Arbeit zu fahren. Er ist Busfahrer bei den Stadtwerken hier in Klagenfurt und die haben anscheinend noch schlechtere Arbeitszeiten als wir. Wie dem auch sei, er ist sich hundertprozentig sicher, dass Bachmanns Auto nicht vor dem Haus stand."

„Diese kleine Ratte", zischte Oliver. „Sophia, ich werde euch doch nicht zuschauen, lass ihn einfach noch eine Weile sitzen und warte, bis Martin wieder hier ist. Fang nicht an, bevor jemand dabei ist, der notfalls eingreifen kann."

„Warum, was wollt ihr von mir?", fragte Martin, der gerade um die Ecke bog.

„Sehr gut, du überwachst von außen das Verhör mit Erik Heinz, Andreas und ich fahren den guten Hannes Bachmann abholen. Sein Alibi hat sich als erlogen herausgestellt."

„Ist nicht wahr", sagte Martin und ein Lächeln breitete sich auf seinem Gesicht aus. „Na wunderbar. Das von Puffbesitzer

Gruber ist allerdings korrekt. Damit können wir ihn endgültig als Schuldigen vergessen. Auch seine fünf männlichen Mitarbeiter kommen nicht in Frage. Keiner von Ihnen hatte an allen vier Tatzeiten frei."

„Ja, das hatten wir uns sowieso schon gedacht. Nun gut, haltet mich auf dem Laufenden, wie euer Gespräch mit unserem Rambo da drin verläuft. Wir holen inzwischen Bachmann zurück."

Kapitel 30

Jackson hatte ihnen binnen dreißig Sekunden die Adresse von Bachmann herausgesucht. Er wohnte in der Hubertusstraße, direkt neben dem Fußballstadion von Klagenfurt. Die Fahrt war kurz und wortkarg, Oliver und Andreas hingen ihren eigenen Gedanken nach, allerdings war Oliver davon überzeugt, dass Andreas Gedanken nicht dauernd zu einer gewissen Reporterin abschweiften.

Schließlich parkte Andreas den Wagen vor einem kleinen Einfamilienhaus mit Vorgarten. Das Haus war ideal geeignet für eine kleine Familie, ruhig gelegen, Grünflächen in der näheren Umgebung und genug Zimmer bot es auch, das war sicher. Dennoch war schon von außen ersichtlich, dass hier keine Familie wohnte. Der Vorgarten war ungepflegt und trist, keinerlei Kinderspielzeug lag herum, die Fenster wirkten schmutzig und weder Pflanzen noch Vorhänge waren zu erkennen. Da das Haus über keinen Carport und keine Auffahrt verfügte, musste das Auto zwangsläufig an der Straße davor geparkt werden. Somit sahen sich Oliver und Andreas bestätigt, dass der Nachbar durchaus dazu in der Lage war zu bezeugen, ob Bachmann zu Hause war oder nicht. Allerdings standen sie vor dem Problem, dass auch jetzt der silberne Mercedes nirgendwo zu sehen war.

„Ausgeflogen?", fragte Andreas.

„Scheint so."

Oliver ging zur Haustür und klingelte. Sofort ertönte lautes Hundegebell, die Tür wurde Ihnen jedoch nicht geöffnet.

„Verdammt", fluchte Oliver.

„Komm mal mit", sagte Andreas und ging über die Straße zum gegenüberliegenden Haus. Dort studierte er kurz das Klingelschild, um sich zu vergewissern, dass er an der richtigen Adresse war, bevor er läutete. Nach wenigen Sekunden öffnete sich die Tür. Ein Mann Mitte fünfzig trat mit Bademantel und Badelatschen ausgestattet aus der Tür und schlurfte zu ihnen ans Gartentor.

„Sind Sie Herr Patrik Unterweger? Mein Name ist Andreas Janker, ich bin Kriminalpolizist, wir haben vor ungefähr zwanzig Minuten telefoniert."

Andreas zeigte dem Mann sein Portemonnaie mit seiner Dienstmarke und auch Oliver holte seinen Ausweis heraus.

„Ja, der bin ich in der Tat", antwortete der Mann.

Oliver schaute den fremden Mann von oben bis unten an. Wäre auch er nur in Bademantel und Latschen gekleidet, er wäre wohl bereits in diesen wenigen Sekunden erfroren, aber Herrn Unterweger schien die Kälte nichts anhaben zu können.

„Würden Sie Ihre Aussage, dass Ihr Nachbar Herr Hannes Bachmann am Dienstag um vier Uhr morgens nicht zu Hause war, notfalls auch vor Gericht bezeugen?", fragte Andreas ihn.

Stirnrunzelnd blickte der Mann auf das Haus auf der anderen Straßenseite. Dann nickte er.

„Ja, das könnte ich von mir aus tun."

„Sehr schön. Sie können uns nicht zufällig auch mitteilen, wann Herr Bachmann in den letzten sechzig Minuten sein Haus verlassen hat und wohin er unterwegs ist?"

„Ich glaube, vor zehn Minuten ist er abgefahren. Wohin er

unterwegs ist, weiß ich jedoch nicht."

„Sie scheinen aber gut darüber informiert zu sein, wann Ihr Nachbar zu Hause ist und wann nicht", bemerkte Oliver und beobachtete die Mimik seines Gegenübers.

Patrik Unterweger drehte sich zu seinem Haus und deutete auf ein erleuchtetes Fenster im Erdgeschoss.

„Das ist mein Küchenfenster. Ich sitze gerne dort drinnen an der Heizung und beobachte die Natur. So bekomme ich zwangsläufig mit, was sich auf der Straße tut."

Oliver musste ein Grinsen unterdrücken, fragte aber nicht weiter. Wo genau Herr Unterweger hier Natur erkennen konnte war ihm schleierhaft. Meinte er die Mülltonnen an der Straße oder das Stadion, dass keine hundert Meter entfernt stand und in seinen Augen ein Schandfleck im Stadtbild Klagenfurts darstellte?

„Dann vielen Dank für ihre Auskunft", verabschiedete Andreas sich und Oliver und er traten den Rückweg zum Wagen an, während auch Patrik Unterweger in Richtung Haustür zurückschlappte. Unschlüssig blieben sie vor dem Auto stehen.

„Er hatte uns gesagt, sein Terminkalender sei sehr voll, es muss keineswegs verdächtig sein, dass er jetzt nicht zu Hause ist", begann Andreas unschlüssig.

„Außerdem haben wir ihm nur untersagt, die Stadt zu verlassen. Wir können nicht wissen, ob er sich dieser Aufforderung widersetzt hat oder nicht", bestätigte Oliver.

„Aber…", setzte Andreas an doch Oliver beendete seinen Satz. „Aber sein Alibi war gelogen. Was meinst du, sollen wir ihn zur Fahndung ausschreiben?"

In diesem Moment klingelte sein Handy.

„Ja?", meldete sich Oliver und schaltete die Lautsprecherfunktion ein, damit Andreas mithören konnte.

„Chester hier. Es geht um Herrn Bachmann, ich habe ihm doch eine Speichelprobe entnommen."

„Oh, bitte sag mir, dass ihr einen Treffer mit den DNA-Spuren von Tatort Nummer drei habt", flehte Oliver.

„Der Kandidat erhält die volle Punktzahl", bestätigte Chester. „Wir haben zu einhundert Prozent dieselbe DNA am Tatort gefunden und zwar in Form von mehreren Hautschuppen. Die können bei einem Kampf gerne mal verloren gehen. Also, macht was draus Jungs." Es klickte und er hatte aufgelegt.

Andreas blickte zu Oliver. „Um deine Frage zu beantworten: Ja, ich denke schon, dass wir ihn zur Fahndung ausschreiben sollten."

Kapitel 31

Um Punkt halb zwei betrat Oliver gemeinsam mit Andreas den Konferenzraum. Obwohl kein Treffen angeordnet war, war das gesamte Team versammelt.

„Leute, hört mal her", rief Oliver, um die Aufmerksamkeit auf sich zu lenken. Als die Gespräche verstummten, unterrichtete er sie von der eingeleiteten Fahndung nach Bachmann und dessen falschen Alibi.

„Das klingt ja schon mal nicht verkehrt", nickte Martin zufrieden. „Wie gehen wir nun weiter vor?"

„Zunächst muss ich wissen, wie euer aktueller Stand der Dinge ist", antwortete Oliver. „Sophia, was hat die Unterredung mit dem Schläger Erik Heinz ergeben?"

„Fehlanzeige", sagte Sophia. „Er hat ein wasserdichtes Alibi und zwar für drei der vier Zeitpunkte. Allerdings wurde er ziemlich sauer als wir ihm mitteilten, wir hätten seine DNA gefunden. Hat darüber geschimpft, dass wir lügen, nur um ihn erneut drankriegen zu können. Er wollte mir bis zum Schluss nicht glauben, dass ich es ernst gemeint hatte."

„Reizend", nickte Oliver. „Jackson, wie sieht es mit der reduzierten Liste der Landrover aus?"

„Nicht gut", sagte Jackson. „Von den achtundneunzig Land-rovern sind siebenundachtzig auf männliche Personen zugelassen. Es scheint sich bei der Automarke wohl eher um ein Männermodell zu handeln."

„Was für eine Überraschung", grinste Nina.

„Naja, macht nichts", sagte Oliver. „So wie es aussieht, wird diese Spur wohl auch nicht mehr nötig sein. Clemens, du warst von uns am längsten am Tatort. Gibt es noch etwas, das wir wissen sollten?"

„Ich habe alle Namen der Schaulustigen notiert und durch die Datenbank gejagt. Keiner war uns bekannt, es scheint sich also wirklich nur um sensationshungrige Menschen gehandelt zu haben. Gesehen haben viele etwas, aber nichts davon hatte mit unserem Fall zu tun. Stattdessen wurde von einem unfreundlichen Förster berichtet, der die Frechheit besaß nicht zu grüßen, von einem Mountainbike Fahrer, der in halsbrecherischem Tempo viel zu dicht an den Hunden vorbeigerast ist und von einem volltrunkenen Obdachlosen, der sein Lager auf der Rückseite der Sternenwarte in einer verlassenen Hütte aufgeschlagen hat."

„Hmm, alles klar. Nina, du hattest dich doch schon einmal mit den Stadtwerken wegen der Mülleimer im Wald aus-einandergesetzt. Kannst du dich erkundigen, welcher Förster heute Dienst hat? Vielleicht hat der ja noch etwas gesehen. Ist zwar nur ein kleiner Strohhalm, an den wir uns damit klammern, aber besser als nichts."

Nina nickte.

„Okay, Karin wie sieht's bei dir aus und wo sind deine vier tapferen Helferlein?"

„Schwer zu sagen", begann Karin. „Und damit meine ich den ersten Teil deiner Frage. Die vier Chaoten sind eigentlich ganz in Ordnung und leisten vernünftige Arbeit, zumindest, wenn man sie entsprechend instruiert hat. Ich habe zwei von ihnen auf ihre Posten in den Wald geschickt. Ich weiß, wir gehen nicht davon aus, dass sich heute noch ein weiteres Drama zutragen wird. Da der Tatort inzwischen aber wieder geräumt ist, sollte der Wald meines Erachtens nicht unbeobachtet bleiben."

„Da stimme ich dir zu", nickte Oliver.

„Bezüglich meiner eigentlichen Aufgabe habe ich fast alle in Betracht kommenden Damen informieren und warnen können. Vier von ihnen waren jedoch weder telefonisch noch persönlich anzutreffen. Die anderen beiden uns zur Seite gestellten Polizisten habe ich mit der Arbeit betraut nicht locker zu lassen und solange anzurufen, bis sie die Frauen informiert haben."

„Alles klar. Ich gehen davon aus, dass wir alle darin übereinstimmen Herrn Bachmann vorerst unsere ungeteilte Aufmerksamkeit zu schenken. Bei drei der vier Tatorten wissen wir, dass er noch vor uns vor Ort war und bei dem letzten hat er uns ein falsches Alibi vorgelegt. Zählen wir also mal eins und eins zusammen. Daher…"

Doch Oliver kam nicht mehr dazu seinen Satz zu beenden. Die Tür wurde mit solch einer Wucht aufgerissen, dass sie gegen eine der Stelltafeln krachte. Etliche Pinnadeln flogen wie kleine Geschosse durch den Raum und die dazugehörigen Zettel segelten im Zickzack zu Boden. Polizeidirektor Ernst Kohler stand auf der Türschwelle, schwer atmend und mit rot angelaufenem Gesicht. Seine Nasenflügel blähten sich wie Segel im Wind und seine Hände zitterten vor offenbar unterdrückter Wut.

„Haben Sie", begann er mit mühsam beherrschter Stimme, „die Nachrichten gesehen?", fragte er und schaute Oliver in die Augen.

„Nein, habe ich nicht", entgegnete Oliver äußerlich ruhig, sein Herz jedoch rutschte ihm in die Hose. Er hatte eine Vermutung was passiert war. Er hatte Josepha gesagt, er sei froh, dass ihre schlechte Berichterstattung erst am nächsten

Tag in der Zeitung erscheinen würde. Und wie hatte ihre Antwort gelautet? *Warten wir´s ab.* Anscheinend hatte sie genug vom Schreiben und andere Mittel und Wege gefunden, ihre Storys der Welt mitzuteilen.

„Sie und Ihre Arbeit stehen da wie die letzten Idioten. Vier Leichen haben wir inzwischen! Und Sie haben keine einzige verwertbare Spur? Würden Sie mir mal verraten, was Sie den ganzen Tag so treiben?"

„Das stimmt so nicht ganz, wir haben einen dringenden Tatverdacht für eine Person vorliegen und darum auch schon einen Fahndungsaufruf herausgegeben", erklärte Oliver immer noch mit betont ruhiger Stimme, während die seines Gegenübers mit jedem Satz schriller wurde.

„Sie wissen wer es war?"

„Ja, höchstwahrscheinlich tun wir das", antwortete Oliver.

„Und warum teilt mir das keiner mit?", schrie Kohler in den Raum.

Oliver war fassungslos. Immerhin war Kohler nicht ganz unschuldig daran, dass sie in diese Lage geraten waren.

„Weil", entgegnete Oliver und trotz aller Bemühungen bebte nun auch seine Stimme, „weil ich ehrlich gesagt im Moment bessere Dinge zu tun habe, als Sie alle dreißig Minuten auf den neuesten Stand zu bringen."

Es herrschte eine Totenstille im Raum, in der sich Oliver und Kohler gegenseitig in die Augen funkelten, beide darauf bedacht nicht als Erster den Blick abzuwenden.

„In einer Stunde, um Punkt halb drei, ist die nächste Pressekonferenz. Ich verlange, dass Sie dort erscheinen und den Bericht richtigstellen", presste Kohler schließlich zwischen seinen Zähnen hervor. „Und ich sage Ihnen noch eines: Das Verbleiben von Staatsanwältin Erika Binder in diesem Fall geht auf Ihr Konto. Sie hatten die Wahl zwischen ihr und Klein. Sollten Ihnen oder ihr während der Ermittlungen oder des Prozesses irgendwelche Fehler unterlaufen, dann müssen Sie dafür geradestehen. Ich werde Sie beobachten und erkenne ich auch nur den kleinsten Fehler, wird das ernsthafte Konsequenzen mit sich bringen, haben Sie mich verstanden?" Mit diesen Worten drehte er sich abrupt um und knallte die Tür erneut mit einem ohrenbetäubenden Knall hinter sich zu.

„Also, ich finde diese Runde ging an dich", sagte Martin und gluckste vergnügt. Anscheinend hatte er kein Problem damit, dass ihre Arbeit gerade in den Nachrichten in der Luft zerrissen wurde. So lief das Geschäft mit der Presse, während der Ermittlungen war man der Buhmann, nach einer erfolgreichen Aufklärung war alles vergessen und vergeben und man wurde als Held gefeiert.

Oliver lächelte schwach. „Danke. Wie dem auch sei, was ich gerade sagen wollte", doch erneut wurde er mitten im Satz unterbrochen, als die Tür ein zweites Mal aufgerissen wurde und Chester in den Raum gestürmt kam.

„Habt ihr die Nachrichten gesehen?", rief er und hielt sich an der durch Kohlers ungestümen Eintritt durcheinandergebrachten Tafel fest, um nach Luft zu ringen.

„Nein, Guinness, haben wir nicht. Aber wir wissen bereits, dass wir ziemlich fertiggemacht wurden, danke für deine Anteilnahme", antwortete Oliver leicht genervt.

„Nun, das ist so nicht ganz richtig", erklärte Chester und ließ sich schnaufend auf einen freien Stuhl fallen. „Es war nicht eure Arbeit, die aufs Korn genommen wurde, sondern, ich zitiere, *die beängstigende Unwissenheit in den obersten Rängen der Polizei, was den Fortschritt und die Fakten der laufenden Untersuchungen betrifft.*" Chester musste lachen.

„Unser ehrenwerter oberster Chef Kohler wurde zwar nicht persönlich bei seinem Namen genannt, aber es ist ziemlich offensichtlich, wer gemeint ist, findet ihr nicht? Ich wette, er wird nicht begeistert sein."

„Die Wette hast du gewonnen", bestätigte Martin.

„Das erklärt in der Tat einiges", sagte auch Oliver und sein Körper schien sich etwas zu entspannen. „Was genau wurde denn nun berichtet?"

„Naja, eigentlich, dass inzwischen recht ordentliche Fortschritte erzielt wurden und man den einzelnen Ungereimtheiten dieses Falls mehr und mehr auf die Schliche kommt. Außerdem, dass die Theorie mit den Prostituierten längst verworfen wurde. Eigentlich das übliche Blabla, keine richtigen Fakten, sondern mehr Oberflächlichkeiten, aber durchaus positiv dargestellt. Zumindest was uns betrifft. Dabei stammte der Bericht von der Reporterin Josepha Strasser, mit der ist ja nicht zu spaßen. Glücklicherweise muss aber diesmal der Kohler leiden und nicht wir."

Er lachte erneut und wartete sichtlich gut gelaunt darauf, dass Oliver die Führung des Gesprächs wieder übernahm.

„Na sowas, ist uns die gute Josepha Strasser also tatsächlich mal positiv gesinnt", sagte Martin und grinste zu Oliver hinüber, der es tunlichst vermied, seinen Kollegen anzublicken.

„Okay, dann also nochmal", sagte Oliver und überlegte im Stillen, ob er Josepha am Abend einen Strauß Blumen mitbringen sollte. Verdient hätte sie es.

„Wir haben unseren Verdächtigen, der entweder beabsichtigt oder unbeabsichtigt nicht anzutreffen ist. Alle Polizeibehörden sind inzwischen informiert und kennen sein Foto sowie das Nummernschild des silbernen Mercedes. Allerdings haben wir noch keine echten Beweise in der Hand, die DNA wird nicht ausreichen, da sie auf mehrere Personen hinweist."

„Er hat bei seinem Alibi gelogen", warf Karin ein.

„Was, wie du weißt, ein weiteres schönes Indiz ist, aber kein Beweis. Wir müssen Erika Binder handfeste Beweise liefern, damit wir auf der sicheren Seite sind, was den Erfolg unserer Ermittlungen betrifft. Nina, wie gesagt wendest du dich an den Förster, der heute im Wald unterwegs war und fragst, ob er etwas gesehen hat. Karin, du informierst die vier Polizisten, dass sie beim Observieren des Waldes auf den silbernen Mercedes achten sollen. Danach informiere dich bitte, ob es Fortschritte bei der Warnung an die vier noch nicht erreichten Frauen mit den passenden Namen gibt. Sophia, ich würde dich bitten, statt meiner Person auf der Pressekonferenz zu erscheinen. Ich kann es mir gerade nicht leisten, vor laufenden Kameras gegen unseren Chef ausfällig zu werden. Du kennst alle Fakten des Falls, warst von Anfang an dabei und kannst die positiven Dinge über unsere Arbeit selbstverständlich gerne bestätigen, während du betonst nichts von den Anschuldigungen gegenüber Kohler zu wissen. Gehe bei unseren Fortschritten jedoch nicht ins Detail, wir wollen unseren Vorteil nicht verspielen, nur damit Kohler zufrieden ist. Die Suche nach Hannes Bachmann kannst du jedoch preisgeben, wer weiß, ob die Einwohner Klagenfurts bei der Suche nicht hilfreich sein können."

„Wenn der ganze Fall abgeschlossen ist, müssen wir mal über die Aufgabenverteilung sprechen", sagte Sophia an Oliver gewandt. „Erst lässt du mich endlos über Blumen recherchieren und jetzt muss ich meinen Kopf für dich hinhalten und vor Kohler treten." Sie zwinkerte ihm zu, was Oliver als Zeichen verstand, dass ihre Ansage nicht allzu ernst gemeint war.

„Clemens, du kümmerst dich bitte darum, dass der Hund von Bachmann vom nächstgelegenen Tierheim abgeholt wird", nahm Oliver seinen Faden wieder auf. „Sollte Bachmann wirklich abgehauen sein, will ich das Tier nicht auf meinem Gewissen haben. Andreas, du beziehst Stellung vor Bachmanns Haus und beobachtest, was passiert. Vielleicht kehrt er noch einmal zurück. Martin, du besorgst einen Durchsuchungsbefehl für sein Haus, mich würde brennend interessieren, was wir dort finden. Sprich dich mit Clemens ab, damit ihr den Hund erst rauslasst, wenn der Befehl unterschrieben vorliegt. Andreas und ich werden dich bei der Durchsuchung unterstützen. Aber erst, wenn wir den Durchsuchungsbefehl in der Hand halten. Keine Fehler, die uns später das Genick brechen könnten, verstanden? Ihr habt selbst gehört, dass Kohler mich auf dem Kieker hat und da will ich ihm nicht auch noch berechtigte Gründe für liefern. Jackson, du bleibst hier und spielst Telefonzentrale. Anforderungen, Nachfragen und wichtige Rechercheaufgaben werden wie gewohnt an dich weitergeleitet. Gib Bescheid, sobald der silberne Mercedes auftaucht und während du keine speziellen Anfragen zu erledigen hast, such mir alles zu Hannes Bachmann heraus, was du im Internet oder sonst wo besorgen kannst und ich meine wirklich alles. Fang mit seiner Arbeitsstelle an. Los geht's."

Und mit diesen Worten sprangen sie aus ihren Stühlen und verließen den Raum. Nur Chester blieb noch sitzen und winkte Oliver zu sich heran.

„Hey Chef, ist alles in Ordnung bei dir?"

„Wie meinst du das", fragte Oliver.

„Mann, ich kenn dich jetzt seit über drei Jahren und merke es, wenn mit dir etwas nicht stimmt. Irgendwas nagt an deiner Seele und ich meine nicht nur diesen Bachmann, auf den ihr Jagd macht. Willst du vielleicht etwas loswerden?"

Oliver musste unwillkürlich an seinen Konflikt mit Kohler und seiner Drohung denken, an Staatsanwältin Erika Binder, die auf seine Anweisung hin bei diesem mehr als brisanten Fall geblieben war, obwohl sie keinerlei Erfahrungen mit Tötungsdelikten hatte und an Josepha, seine *Freundin*, die er seinem Team vorenthielt. Er fühlte sich mit einem Mal unfassbar müde.

„Nett, dass du fragst, Guinness, aber nicht jetzt. Dafür fehlt im Moment einfach die Zeit."

„Ganz wie du meinst, Chef, aber eines sage ich dir: Du

arbeitest mit einigen der schlauesten Köpfe Österreichs zusammen. Meinst du nicht, dass denen nicht auch auffällt, dass irgendetwas mit dir nicht stimmt? Ich wollte es nur mal erwähnt haben. Wenn diese ganze Geschichte hier vorbei ist, solltest du vielleicht mal in den Urlaub fahren. Du warst doch noch nie länger als eine Woche weg. Oder noch besser, wir ziehen durch die Kneipen und ich stell dich einigen netten Bekannten vor."

Oliver war sonnenklar, dass es sich bei den sogenannten netten Bekannten um Personen weiblichen Geschlechts handelte und er spürte ein leichtes Ziehen in seiner Brust. Ja, es wurde wirklich Zeit, dass er seinen Leuten reinen Wein einschenkte und ihnen von Josepha erzählte. Es konnte nicht ewig so weitergehen.

„Alles klar, Guinness, das machen wir."

Oliver wusste, dass Chester ihm nicht glaubte, dennoch schien dieser zufrieden mit der Antwort und schwang sich wieder aus seinem Stuhl.

„Na gut, dann mach ich mich mal wieder an die Arbeit. Ich melde mich, sobald ich weitere Treffer in der Datenbank finde."

Und auch er verließ den Raum. Oliver fühlte sich plötzlich seltsam allein.

Kapitel 32

Oliver nahm sein Handy und wählte die Nummer von Staatsanwältin Erika Binder.

„Hi, was kann ich für dich tun? Und wo bist du überhaupt, die Pressekonferenz geht gleich los, bist du schon da?", hörte er sie fragen.

„Nein und ich werde auch nicht kommen."

„Du wirst nicht kommen?", wiederholte Erika verblüfft. „Wie

darf ich das denn verstehen?"

„Sophia wird dir alles Weitere erklären. Das wichtigste vorab: Wir wissen wahrscheinlich, wer es war. Allerdings ist er nicht auffindbar."

„Ihr wisst es? Na, dann wird diese Konferenz ja doch spannender als erwartet. Was für Beweise habt ihr gegen die Person zur Hand?"

„Nun ja, das ist die Kehrseite der Medaille. Wir haben Indizien und davon jede Menge."

„Oliver, du weißt genau, dass ich damit nichts anfangen kann", bemerkte sie hörbar enttäuscht. „Das heißt, selbst wenn ihr ihn findet können wir ihn nicht zwangsläufig festhalten? Denk dran, hier steht meine Karriere auf dem Spiel. Ihr müsst mir doch irgendetwas liefern können."

„Nicht nur deine Karriere hängt von diesem Fall ab. Wie gesagt, Sophia wird dir alles erklären. Ich muss auflegen, ich bekomme gerade einen anderen Anruf rein."

Er hörte gerade noch ihren Ansatz eines Protestes, da hatte er auch schon aufgelegt und blickte auf Ninas Nummer im Display.

„Nina, was kann ich für dich tun?"

„Oliver, heute ist kein Förster zur Arbeit auf dem Kreuzbergl eingeteilt. Entweder hat der Zeuge gelogen oder bei der Person, die er gesehen hatte, handelte es sich gar nicht um einen Förster."

Olivers Nackenhaare stellten sich auf.

„Okay, dem sollten wir nachgehen. Ruf Jackson an, der hat die Liste der befragten Zeugen von Clemens inklusive Namen und Adressen. Er soll dir den Namen der entsprechenden Person raussuchen. Kannst du hinfahren und ihn befragen? Warum er denkt, dass es ein Förster war, an was für Einzelheiten er sich erinnert oder ob er einfach gelogen hat, um sich vor den Anderen wichtig zu machen?"

„Alles klar, wird erledigt", und damit legte sie wieder auf.

Oliver schnappte sich seinen Mantel und warf ihn sich über die Schulter. Es war kurz vor halb drei, die Pressekonferenz würde jeden Augenblick beginnen. Ob Josepha enttäuscht war, dass er nicht auch dort war?

Fünf Minuten später saß Oliver im Auto und fuhr erneut Richtung Hubertusstraße, in der das Haus von Hannes Bachmann stand. Ein kurzes Piepsen aus seinem Handy verkündete ihm, dass er eine SMS empfangen hatte. *Zwei Namen fehlen noch, ich bin erneut auf dem Weg und versuche sie zu finden. Karin.* Er richtete seinen Blick wieder über das Lenkrad und trat schlagartig und mit aller Kraft auf das Bremspedal. Wenige Zentimeter vor einem Taxi kam sein Wagen schlitternd zum Stehen. Wegen einer verdammten roten Ampel wäre er beinahe mit sechzig Sachen ungebremst in ein anderes Auto gefahren. Und wie hätte seine Erklärung gelautet, vorausgesetzt er wäre mit heiler Haut davongekommen? Eine SMS hatte ihn abgelenkt? Einen tollen Polizisten gab er da ab. Während sich sein Herzschlag langsam wieder normalisierte, klingelte sein Handy erneut. Er erkannte Jacksons Nummer.

„Martin hat den Durchsuchungsbefehl und ist auf dem Weg."

„Das ging schnell, sehr gut."

„Außerdem habe ich die Erlaubnis bekommen, Bachmanns Bankdaten zu verfolgen. Er hat vor zwei Tagen, am Dienstag und somit dem Tag des zweiten Mordes, das letzte Mal Geld abgehoben. Fünfhundert Euro. Und jetzt rate mal, wo."

„Jackson, ich habe keine Ahnung", sagte Oliver wahrheitsgemäß.

„Unten beim Strandbad bei einem Geldautomaten."

„Aha, und weiter?"

„Und weiter? Es gibt keinen Geldautomaten, der näher an der Zillhöhe gelegen ist", erklärte Jackson aufgeregt.

Okay, *das* war in der Tat eine wichtige Nachricht.

„Um wie viel Uhr war das?", fragte Oliver aufgeregt.

„Um kurz nach eins in der Früh", erwiderte Jackson.

„Perfekt, das passt. Weiter so", und bevor Oliver erneut Gefahr lief einen Unfall zu verursachen, legte er auf. Die Schlinge zog sich immer weiter zu, ein Indiz folgte dem nächsten, es konnte also nicht mehr lange dauern, bis sie den ersten wirklichen Beweis in Händen hielten. Er bog um die nächste Kurve und parkte direkt hinter Andreas, der seinen Wagen gegenüber von Bachmanns Anwesen abgestellt hatte und das Haus beobachtete. Sie stiegen beide aus und Oliver berichtete ihm von Jacksons und Ninas Bericht.

„Es wird enger", nickte Andreas und lächelte grimmig. „Das wurde verdammt noch mal aber auch Zeit."

Kurze Zeit später erschien Clemens Dienstwagen, gefolgt von einem weißen Van, auf dem groß *Garten Eden – Tierheim* zu lesen war. Oliver runzelte die Stirn. Ihm war bewusst, dass das Tierheim mit seinem Namen wahrscheinlich ausdrücken wollte, dass es den Tieren bei ihnen an nichts fehlte und sie ein wunderschönes Leben hatten. Dennoch hatte der Name für ihn einen faden Beigeschmack, als seien die Tiere, die dort strandeten, bereits im Jenseits.

Eine Frau und ein Mann, beide in einem weißen Overall gekleidet, stiegen aus und gaben Oliver und Andreas die Hand, um sich vorzustellen. Gerade, als ihnen der Smalltalk auszugehen drohte, kam Martin um die Ecke gerauscht und sprang aus dem Auto.

„Hier ist der Durchsuchungsbefehl", grinste er und wedelte mit einem Stück Papier in der Luft herum. „Dann wollen wir mal."

„Moment, nicht so voreilig", sagte Oliver und blickte die beiden Mitarbeiter des Tierheims an. „Sie gehen zuerst ins Haus und kümmern sich um das Tier. Bitte versuchen Sie, in der Wohnung so wenig wie möglich anzufassen, haben sie verstanden? Sie gehen rein, holen den Hund und dann direkt wieder raus, egal, was sie dort drin zu sehen bekommen, ist das klar?"

Die beiden nickten und holten zwei lange Eisenstangen mit jeweils einer Schlinge am Ende des Stabes aus dem Kofferraum des Vans. Dann gingen sie gemeinsam zur Eingangstür und Oliver drückte erneut auf den Klingelknopf. Bis auf das erneute Einsetzen des Hundegebells geschah nichts. Oliver nickte Martin zu, der eine kleine Tasche hervorzog und sich mit langen spitzen Gegenständen am Türschloss zu schaffen machte. Kurze Zeit später klickte es und die Tür lehnte einen Spalt breit geöffnet im Türrahmen.

„Sie sind dran", sagte Martin zu den beiden Tierpflegern und trat einen Schritt zurück. Der Mann schlüpfte dicht gefolgt von seiner Partnerin langsam und vorsichtig durch die Tür. Zehn Sekunden später war ein Winseln zu hören und dann war es still.

„Sie können nun hereinkommen", hörten sie eine Stimme von drinnen rufen.

Oliver öffnete die Tür. Neben der Unordnung, die ihnen sofort ins Auge stach, erkannten sie einen großen Schäferhund, der begeistert mit dem Schwanz wedelnd auf dem Rücken im Flur lag und sich den Bauch kraulen ließ.

„Ich glaube nicht, dass der Hund in irgendeiner Weise Gefahr ausstrahlt", sagte Andreas und blickte amüsiert auf den sich begeistert auf dem Boden räkelnden Hund hinab.

„Okay, bringen Sie ihn bitte weg", sagte Oliver zu den beiden Tierpflegern und richtete seinen Blick wieder geradeaus. Clemens, ich würde dich bitten draußen zu warten, falls der Kerl wieder auftaucht. Andreas und Martin, ihr wisst, was ihr zu tun habt.

Sie teilten sich auf. Andreas öffnete eine Tür zu seiner Linken, Martin eine Tür zu seiner Rechten und Oliver ging vorsichtig den Flur entlang, der in einer kleinen Küche mündete.

Dreckiges Geschirr stapelte sich in der Spüle, Flecken zierten den Kühlschrank und die Schränke, leere Müslipackungen standen in der Gegend herum und die Lampe hing als lose Glühbirne an einem Kabel von der Decke. Die Bodenfliesen waren im Gegensatz zu denen im Flur jedoch einigermaßen sauber. Auf dem Küchentisch lagen verschiedene Zeitungsausgaben der letzten Tage und Oliver erkannte zuoberst den ersten Bericht von Josepha über die Mordserie, der in der Kaiserzeitung erschienen war. Er zog sich Gummihandschuhe über seine Finger und hob die Zeitung an. Auch in den anderen Ausgaben waren Artikel über die Morde aufgeschlagen. Bachmann schien die Berichterstattung in den Medien wohl sehr genau verfolgt zu haben.

Es knarrte und die Tür neben dem Küchentisch wurde geöffnet. Martin streckte seinen Kopf hindurch und entdeckte Oliver.

„Komm und schau dir das mal an", sagte er und verschwand wieder hinter der Tür.

Oliver folgte ihm in das angrenzende Zimmer. War der Flur ein einziges Durcheinander und die Küche bis auf den Fußboden dreckig und klebrig, so blitzte dieses Zimmer vor Sauberkeit. Oliver entdeckte drei auf Hochglanz polierte Rennräder, die allesamt so aussahen, als wären sie mehr wert als der gesamte Inhalt seiner Wohnung. An Holzstangen, die an den vier Zimmerwänden direkt unter der Decke entlangliefen, hing an zahlreichen Kleiderbügeln Sportbekleidung. Verschiedene Paar Handschuhe, kurze Hosen, lange Hosen, etliche Trikots mit Werbung von Firmen, deren Namen Oliver noch nie gehört hatte und vieles mehr war zu entdecken. Einige Urkunden schmückten in Bilderrahmen die Wände und drei Medaillen waren mit Hilfe eines Nagels an die Wand gehängt worden.

„Ich stelle mal die, wie mir scheint wenig gewagte, These auf, dass es sich bei diesem Zimmer um sein Heiligtum handelt.

Sag mal, Oliver, hast du in deiner Wohnung auch ein Zimmer, in dem du Sportgeräte und dazugehörige Kleidung versteckst?", fragte Martin und fing lauthals an zu lachen.

„Was ist denn bei euch los?", fragte Andreas, der nun ebenfalls den Kopf zur Tür hereinsteckte. „Oh", fügte er dann noch hinzu und dann stellte er eine Frage, auf die keiner eine Antwort geben konnte.

„Warum um Himmels Willen hat jemand drei Fahrräder in seinem Haus stehen?"

Dreißig Minuten später hatten sie jedes Zimmer sorgfältig begutachtet und durchsucht, aber nichts Auffälliges finden können. Überall lag Kleidung auf dem Boden, Essensreste standen herum und der Staub bedeckte alles mit seinem grauen Schleier. Allerdings zeugte die dicke Staubschicht auch davon, dass sich Hannes Bachmann in den meisten Räumen kaum aufzuhalten schien. Nur in der Küche, in seinem Schlafzimmer, das sich im ersten Stock befand und dem wie steril wirkenden Sportzimmer war zu erkennen, dass Bachmann hier sein Dasein fristete. Enttäuscht traten sie wieder ins Freie und atmeten gierig die frische Luft ein.

„Wie sieht's aus?", fragte Clemens.

„Komplette Fehlanzeige", antwortete Martin und spuckte auf den Rasen des Vorgartens, der schon seit mindestens zwei Monaten keinen Rasenmäher mehr zu Gesicht bekommen hatte.

Enttäuscht schaute Clemens zu Boden. Da klingelte Olivers Handy.

„Ja?", fragte er.

„Sophia hier, die Konferenz ist beendet. Ich habe noch mit Erika Binder gesprochen, sie ist auf dem neuesten Stand. Was kann ich tun?"

„Fahr zum Präsidium, wir kommen auch bald."

„Geht klar, bis gleich."

Oliver legte auf und wollte sein Handy gerade zurück in die Tasche stecken, als es erneut klingelte.

„Sophia?"

„Nein, Karin hier. Hör zu, Oliver, ich bin bei einer der letzten beiden Adressen von den Frauen, die Jackson mir gegeben hatte. Eine Margarete Kalcher ist seit den Morgenstunden nicht in ihr Elternhaus zurückgekehrt."

Kapitel 33

Es war bereits kurz nach halb fünf, als sie sich wieder im Konferenzraum versammelten. Oliver hatte Andreas gebeten, weiterhin beim Haus von Bachmann Stellung zu beziehen und Nina war noch nicht von ihrer Befragung des Zeugen zurückgekehrt, der ihnen von dem Förster berichtet hatte, ansonsten saßen jedoch alle auf ihren Plätzen.

„Also, Karin, was genau liegt an?", fragte Oliver müde.

„Margarete Kalcher, neunzehn Jahre jung, wohnhaft bei ihren Eltern in der Anzengruberstraße in Klagenfurt, besuchte heute eine Vorlesung in der Universität. Diese sollte um ein Uhr beginnen und zwei Stunden dauern. Wie ihr seht, ist das noch nicht allzu lange her, dennoch hätte sie seit inzwischen eineinhalb Stunden wieder zu Hause sein sollen. Es war anscheinend abgesprochen, dass sie pünktlich zurück zum Essen erscheint, da ihre Großmutter zu Besuch ist. Als ich dort klingelte, um sie zu sprechen, waren die Eltern bereits in größter Sorge, weil sie ihre Tochter nicht am Handy erreichen konnten. Nach meinem Besuch ist ihre Sorge natürlich noch um einiges gewachsen", beendete Karin ihren Bericht.

„Wer kann ihnen das verdenken", murmelte Clemens und kratzte sich mit seinen Fingernägeln über seine Bartstoppeln am Hals.

„Das ist doch nicht möglich", stöhnte Oliver. „Sind die zwei Polizisten noch auf ihrer Position?", fragte er.

„Einer steht an der Schranke zu Schloss Turmhöhe und der andere am Parkplatz der Kreuzbergkirche", bestätigte Karin.

„Okay, dann gib den anderen beiden Bescheid, dass wir uns ein fröhliches Wechseln mit Schläfchen zwischendrin nicht leisten können. Zwei Leute die Wache halten reichen nicht mehr aus, darum sollen sie sich die dicksten Klamotten anziehen, die sie haben und zu viert Wache schieben. Einer versteckt sich noch in den Büschen nahe der Zillhöhe und der Vierte oben bei der Sternenwarte. Außerdem", und bei diesen Worten schaute er flehentlich zu Martin, „hätte ich gerne noch einen aus unserem Team dabei, der nach dem Rechten sieht. Je mehr da oben stehen, desto besser."

Martin sah aus als würde er gleich anfangen zu weinen.

„Wann soll ich wo sein?", fragte er tonlos.

„Geh um Mitternacht in Position bei den Holzkreuzen, wo wir bereits zwei der Toten gefunden haben. Somit sollten wir fünf strategisch wichtige Punkte besetzt haben. Und Karin, erklär den beiden, die jetzt schon dort sind, sie sollen sich ebenfalls warme Sachen holen. Er kennt inzwischen unsere Autos, sie sollen raus aus den Wagen und rein ins Geäst. Ich empfehle eine warme Thermoskanne mit Tee."

Er wendete sich an Jackson. „Was macht die Suche nach Bachmann?"

„Ist nicht aufzufinden", antwortete Jackson.

„Dann können wir wohl davon ausgehen, dass er wirklich abgehauen ist. So ein Mist! Sind die Kollegen aus den anderen Bundesländern bereits informiert? Und wie ist es mit der Grenze zu Italien und Slowenien?"

„Ging gleich bei der Suchmeldung mit raus, alle wissen Bescheid und halten Augen und Ohren offen."

In diesem Moment ging die Tür auf und Nina trat herein.

„Nina, hast du Neuigkeiten für uns?"

„Ja und zwar nicht uninteressante. Ich war bei Herrn Gaschler, dem Zeugen, der über den Förster berichtet hat. Er beharrt darauf, nicht gelogen zu haben. Als ich ihn danach fragte, woher er wüsste, dass es sich um einen Förster handelte, sagte er nur, dass er sich nicht vorstellen könne, wer sonst mit einem Geländewagen mitten auf einem Waldweg parkt und querfeldein durch den Wald spaziert."

„Was sagst du da?", fragte Oliver mit erhobener Stimme.

„Du hast schon ganz richtig gehört", antwortete Nina und setzte sich in die Runde. „Da taucht er also wieder auf, unser Landrover. Die Beschreibung passt zumindest mit der anderen Sichtung des Wagens überein, er soll auch so eine Plane als Verdeck gehabt haben."

„Das ist doch nicht wahr", seufzte Oliver. „Jackson, ist auf Bachmann ein Zweitwagen angemeldet?"

Jackson schüttelte den Kopf. „Das muss aber nichts heißen, ihr glaubt gar nicht wie viele unangemeldete Autos hier durch die Straßen kurven."

„Verdammt. Okay, ich weiß, ihr seid müde und der Tag war anstrengend. Aber wir müssen wissen, wo genau wir stehen und mit wem wir es zu tun haben. Jackson, was wissen wir alles über Bachmann?"

„Nicht wirklich viel. Geboren und aufgewachsen in Wien, mit neunzehn hierhergezogen, seine Ausbildung zum Immobilienmakler mit fünfundzwanzig abgeschlossen. Das Geschäft scheint jedoch nicht so richtig zu laufen, allerdings hat er von seinen Eltern knapp sechshunderttausend Euro vererbt bekommen. Beide starben vor sieben Jahren bei einem Autounfall. Bachmann ist inzwischen dreiundvierzig Jahre alt, arbeitet nach wie vor in derselben kleinen Immobilienfirma und ist alleinstehend. Er war weder verheiratet noch hat er Kinder. Sein großes Hobby scheint der Sport zu sein, er hat bereits bei unzähligen Wettkämpfen teilgenommen, an einigen sogar recht erfolgreich. Er scheint wohl ein unheimlich guter Läufer zu sein, insbesondere im Crosslauf hat er viele Erfolge zu verbuchen."

„Crosslauf?", hakte Clemens fragend nach.

„Querfeldein", erklärte Jackson.

„Und die Schlinge zieht sich weiter zu", murmelte Oliver.

„Gibt es irgendwelche Verbrechen, denen er sich bereits schuldig gemacht hat?"

„Zweimal Geldbußen wegen zu schnellen Fahrens, einmal Führerscheinentzug für zwei Monate, ebenfalls wegen zu schnellen Fahrens. Ansonsten hat er bis jetzt eine blühend weiße Weste."

„Es kommt nicht häufig vor, dass man mit dreiundvierzig auf den Geschmack des Tötens kommt, aber es kommt vor", grübelte Martin.

„Okay, diese Informationen bringen uns leider nicht wirklich weiter. Allerdings sind seine läuferischen Fähigkeiten nicht zu verachten. Nun gut, der Tag ist vorbei, morgen um acht geht's weiter. Martin, ich denke, ich werde euch Andreas ebenfalls mit in die Hügel raufschicken, dann seid ihr zu sechst. Er wird wahrscheinlich irgendwo mittig zwischen der Zillhöhe und der Kreuzbergkirche seinen Posten aufschlagen. Fangt um Mitternacht an und bleibt bis sechs. Ab dann sollte die Wache der vier Polizisten wieder ausreichen und ihr habt noch genug Zeit, euch aufzuwärmen und etwas zu essen, bevor ihr hierherkommt. Gibt es Fragen?"

Alle schüttelten die Köpfe.

„Dann wünsche ich allen eine hoffentlich ruhige und ereignislose Nacht."

Während die anderen ihre Sachen packten und aufbrachen, zog Oliver sein Handy aus der Tasche, um Andreas anzurufen und ihn über seinen neuen Auftrag zu informieren. Wie erwartet reagierte Andreas nicht wirklich begeistert, dennoch erklärte er sich bereit, die Aufgabe zu übernehmen.

Dann packte auch Oliver seine Tasche und verließ das Präsidium.

Auf dem Weg zu Josepha hielt er an einem Blumengeschäft und kaufte ihr dreißig langstielige gelbe Tulpen. Er war der Meinung, dass diese in ihrem farblich abwechslungsreichen Wohnzimmer besonders gut zur Geltung kommen würden. Er wusste, dass er ihr zu großem Dank verpflichtet war. Wären sie kein Paar, hätten die Nachrichten an diesem Nachmittag ziemlich sicher ganz anders ausgesehen, jetzt war es jedoch Kohler, der seine falschen Informationen bitter bezahlen musste. Er sollte Josepha unbedingt fragen, wie Kohlers versuchte Ausflüchte aus seiner Lage bei der Pressekonferenz gelautet hatten.

Als sie ihm wenig später mit einem breiten Lächeln und einem engen roten Kleid, das auf unverschämte Weise ihre Kurven betonte, die Tür öffnete, dachte er, dass ihm vielleicht auch andere Dinge einfallen würden, die sie stattdessen machen könnten.

Kapitel 34

Schau an, schau an, es sind keine Autos zu sehen, die Nacht gehört nur dir und mir. Tu mir den Gefallen und mach dich nicht so schwer, ja? Weit haben wir es nicht, gleich da vorne liegt schon unser Ziel. Hörst du es? Den Klang der Stille, so süßlich wie das zarte Harfenspiel einer jungen Muse, nur unterbrochen von leisen Geräuschen der Tiere, die dich auf deinem letzten Weg begleiten werden. Sie stehen im Dunkeln Spalier, schauen zu dir auf und bewundern und beneiden dich zugleich, dass du ausgewählt wurdest, deinen dir vor-bestimmten Platz in der Natur einzunehmen. Deine Seele wird sich frei entfalten können, du wirst neu geboren werden in Tieren, Pflanzen und natürlich den zarten Blütenblättern deines Namens, auf ewig deiner Bestimmung folgend. Nein, nicht, nicht erbrechen. Konzentriere dich und behalte alles in dir, wir wollen dich nicht besudeln, oder? Schau doch nur, wie schön sauber deine Kleidung ist. Kommen so nicht erst wunderbar deine schwarzen Haare zur Geltung? Geht es wieder? Können wir weiter?

Was war das? Hast du etwas gesagt? Still jetzt, kein Wort! Ich weiß genau, ich habe etwas gehört. Ich kann nichts sehen, verdammt. Ist da wer? Da bewegt sich etwas, ist das ein Tier? Nein, das ist eindeutig zu groß für ein Tier. Sieh mal einer an, ist das wirklich möglich? Will mir der ernsthaft meinen Tag verderben? Das sollten wir ihm mit gleicher Münze heimzahlen, was meinst du? Dann sind es eben zwei Seelen, die heute Abschied nehmen werden.

Kapitel 35

Oliver wurde durch sein schrilles Handyklingeln unsanft aus dem Schlaf gerissen. Er schaltete das Licht ein und schaute mit verquollenen Augen auf den Wecker. Es war halb fünf Uhr morgens. Schnell griff er nach dem Handy, räusperte sich und brachte ein belegtes „Ja?" über die Lippen.

Während der nächsten zwei Minuten, in denen er Martin am Telefon zuhörte, bekam er ziemlich starke Kopfschmerzen. Auch das Ziehen in seiner Brust, vor dem sein Arzt ihn gewarnt hatte, begann von Neuem.

Oliver trat das Gaspedal bis zum Anschlag durch und jagte durch die leeren Straßen. Diese Situation würde alles ändern, das war sonnenklar. Schließlich bog er auf die Einfahrt zum Landeskrankenhaus und rollte die letzten Meter auf den Parkplatz. Ohne den geforderten Parkschein zu lösen, schnappte er sich seine Jacke und rannte bis zur Eingangshalle. Der Informationsschalter war unbesetzt und deshalb hämmerte er so lange ununterbrochen auf die Klingel auf dem Tresen, bis eine sichtlich genervte Krankenschwester auf ihn zugeeilt kam.

„Hören Sie auf, Sie wecken noch das ganze Krankenhaus."

„Wo ist die Schussverletzung? Sie muss vor zwanzig Minuten eingeflogen worden sein", ignorierte Oliver ihre Ansprache.

„Oh, ich verstehe. Der junge Mann befindet sich inzwischen im OP. Ihre Kollegen finden sie auf Ebene eins Abschnitt C3. Dort werden Sie alles Weitere erfahren."

Oliver drehte sich um und rannte den Gang entlang, bis er die erstbeste Treppe fand und Ebene eins erklomm. Oben angekommen schaute er kurz nach links und rechts, um sich anschließend für die rechte Seite zu entscheiden. Nach wenigen Metern stellte er fest, dass er sich von Abschnitt C weiter entfernte, er machte auf dem Absatz kehrt und spurtete in die andere Richtung. Kurz dachte er daran, dass sein Körper unter den ungewohnten Strapazen, denen er ihn gerade aussetzte, schlappmachen könnte, dann sagte er sich, dass es keinen besseren Ort als ein Krankenhaus gäbe, um zusammenzubrechen und ignorierte das heftige Pochen und den stärker werdenden Schmerz in seiner linken Brustregion.

„Oliver, hier", hörte er Martin plötzlich zu seiner Rechten. Schlitternd kam Oliver zum Stehen.

„Erkläre es mir noch einmal, was ist passiert? Wie ist es passiert? Wie geht es den beiden?"

„Nicht gut. Komm mit." Martin führte Oliver zwei Türen weiter in einen kleinen Warteraum. Dort erkannte Oliver drei der vier Polizisten, die er zur Wache in den Wald geschickt hatte. Nur der junge picklige Offizier war nicht zu sehen.

„Wie ist es passiert?", fragte Oliver erneut an Martin gewandt.

„Wir gehen davon aus, dass er Bachmann überrascht hat. Ich

hörte einen Schuss und bin sofort losgerannt. Als ich bei den Kreuzen vor der Kirche ankam, fand ich das Mädchen und den jungen Polizisten."

„David Broman. Das ist sein Name. David Broman", meldete sich einer der drei mit ihnen gemeinsam ausharrenden Polizisten mit belegter Stimme zu Wort.

„Äh, ja, danke", sagte Martin. „David hat eine Schuss-verletzung in der unteren Bauchregion erlitten und als Folge sehr viel Blut verloren. Das Mädchen, natürlich handelt es sich um Margarete Kalcher, war kaum noch bei Bewusstsein als ich sie erreicht habe, aber nicht tot. Ich habe den Rettungshubschrauber gerufen und bin anschließend hier-hergefahren, dich habe ich während der Fahrt hierher an-gerufen. Margarete wurde in der Zwischenzeit der Magen ausgepumpt, ob sie es schaffen wird ist ungewiss, sie ist ins Koma gefallen und die Ärzte wissen nicht, ob sie wieder aufwachen wird. David wird gerade operiert. Auch bei ihm ist es fraglich, ob er es schaffen wird."

„Und der Täter? Was ist mit Bachmann?"

„Andreas organisiert die Jagd durch den Wald. Wir haben umgehend Verstärkung angefordert, aber du weißt ebenso wie ich, dass in den zwei Minuten, die ich zu der Kirche gebraucht habe und den weiteren Minuten für die An-forderung des Helikopters viel zu viel Zeit verloren gegangen ist, als dass wir eine wirkliche Chance hätten ihn zu fassen. Andernfalls hätte Andreas sich auch schon längst gemeldet, meinst du nicht?"

„Was für eine riesen Scheiße", fluchte Oliver und ließ sich in einen nahestehenden Stuhl sinken. Er rief sich das Gesicht des jungen pickligen Polizisten in Erinnerung. Zuerst zer-kratzten ihm bei der Suche nach Lilly Hassler unzählige Äste das Gesicht, dann musste er sich beim Anblick von ihrer Leiche, die ausgerechnet er gefunden hatte, übergeben und jetzt war er nach mehreren Stunden des Ausharrens in der

Kälte angeschossen worden und es war ungewiss, ob er überlebte. So hatte er sich seinen Einstig in den Dienst der Polizei wohl nicht vorgestellt.

„Jeder verdammte Polizist wird nun auf der Suche nach Bachmann sein", sagte Martin mit grimmiger Genugtuung in der Stimme. „Ich hoffe nur, dass ich es bin, der ihn findet."

Der Morgen gestaltete sich als einer der Schlimmsten, die Oliver bisher erlebt hatte. Es dauerte nicht lange, da gesellten sich erst die Eltern des angeschossenen Polizisten zu ihnen und kurze Zeit später die Eltern und die Großmutter der im Koma liegenden Margarete Kalcher. Herzerweichende Schluchzer waren zu vernehmen und in regelmäßigen Abständen kamen Seelsorger des Krankenhauses herbeigeeilt, nur um von den Eltern unter heftigem Protestgeschrei wieder verscheucht zu werden. Als um sechs Uhr morgens noch immer keine weiteren Informationen über den Polizisten oder das Mädchen herausgegeben wurden, hatte Oliver genug. Er sprach den Angehörigen erneut seine Anteilnahme aus, versprach, sich bald wieder bei ihnen zu melden und eilte just in dem Moment mit Martin im Schlepptau aus dem Warteraum, als sein Handy erneut klingelte.

„Andreas, habt ihr ihn?"

„Nein, keine Chance. Er ist weg."

„Verdammt. Okay, fahr nach Hause und leg dich zwei Stunden aufs Ohr. Danach komm ins Präsidium."

„Nimm es mir nicht übel aber vergiss es. Ich komme jetzt sofort, du glaubst doch nicht, dass ich nach dieser Nacht jetzt schlafen gehe."

Oliver nahm es ihm nicht übel.

„Martin, hol den Teil der Mannschaft, der nicht an der Suche beteiligt war, aus den Betten und bestell alle ins Präsidium. Der Rest wird von Andreas dorthin beordert. Wie ist es mit dir, kannst du arbeiten oder brauchst du zwei Stunden Schlaf, um dich von der Nacht zu erholen?"

Martin hielt es erst gar nicht für nötig, diese Frage zu beantworten, sondern sprintete direkt zu seinem Wagen, um auf der Fahrt die restlichen Kollegen anzurufen. Als Oliver seinen eigenen Wagen erreichte, sah er gerade noch, wie ein Kontrolleur einen Strafzettel auf seiner Windschutzscheibe platzieren wollte. „Tut mir leid, aber Sie haben keinen Parkschein gelöst", sagte der Mann mit gewichtiger Miene."

Eine Minute mit lautem Gebrüll und dem Schwenken seines Dienstausweises vor der Nase des Mannes führten dazu, dass dieser den Zettel wieder einsteckte und in geduckter Haltung davonrannte.

Kapitel 36

Es war sieben Uhr, als das komplette Team im Konferenzraum versammelt saß. Sie alle waren von den Ereignissen der letzten Nacht gezeichnet und starrten entweder grimmig, traurig oder einfach nur müde zu Oliver und warteten auf seine motivierende Rede. Allerdings fiel Oliver nicht ein, was es im Moment Motivierendes zu sagen gab. Deswegen ging er direkt zum eigentlichen Geschäft über.

„Wie ihr alle wisst, ist Bachmann nach wie vor auf der Flucht. Er ist weder zu Hause aufgekreuzt, noch hat er seit Dienstagmorgen irgendwo Geld abgehoben. Das heißt, ihm werden langsam aber sicher die Ressourcen ausgehen. Sein Auto ist noch nicht aufgetaucht, daher gehe ich davon aus, dass er sich irgendwo versteckt hält und nicht sein Heil in der Flucht sucht. Vor ungefähr zweieinhalb Stunden hat er also eine weitere Frau vergiftet und einen unserer jüngsten Kollegen angeschossen. Beide sind noch am Leben, ob das so bleibt ist fraglich. Keiner, und ich wiederhole es noch einmal, *keiner* wird auch nur ein Wort mit der Presse reden und so Bachmann auf Umwegen mitteilen, dass das Mädchen noch am Leben ist. Er soll denken, er hat seine Aufgabe für heute erledigt. Ich will nicht riskieren, dass er eine weitere Frau vergiftet, wenn er mitbekommt, dass Margarete Kalcher noch am Leben ist. Haben wir uns da verstanden?"

Reihum nickten ihm ernst dreinschauende Gesichter zu.

„Alles klar. Heute ist Freitag, seit fünf Tagen sind wir an diesem Fall dran. Ich habe am Wochenende besseres vor als Überstunden zu schieben. Jeden Tag sind wir Bachmann nähergekommen, heute soll es enden, haben wir uns auch da verstanden?"

Erneutes Nicken.

„Ihr bekommt alle freie Tage im Überfluss, wenn die Geschichte vorbei ist, bis dahin erwarte ich, dass ihr eure Müdigkeit herunterschluckt, Kaffee trinkt und arbeitet. Also, fangen wir an. Karin, du sorgst dafür, dass das letzte Mädchen auf Jacksons Liste angerufen und informiert wird. Es ist mir egal wie, aber tue es. Sophia, es tut mir leid, dich erneut mit so einer Aufgabe zu betrauen, aber nachdem du gestern auf der Pressekonferenz warst, würde ich dich bitten, Kohler zu informieren, was genau sich zugetragen hat und wie wir weiter vorgehen werden. Wir können es uns nicht leisten mit ihm im Zwist zu liegen, daher sollte er über alles informiert sein. Andreas und Martin, ihr fahrt zurück in den Wald. Die Spurensicherung sollte noch vor Ort sein. Findet heraus, wo der Kerl geparkt hat, von welcher Seite er gekommen ist, ob er gesehen wurde und alles, was euch noch einfällt. Jackson, du schaust bitte nach, in welcher Lehrveranstaltung Margarete Kalcher gestern gesessen hat und druckst eine Liste mit allen Teilnehmern dieser Veranstaltung aus. Nina, du fährst mit der Liste zu Margaretes Eltern, die wahrscheinlich noch im Krankenhaus sitzen werden und fragst sie, mit welchen Personen auf dieser Liste sie befreundet war. Da sie noch zu Hause gewohnt hat, werden dir die Eltern hoffentlich weiterhelfen können. Danach fährst du persönlich zu allen Namen, die sie dir nennen und fragst, ob sie wüssten, wie oder mit wem sie nach Hause gehen wollte. Hat sie jemand begleitet, hat sie mit jemand Neuem gesprochen. Die anderen Namen rufst du an und fragst ebenfalls nach."

In diesem Moment hob Jackson seine linke Hand, während seine rechte aufgeregt auf der Tastatur seines Laptops hin und her tanzte.

„Oliver, ich glaube wir haben da etwas. Es wurde gerade ein Einbruch im Ingeborg-Bachmann-Gymnasium gemeldet. Anscheinend wurde über Nacht dort eingebrochen. Es sieht so aus, als hatte eine bislang noch nicht identifizierte Person dort sein Nachtlager aufgeschlagen. Die Schule liegt nur wenige hundert Meter vom Kreuzbergl entfernt."

„Das passt. Eine Schule ist nachts beheizt und nicht bewacht. Clemens, dein Auftrag. Überprüfe etwaige Überwachungskameras und schau dir alles vor Ort an. Denk an die Nachbarn, ob die etwas gehört haben. Jackson, du erkundigst dich nach der Erstellung der Liste in regelmäßigen Abständen im Krankenhaus. Sollte der Polizist David Broman oder das Mädchen Margarete Kalcher aufwachen und ansprechbar sein, muss ich das unbedingt erfahren. Wir brauchen mehr Informationen zu Bachmanns Vorgehensweise. Wenn nichts dazwischenkommt, treffen wir uns um zehn Uhr wieder hier. Martin, ich fahre bei dir und Andreas mit, ich will mir alle Tatorte noch einmal anschauen."

Martin setzte Oliver bei der Schranke vor Schloss Turmhöhe ab, um anschließend mit Andreas weiter zur Kreuzberglkirche zu fahren. Auf dem Weg hierher kamen ihnen nicht weniger als vier Streifenwagen entgegen. Martin hatte also recht behalten, jeder Polizist würde nach dem Schuss auf einen ihrer Kollegen hinter Bachmann her sein. Oliver wollte zu Fuß von der Zillhöhe Richtung Kreuzberglkirche laufen, um dort wieder von Martin und Andreas eingesammelt zu werden. Einerseits würde er so alle Tatorte erneut in Augenschein nehmen können, andererseits endlich mal etwas für seine Gesundheit tun. Die Schmerzen in seiner Brust hatten zwar wieder etwas nachgelassen, aber allein die Tatsache, dass er sie zum ersten Mal seit seinem Umzug nach Klagenfurt verspürt hatte, war kein gutes Zeichen. Sein Arzt hatte ihm vor über drei Jahren den Ortswechsel in eine kleinere Stadt nahegelegt, um zu viel Stress zu vermeiden. Dieser Plan war zumindest in den letzten fünf Tagen deutlich nach hinten losgegangen.

Entschlossen richtete er seinen Mantel und lief los. Es war ein ungewöhnlich klarer Morgen, kein Nebel war zu sehen, der Himmel war von keiner Wolke bedeckt und strahlte in hellstem Blau. Die Sonne wärmte sein Gesicht und er löste den Schal von seinem Hals. Es würde ein warmer Tag werden, so viel war sicher. Als er bei der Hollywoodschaukel über den Weinbergen angekommen war, ließ er seinen Blick erneut hinunter zum See wandern. Bereits um diese frühe Stunde konnte er erste Menschen erkennen, die den warmen Sonnenaufgang nutzen wollten und sich am Ufer des Sees auf einer Decke räkelten. Als er sich umdrehte um weiterzugehen, hörte er den schrillen Schrei eines Vogels direkt über seinem Kopf. Er blickte hinauf und erkannte einen Bussard, der keine vier Meter über ihm in der Krone eines Baumes saß und seinen scharfen Blick über die Wiese hinter dem Zaun gleiten ließ. *Der Nuttenauslauf*, dachte Oliver. Er wischte Äste und Blätter beiseite und arbeitete sich bis zum Zaun vor. Es war ein riesiges Gelände, das einen kleinen See, dichtes Buschwerk aber vor allem freie Wiesenflächen einschloss. Es musste über einen Kilometer lang sein. Da überkam Oliver plötzlich eine Vorahnung und ihm wurde mit einem Mal sehr warm. Dicht an den Zaun gedrückt arbeitete er sich vorwärts. Er kam nur langsam voran, immer wieder versperrten Äste und kleinere Büsche den Weg. So ungefähr musste sich also der picklige Polizist David Broman, der nun im Krankenhaus lag, bei der Durchsuchung des Waldes gefühlt haben. Es dauerte zehn Minuten, da fand er wonach er suchte. Gut hinter einem Haselnussstrauch verborgen war der Zaun aufgeschnitten worden. Die Schnittstellen waren kaum zu erkennen, drückte man jedoch gegen den Draht, so gab dieser ohne Weiteres nach. Das Loch war groß genug, dass zwei Personen problemlos hindurchschlüpfen konnten. Oliver prägte sich die Stelle genau ein und ging weiter. Es dauerte fünfundvierzig Minuten, bis er einmal das ganze Gelände den Zaun entlang umrundet hatte. In dieser Zeit fand er noch zwei weitere Stellen, an denen der Zaun entsprechend präpariert worden war. All die Zeit hatten sie sich nur auf den Wald konzentriert. Dabei war bekannt, dass auf dem Umland des Bordells praktisch nie jemand gesehen worden war. Dort konnte man sich also ganz ungestört und ungesehen bewegen. Oliver zog sein Handy aus der Hosentasche und wollte gerade Martins Nummer wählen, als es zu klingeln begann.

„Sophia hier, Kohler hat umgehend alle freien Polizisten auf die Straße geschickt, der Hubschrauber steht auch bereit, sollten wir ihn benötigen."

„Ich kann es kaum glauben, tut er doch endlich mal das Richtige."

„Sieht ganz so aus. Also, wie soll ich weitermachen?"

„Geh am besten Clemens zur Hand, er hat mit den Nachbarn der Schule und der Begutachtung der Überwachungsbänder einen Haufen Arbeit am Hals."

„Geht klar, bis später."

Dann wählte Oliver Martins Nummer.

„Hör mal, es ist wohl besser, ihr kommt zum Weinberg. Es gibt da etwas Interessantes, das ich euch zeigen will."

Kapitel 37

Martin und Andreas staunten nicht schlecht, als sie vor dem aufgeschnittenen Zaun standen, der den Besitz des Edelbordells Schloss Turmhöhe abgrenzte.

„Das ändert so einiges", murmelte Andreas und schob den Zaun beiseite, um die Größe des Lochs besser begutachten zu können.

„Ich denke, wir sollten unserem Freund Gruber einen erneuten Besuch nicht vorenthalten", frohlockte Martin. „Wollen wir nicht schauen, ob er da ist?"

Gemeinsam gingen sie den Weg zurück zur Schranke, um auf die Auffahrt zum Bordell abzubiegen. Martin öffnete mit einem breiten Grinsen das schwere Eichenportal und trat als erster über die Schwelle. Als die Empfangsdame ihn erblickte, entgleiste ihr kurz das so sorgfältig antrainierte, freundliche Lächeln. Schnell hatte sie ihre Gesichtszüge jedoch wieder im Griff.

„Herr Martin Erwanger, was kann ich denn diesmal für Sie tun", fragte sie beherrscht freundlich.

„Dasselbe wie die vergangenen Tage auch. Ich würde gerne Herrn Gruber sprechen."

„Und ich nehme an, dass Sie erneut keinen Termin haben aber dennoch überzeugt davon sind, dass Herr Gruber Sie ebenfalls sprechen möchte."

„Je öfter ich hier bin, desto besser scheinen wir uns zu verstehen", bestätigte Martin die Frage mit einem höflichen Kopfnicken.

Sie mussten fünf Minuten warten. Oliver lehnte sich gelangweilt gegen den Empfangstresen, Martin schaute alle dreißig Sekunden auf seine Uhr und rümpfte dann jedes Mal die Nase und Andreas bestaunte mit offenem Mund die ihm noch fremde Einrichtung. Dann endlich erschien Gruber in der Tür. Er sah aus wie immer, entweder er lief seit fünf Tagen in den immer gleichen Klamotten rum, oder aber, was Oliver für wahrscheinlicher hielt, er hatte einen ganzen Schrank voll weißer Hemden und schwarzer Jeans. Sowas hatte durchaus auch seine Vorteile, man musste sich am Morgen nicht mit den Gedanken rumquälen, was man anziehen sollte.

„Das ist ja wohl ein Scherz", riss Gruber Oliver aus seinen Gedanken. „Ja, ich weiß, dass Sie DNA von mir am Tatort gefunden haben, aber Sie wissen ebenso wie ich, dass ich Alibis für die Morde habe. Außerdem haben Sie gesagt, dass auch andere DNA gefunden wurde, also ist der Vorwurf nicht haltbar."

„Sie haben nicht für alle vier Tage ein Alibi, aber darum geht es uns heute auch gar nicht", sagte Martin gut gelaunt.

„Sagen Sie bloß, Sie sind zum Vergnügen hier", fragte Jonas Gruber ungläubig.

„Nein, auch das trifft nicht zu. Warten Sie, ich erkläre es Ihnen. Wussten Sie, dass in den Zaun, der Ihren Grund vor unliebsamen Augen und Besuchern abschirmen soll, drei Löcher hineingeschnitten wurden? Nebenbei gesagt so große Löcher, dass zwei Personen nebeneinander problem-los hindurchschlüpfen können. Von drei Seiten ist es möglich, ungesehen auf Ihr Grundstück zu gelangen."

Gruber sah sie mit zusammengekniffenen Augen an, schüttelte leicht den Kopf, sagte aber nichts.

„Aus Ihrer Reaktion entnehme ich, dass Sie es nicht wussten", fuhr Martin fort. „Folgende Frage: Wären Sie eventuell damit einverstanden, dass wir mit ein paar Freunden der Spurensicherung mal ihr Grundstück näher in Augenschein nehmen? Also einen kleinen Spaziergang über

Ihre Ländereien unternehmen, um uns ein Bild der Landschaft machen zu können?"

„Sagen Sie mal, wollen Sie mich eigentlich verarschen? Nein, damit bin ich nicht einverstanden. Wollen Sie mich etwa in den Ruin treiben? Sie wissen, dass ich nichts, aber auch rein gar nichts mit den Morden zu tun habe. Dieser ganze Rummel um die toten Frauen ist eh schon schlecht fürs Geschäft. Wenn Sie jetzt auch noch auf meinem Grundstück rumlaufen, kann ich gleich einpacken."

In diesem Moment öffnete sich die schwere Eichentür und ein Mann trat herein. Mit großen Augen sah er erst die drei Polizisten und dann Gruber an.

„Ist das Ihr ernst?", fragte er dann aufgebracht an Gruber gewandt. „Ich zahle Ihnen monatlich einen Haufen Geld und Sie betreiben trotzdem illegale Machenschaften?" Er machte auf dem Absatz kehrt, und verschwand wieder aus der nach wie vor geöffneten Tür.

„Sehen Sie, was Sie hier anrichten?", brüllte Gruber Sie an. Das war in den letzten Wochen einer meiner besten Kunden."

Martin wollte etwas erwidern, aber Oliver fasste ihn mit der rechten Hand von Hinten an die Schulter, um ihm zu verstehen zu geben, dass er übernehmen wollte. Er hatte das Gefühl, dass Gruber Ihnen sonst womöglich das Leben unnötig schwermachen könnte.

„Herr Gruber, uns ist durchaus bewusst, dass Sie nicht der Täter sind. Bei dem Täter handelt es sich höchstwahrscheinlich um einen Herrn namens Hannes Bachmann."

„Das ist nicht Ihr ernst?", fragte Gruber und sah ihn erschrocken an. „Das können Sie doch nun wirklich nicht ernst meinen."

„Kennen Sie den Mann etwa?", fragte Oliver alarmiert.

„Auch er gehört zu meinen treuesten Kunden", erwiderte Gruber noch immer leicht verstört und vergaß dadurch gänzlich, seine so hochgeheiligte Diskretion und Verschwiegenheit zu wahren.

„Das passt", überlegte Oliver. „Das bedeutet also, dass er sich hier auf dem Gelände ebenfalls gut auskennt. Sind ihm auch Ihre Ländereien vertraut?"

Gruber nickte.

„Nun gut. Dann verstehen Sie nun hoffentlich besser, warum wir auf Ihr Gelände müssen. Folgender Vorschlag: Sie erlauben uns, dass wir mit einem kleinen Team diskret und still auf ihren Wiesen einige Untersuchungen vornehmen. Andernfalls sehen wir uns gezwungen, einen Durchsuchungsbefehl zu organisieren und dann verspreche ich Ihnen, dass wir sehr indiskret und mit ziemlich viel Aufsehen in ein paar Stunden wiederkommen würden. Jetzt sagen Sie mir bitte, welche der beiden Versionen Ihnen besser gefällt."

Gruber sah ihm in die Augen und schien tatsächlich nachzudenken.

„Ich habe zwei Bedingungen", sagte er schließlich.

„Und die wären?"

„Sie versprechen, dass Sie bis zum Mittag fertig sind. Ich möchte keine Polizei auf dem Gelände haben, wenn das Tagesgeschäft anrollt."

„Einverstanden. Wie lautet Ihre zweite Bedingung?"

„Sie reparieren den Zaun. Ich habe keine Lust, dass ein Mörder frei auf meinem Territorium herumlaufen kann."

„Da sehen Sie mal, wie schnell sich die Prioritäten ändern können", lächelte Martin.

Dreißig Minuten später hielt der Wagen der Spurensicherung auf dem Gelände des Bordells. Gruber hatte ihnen eine der Privatgaragen zur Verfügung gestellt, damit das Auto von außen nicht zu sehen war. Chester sowie eine Frau und ein Mann, die Oliver nicht näher kannte, stiegen aus und kamen auf sie zu.

„Also, Chef, was gibt's zu tun?", fragte Chester und stellte ihnen seine beiden Arbeitskollegen als Julia Prein und Kim Sussitz vor.

Oliver erklärte ihnen, was er entdeckt hatte und welche Arbeit nun auf sie zukam.

„Alles klar. Hier ist der Kabelbinder, den wir mitbringen sollten. Was willst du damit?"

„Andreas, kannst du den nehmen und die losen Enden des Zauns verbinden? Das sollte meiner Meinung nach als sporadische Reparatur reichen. Wir anderen laufen einmal das komplette Gelände ab. Wer etwas findet, bekommt von mir höchstpersönlich einen Kasten Bier überreicht. An die Arbeit."

„Na, wenn das kein Ansporn ist", scherze Chesters Kollegin Julia Prein und sie öffneten die Hintertür der Garage, um das Gelände zu betreten. Schnell stellte sich heraus, dass die Fläche noch um einiges größer war, als Oliver vermutet hatte. Es war nicht möglich, das Ende des Rasens zu sehen, dabei standen nur wenige hohe Bäume herum, welche die Sicht über die Landschaft verdeckten. Sie teilten sich auf und begannen mit ihrer Arbeit. Sie hatten fünfzehn Minuten gesucht, da klingelte Olivers Handy. In der Hoffnung auf einen Durchbruch bei der Suche war er enttäuscht, als er Clemens Nummer auf dem Display erkannte.

„Clemens, wie sieht es bei euch aus?"

„Es war Hannes Bachmann. Wir haben sein Auto gefunden, er hat es mit fast leerem Tank in der Nähe der Schule stehen lassen. Außerdem zeigt ihn eine Überwachungskamera im Gebäude. Er hat die Scheibe eines Automaten mit Chips, Schokolade und ähnlichem ungesunden Zeugs zerschlagen und sich so Essen besorgt. Eingestiegen ist er durch eines der Kellerfenster, das er ebenfalls eingetreten haben muss. Wohin er verschwunden ist, wissen wir nicht. Wahrscheinlich ist er nun zu Fuß unterwegs. Es sei denn, er besitzt tatsächlich noch einen nicht gemeldeten Geländewagen, dann hätten wir wohl ein Problem, da wir das Nummernschild nicht kennen. Sophia und ich befragen noch die Nachbarn, aber ich glaube nicht, dass wir noch etwas finden."

„Danke, trotzdem nicht aufgeben. Vielleicht ergibt sich doch noch etwas."

Nun hatten sie es also schwarz auf weiß: Bachmann war auf der Flucht. Ob Erika Binder das für eine Verurteilung reichen würde? Vermutlich nicht, noch immer gab es keinen hundertprozentigen Beweis für seine Tat. Er steckte das Handy zurück in seine Tasche und setzte seine Suche fort. Kurze Zeit später erblickte er zu seiner rechten Seite mehrere Stapel Feuerholz. Die einzelnen Scheite waren fein säuberlich sortiert und kunstvoll zu zwei Meter hohen Wällen gestapelt. Als Kind hatte Oliver von seinem Vater den Umgang mit der Axt gelernt und im Garten ebenfalls solche Holzstapel errichtet. Allerdings waren ihm die Scheite nie so ordentlich und gleichmäßig gelungen wie die, auf die er nun blickte. Als er fasziniert von der ordentlichen Arbeit nähertrat, erkannte er, dass es sich um vier Stapel handelte, die in einem großen Viereck angeordnet waren. Auf zweien der hölzernen Mauern lagen blaue Plastikplanen, um das Holz vor Regen und Tau zu schützen. Die anderen beiden Stapel wurden durch Blätter und Äste trockengehalten, die von naheliegenden Sträuchern und Bäumen auf die Stapel hinabhingen und so Schutz boten. Oliver lief um das von Menschenhand errichtete Quadrat aus Ästen und Scheiten herum, bis er auf der zum Schloss abgelegenen Seite einen kleinen Eingang entdeckte. Nach einem kurzen zögern überwand er sein mulmiges Gefühl und trat durch den engen Spalt.

Kapitel 38

Nun wussten sie es also. Sie wussten, wie der Täter immer so schnell entkommen konnte. Sie wussten, wo er die Kleidung der Opfer versteckt hielt. Und sie wussten, wo die Mädchen vergewaltigt worden waren.

Zwischen den Holzstapeln lagen mehrere Decken auf dem Boden ausgebreitet. Kein Büschel Gras oder Fleckchen Erde war mehr zu sehen. Es war fast, als betrat man ein kleines Wohnzimmer, eingerichtet unter freiem Himmel, jedoch windgeschützt durch die hölzernen Wände. Praktischerweise lag dieses Wohnzimmer in unmittelbarer Nähe zu den Fundorten der Frauen. Chester, Julia und Kim liefen in ihren weißen Anzügen zwischen den Holzstapeln umher und Oliver bekam fast im Minutentakt neue Informationen, auf die sie seit Tagen ungeduldig gewartet hatten. Chester teilte ihm mit, dass sie die Kleidung von vier verschiedenen Frauen gefunden hatten. Oliver rief sich in Erinnerung, dass Opfer Nummer drei als sie gefunden worden war noch ihre eigene Kleidung getragen hatte. Das passte also. In einer Ecke standen windgeschützt fünf Vasen, in denen jeweils eine Kamillenblüte, eine Jasminblüte, eine Lilie, eine Rose und eine Margarete steckten. Zwei weitere Vasen waren noch leer und warteten anscheinend nur darauf, ebenfalls mit einer Blume bestückt zu werden. Eine Kiste in der Ecke gegenüber vom Eingang diente als Abfalleimer. Dort drin entdeckten sie Erbrochenes, dass wahrscheinlich von den Opfern stammte. Allerdings fischte Chester mit einem Stab auch ein eindeutig benutztes Kondom aus dem Brei. Da war er nun also, der lang ersehnte Beweis. DNA, zweifelsfrei vom Täter. Bachmanns Tage waren angezählt.

Sie brauchten über zwei Stunden, um alles in kleinen durchsichtigen Plastiktütchen einzupacken und mitzunehmen. Es war elf Uhr vormittags, als sie endlich ihre Arbeit beenden und in Richtung Schloss zurückkehren konnten. Chester und die beiden Kollegen von der Spurensicherung fuhren direkt los, während Martin, Andreas und Oliver erneut in die Empfangshalle des Schlosses traten. Die Empfangsdame war offensichtlich instruiert worden, sie direkt in Grubers Büro zu führen, denn ohne zu fragen bedeutete sie ihnen, dass sie ihr folgen sollten. Ein sichtlich blasser Gruber saß hinter seinem Schreibtisch und hörte Oliver zu, der in allen Einzelheiten von ihren Entdeckungen berichtete.

„Ihnen ist hoffentlich klar, dass es uns ein leichtes wäre Sie trotz Ihrer Alibis wegen der Morde mit aufs Präsidium zu nehmen und dort für unbestimmte Zeit festzuhalten? Ich bitte Sie höflichst darum, mir meine Fragen zu beantworten. Oder bestehen Sie erneut auf Ihren Anwalt?"

Gruber schüttelte matt den Kopf. Seine eigene DNA an einem der Tatorte und auf seinem Grund mehr als genug Beweise, die in unmittelbarer Verbindung mit den Verbrechen standen. Da half auch der beste Anwalt nicht weiter.

„Also, Herr Gruber. Kennen Sie einen Mann namens Erik Heinz?"

„Bitte wen?"

„Erik Heinz", wiederholte Oliver den Namen.

„Ich kenne viele der Männer, die den Dienst dieses Etablissement in Anspruch nehmen, nicht bei ihrem Namen", erklärte Gruber matt.

„Soweit ich informiert bin, wird die Mitgliedschaft für ihren Club mittels Kreditkarte bezahlt", warf Martin unvermittelt ein. „Könnten Sie uns nicht den Gefallen tun und nach-schauen, ob eine der Einzahlungen von einem Mann namens Erik Heinz stammt?"

„Sie wissen, dass mir das nicht gestattet ist", erwiderte Gruber.

„Zunächst einmal wissen wir, dass Herr Heinz unschuldig ist

und wasserdichte Alibis für die entsprechenden Morde vorweisen kann. Sie wiederum wissen, dass wir Sie, wie erwähnt, ohne diese Information mitnehmen und auf dem Präsidium behalten können", entgegnete Oliver. Das entsprach zwar nicht ganz der Wahrheit, hatte aber die gewünschte Wirkung. Gruber öffnete seinen Laptop und arbeitete sich einige Minuten durch seine Aufzeichnungen. Dann nickte er.

„Ja, ein Herr Erik Heinz ist Mitglied in diesem Club."

„Okay, das erklärt also, woher Bachmann die ganzen DNA-Proben hat. Bis auf meine Haare stammen wahrscheinlich alle verwendeten Proben aus diesem Haus. Da er hier laut Grubers Angaben Stammkunde gewesen ist, war es für ihn bestimmt überaus leicht gewesen, die Proben über die Wochen hinweg zu sammeln."

„Ihre Haare sind ebenfalls am Tatort gefunden worden?", fragte Gruber überrascht.

„Und ich nehme an, das finden sie sehr amüsant", erwiderte Oliver. „Vielen Dank für Ihre Zeit."

Und mit diesen Worten ließen Sie Jonas Gruber an seinem Schreibtisch zurück.

Um halb zwölf war das ganze Team wieder im Konferenzraum versammelt. Der riesen Durchbruch sorgte anfangs für einige Euphorie in ihren Reihen und half, der Müdigkeit entgegenzuwirken. Dann setzte es jedoch mehrere Dämpfer hintereinander. Clemens und Sophia konnten keine Hinweise der Anwohner rund um die Schule vermelden, in die Bachmann eingebrochen war. Auch Nina hatte keine neuen Hinweise durch die Studienkommilitonen von Margarete erhalten, die zeitgleich mit ihr die Lehrveranstaltung besucht hatten, nach deren Besuch sie verschwunden war. Eine weitere schlechte Nachricht kam von Karin. Nach wie vor hatte sie es nicht geschafft das letzte Mädchen auf der Liste telefonisch oder persönlich zu erreichen. Auch Jackson konnte keine guten Neuigkeiten aus dem Krankenhaus berichten. Die Operation war zwar inzwischen abgeschlossen, jedoch lag David Broman auf der Intensivstation und Margarete Kalcher nach wie vor im Koma. Eine Befragung würde in nächster Zeit also vorerst nicht stattfinden können. Als Oliver gerade dachte, dass er der schlechten Nachrichten überdrüssig wurde, kam Chester mal wieder durch die Tür gesprintet und schaltete völlig außer Atem den Fernseher ein. Oliver wollte gerade fragen, was denn los sei, als das Bild scharf wurde und er zwei ihm nur zu gut bekannte Gesichter erblickte.

„Herr Kohler, der junge Polizist David Broman hat wie Sie exklusiv mitteilen also unter Einsatz seines Lebens den Tod einer weiteren jungen Frau verhindert. Wie geht es ihm denn inzwischen?". Niemand anderes als Josepha war es, die dem Polizeipräsidenten mit gespielter Anteilnahme das Mikrophon vor sein Gesicht hielt.

„Er liegt noch auf der Intensivstation. Die Operation ist gut verlaufen, nun heißt es vorerst abwarten und beten. Wir sind alle sehr stolz auf ihn und in Gedanken bei seinen Freunden und seiner Familie. Ich werde ihm höchstpersönlich zu seiner Heldentat gratulieren und ihm eine Tapferkeitsmedaille überreichen, wenn er wieder zu sich kommt."

„Wie sehen denn die Fortschritte aus, was den Täter anbelangt?"

„Hier handelt es sich ganz eindeutig nur noch um eine Frage der Zeit, bis uns der Fisch ins Netz geht. Wir haben unsere Augen und Ohren überall, die Grenzen sind dicht, sein Wagen sichergestellt. Der Mann kann nicht weit kommen und die Beweise gegen ihn liegen bereits vor."

„Können wir denn davon ausgehen, dass Frau Margarete Kalcher bald wieder aus ihrem Koma erwachen wird und eine Identifizierung ihres Peinigers vornehmen kann?"
„Ich vertraue dem medizinischen Personal voll und ganz", antwortete Kohler.

„Ich fasse es nicht", sagte Martin, als Chester den Fernseher wieder ausgestellt hatte, indem er wütend den Stecker aus der Steckdose gerissen hatte und blickte sprachlos auf den nun schwarzen Bildschirm. „Hat der denn überhaupt keinen Schimmer von unserer Ermittlungsarbeit? Mit diesem Interview hat er eventuell den Tod eines weiteren Mädchens auf dem Gewissen", schrie Martin den Fernseher an.

„Da wollte wohl jemand seinen Namen reinwaschen", seufzte Sophia und starrte verständnislos auf die schwarze Mattscheibe. „Dieses Interview vereitelt nun also unseren Plan ihn im Glauben zu lassen, er sei letzte Nacht erfolgreich gewesen."

Oliver sagte nichts. Er erinnerte sich an Josephas Worte, als sie ihm vor wenigen Tagen aufgeklärt hatte, dass das Melden falscher Informationen mit Bezug auf eine Quelle nur gut für ihr Geschäft war. Die Leute wollten sich danach erklären und das wiederum führte zu neuen Sensationsnachrichten. Sie hatte also wie so oft rechtbehalten.

„Okay", übertönte Oliver die aufkommende Unruhe, „Karin, du bleibst an der verschwundenen Frau dran. Jackson, du hilfst ihr, suche alles über sie im Internet, dem du habhaft werden kannst."

Da wurde er von einem Handyklingeln unterbrochen. Andreas runzelte die Stirn, hob entschuldigend die Hand, starrte auf sein Display und meldete sich mit einem fragenden „Ja, wer spricht da bitte?"

„Patrik Unterweger am Apparat", war für alle laut und deutlich zu vernehmen, da Andreas die Lautsprecherfunktion eingeschaltet hatte.

„Bitte wer?", fragte Andreas. Bei Oliver klingelte etwas bei diesem Namen, aber er konnte ihn nicht richtig zuordnen.

„Ich bin der Nachbar von Hannes Bachmann, sie waren gestern bei mir und haben mich zu ihm befragt."

„Ja, ich erinnere mich. Ist Ihnen noch etwas Wichtiges eingefallen?"

„Das nicht, ich wollte mich nur erkundigen, ob Sie nach wie vor nach ihm suchen."

„Ja, das tun wir in der Tat. Warum fragen Sie?"

„Weil ich ihn gerade in seinem Garten rumschleichen sehe."

Kapitel 39

„Warum steht denn keiner vor seinem Haus?", brüllte Oliver in sein Handy, während Martin erneut alles gab, um seine Fahrkünste unter Beweis zu stellen. Sie rasten mit eingeschaltetem Blaulicht über rote Ampeln, das Martinshorn ließen sie dabei jedoch ausgeschaltet, um ihr Kommen nicht anzukündigen. Bis auf Karin und Jackson waren ausnahmslos alle verfügbaren Einheiten unterwegs in die Hubertusstraße. Sie wollten gleichzeitig von beiden Seiten zum Haus vorfahren, um eine potenzielle Flucht von Bachmann zu verhindern.

Nach fünf Minuten, die Oliver wie eine Ewigkeit vorkamen, lenkte Martin den Wagen um die letzte Kurve und kam mit quietschenden Reifen zum Stehen. Andreas und Clemens, die aus der anderen Richtung auf sie zugefahren waren, hielten direkt vor ihrer Stoßstange. Gleichzeitig sprangen sie aus dem Auto und liefen mit gezogener Waffe zum Haus, während hinter ihnen bereits Nina und Sophia angerannt kamen. Andreas und Clemens verschwanden auf der Rückseite des Hauses, Nina und Sophia liefen in den Garten und Oliver und Martin spurteten zur Eingangstür.

„Aufmachen, Kriminalpolizei!", schrie Martin, wartete jedoch gar nicht erst darauf, dass jemand die Tür öffnete, sondern trat mit aller Kraft gegen das Türschloss. Das Holz splitterte und die Tür krachte auf. Auf der anderen Seite des Hauses hörten sie ein zweites Splittern, also hatten sich auch Andreas und Clemens Zutritt zum Haus verschafft. Die Waffe nach wie vor im Anschlag durchkämmten sie Zimmer für Zimmer das untere Stockwerk. Als die angeforderte Verstärkung eintraf, betraten auch Nina und Sophia das Haus. Langsam stiegen sie einer nach dem anderen die Treppe in den ersten Stock hinauf, um sich erneut jedes einzelne Zimmer vorzunehmen. Oliver und Martin durchsuchten gerade einen kleinen Raum, dessen Funktion nicht eindeutig zu bestimmen war, da von Möbeln über Kleidung bis Geschirr alles wild durcheinander auf dem Boden verstreut lag, als sie Ninas Stimme hörten.

„Hannes Bachmann, kriechen Sie freiwillig unter dem Bett hervor, oder muss ich Sie erschießen, um sie dann anschließend selbst hervorzuziehen?"

Es war kurz nach eins, als Erika Binder unten bei den Verhörräumen eintraf.

„Wie sieht es aus?", fragte sie.

„Er unterhält sich gerade mit seinem Anwalt", sagte Martin und kaute auf einem Zahnstocher herum. Seine Nervosität war offensichtlich. Er wollte in den Verhörraum und zwar jetzt.

„Wer hätte das gedacht, diesmal will er also tatsächlich einen Anwalt haben", erwiderte Erika grimmig. „Na, dann bringt mich mal bitte auf den neuesten Stand."

Als Oliver ihr von dem Ort zwischen den Holzstapeln auf dem

Grundstück vor Grubers Bordell berichtete und von all den Dingen, die sie dort sichergestellt hatten, begannen ihre Augen zu leuchten. „Na, wer sagte es denn. Und ihr seid sicher, dass sich verwertbare Spermien in dem Kondom befinden?"

„Chester ist überzeugt davon", erwiderte Oliver. „Er ist schon dabei, alles zu untersuchen."

„So habe ich mir das vorgestellt", lächelte Erika. „Der wird den Rest seines Lebens im Gefängnis sitzen, das verspreche ich euch."

„Andreas, Martin, ich möchte, dass ihr zwei das Verhör führt. Seid ihr damit einverstanden?"

„Du willst nicht selbst reinkommen?", fragte Martin überrascht.

„Doch, aber ich werde nur zusehen. Die erste Reihe will ich mir nicht entgehen lassen, dennoch werde ich nur beobachten. Alles klar?"

„Ich will nicht lügen, Herr Bachmann, aber es sieht schlecht für sie aus. Verdammt schlecht."

Martin ließ seine Worte erst einmal eine kurze Zeit lang wirken und lehnte sich zurück. Er saß direkt gegenüber von Hannes Bachmann und funkelte ihn an. Andreas, der an Martins linker Seite Platz genommen hatte, musterte Bachmann ebenfalls aufmerksam. Er war weiß im Gesicht und sah wie ein gehetzter Hund zwischen ihnen beiden hin und her. Die letzten vierundzwanzig Stunden hatten ihn sichtlich gezeichnet.

Neben Bachmann hatte ein Pflichtverteidiger platzgenommen, der sich ihnen als Schmidt vorgestellt hatte. Auch er schien heillos überfordert mit der Situation zu sein. Oliver hätte einiges darauf verwettet, dass er höchstens Anfang dreißig war und es sich um seinen ersten Mordfall handelte.

Das Immobiliengeschäft von Bachmann schien anscheinend wirklich nicht allzu gut zu laufen. Wenn es eine Situation gab, in der ein erfahrener Anwalt von Nöten war, dann war es sicherlich diese.

„Herr Bachmann, Sie würden sich, Ihrem Anwalt und nicht zuletzt uns einen Haufen Arbeit und Mühe ersparen, wenn Sie uns einfach ein schriftliches Geständnis geben würden. Warum diese Frauen? Wie haben Sie es angestellt? Möchten Sie denn nicht die Welt an Ihrem Reichtum an Ideen teilhaben lassen?"

Bachmanns Blick irrte weiterhin durch den Raum. Tränen liefen ihm über seine Wangen und seine Unterlippe fing an zu zittern.

Sein Verteidiger Schmidt ergriff das Wort. „Ich möchte Sie darauf hinweisen, dass mein Mandant auf nicht schuldig plädiert. Es wird also kein Geständnis verfassen."

„Ist das Ihr Ernst?", fragte Martin und sah zu Bachmann, der inzwischen hemmungslos zu weinen angefangen hatte. „Sie plädieren also auf nicht schuldig, Herr Bachmann?"

Zwischen einigen lauten Schluchzern war ein leises „Ich habe nichts getan" herauszuhören.

„Herr Bachmann, waren Sie am Montagmorgen bei den Weinbergen? Waren Sie am Mittwochnachmittag bei den Kreuzen der Kreuzberglkirche? Und waren Sie am Donnerstagvormittag erneut in der gleichen Gegend?", übernahm Andreas mit seiner beruhigenden Stimme die Befragung.

„Ja, war ich", schniefte Bachmann.

„Wo waren Sie am Dienstagmorgen? Sie haben angegeben, dass sie geschlafen haben. Das war allerdings gelogen, habe ich recht?"

Hannes Bachmann schaute mit geröteten Augen zu seinem Verteidiger, der ihn mit einem Kopfnicken dazu aufforderte, auf die Frage zu antworten.

„Ich war nicht zu Hause. Ich war im Bordell Schloss Turmhöhe."

„So weit so gut. Wo haben Sie das Mädchen mit Namen Jasmin Marie Schubert kennengelernt, das Sie an diesem Morgen getötet haben?"

„Nein, Sie verstehen nicht. Ich kenne oder kannte dieses Mädchen gar nicht. Ich war… Naja, ich war zum reinen Vergnügen im Schloss Turmhöhe. Ich blieb die ganze Nacht dort und hatte Geschlechtsverkehr mit zwei verschiedenen Frauen. Die können das bestimmt bestätigen."

Martin und Andreas tauschten einen raschen Blick. Damit hatten sie nicht gerechnet.

Kapitel 40

Oliver stand hinter Andreas und Martin an die Wand gelehnt und schaute zweifelnd auf Hannes Bachmann herab. Noch immer quollen Tränen aus seinen Augen und er wirkte, als würde er jeden Moment zusammenbrechen. Aber was er da sagte konnte einfach nicht stimmen, es *durfte* einfach nicht stimmen.

„Herr Bachmann, Sie behaupten also in der fraglichen Nacht im Bordell gewesen zu sein und dass es dafür Zeugen gibt. Wieso um alles in der Welt haben Sie uns das dann nicht schon bei ihrer letzten Befragung mitgeteilt?", fragte Martin skeptisch.

„Ich… Ich hatte einfach das Gefühl, dass Sie das nichts angeht. Ich bin nicht gerade stolz darauf, ins Bordell zu gehen, aber so sieht es nun mal aus. Aber das ist mein Privatleben und ich war einfach nicht scharf darauf, Ihnen davon zu erzählen. Außerdem wusste ich, dass Sie mir gegenüber bereits voreingenommen waren, weil ich an drei der vier Tatorte gesehen worden war. Das Bordell befindet sich in unmittelbarer Nähe des vierten Tatorts. Ich meine…

Die Wahrheit wäre doch mehr als verdächtig gewesen, oder nicht?"

Martin schaute ungläubig in Bachmanns verquollene Augen.

„Sie sind seit gestern Vormittag auf der Flucht vor der Polizei. Sie sind nachts in eine Schule eingebrochen und haben dort einen Automaten geplündert. Die Nacht haben Sie in einem Klassenzimmer verbracht, um dann in aller Früh wieder Reißaus zu nehmen. Wenn Sie ein Alibi für die fragliche Zeit haben, warum um alles in der Welt sind Sie dann vor der Polizei geflohen?"

Erneut schaute Bachmann zu seinem Anwalt, der das jedoch gar nicht mitbekam, sondern nur mit großen Augen und sichtlich aufgeregt Martin anstarrte. Dieser Fall gestaltete sich für ihn im Moment zu dem besten Geschenk seines Lebens.

„Ich war an jenem Vormittag arbeiten. Ich habe drei verschiedene Immobilien besichtigt, die in das Sortiment unserer Firma aufgenommen werden sollten. Im Radio habe ich dann gehört, dass eine Pressekonferenz zu den Morden stattgefunden hatte. Dort wurde mitgeteilt, dass nach mir gefahndet wird, weil ich des vierfachen Mordes verdächtigt werde. Und da... Da habe ich einfach Angst bekommen. Ich wusste nicht, wie ich mein falsches Alibi erklären sollte und darum bin ich abgehauen. Ich bin nach Krumpendorf gefahren und habe dort in einem kleinen Waldstück bis zum Abend gewartet. Ich wusste einfach nicht was ich tun sollte. Dann wurde es irgendwann so kalt, dass ich etwas unternehmen musste. Mir ist die Schule eingefallen, ich war dort selbst vor einigen Jahren und habe die Abendschule für Erwachsene besucht. Daher wusste ich, dass es dort etwas zu essen gab. In einen Supermarkt habe ich mich nicht getraut. Und deshalb... Bin ich dort eingebrochen."

Erneut wurde er von einem Weinkrampf durchgeschüttelt.

„Sie müssen verstehen, dass Ihre Geschichte noch einige

Lücken aufweist", sagte Andreas. Wenn Sie wussten, dass wir nach Ihnen suchen und Sie wirklich so schreckliche Angst hatten, warum sind Sie dann nicht geflohen, warum sind Sie in Klagenfurt geblieben? Und warum sind Sie heute zu Ihrem Haus zurückgekehrt? War es nicht eher so, dass Sie Kleidung oder Geld holen wollten, um sich dann endgültig aus dem Staub zu machen?"

Panisch schüttelte Bachmann den Kopf und krächzte nur ein einziges Wort.

„Rex."

„Wie bitte?", fragte Andreas.

„Rex. So heißt mein Schäferhund. Ich konnte ihn doch nicht alleine lassen. Ich wollte ihn holen." Nun wurden die Tränen, die aus seinen Augen tropften, noch größer. „Aber er war nicht da."

„Rex? Wie der Hund aus dem Fernsehen?", fragte Andreas. Bachmann nickte. Inzwischen hatte ein heftiger Schluckauf von ihm Besitz ergriffen.

„Erklären Sie mir doch bitte, wie Ihr weiterer Plan ausgesehen hat", mischte sich nun Oliver ins Geschehen ein und trat an den Tisch. „Sie sind also ohne Auto zu ihrem Haus geschlichen, um ihren Hund zu holen. Und dann? Wie sollte es weitergehen?"

Bachmann antwortete nicht. Inzwischen waren alle Dämme bei ihm gebrochen, er hatte den Kopf in seine Hände gelegt und weinte hemmungslos, unterbrochen nur durch seinen Schluckauf. Da klopfte es kurz an der Tür.

„Entschuldigen Sie uns bitte einen kurzen Augenblick", sagte Oliver und verließ mit Martin und Andreas der Raum. Dort standen sie alle und schauten mit ungläubigen Blicken durch die Scheibe.

„Was ist los?", fragte Oliver und blickte Chester an, der mit ernstem Gesicht vor ihm stand.

„Die DNA der Spermien aus den Kondomen. Sie stimmt nicht

mit Bachmanns DNA überein. Ich sage es nur ungern, aber ich glaube er ist unschuldig. Ein Vollidiot zwar, aber unschuldig."

Um zwei Uhr mittags saßen sie wieder im Konferenzraum versammelt. Es herrschte Verwirrung, Ratlosigkeit und Frustration. Die Überprüfung von Bachmanns Alibi war schnell erfolgt, die beiden genannten Frauen aus dem Bordell bestätigten unabhängig voneinander, dass er in dieser Nacht vor Ort gewesen war und auch die Empfangsdame erinnerte sich an seinen Besuch. Somit konnte auch eine plausible Erklärung dafür gegeben werden, warum er in der Nacht noch an einem Geldautomaten einen höheren Geldbetrag abgehoben hatte. Obwohl er der Kriminalpolizei wider besseren Wissens ein falsches Alibi gegeben hatte und als Folge davon über vierundzwanzig Stunden auf der Flucht gewesen war, konnte man ihm kaum etwas Handfestes vorwerfen und erst recht keinen Mord.

„All die Mühe und Arbeit der letzten vierundzwanzig Stunden waren also für die Katz", platzte Martin frustriert heraus.

„Nicht ganz", widersprach Oliver. Wir *haben* die richtige DNA vom Täter. Wir *wissen*, wo er die Mädchen vergewaltigt. Und das Beste daran ist: Wenn wir Glück haben weiß er nicht, dass wir sein Geheimnis gelüftet haben. Wir müssen uns also auf die Lauer legen. Rund um die Uhr muss das Bordell unter Beobachtung stehen."

„Na, erklär das mal dem Besitzer Gruber", sagte Martin. „Der wird doch sicherlich von diesem Vorschlag begeistert sein." Plötzlich musste er lachen.

„Was ist los?", fragte Oliver.

„Naja, mich würde interessieren, wie sich Kohler aus dieser Misere herauszureden versucht. Während Sophia auf der Konferenz nur von einem Verdächtigen gesprochen hatte, so hat er doch im Fernsehinterview von bereits vorliegenden Tatsachen und Beweisen geschwafelt und wie toll die Welt doch ist. Dieser Rückschlag wird nicht allzu leicht zu erklären sein."

Auch Oliver lächelte schwach, obwohl das der derzeitigen Situation alles andere als gerecht wurde.

„Nun gut, dann wollen wir mal wieder unseren Job machen", seufzte er er und unterdrückte ein Gähnen.

„Also, mit hoher Wahrscheinlichkeit hat unser Täter die DNA-Spuren aus dem Bordell. Es ist der einzige Ort, der Bachmann, Heinz und Gruber verbindet und eine Erklärung dafür liefert, warum ausgerechnet diese drei DNA-Spuren aufgetaucht sind. Außerdem liegt auch das Lager vom Täter auf dem Gelände. Wir brauchen wie gesagt jemanden, der vor Ort ist und ein Auge auf alle Personen wirft. Clemens, ich denke, du solltest das übernehmen. Wir melden dich erst gar nicht bei Gruber an, du gehst in Zivil, blechst die läppischen einhundert Euro Eintritt und setzt dich an die Bar. Kipp dich mit irgendwelchen Getränken zu, die so aussehen, als wäre Alkohol drin und behalte immer den Garten im Auge. Mach einen auf frustrierten Frührentner, der seine nicht enden wollende Midlifecrisis im Bordell ausleben möchte."

„Da muss ich mich ja nicht mal verstellen", nickte Clemens.

„Sobald du jemanden auf den Wiesen siehst, rufst du Andreas an, der ebenfalls in Zivil mit Nina bei den Weingärten sitzen wird. Schnappt euch eine Decke, einen Picknickkorb und macht auf verliebtes Pärchen. So seid ihr in unmittelbarer Nähe des Zauns und könnt jederzeit eingreifen. Martin, du gehst runter zu Bachmann und erklärst ihm, dass er vorerst nach Hause kann. Allerdings sollte er sich darauf gefasst machen, dass noch eine saftige Strafe wegen Falschaussage und Einbruchs auf ihn zukommen wird. Fahr ihn bitte nach Hause und informiere anschließend das Tierheim, dass sie seinen Hund zurückbringen sollen. Wenn ich es mir recht überlege sag ihnen bitte, sie sollen noch einen weiteren Hund mitbringen. Einen kleinen, möglichst freundlichen. Sophia, den nimmst du in Empfang und spielst auf der Rückseite des Bordells die Hundebesitzerin, die mit ihrem Hund Gassi geht. Lauf einfach den Weg am Zaun entlang, immer hin und her und beobachte die Umgebung. So, nun zu dir Karin. Das verschwundene Mädchen macht mir Sorgen. Wie ist ihr Name?"

„Iris Berger", antwortete Karin ebenfalls mit Sorgenfalten auf der Stirn.

„Es gibt eine Blume, die Iris heißt? Das wusste ich gar nicht", sagte Oliver verblüfft.

„Eine kleine lila Zierpflanze, wird auch Schwertlilie genannt, hat trotz des Namens aber wenig mit den eigentlichen Lilien zu tun", meldete sich Jackson zu Wort. „Ich habe im Internet über das Mädchen recherchiert. Sie wohnt nahe der Universität in einer kleinen Einzimmerwohnung. Ihre Eltern wohnen in Graz in der Steiermark. Sie ist vor zwei Wochen für das Studium der Psychologie hierhergezogen."

An dieser Stelle übernahm Karin wieder.

„Sie wurde seit gestern Morgen nicht mehr im Wohnblock gesehen. Auch ihre Eltern haben keine Ahnung, wo sie sich aufhalten könnte. Allerdings sagen sie, dass das für Iris nicht allzu ungewöhnlich sei. Sie übernachtet anscheinend häufig mal bei Bekannten und ist wohl gut darin, schnell neue Freundschaften zu schließen. Auch, dass sie sich seit zwei Tagen nicht bei ihren Eltern gemeldet hat sei völlig normal. Um es kurz zu machen: Ihre Eltern wirkten nicht wesentlich beunruhigt. Eher teilnahmslos. Es scheint sich bei denen wohl nicht um eine Bilderbuchfamilie zu handeln."

„Die wissen aber schon, was hier die letzten Tage los war?", fragte Oliver mit hochgezogener Augenbraue. „Na gut, Karin, bitte versuche weiterhin sie zu erreichen. Und du, Jackson, informierst bitte die drei Polizisten, dass sie ihre Positionen

an der Kreuzberglkirche und der Schranke wieder einnehmen sollen. Sag ihnen außerdem, sie sollen wenn
möglich noch weitere Kollegen hinzuziehen, je mehr, desto
besser. Wir haben jetzt keine Zeit zum Trauern oder für
Krankenbesuche."

„Geht klar", sagte Jackson.

Erneut klingelte Olivers Handy.

„Ja, bitte?"

„Hallo, mein Name ist Gottfried Broman, ich bin der Vater
des angeschossenen Polizisten David Broman. Ich wollte Sie
darüber informieren, dass mein Sohn soeben aufgewacht ist.
Außerdem soll ich Ihnen mitteilen, dass er unbedingt mit
Ihnen sprechen möchte."

Oliver ließ das Handy sinken.

„Na gut, für mich findet sich vielleicht doch Zeit für einen
Krankenhausbesuch. Mal sehen, ob wir ein Phantombild des
Täters zustande bringen werden."

Kapitel 41

Als Oliver das Krankenzimmer von David Broman betrat,
blieb er wie angewurzelt stehen. Der Junge sah einfach
furchtbar aus. Ein Schlauch verlief aus seiner Nase zu einer
Sauerstoffflasche, ein weiterer Schlauch führte unter seiner
Decke hervor zu einem Urinbeutel, der an seinem Bett hing.
Weitere medizinische Instrumente waren an Brust, Arm und
Fingern befestigt und sendeten unablässig Daten über
Herzschlag, Sauerstoffsättigung und andere lebenswichtige
Funktionen. Es waren jedoch nicht die Kabel, Elektroden
oder Schläuche, die Oliver in Schrecken versetzten. Schon als
seine Großmutter gestorben war, hatte er sich an den
Anblick eines Menschen gewöhnt, der mehr aus Technik als
aus Fleisch und Blut bestand. Er hatte beim Blutspenden

auch weder Angst vor Spritzen noch vor dem Blut, das aus seinem Arm gepumpt wurde. Stattdessen ließ ihn David Bromans Gesicht innehalten. Die Haut hatte einen ungewöhnlich gelben Ton wie bei einem Toten angenommen und die Augen waren blutrot unterlaufen. Nach wie vor zierten etliche Kratzer und Schrammen von der Suche von vor zwei Tagen sein Gesicht. Neben all den Verunstaltungen fielen seine Pickel gar nicht mehr groß auf, rundeten den Gesamteindruck jedoch ab.

„Hallo David, es freut mich, dass du aufgewacht bist. Die Schwestern geben mir fünf Minuten, um mit dir zu sprechen. Wie fühlst du dich?"

Der junge Polizist versuchte zu lächeln, scheiterte dabei jedoch kläglich.

„Sie können mir nicht zufällig eine Pizza besorgen?", fragte er schwach. Er bewegte kaum seine Lippen und Oliver hatte große Mühe ihn zu verstehen.

„Nein, das kann ich wohl nicht", erwiderte er, bemüht über den Witz zu lächeln. „Und bitte nenn mich Oliver und lass das mit dem Siezen. Also David, was jetzt kommt ist wichtig. Hast du ihn gesehen? Kannst du ihn beschreiben?"

Bei dem Versuch, seinen Kopf zu schütteln, zuckte er am ganzen Körper vor Schmerz zusammen und stöhnte auf. Es war offensichtlich, dass er trotz der Infusionen und Medikamente, die zweifellos in seinem Körper ihre Wirkung taten, starke Schmerzen hatte.

„Nein", sagte er dann und Oliver sank der Mut. „Aber ich habe seine Stimme gehört. Jedes Mal wenn ich meine Augen schließe höre ich seine Stimme noch immer in meinem Kopf. Ich würde sie unter Tausenden wiedererkennen."

Es tat Oliver im Herzen weh zuzusehen, wie Broman über die Stimme des Täters redete, während seine eigene mehr und mehr wegbrach.

„Was aber noch wichtiger ist. Ich habe seine linke Hand

erwischt. Gekratzt meine ich. Ich weiß nicht, ob sie geblutet hat, aber ich habe ihn gekratzt."

Er fing an zu husten und schloss vor Schmerz seine Augen. Eine Krankenschwester betrat den Raum, tippte sich mit dem Zeigefinger aufs Handgelenk und warf Oliver einen mahnenden Blick zu.

„Es sieht ganz so aus, als sei meine Anwesenheit nicht mehr erwünscht", sagte Oliver. „David, was du getan hast war sehr mutig. Kratzer an der linken Hand sind notiert. Du hast uns wirklich sehr geholfen. Erhol dich gut und werde schnell wieder gesund. Das ganze Team wünscht dir gute Besserung."

Es war nicht zu erkennen, ob David ihn gehört hatte. Seine Augen waren nach wie vor geschlossen und seine Gesichtszüge schmerzverzerrt. Vorsichtig zog sich Oliver zurück und trat aus dem Zimmer. Herr und Frau Broman warteten vor der Tür auf ihn.

„Sie haben einen sehr mutigen Sohn. Ich drücke Ihnen ganz fest die Daumen, dass er schnell wieder gesund wird."

„Finden Sie den, der das getan hat", schluchzte die Frau und eine Träne kullerte über ihre Nase. Ihr Mann zog sie dicht an seine Seite.

„Ich tue mein Bestes", versprach Oliver und ging mit schnellen Schritten den Gang entlang Richtung Ausgang.

Kapitel 42

Anfänger! Alles erbärmliche kleine Anfänger. Die erstbeste Person, die ihnen über den Weg läuft ist ihr Kandidat. Beherrscht denn keiner dieses Spiel? Habt ihr mich bereits vergessen? Ihr seid dafür verantwortlich, dass er nun sterben muss. Nun wird es seine Seele sein, die Margaretes Platz bei den Toten einnehmen wird. Vorerst. Ich bringe zu Ende was ich anfange. Ich verspeise, was ich probiere, ich ficke, was ich küsse und ich töte, was ich vergifte. Keine Ausnahmen. Es existieren Regeln und die müssen eingehalten werden. Ich halte die Regeln immer ein. Ihr habt sie gebrochen, ihr tragt die Konsequenzen, so wie die Regeln es vorschreiben. Zwei Tage verbleiben noch, zwei Vasen sind noch zu füllen, zwei Seelen werden genommen und dann werde ich frei sein. Zwei weitere Tage Katz und Maus, Löwe und Antilope, Mensch und Tier. Der Unterschied besteht darin, dass ich euch sehen kann, dass ich euch töten kann. Der Jäger wird zum Gejagten, ist es nicht so? Wenn die Maus die Katze zum Narren hält und hinter ihrem Rücken den Käse frisst? Wenn die Antilope Haken schlägt und dem Löwen die Luft ausgeht, er aufgibt und verhungert? Wenn das Tier den Menschen tötet, ihn mit seinen Krallen in der Luft zerreißt? Ihr werdet mich nicht kommen sehen. Aber ich werde euch sterben sehen.

Kapitel 43

„Jackson, wie ist die Lage?", fragte Oliver, sein Handy ans Ohr gepresst, während er das Auto vom Krankenhausparkplatz lenkte und zurück Richtung Präsidium fuhr.

„Fast alle sind auf Position. Martin hat Bachmann bereits wieder nach Hause gefahren und befindet sich gerade auf dem Rückweg. Sophia ist direkt zum Tierheim gefahren, um sich einen Hund auszusuchen und sollte inzwischen auf dem Weg in den Wald sein. Nina und Andreas sitzen bereits bei den Weingärten und genießen das gute Wetter mit Baguette und Aufstrich, die haben sich einen riesigen Vorrat aus der Küche mitgenommen. Auch Clemens sitzt bereits an der Bar und schlürft Tonic ohne Gin. Irgendwie ist meine Aufgabe nicht so prickelnd wie die der anderen. Sei´s drum, Karin ist erneut zur Wohnung von Iris Berger gefahren. Ich glaube nicht, dass sie das Mädchen schon erreicht hat. Aber ich melde mich wieder, wenn es etwas Neues gibt."

„Nun gut, die Falle ist gestellt, hoffen wir, dass es funktioniert", sagte Oliver und legte auf.

Es dauerte nur zwei Minuten, da vibrierte das Handy erneut in seiner Hosentasche. *Jackson* verkündete seine Anruferkennung.

„Das ging aber schnell", meldete sich Oliver. „Worum geht es?"

„Die Mitarbeiter vom Tierheim sind bei Bachmanns Haus und wollen den Hund zurückbringen. Allerdings öffnet ihnen keiner die Tür, obwohl sie schon etliche Male geklingelt haben. Das Schloss ist zwar nach wie vor nicht repariert, sie sind jedoch unschlüssig, ob sie einfach eintreten dürfen."

„Hat Martin ihn nicht erst vor kurzem zu Hause abgesetzt?", fragte Oliver.

„Vor ungefähr acht Minuten, genau", bestätigte Jackson.

„Okay, ich bin auf dem Weg. Sag Martin er soll umdrehen und zurückfahren."

„Geht klar."

Oliver seufzte, setzte den Blinker und wendete bei der nächsten Gelegenheit sein Auto. Was hatte das schon wieder zu bedeuten?

Oliver und Martin parkten gleichzeitig vor Bachmanns Haus. Es war inzwischen kurz vor drei Uhr, nach wie vor war keine Wolke am Himmel zu sehen und es herrschten angenehm herbstliche Temperaturen. Oliver entledigte sich seines warmen Wintermantels und gemeinsam mit Martin lief er zum Van des Tierheims, der nur zehn Meter weiter am Straßenrand stand. Er erkannte die beiden Mitarbeiter wieder, die tags zuvor den Hund abgeholt hatten und gab Ihnen zur Begrüßung die Hand.

„Sie haben also mehrfach geklingelt und Herr Bachmann hat Ihnen nicht die Tür geöffnet?", fragte Oliver.

„Ganz genau", bestätigten die Beiden.

„Das kann doch nicht sein Ernst sein", sagte Martin und blickte zur Eingangstür des Hauses. „Ich habe ihm eingebläut, dass er sein Grundstück in den nächsten vierundzwanzig Stunden nicht verlassen darf. Hat er uns doch belogen und eine theaterreife Darstellung geboten?"

Oliver runzelte die Stirn. „Das glaube ich nicht. Komm, wir sehen nach."

Gemeinsam betraten sie das Grundstück und stiegen die Stufen der Veranda hinauf. Oliver drückte auf den Klingelknopf und wartete. Nichts passierte.

„Gilt der Durchsuchungsbefehl noch?", fragte Oliver an Martin gewandt.

„Nein, aber hör doch, ich bin überzeugt, dass da jemand nach Hilfe gerufen hat. Sind wir uns einig?"

Oliver war bewusst, dass Martin kein Sterbenswörtchen gehört hatte, überlegte kurz und nickte dann.

Martin drückte gegen die Tür aber sie gab nicht nach. Anscheinend war sie von innen irgendwie blockiert worden. Sie stemmten sich beide mit ganzer Kraft gegen die Tür und langsam bildete sich ein Spalt, groß genug, dass sie sich hindurchzwängen konnten. Als sie im Flur standen schaltete Oliver das Licht ein. Der Küchentisch klemmte verkeilt zwischen Eingangstür und Schuhregal, das sie durch ihr gewaltsames Eindringen einen Meter nach hinten verschoben hatten. Vorsichtig stiegen sie über das Gerümpel hinweg und gelangten in die Küche, in der sich bis auf den fehlenden Tisch seit ihrem letzten Besuch nichts geändert hatte. Dann öffneten sie den Raum zum Sportzimmer. Oliver schlug sich die Hand auf den Mund und versuchte mit aller Gewalt, seinen Mageninhalt in seinem Körper zu behalten. Der unverkennbare metallische Geruch von Blut wallte ihnen entgegen. Entsetzt stolperten sie drei Schritte zurück. Martin riss das Fenster in der Küche auf und Oliver beugte sich über die verdreckte Spüle, um sich besser auf seine Atmung konzentrieren zu können.

„Was um Himmels Willen ist hier passiert?", fragte Martin.

„Keine Ahnung. Ruf Chester an, er soll sich mit seinem Team sofort auf den Weg machen."

Er atmete noch dreimal tief ein, dann ging er langsam zurück zu dem Raum, aus dem nach wie vor der Geruch des Todes zu ihnen hinauswehte. Bemüht, nur durch den Mund zu atmen, trat er einen Schritt in das Zimmer. Von der einstigen Sauberkeit, die hier einmal geherrscht hatte, war nichts mehr zu sehen. Die drei Rennräder, Bachmanns ganzer Stolz, lagen umgestürzt auf dem Boden. Auf den Rädern lag, das Gesicht zum Boden gewandt und mit unnatürlich abstehenden Gliedmaßen, ihr ehemaliger Besitzer. Ein großes Loch klaffte in seinem Hinterkopf, außerdem hatte sich eine Speiche von einem der Räder durch seinen Hals gebohrt. Es hatte sich bereits eine große Blutlache unter seinem Körper gebildet. Um die Szene noch abstruser wirken zu lassen, waren überall im Raum etliche kleine Blüten verstreut. Oliver holte ein weiteres Mal tief Luft, hielt sich die Nase zu und tapste vorsichtig zum Fenster, um auch dieses zu öffnen. Als er sich umdrehte sah er, dass an der Wand neben der Tür mit Edding etwas geschrieben stand. Vorsichtig balancierte er zurück, um die Buchstaben besser lesen zu können.

Vergiss ihn.

Martin betrat nun ebenfalls das Zimmer und blickte angewidert auf den Toten hinab. Dann betrachtete er die winzigen blauen Blüten. Erst danach bemerkte er Olivers ratlosen Blick, der nach wie vor auf die Schrift an der Wand starrte. Er drehte sich um und stutzte.

„Vergissmeinnicht", flüsterte er.

Oliver starrte ihn an. „Was sagst du da?"

„Die Blüten", erklärte Martin langsam. „Ich glaube, sie heißen Vergissmeinnicht."

„Was soll das hier sein?", fragte Oliver mit harter Stimme.

„Eine Botschaft? Wir sollen Bachmann vergessen und uns weiter auf den richtigen Täter konzentrieren? Ist es das, was er sagen will?"

Wutentbrannt stürmte Oliver zum geöffneten Küchenfenster.

„Ist es das, was du sagen willst?", schrie er nach draußen. „Wir verdächtigen jemand anderen und schon bist du in deiner bescheuerten Ehre gekränkt? Geht es dir wirklich darum?", brüllte er und ignorierte dabei das Brennen seiner Stimmbänder. „Warst du ehrlich in deiner scheiß Ehre gekränkt?"

Vorsichtig trat Martin von hinten an Oliver heran und zog seinen Oberkörper, den er weit aus dem Fenster gelehnt hatte, sachte aber bestimmt zurück ins Zimmer. So hatte er seinen Chef und Partner noch nie gesehen. Eigentlich war es seine Aufgabe, die Fassung zu verlieren, aus der Haut zu fahren oder unüberlegte Äußerungen zu tätigen. Oliver war stets der ruhige Pol in ihrem Team gewesen, einer, der eher zweimal nachdachte bevor er handelte, ein typischer Fels in der Brandung.

„Martin, wenn du ihn wirklich erschießen willst, dann solltest du dich beeilen, sonst komme ich dir zuvor", keuchte Oliver und stützte sich auf dem Herd ab. Die Schmerzen in seiner Brust waren stärker als je zuvor.

Es dauerte nicht lange und im Haus herrschte reger Betrieb. Chester war mit dem gesamten Team der Spurensicherung angerückt und das Schießen der Fotos und Eintüten wichtiger Gegenstände hatte begonnen. Oliver hatte bis auf

Clemens, Karin und Jackson alle von ihren Posten abgezogen und in die Hubertusstraße bestellt. Nun saßen sie wie die Hühner auf der Stange auf der Gartenmauer vor dem Haus von Bachmann. Direkt neben dem Gartentor hockte Andreas, der die Augen geschlossen hielt und sein Gesicht gen Sonne richtete, dann folgte Nina, die noch ein Stück Baguette von ihrem Picknick in der Hand hielt, jedoch nichts aß. Der Appetit schien ihr vergangen zu sein. Daneben hatte Sophia Platz genommen. Sie hielt eine Leine in der Hand, an deren Ende ein noch sehr junger Australian Shepherd befestigt war, der das bunte Treiben um sie herum schwanzwedelnd verfolgte. Martin bildete den Abschluss, sein Blick war sorgenvoll auf seinen Chef gerichtet. Oliver fing an, vor der Reihe seiner vier Rekruten auf dem Bürgersteig auf und ab zu gehen.

„Martin, wie lange war Bachmann allein im Haus?"

„Höchstens zwanzig Minuten, eher weniger."

„Hast du ihn ins Haus begleitet?"

„Nein, er ist ausgestiegen und ich bin losgefahren. Aber ich bin ziemlich sicher, dass ich noch gesehen habe wie er das Haus betreten hat."

„Okay", sagte Oliver und überlegte. „Meinst du, der Täter hat im Haus auf ihn gewartet?"

„Möglich wäre es, keine Ahnung. Aber woher hätte er wissen sollen, dass wir ihn entlassen und vor allem wann wir es tun? Die Presse und der Rest der Öffentlichkeit weiß noch nichts davon, dass Bachmann unschuldig ist. Oder eher war."

Oliver nickte. „Richtig. Das heißt, er muss deinem Wagen gefolgt sein und da nirgendwo im Haus eingeschlagene Fenster zu sehen sind, muss der Täter durch die Vorder- oder Hintertür gekommen sein. Die Schlösser sind noch nicht ausgetauscht, er musste also nicht einmal klingeln. Aber das bedeutet, dass ihn eventuell jemand gesehen hat."

Andreas sog scharf die Luft zwischen seinen Zähnen ein.

„Patrik Unterweger", flüsterte er.

„Patrik Unterweger", bestätigte Oliver, drehte sich um und blickte zu dem Haus auf der anderen Straßenseite. „Wollen wir mal hoffen, dass er in der letzten halben Stunde in seinem Bademantel und den Badelatschen am Küchentisch gesessen und die wunderbare Natur genossen hat."

Entschlossenen Schrittes überquerte Oliver die Straßenseite und presste seinen Daumen viel fester als nötig auf den Klingelknopf. Wie schon tags zuvor dauerte es nicht lange und die Tür öffnete sich. Da stand er, Patrik Unterweger, einen blütenweißen Bademantel über seinen Bierbauch gewickelt, blaue Badelatschen an den Füßen und einen neugierigen Blick im Gesicht. Er schloss die Tür hinter sich und schlappte gemächlichen Schrittes zum Gartentor.

„Was ist denn los?", fragte er zur Begrüßung. „Haben Sie Bachmann wieder freigelassen?"

„Herr Unterweger, Sie haben in der letzten halben Stunde nicht zufällig in Ihrer Küche gesessen und wie so oft die Natur beobachtet?", fragte Oliver, ohne auf Unterwegers Frage einzugehen.

„Nun ja, ich sagte Ihnen ja bereits, dass dies mein Lieblingsort in meiner bescheidenen Hütte ist. Aber ich habe ganz sicher nichts mit dem zu tun, was auch immer bei Ihnen auf der anderen Straßenseite los ist."

„Das hat auch keiner behauptet", unterbrach ihn Oliver. „Haben sie in der letzten Stunde etwas Merkwürdiges gesehen?"

„Etwas Merkwürdiges? Nein, das habe ich nicht."

Oliver fluchte. „Haben Sie denn irgendetwas beobachten können? Oder war die Straße die letzten dreißig Minuten komplett leer?"

„Nein, das war sie nicht. Ich habe die Palasser mit ihrem Hund spazieren gehen sehen, die hat so einen Dackel mit viel zu kurzen Beinen, sieht verdammt seltsam aus. Dann habe ich Ihren Kollegen beobachtet, wie er den Bachmann zu Hause abgesetzt hat. Hab mich noch gewundert, weil eigentlich suchen Sie den doch, oder? Die alte Schmoly ist mit ihren Einkaufstüten zu Lidl gelaufen, wie jeden Tag um diese Zeit. Dann hatte der Kuchler von nebenan die Mülltonne an die Straße gestellt, was in der Tat merkwürdig ist, da die Müllabfuhr erst am Montag kommt. Der Bachmann hatte dann einen kurzen Besuch von einem Freund. Kurz danach war Frau Moser....“

„Stopp“, unterbrach Oliver mit harter Stimme den Bericht und fragte sich im selben Moment, ob der Mann vor ihm all seine Beobachtungen in ein kleines Notizbüchlein aufschrieb, um ja nichts von den spannenden Ereignissen des Tages zu vergessen. Da sollte noch mal jemand sagen, Nachbarn seien nicht neugierig.

„Der Freund von Bachmann, kennen Sie den?“

„Nein, ich habe den Kerl noch nie gesehen.“

„Woher wissen Sie dann, dass es ein Freund von Bachmann war?“

„Eigentlich weiß ich das gar nicht. Aber er ist ins Haus gegangen und hat dabei nicht angeläutet. Daher denke ich, dass es wohl ein Freund oder ein Verwandter oder sonst ein Bekannter war. Alles andere wäre schon ziemlich unhöflich, meinen Sie nicht? Vielleicht war es auch ein Arbeitskollege?“

„Wie lange war der Mann im Haus?“

„Ich würde schätzen keine fünf Minuten.“

„Was hat er dann getan?“

„Ist hinten wieder rausgekommen und seelenruhig durch den Garten gelaufen, in sein Auto gestiegen und weggefahren.“

„Okay“, sagte Oliver und atmete tief ein. „Was für ein Auto war das?“

„Ähm, also so ein Ding mit dem die jungen Leute eben rumfahren. Ein Jeep oder sowas in der Art. Hatte eine Plane drauf und war ziemlich dreckig. Ziemlich sicher hatte der nen´ Vierradantrieb, das haben die glaube ich alle, um im Gelände besseren Halt zu haben."

In Olivers Kopf überschlugen sich die Gedanken und er zwang sich langsam und konzentriert weiterzureden.

„Haben Sie das Nummernschild gesehen?"

„Nein. Ich merke mir doch nicht jedes Nummernschild, was draußen an der Straße parkt. Was denken Sie denn, dass ich den ganzen Tag nichts zu tun habe?"

Oliver überging den Einwand. Für so unwahrscheinlich hatte er seine Frage gar nicht gehalten, konnte der Mann doch alles andere, was vor seiner Haustür passierte, fein säuberlich und chronologisch geordnet wiedergeben.

„Können Sie den Mann beschreiben?"

„Selbstverständlich."

Oliver wartete kurz. „Jetzt!", sagte er dann eindringlich.

„Achso, ja klar. Hmm, keine Ahnung, ich würde ihn auf Anfang bis Mitte dreißig schätzen. Sportlich, Jeans, Pullover, dunkle kurze Haare, eigentlich ein Allerweltsgesicht, schwer zu sagen."

„So wird das nichts", murmelte Oliver. „Herr Unterweger, wäre es möglich, dass Sie mit aufs Revier kommen, damit wir basierend auf Ihren Beschreibungen ein Phantombild anfertigen lassen können? Es ist wirklich sehr wichtig für uns, dass wir den Mann finden, den sie beobachtet haben."

Mit einem Mal wirkte Patrik Unterweger begeistert. Anscheinend saß er doch nicht so gerne Tag für Tag in seiner Küche, wie er anfangs behauptet hatte.

„Aber sehr gerne", sagte er und trat zu Ihnen auf den Bürgersteig. „Wir können sofort los, wenn Sie das wünschen."

„Ziehen Sie sich doch bitte vorher noch andere Sachen an", erwiderte Oliver. „Wir warten."

Kapitel 44

„Nina, fährst du den Unterweger ins Präsidium? Wir brauchen das Phantombild so schnell wie möglich."

Nina nickte und führte ihren Zeugen, der sich ein T-Shirt und eine kurze Hose angezogen hatte zu ihrem Einsatzwagen. Oliver schüttelte den Kopf. Es war zwar ein milder Tag, aber eine Shorts hielt er dann doch für etwas übertrieben.

In diesem Moment überquerte Chester die Straße.

„Es gibt eigentlich nicht viel zu berichten", sagte er und gesellte sich zu ihrer kleinen Runde. „Dem Opfer Hannes Bachmann ist von hinten in den Kopf geschossen worden. Alle weiteren Verletzungen sind Folgen seines Sturzes. Die Kugel ist auf Höhe seines linken Auges wieder ausgetreten. Ich gehe davon aus, dass es sich bei der Tatwaffe um das gleiche Waffenkaliber handelt, mit dem auch der junge Polizist heute Nacht angeschossen wurde. Genauere Einschätzungen kann ich dazu nicht geben, da der Täter die Patrone mitgenommen hat. Aber die Größe der Kugel von letzter Nacht und das entstandene Einschussloch im Kopf von Bachmann passen Pi mal Daumen überein. Und da die Blumen das unverkennbare Zeichen des Täters sind, frage ich mich auch, warum er plötzlich eine andere Waffe benutzen sollte."

Oliver nickte. „Okay, danke."

Langsam gingen sie gemeinsam wieder zurück auf die andere Straßenseite. Inzwischen war ein Leichenwagen eingetroffen, er hatte direkt hinter dem Van des Tierheims geparkt.

„Sophia, magst du nicht mal rübergehen und den beiden Tierpflegern sagen, dass sie wieder abfahren können? Ich weiß wirklich nicht, warum sie noch nicht selbst auf diese Idee gekommen sind. Da sie anscheinend schwer von Begriff sind kannst du ihnen am besten noch mal erklären, dass der Hund nun dauerhaft bei ihnen bleiben muss."

Sophia nickte traurig und blickte zu dem großen Schäferhund, der winselnd am Straßenrand saß und das Tätscheln seines Kopfes durch die Mitarbeiterin von *Tiergarten Eden* sichtlich genoss. Dann machte sie sich auf den Weg, um die traurige Nachricht zu überbringen und ebenfalls den Australian Shepherd Welpen wieder abzugeben.

Oliver zückte sein Handy.

„Jackson, hör zu, Nina ist mit einem Zeugen auf dem Weg zu euch. Wir wollen ein Phantombild anfertigen lassen, also sorge bitte dafür, dass ein Spezialist bereitsteht, wenn sie eintreffen. Dass der Täter einen Land Rover fährt ist inzwischen sicher, darum gehe die Liste der Autos erneut durch und führe folgende Reduzierungen durch: Wer ist vorbestraft? Es ist für mich absolut ausgeschlossen, dass es sich bei diesen Morden um die ersten Verbrechen des Täters handelt. Alle Personen über vierzig und unter fünfundzwanzig Jahren fallen ebenfalls raus. Melde dich, sobald du Ergebnisse hast. Wenn das Phantombild fertig ist, dann vergleiche es mit den Bildern der Führerscheine."

„Wird erledigt", antwortete Jackson, doch Oliver hatte bereits wieder aufgelegt.

„Okay, wie machen wir also weiter: Clemens wird bis auf weiteres im Bordell bleiben und die Aussicht genießen. Da ist es mollig warm und er hat nette Gesellschaft, er wird sich also nicht beklagen. Martin, du kümmerst dich darum, dass jeder Landrover auf den Straßen von der Polizei angehalten und durchsucht wird. Wenn das Phantombild fertig ist sorgst du dafür, dass es an alle Einheiten rausgeht. Da der Kerl heute doch noch ein Opfer bekommen hat, können wir davon ausgehen, dass bis Mitternacht keine weitere Leiche auftauchen wird. Sicher können wir uns aber nicht sein; dass er sich pro Tag nur ein Opfer vornimmt ist nach wie vor nur eine Theorie. Andreas, kannst du die drei Kollegen von dem angeschossenen Polizisten David Broman darüber informieren, dass sie heute Nacht im Krankenhaus bleiben sollen? Einer setzt sich vor das Zimmer ihres angeschossenen Kollegen, ein anderer vor Margarete Kalchers Zimmer. Sie sollen keinen reinlassen, der sich nicht explizit als Krankenhauspersonal ausweisen kann. Der dritte sucht sich ein freies Bett zum Schlafen, alle zwei Stunden sollen sie sich abwechseln, damit sie konzentriert und wach bleiben."

„Ich ahne Böses", seufzte Andreas. „Wenn die drei im Krankenhaus bleiben…"

„Dann sind wir mit der Nachtschicht im Wald dran", beendete Oliver seinen Gedankengang.

Sophia trat ohne Hund zurück in ihre Runde. „Seht mal, wen ich mitgebracht habe", sagte sie.

„Karin, was machst du denn hier?", fragte Oliver erstaunt.

„Wir haben Iris gefunden. Sie war letzte Nacht… Naja, ich will es mal so ausdrücken: Sie hat in einer Bar ihren potenziellen neuen Freund kennengelernt und hat ihn nach Hause begleitet. Alles Weitere ist hier uninteressant, auf jeden Fall ist sie informiert. Wie geht's jetzt weiter? Ich habe von Jackson erfahren, dass Bachmann tot ist?"

Oliver nickte. „Jetzt fahren wir erst einmal zurück und planen die kommende Nacht."

Missmutig traten sie in den Konferenzraum und ließen sich auf ihren Stühlen nieder. Die Strapazen der letzten Tage machten sich nun endgültig bemerkbar, Martin hatte seinen Kopf auf der Tischplatte abgelegt, Sophia saß mit geschlossenen Augen am Stuhl und Andreas gähnte herzhaft, ohne sich dabei die Hand vor den Mund zu halten. Die Uhr an der Wand zeigte halb fünf, dennoch hätten sie ausnahmslos alle schon jetzt ins Bett gehen und sofort einschlafen können.

„Machen wir weiter", befahl Oliver erbarmungslos. Er fühlte

sich so, wie die anderen aussahen, aber jetzt war keine Zeit, um auszuruhen.

„Ich verspreche euch, dass wir in spätestens einer Stunde Feierabend machen. Dann holt jeder ein paar Stunden Schlaf nach, um fit für die Nachtschicht zu sein. Ich werde mit Kohler sprechen, dass uns bis Mitternacht weitere Einheiten zur Verfügung gestellt werden, damit wir uns entsprechend erholen können und nicht durchgängig auf den Beinen bleiben müssen. Allerdings gibt es bis dahin noch einiges zu erledigen. Jackson, wie viele Geländewagen sind auf Männer zwischen fünfundzwanzig und vierzig zugelassen?"

„Sechsundfünfzig."

„Gut und wie viele von diesen sind bereits vorbestraft?"

„Vier Personen."

Oliver horchte auf. „Nur vier Personen?"

„Wenn man von Strafen wegen überhöhter Geschwindigkeit im Straßenverkehr absieht und auch alle Strafzettel für falsches Parken außer Acht lässt, dann ja."

Langsam kehrte Leben in die Müden Gesichter zurück.

„Damit lässt sich doch etwas anfangen", überlegte Oliver. „Welche Vorstrafen liegen vor?"

Jackson erhob sich, um wie üblich während seines Berichts seinem Bewegungsdrang freien Lauf zu lassen.

„Der erste hat unter Alkoholeinfluss einen Obdachlosen krankenhausreif geschlagen, weil er über dessen ausgestreckte Beine gestolpert war. Er war der Meinung, der Obdachlose hatte ihm extra das Bein gestellt und das wollte er nicht tatenlos hinnehmen. Nummer zwei hat seine eigene siebenjährige Tochter entführt, nachdem das Familiengericht der Mutter das Sorgerecht zugesprochen hatte. Der Mann hatte seine Frau davor mehrfach geschlagen, weswegen sie die Scheidung eingereicht hatte. Unser potenzieller Kandidat hatte daraufhin vor der Schule gewartet, sein Kind geschnappt und wollte sich mit ihr ins Ausland absetzen, konnte aber von den Grenzbeamten identifiziert und aufgehalten werden. Die Nummer Drei war für zwei Jahre wegen Vergewaltigung im Gefängnis. Diese Zeit hat er vor einem halben Jahr abgesessen. Wegen guter Führung wurde er vorzeitig entlassen, die eigentliche Strafe war höher angesetzt. Der letzte Kandidat hat fünf Jahre gesessen, versuchter Totschlag. Seine damalige Freundin hatte ihn verlassen, woraufhin er dem neuen Partner der Frau einen Besuch abgestattet hatte. Er schoss ihm zweimal in die Brust und verließ anschließend den Tatort im Glauben, ihn getötet zu haben. Die Frau fand den Verletzten wenige Minuten später und rief Polizei und Krankenwagen. Er überlebte knapp. Noch am selben Tag wurde der Täter ausfindig gemacht."

„Die ersten beiden kommen nicht infrage", sagte Martin. „Das passt nicht. Den Vergewaltiger und den Schützen finde ich in Bezug auf unsere Morde schon spannender."

„Hast du Bilder für uns parat?", fragte Oliver.

„Sekunde", und Jackson und tippte nach wie vor stehend hektisch auf seiner Tastatur herum. Genau in dem Moment, als der Projektor zwei Ausweise an die Wand projizierte, öffnete sich die Tür und Nina betrat den Raum. Sie blickte auf die beiden Fotos der Männer und dann auf das Blatt in ihrer Hand. Sie musste lächeln und drehte das Blatt um, sodass alle die Phantomzeichnung erkennen konnten.

„Ich liebe diesen Patrik Unterweger", sagte Andreas und schaute grimmig zwischen dem Blatt in Ninas Hand und der Leinwand hin und her. „Wären doch nur alle Nachbarn so gelangweilt und neugierig wie er."

Kapitel 45

Es war der Vergewaltiger, daran gab es keinen Zweifel. Das Bild des Zeichners und das auf dem Führerschein sahen sich so ähnlich, dass niemand eine Verwechslung in Betracht ziehen konnte. Er hatte ein schmales Gesicht, hellbraune Haare, einen Dreitagebart und ein gewinnendes Lächeln mit makellos weißen Zähnen. Selbst Oliver musste zugeben, dass er außergewöhnlich attraktiv aussah. „Jetzt haben wir dich", sagte Martin und schlug mit seiner flachen Hand auf den Tisch. „Jackson, kannst du das mal vergrößern? Ich will wissen wie der Scheißkerl heißt."

„Stephan Paulitsch", las Oliver vor, als Jackson der Aufforderung nachgekommen war. Der Name machte ihn stutzig, irgendwie kam er ihm bekannt vor.

„Jackson, seine Verhaftung war vor zweieinhalb Jahren. War ich irgendwie daran beteiligt? Zu dieser Zeit war ich ja bereits hier in Klagenfurt."

Jackson brauchte eine Minute, bis er die passende Akte durchforstet hatte. „Nicht direkt. Aber ein Kollege war kurzfristig krankheitsbedingt ausgefallen, daraufhin bist du anscheinend eingesprungen und hast den Täter vom Gericht ins Gefängnis gefahren. An dem Fall selbst hast du jedoch nicht mitgearbeitet. Scheint so, als hätte Paulitsch seine letzte Fahrt mit dir in sein neues Gefängnisleben persönlich genommen."

„Echt? Das ist alles? Und darum dieser blöde Brief? Na, wenn er meint. Ich nehme seine Taten auch persönlich, also weiter im Text. Wie hieß das Mädchen, dass er damals vergewaltigt hatte?"

„Einen Moment."

Jetzt setzte sich Jackson doch auf seinen Stuhl, um schneller am Laptop arbeiten zu können.

„Flora Engels", sagte er und nickte begeistert.

„Flora? Bedeutet das nicht Blume?", fragte Nina aufhorchend.

„In der Tat", bestätigte Jackson und seine Finger bearbeiteten in unglaublicher Geschwindigkeit die Tasten vor ihm. „In der römischen Mythologie wird so auch die Göttin der Blüte genannt. Ansonsten kann man den Pflanzenbestand einer Region anscheinend ebenfalls als Flora bezeichnen. Hier gibt es etliches zu dem Namen, aber eigentlich hat jede Beschreibung etwas mit Blumen zu tun."

„Die Frau muss es ihm damals ja echt angetan haben", brummte Oliver. „Wo wohnt sie inzwischen?"

Fieberhaft blickte Jackson auf den Laptop, seine Nasenspitze berührte dabei fast den Bildschirm. Dann hielt er inne.

„Verdammt. Sie hat sich vor einem Monat das Leben genommen, indem sie sich in ihrem Zimmer erhängt hat. Im Internet hatte sie eine Anleitung für das richtige Knüpfen einer Schlinge gefunden." Er klickte weiter durch die Unterlagen. „Seit der Vergewaltigung hat sie regelmäßig an Panikattacken und Depressionen gelitten. Als der Täter Stephan Paulitsch früher als erwartet aus dem Gefängnis entlassen worden war, hatte sie sich selbst in eine psychiatrische Klinik eingewiesen. Dort blieb sie sechs Wochen und entließ sich letzten Endes selbst. Anscheinend hatte ihr der Aufenthalt nicht geholfen und sie ist zurück in ihre Wohnung. Dann hat sie ihren Job gekündigt und ist zu ihrer Mutter gezogen, die ebenfalls hier in Klagenfurt wohnt. Oh verdammt. Ihre Mutter war es auch, die sie in ihrem Zimmer tot aufgefunden hat."

„Einen Monat ist das her?", frage Sophia. „Das muss der Auslöser für all die Morde gewesen sein. Drei Wochen für die Planung und das Sammeln der fremden DNA und dann ging es los."

„Moment mal", sagte Martin langsam, der nach wie vor auf das vergrößerte Foto blickte und sich an der Unterhaltung bisher nicht beteiligt hatte. Seine Augen waren zusammengekniffen und sein Kopf leicht zur Seite geneigt. „Oliver, Andreas, wir haben den Kerl doch vor kurzem gesehen, oder nicht?"

Oliver blickte überrascht zu Martin. „Was sagst du da?"

„Im Bordell, weißt du nicht mehr?"

„Du hast recht", sagte Andreas und massierte sanft seine Schläfen, um seiner Erinnerung auf die Sprünge zu helfen. „Das war doch der Mann, der in die Eingangshalle kam, uns gesehen hat und sich dann darüber aufgeregt hat, dass in diesem Etablissement anscheinend krumme Geschäfte laufen."

Jetzt fiel es auch Oliver wieder ein.

„Verdammt. Was hatte Gruber zu uns gesagt? Dass es sich bei ihm seit Neuestem um einen seiner Stammgäste handelt? Na klar, er ist ja erst seit einem halben Jahr wieder draußen", schlussfolgerte er. „Jetzt reicht es mir. Jackson, wo wohnt er? Wir holen ihn ab. Und schick Clemens ein Bild auf sein Handy, damit er weiß, wie der Kerl aussieht. Ich weiß, ich habe versprochen, dass ihr in einer Stunde nach Hause fahren könnt. Vergesst es, ich sollte keine Versprechen mehr geben. Abfahrt!"

„Kohldorferstraße dreiundsiebzig. Das ist direkt am Fuße der Hügelkette, in der alle Leichen gefunden wurden."

„Na was für eine Überraschung", fauchte Martin. „Ich kümmere mich um den Durchsuchungsbefehl."

Im Gegensatz zum Haus von Bachmann war das von Stephan Paulitsch äußerlich gepflegt. Der große Vorgarten war frisch gemäht und etliche Beete und Büsche zierten die Hauswände. Sie merkten schnell, dass keiner zu Hause war. Kein Auto stand in der Einfahrt, kein Licht schien aus den Fenstern und auf ihr penetrantes Klingeln gab es keine

Reaktionen. Sie liefen einmal um das Haus herum und späten durch die Fensterscheiben. Dann hörte Oliver seinen Namen.

„Oliver, komm her und sieh dir das an!"

Er lief um die nächste Hausecke. Dort stand Nina, sie balancierte auf ihren Zehenspitzen und lugte durch ein Fenster. Oliver stellte sich neben sie. So lange hatten sie über diese Pflanze gesprochen und jetzt sah er sie zum ersten Mal: Vier Töpfe mit blauem Eisenhut standen auf der Fensterbank. Ihre zahlreichen glockenförmigen blauen Blüten waren unscheinbar in Richtung des langsam schwindenden Tageslichts gedreht. Wenige Momente später hielt Martin mit lautem Hupen und selbstzufriedenem Gesichtsausdruck vor der Einfahrt. Er stieg aus und wedelte mit einem Blatt Papier in der Luft herum, von dem alle wussten, um was es sich handelte. Nach zwei erfolglosen Minuten im Kampf gegen das Türschloss mussten sie jedoch feststellen, dass es sich bei Paulitsch´s Eingangstür um ein wesentlich massiveres Exemplar handelte als bei dem von Bachmann.

„Scheiß drauf", murmelte Martin und trat mit einem gezielten Tritt gegen eines der Kellerfenster. Danach streckte er seinen Fuß durch die Öffnung und schob mit seinem Schuh alle Scherben zur Seite, die auf die Fensterbank gefallen waren.

„Bitte, es ist offen."

Nach und nach kletterte jeder von ihnen durch das Fenster. Der Keller roch feucht und modrig und offenbarte eine beeindruckende Menge an alkoholischen Getränken. Oliver zählte mehr Weinflaschen, als er in seinem ganzen Leben bisher getrunken hatte. Fein säuberlich sortiert stapelten sie sich die Wände entlang in wie es aussah eigens dafür konstruierten Regalen. Auch Einmachgläser mit Gurken, Artischocken und anderem Gemüse konnte er erkennen. Sie folgten der Treppe nach oben und betraten das Erdgeschoss. Auch hier waren deutliche Unterschiede zu Bachmanns Haus zu erkennen, kein Gerümpel lag auf dem Fußboden, die Schuhe standen alle fein säuberlich im Regal, die Teppiche wirkten frisch gesaugt und die Einrichtung wirkte fast zwanghaft ordentlich. Während Nina, Andreas und Sophia der Treppe in das Obergeschoss folgten, blieben Karin, Oliver und Martin im Erdgeschoss und durchstöberten die Räume. Oliver entdeckte Regale voll mit Büchern, DVDs, Akten und Schnellheftern, in einem Abstellraum standen neben einem Bügeleisen zudem etliche Konserven mit Tomatensauce und Bohnen. Alles wirkte so normal und doch stimmte etwas nicht. Dann wusste Oliver mit einem Mal was fehlte. Sie befanden sich in einem verhältnismäßig großen Haus, alles war perfekt und wie im Bilderbuch eingerichtet, doch er entdeckte nicht ein einziges Foto. Keine Erinnerung zierte gerahmt die Wand und kein Bild der Eltern, einer Freundin oder eines Freundes stand auf dem Schreibtisch. Oliver öffnete eine weitere Tür und gelangte in das Zimmer, das er bereits durch das Fenster gesehen hatte. Dort stand sie, die giftigste Pflanze Europas, der teuflische Blaue Eisenhut. Er blickte sich um und entdeckte einen Tisch an der Wand, auf dem es aussah wie bei einem Floristen: Margareten, Jasmin, Vergissmeinnicht, all die Blüten von den letzten Tatorten lagen hier durcheinander verstreut. Gedankenverloren hob er mit seiner Hand einige der Blüten hoch und hielt dann inne. Ganz auf der Seite lag eine Blumengattung, die er noch nicht kannte. Lavendelfarbene Blüten, die sich dicht an dicht einen Stil heraufzogen, der am unteren Ende in breite grüne Blätter mündete.

„Oh nein, bitte nicht", stöhnte er und dann brüllte er in Richtung der geöffneten Tür.

„Hier her, sofort!"

Er hörte das Getrappel der anderen, die zu ihm eilten und dann standen sie um den Tisch versammelt.

„Wer von euch kann mir sagen, wie diese Blume heißt?",

fragte er mit mühsam unterdrückter Panik in seiner Stimme. Erst blickten sie ihn verständnislos an. Dann begann es ihnen nach und nach zu dämmern.

„Scheiße, er hat noch eine", murmelte Martin. „Ich habe keine Ahnung, was das für eine Pflanze ist, ich kenn mich bei sowas einfach nicht aus."

Auch alle anderen schüttelten die Köpfe. Hektisch wandte sich Oliver an Sophia.

„Lass deine Kontakte zu den Blumenläden spielen, nimm die hier mit und finde heraus, wie sie heißt."

Sophia griff nach der Pflanze und rannte zum Ausgang. Sie öffnete das Fenster neben der verschlossenen Eingangstür, sprang hinaus und war verschwunden.

„Okay, denkt nach, es ist noch zu früh für einen weiteren Mord. Wo könnte er sie versteckt halten?", fragte Oliver eindringlich.

„Bei ihr zu Hause", schlug Karin vor. „Viele von denen, die ich besucht habe, leben alleine in einer Einzimmerwohnung. Da würde ihn keiner stören."

„In seinem Auto", sagte Martin. „Er hat eine Plane als Verdeck, so kann man sie nicht sehen."

„Vielleicht ist er auch schon auf seinem angestammten Platz zwischen den Holzstapeln auf dem Grundstück des Bordells?", fragte Nina.

„Das glaube ich nicht. So wie wir es hinterlassen haben wird er sofort merken, dass es dort nicht mehr sicher ist. Außerdem sitzt Clemens dort auch schon eine ganze Weile und beobachtet die Gegend."

„Aber Clemens wusste nicht, wie er aussieht", warf Andreas ein.

Oliver zückte sein Handy und wählte Clemens Nummer.

„Lauf über die Ländereien und überprüfe, ob alles sicher ist. Sei vorsichtig und schau vor allem auch bei den Holzstapeln in der Mitte des Geländes nach. Melde dich danach." Er legte auf, ohne eine Antwort abzuwarten.

„Und was machen wir?", fragte Martin.

„Schlafen", antwortete Oliver.

„Was?", fragten Nina und Martin wie aus einem Mund.

„Ihr habt alle in den vergangenen Nächten kaum ein Auge zugetan und fallt vor Müdigkeit fast um. Noch hält euch das Adrenalin wach, aber ihr seid fehleranfällig und ich bin es auch. Vor dem morgigen Tag erwarten wir keine weitere Leiche. Ich werde gleich zu Kohler fahren und mit ihm absprechen, dass bis Mitternacht weitere Einheiten das Gelände auf den Hügeln sichern. Ihr fahrt jetzt nach Hause und legt euch schlafen. Um Mitternacht geht es los und wir bringen zu Ende, was dieser verfluchte Paulitsch angefangen hat. Wir können im Moment sowieso nichts weiter ausrichten. Alles, was wir tun können, ist die Landschaft zwischen dem Bordell und der Kreuzberglkirche und dieses Haus hier im Auge zu behalten und diese Aufgabe werde ich unseren Kollegen übertragen. Noch Fragen?"

„Wie soll ich denn jetzt schlafen gehen?", fragte Martin vorwurfsvoll.

„Trink einen Tee, das wirkt Wunder", antwortete Oliver.

Kapitel 46

Oliver tippte die Nummer von Ernst Kohler in sein Handy. Er hatte überhaupt keine Lust auf ein Gespräch mit seinem Vorgesetzten, da dieser ihn das letzte Mal, als sie gemeinsam in einem Raum gewesen waren, vor seiner gesammelten Mannschaft angeschrien hatte.

„Strauß, was wollen Sie?", hörte er die ruppige Stimme Kohlers.

„Ich brauche für diese Nacht weitere Einheiten", begann Oliver, kam aber gar nicht weiter mit seinen Erklärungen.

„Ist das so? Und ich dachte, sie rufen an um zu erklären, warum Sie mir zuerst sagen, sie wüssten wer Ihr Täter sei, nur um wenig später und aus heiterem Himmel einen Rückzieher zu machen und zu verkünden, sie hätten den Falschen geschnappt. Doch das reicht Ihnen noch nicht, die von Ihnen fälschlich verdächtigte Person liegt keine halbe Stunde, nachdem sie entlassen wurde, erschossen in ihrem Haus. Ach, was sage ich erschossen, die Bilder sehen mir eher aus wie eine Hinrichtung. Wollen Sie mir nicht lieber darüber etwas erzählen, Strauß?"

Oliver schloss die Augen. Er musste schlafen und zwar bald.

„Hören Sie, ja, wir hatten einen Verdächtigen und ja, wir lagen falsch. Sowas kann in unserem Beruf durchaus mal vorkommen. Aber wissen Sie was? Jetzt wissen wir tatsächlich, wer unser Täter ist. Wir wissen, wie er heißt, wo er wohnt und wie er aussieht. Leider vermuten wir ebenso, dass er bereits ein neues Opfer hat. Und darum brauche ich Ihre Erlaubnis, dass wir weitere Einheiten hinzuziehen können."

Kurz war es still am anderen Ende der Leitung.

„Sind Sie sich sicher, dass Sie dem Fall noch gewachsen sind? Es ist keine Schande, wenn Sie ihn jetzt abgeben", hörte er Kohlers Stimme. „Man muss sich auch eingestehen können, wann einem ein Fall über den Kopf wächst. Weitere Leichen können Sie sich einfach nicht leisten, Strauß. Haben wir uns verstanden?"

Oliver steckte sich zwei Finger in den Mund und biss kräftig zu, um seinen drohenden Wutanfall zurückzuhalten.

„Ja, ich habe verstanden", antwortete er dann, „Aber ich bin ebenso davon überzeugt, dass ich den Fall zu Ende bringen werde und zwar bereits morgen. Ich mache Ihnen ein An-gebot. Sollten wir den Fall bis zum morgigen Abend nicht restlos aufgeklärt haben, dann gebe ich den Fall ab. Allerdings tue ich das nur unter der Bedingung, dass Sie mir bis dahin ausreichend Polizeikräfte zur Verfügung stellen."

Erneut war nur das schwere Atmen Kohlers zu hören. Er schien tatsächlich zu überlegen.

„Also gut, Strauß, ich nehme Sie beim Wort. Sie haben bis morgen um Mitternacht Zeit den Kerl zu schnappen und mir eindeutige Beweise für seine Schuld vorzulegen. Sollte das nicht klappen, treten sie ab."

Oliver starrte auf sein Telefon und war sich nicht sicher, ob sich Kohler mit dem Wort *abtreten* nur auf den aktuellen Fall bezog. Eine innere Stimme sagte ihm, dass seine Tage im Dezernat gezählt waren.

Eine Dreiviertelstunde später waren vier Beamte bei den Weinbergen, vier bei der Zillhöhe und weitere zwei bei der Kreuzberglkirche stationiert. Zudem parkte ein Streifen-wagen in zehn Metern Entfernung vor der Auffahrt zu Stephan Paulitsch´s Hauseinfahrt. Clemens, der erfolglos von seiner Suche des Bordellgeländes an die Bar zurückgekehrt war, sollte nach wie vor dort ausharren und weiter die Menschen beobachten.

Erschöpft ließ sich Oliver hinter das Lenkrad seines Wagens sinken. Nun war seine Zeit als leitender Ermittler also offiziell angezählt. Komischerweise war ihm das im Moment ziemlich egal. Er steuerte das Auto ganz automatisch zu der Wohnung von Josepha Strasser. Als er hinter ihrem Wagen auf der Auffahrt parkte, klingelte sein Handy.

„Sophia, hast du den Namen?"

„Ja, habe ich. Bei der Pflanze handelt es sich um eine Veronika, auch Strauchveronika genannt."

„Danke, geh schlafen, ich organisiere den Rest", und er legte wieder auf.

Während er Jacksons Nummer wählte, drückte er auf den Klingelknopf von Josephas Wohnung.

„Jackson, die Pflanze heißt Veronika!"

„Veronika ist ein Pflanzenname? Verdammt, das wusste ich nicht, tut mir leid." Jacksons Stimme war leicht panisch, erneut schien er Angst um seinen Job zu bekommen.

„Mach dir keinen Kopf, das wusste auch keiner von uns. Wichtig ist nur, dass du uns raussuchst, wie viele Veronikas es auf der Universität gibt, die infrage kommen."

„Ich werde mich sofort darum kümmern und schick dir dann die Liste", beeilte sich Jackson zu sagen und Oliver drückte ihn weg.

Die Tür öffnete sich und vor ihm stand Josepha.

„Du siehst fürchterlich aus", sagte sie.

„Und du bezaubernd", erwiderte er.

„Ich nehme nicht an, dass du mir erzählen willst, warum du so aussiehst?"

„Ob du es glaubst oder nicht, genau deswegen bin ich hier."

Oliver lag mit geschlossenen Augen auf Josephas weinrotem Sofa und redete. Er erzählte, wie Jackson die Verbindung zwischen den Blumen und den Frauennamen entdeckt hatte, welchen Theorien sie anfangs nachgegangen waren und warum sie diese wieder verworfen hatten. Er erklärte, warum sich Bachmann verdächtig gemacht hatte, schilderte dessen gewaltsamen Tod durch einen Schuss in den Hinterkopf, erzählte von Patrik Unterweger und seinem Bademantel, dem Landrover, der einmal zu oft an verdächtigen Orten aufgetaucht war und wie sie auf den Namen Stephan Paulitsch gekommen waren. Er erwähnte auch Flora Engels, die sich vor einem Monat auf tragische Weise das Leben genommen hatte, nachdem ihr Peiniger aus dem Gefängnis entlassen worden war und erzählte von dem angeschossenen Polizisten David Bromann und von der noch immer nicht aus dem Koma erwachten Margarete Kalcher. Er beschrieb ihr auch den Tatort zwischen den Holzstapeln des Bordells Turmhöhe, die verborgenen Löcher im Zaun, die er gefunden hatte und die Vasen, von denen zwei nach wie vor nicht gefüllt waren. Er beschrieb ihr das Haus des Täters, dass so sauber und ordentlich eingerichtet war und kaum benutzt schien, erzählte von dem großen Wohnzimmer, in dem das unscheinbare blaue Gift blühte und weitere Blumen auf dem Küchentisch verstreut lagen, von denen sie bis auf eine Blüte bereits alle an Tatorten gefunden hatten. Auch seinen Konflikt mit Kohler ließ er nicht aus, wie er gekämpft hatte, um sein Team zu vergrößern und welchen Handel er abgeschlossen hatte, damit er für heute Nacht mehr Unterstützung bekam. Oliver redete über eine halbe Stunde, seine Augen blieben dabei die ganze Zeit geschlossen und Josepha, die sich nahe seinem Kopf auf den Boden gekniet hatte und sanft sein Haar streichelte, unterbrach ihn nicht ein einziges Mal. Oliver beendete seine Geschichte mit dem Namen Veronika, den sie über die unbekannte Blume herausgefunden hatten. Als er verstummte, legte sich eine schwere Stille in den Raum.

„Wenn ich dich richtig verstehe", begann Josepha nach einigen Minuten zögerlich, „dann wisst ihr nun wer der Täter ist und dass er aller Wahrscheinlichkeit nach noch ein weiteres Mädchen verschleppt hat. Allerdings habt ihr keine Ahnung, wo er sich aufhalten könnte."

Oliver nickte, hielt die Augen dabei jedoch weiterhin geschlossen.

„Glaubst du er weiß bereits, dass ihr sein Versteck auf dem Gelände gefunden habt?"

„Schwer zu sagen. Er hat uns in der Eingangshalle des Bordells gesehen und ist ziemlich schnell wieder abgehauen. Ich glaube allerdings nicht, dass er seitdem wieder dort war. Immerhin hatte er genug damit zu tun, Bachmann umzubringen. Außerdem sitzt seit dem Mittag Clemens an der

Bar und beobachtet alle, die ein und ausgehen und die anderen hatten die reparierten Löcher im Zaun im Visier."

„Ihr habt also echt den Zaun für den Puffbesitzer repariert?", fragte Josepha und musste lachen.

„Es blieb uns kaum etwas Anderes übrig", antwortete Oliver, öffnete nun doch die Augen und knuffte sie mit seinem Ellenbogen in die Seite.

„Also ich weiß nicht recht", überlegte Josepha und ihr Gesicht nahm wieder ernstere Züge an. „Ich habe da so eine Idee. Wie sicher bist du dir denn, dass der nächste Mord erst nach Mitternacht stattfinden wird?"

„Schwer zu sagen. Siebzig, achtzig Prozent vielleicht?"

„Verdammt, das ist weniger als ich gehofft habe. Dennoch, was hältst du von folgendem Vorschlag?"

Und nun war sie es, die erzählte und Oliver hatte den Part des Zuhörers übernommen.

Kapitel 47

Es war acht Uhr abends, als Chester nach dem klingelnden Telefonhörer auf seinem Nachtkästchen griff.

„Ja?", gähnte er ins Telefon.

„Sag bloß, ich habe dich geweckt?", fragte Oliver erstaunt.

„Hör mal, seit fünf Tagen rufst du mich täglich und zu teilweise unmenschlichen Zeiten zu irgendwelchen Tatorten, ich mache Überstunden ohne Ende und bin fix und fertig. Natürlich habe ich schon geschlafen."

„Dann hoffe ich doch sehr, dass du jetzt schön ausgeruht bist. Folgendes sollst du bitte für mich tun."

Als Chester Olivers Bitte anhörte, verspürte er große Lust, das Telefon einfach wieder aufzulegen und weiterzuschlafen.

„Das kannst du doch nicht ernst meinen", flehte er. „Das schaffe ich doch nie im Leben."

„Hast du Fotos, die dir dabei helfen können?", fragte Oliver.

„Ja, natürlich", erwiderte Chester beinahe entrüstet. „Ich verstehe etwas von meinem Job, weißt du?"

„Na, dann sollte das doch irgendwie machbar sein. Es muss ja bei Weitem nicht perfekt werden. Es muss nur funktionieren. Schnappst du dir zwei Helferlein und machst dich an die Arbeit? Bitte?"

Chester seufzte. „Hast du dafür eine Genehmigung?"

„Sagen wir einfach, ich hätte dich angelogen und gesagt, dass ich eine habe", antwortete Oliver. „Dann bist du außen vor. Melde dich, wenn du vor Ort bist."

Er legte auf, bevor Chester widersprechen konnte und schaute in Josephas Gesicht. Sie schenkte ihm ihr breitestes Lächeln.

„Also, entweder wird das eine saftige Gehaltserhöhung oder ich verliere gerade meinen Job", seufzte Oliver.

„Bei uns in der Redaktion ist eine Stelle als Kopierjunge freigeworden", sagte sie und blickte ihn spöttisch an. „Mir würde es gefallen, wenn ich dein Boss wäre."

Sie ließ ihr glockenhelles Lachen hören und schloss ihn in ihre Arme.

„Das wird schon. Und das Beste an der ganzen Sache ist: Ob es klappt oder nicht, die Story wird der Hammer. Also für mich meine ich."

Oliver schluckte. Damit hatte sie allerdings recht.

„Willst du noch ein Weilchen schlafen, bevor es losgeht?", fragte Josepha.

„Keine Chance, leider. Erstens bin ich jetzt viel zu aufgekratzt um auch nur an Schlaf denken zu können und zweitens muss ich noch ein paar Telefonate führen."

„Das muss ich auch", antwortete sie augenzwinkernd, löste sich aus der Umarmung und ging ins Nebenzimmer.

Oliver wählte die Nummer von einem der Polizisten, die er bei den Weinbergen postiert hatte.

„Wieser am Apparat. Kommissar Strauß, sind Sie das?"

„In der Tat, ich bin es. Haben Sie einen Werkzeugkoffer im Auto?"

„Ja, ich denke schon, warum?"

„Dann möchte ich, dass Sie bitte folgendes für mich tun", und er beschrieb, was er von dem jungen Polizisten erwartete.

„Entschuldigung", stotterte der Polizist namens Wieser am anderen Ende der Leitung, „aber könnten Sie das bitte noch einmal wiederholen? Ich möchte nur sichergehen, dass ich Sie richtig verstanden habe."

„Keine Sorge", antwortete Oliver. „Sie haben richtig verstanden. Schaffen Sie das in einer Stunde?"

„Ich denke schon", sagte der Mann noch immer etwas unsicher.

„Gut. Und passen Sie auf, dass Sie niemand sieht. Legen Sie los!"

Oliver beendete das Gespräch, um gleich darauf Clemens Nummer zu wählen.

„Hallo?", hörte Oliver dessen Stimme am anderen Ende der Leitung. Es war lautes Gelächter und Musik im Hintergrund zu hören.

„Kannst du frei reden?", fragte Oliver.

„Moment", antwortete Clemens und es raschelte ein paar Sekunden in der Leitung, dann meldete er sich erneut.

„Jetzt. Worum geht es?"

„Wie läuft es bei dir?"

„Naja, ich habe festgestellt, dass ich nicht, wie anfangs gedacht, der Älteste hier in der Runde bin und das finde ich etwas ekelerregend. Ansonsten kippe ich einen Tonic nach dem anderen in mich rein und renne deswegen alle fünfzehn Minuten aufs Klo. Ich werde nie wieder Tonic trinken, das schwöre ich bei allem, was mir heilig ist."

„Alles klar, ich werde es mir merken. Du hast einen neuen Auftrag zu erledigen."

Clemens hörte aufmerksam zu.

„Ich verstehe nicht ganz", sagte er dann.

„Das macht nichts. Befolge einfach ganz genau, was ich dir gerade gesagt habe und vertraue mir, was den Rest angeht."

„Alles klar. Dann bis später", und er beendete das Gespräch.

Josepha kam zurück in den Raum.

„Und?", fragte Oliver erwartungsvoll.

„Wie ich sagte, kein Problem", erwiderte Sie und streckte beide Daumen in die Höhe. „Sie wollen lediglich, dass du dafür geradestehst."

„Na, wenn es weiter nichts ist", murmelte Oliver. Plötzlich wurde ihm etwas schwindelig und er musste sich setzen.

„Ist bei dir alles in Ordnung?", fragte Josepha besorgt.

„Frag mich das in vierundzwanzig Stunden", erwiderte Oliver und massierte sein Brustbein mit seinem Handballen. Die Schmerzen waren zurückgekehrt.

„Wie viele Telefonate hast du noch vor dir?"

„Vier."

„Dann halt dich mal ran."

Sein nächster Anruf galt Jackson. Dieser war erneut die Liste der Studentinnen an der Universität durchgegangen und hatte vier in Frage kommende Veronikas ausfindig gemacht. Oliver notierte sich die Adressen und Telefonnummern, dann erklärte er ihm Josephas und seinen Plan. War Jackson schon von Natur aus nervös, so fing seine Stimme in dem Moment, als er Oliver sagte, dass er verstanden habe und tun würde, worum er ihn gebeten hatte, an zu zittern. Als nächsten Schritt wählte Oliver Karins Nummer. Er übertrug ihr die Aufgabe festzustellen, ob alle vier Frauen mit Namen Veronika sicher zu Hause waren und wenn ja, sie vor einer potenziellen Gefahr zu warnen. Die Nummer Drei auf seiner noch abzuarbeitenden Liste an Telefonaten bildeten die

Polizisten, die er an der Kreuzberglkirche postiert hatte. Er beschrieb haargenau, was er von ihnen verlangte und es kam ihm so vor, als würden sich die Kollegen tatsächlich freuen. Als Letztes war nur noch Martin an der Reihe. Oliver überlegte kurz, ob er seinem Partner noch eine Mütze Schlaf gönnen sollte, aber dann wählte er doch seine Nummer. Nach nur einem Klingeln nahm Martin ab.

„Gibt es was Neues?", fragte er.

„Ja, das kann man so sagen", antwortete Oliver. „Hast du schon geschlafen?"

„Ich sagte dir bereits im Haus von Paulitsch, dass ich jetzt nicht schlafen kann."

„Glaub mir, wenn du hörst, was ich dir jetzt sagen, dann würdest du dir wünschen, du hättest geschlafen. Besitzt du zufällig eine Yogamatte?"

„Bitte, was willst du von mir?"

„Eine Yogamatte oder Gymnastikmatte, besitzt du so eine?"

„Ich habe noch eine Isomatte zum Zelten irgendwo im Keller rumliegen. Warum?"

Oliver erzählte ihm, was er vorhatte.

„Genial!", lachte Martin.

„Das sagst du jetzt. Meine ernst gemeinte Frage an dich: Glaubst du, dass du das durchhältst? Das ist kein leichtes Unterfangen, es wird irrsinnig anstrengend und bestimmt ziemlich unbequem."

„Glaub mir, um den Kerl zu kriegen würde ich noch viel mehr aushalten."

„Ganz wie du meinst. Dann hast du die ehrenvolle Aufgabe, Andreas ins Bild zu setzen. Ich hoffe doch sehr, er wird ebenso begeistert sein wie du."

„Alles klar. Hören wir uns vorher noch einmal?"

„Kann ich noch nicht sagen. Seid auf alle Fälle vorsichtig und wenn wir uns nicht mehr hören, dann schon jetzt viel Glück."

Er beendete das Gespräch und legte das Handy auf den Wohnzimmertisch. Josepha stand im Türrahmen und musterte ihn von oben bis unten.

„Komm mit ins Bett", sagte sie. „Ich habe keine Lust nur hier zu sitzen und die Daumen zu drücken, dass alles gut geht."

Kapitel 48

Es war viertel nach neun, als Oliver sein klingelndes Handy an seine verschwitzte Wange hielt. Er atmete zweimal tief durch, dann nahm er ab.

„Guinness?"

„Ich bin da und es ist bereits verflucht dunkel."

„Schafft ihr es trotzdem?"

„Haben wir denn eine Wahl?"

Oliver musste Lachen. „Nein, nicht wirklich. Gebt euer Bestes. Ich will ja keinen Druck machen, aber es hängt eine Menge davon ab."

Er hörte etliche unverständlicher Schimpfworte, mit denen Chester seine Worte kommentierte.

„Eines noch. Martin und Andreas sollten inzwischen auf dem Weg sein. Hilf ihnen bitte, okay?"

„Das endet in einer Katastrophe", brummte Chester und legte ohne Abschiedsgruß auf. Oliver drehte sich zu Josepha.

„Wir sollten uns langsam wieder anziehen, meinst du nicht auch? Allzu viel Zeit bleibt uns nicht mehr."

Er krabbelte aus dem Bett, ging ins Bad und stellte sich unter die Dusche. Er stellte das Wasser auf die kälteste Stufe, was er, solange er sich zurückerinnern konnte, noch nie getan hatte und zwang seine Lebensgeister damit zu neuer Motivation. Dann trocknete er sich ab, schlüpfte in Hemd und Hose und lief hinunter in die Küche, um seiner Sucht nach Kaffee nachzugeben.

Als er gerade dabei war, sich die zweite Tasse einzuschenken, klingelte sein Handy erneut.

„Karin?", fragte Oliver.

„Drei wissen Bescheid, eine ist weder telefonisch noch persönlich zu erreichen. Ich stehe vor ihrer Wohnung, alle Lichter sind dunkel und keiner macht die Tür auf. Du weißt, was das vermutlich heißt."

Scheiße, fluchte Oliver, der trotz allem gehofft hatte, dass sie falsch lagen. Er hatte also wirklich eine weitere Frau in seiner Gewalt. Höchste Zeit einen Versuch zu starten, den nächsten Mord zu verhindern.

Ernst Kohler lag in seinem Bett und wälzte sich hin und her. Er konnte nicht einschlafen, das Telefonat am Abend mit Oberstaatsanwalt Vincent Klein hielt ihn wach. Klein hatte ihm vorgeworfen, dass er bei Oliver Strauß zu wenig Druck ausgeübt hatte. Zwar lag noch keine Verhaftung vor, doch wollte Klein es weder riskieren, dass eine seiner Untergebenen diesen bedeutenden Fall in den Sand setzen würde, noch, dass sie gewinnen und ihm die Show stehlen könnte. So hatte er es zwar nicht formuliert, aber seine Absichten waren mehr als eindeutig gewesen. Das Schlimme war, dass Klein die Schuld auf ihn abwiegeln konnte, sollte die junge Anwältin Erika Binder keinen Erfolg haben. Klein würde allen Pressemitarbeitern, die es hören wollten, erklären, dass er nur allzu oft seine Hilfe in dem Fall angeboten hatte, diese aber kategorisch abgelehnt worden war. Ärgerlich setzte er sich im Bett auf und blickte auf seine schlafende Frau. Ihr röhrendes Schnarchen führte auch nicht dazu, dass endlich die Müdigkeit in seine Glieder fuhr. Er blickte auf den Wecker. In roten Zahlen blinkte ihm die Zeit entgegen. Null Uhr dreiundvierzig. Bereits weit nach Mitternacht. Er stand auf, schnappte sich seine Decke und tappte lautlos ins

Wohnzimmer. Dort ließ er sich seufzend auf seinen Sessel sinken, goss sich ein Glas mit Cognac vom Beistelltisch ein und genehmigte sich einen kleinen Schluck. Wohlig seufzend griff er nach der Fernbedienung, lehnte sich zurück und legte seine Füße auf den bereitstehenden Hocker. Als sich das Bild auf der Mattscheibe kristallisierte, fiel sein Cognacglas mit lautem Klirren zu Boden und zersprang in unzählige kleine Splitter. Die hellbraune Flüssigkeit bahnte sich ihren Weg auf dem Parkett und begann, in den winzigen Spalten des Bodens zu versickern, doch Kohler war es egal. Mit offenem Mund starrte er auf den Fernseher. Ausgerechnet *der* Mann, der ihm seit Tagen Probleme bereitete, starrte sichtlich gezeichnet von dem, worüber er da berichten musste aus dem Fernseher zurück.

„…erst vor kurzem passiert sein. Eine weitere gewaltsam getötete Frau wurde auf dem Kinderspielplatz nahe der Kreuzberglkirche gefunden, neben der in den vergangenen Tagen bereits zwei weitere Leichen und die noch immer im Koma liegende Margarete Kalcher entdeckt wurden. Herr Kriminalinspektor Strauß, Sie haben die Leitung in den Ermittlungen für diese Todesfälle. Um wen handelt es sich bei der toten Frau? Wie ist ihr Name?"
„Ihnen sollte bewusst sein, dass ich dazu keine Antwort geben kann, wenn noch keine eindeutige Identifikation statt-gefunden hat", antwortete Oliver mit feindseligem Blick in die Kamera, hinter der die Reporterin stehen musste.
„Wie wollen Sie vorgehen, um endlich die Kontrolle über diese Situation zu bekommen. Frauen sterben und die Polizei schaut untätig zu."
„Wir schauen keineswegs untätig zu", entrüstete sich Oliver mit wütender Stimme, sichtlich darum beherrscht, nicht zu brüllen. *„Sämtliche verfügbaren Einheiten sind in diesem*

Moment in einem Einkilometerradius um diesen Tatort verteilt und drehen jedes Blatt und jeden Stein um. Wenn etwas dort liegt, was dort nicht hingehört, dann werden wir es auch finden, das kann ich Ihnen versichern. Also sagen Sie mir nicht, wie ich meinen Job zu erledigen habe. Ich schreibe Ihnen doch auch nicht vor, welche Fragen Sie stellen sollen."

Kohler verfolgte das Spektakel, dass sich hinter Olivers Rücken abspielte. Zahlreiche Polizisten liefen hin und her, schossen Fotos und brüllten sich gegenseitig Befehle zu. Im Hintergrund sah er den Spielplatz, der in der Dunkelheit heller beleuchtet zu sein schien, als ein Weihnachtsbaum am Heiligen Abend. Ihm wurde mit einem Mal sehr heiß und Zorn stieg aus seinem Innersten hervor, wie er ihn selten verspürt hatte.

„Das wars´, jetzt bist du endgültig erledigt", murmelte er und schaltete ab. Er musste überlegen, wie er sich möglichst unbeschadet aus diesem Debakel herausmanövrieren konnte.

Oliver hasste es, wenn Kameras auf sein Gesicht gerichtet waren. Noch mehr hasste er es, Fragen beantworten zu müssen, die einzig und allein darauf abzielten, seine Arbeit oder die seines Teams schlecht aussehen zu lassen. Und natürlich waren auch um diese Uhrzeit schon wieder die ersten sensationsgeilen Besucher an den Absperrbändern, darauf erpicht, einen Blick auf die Leiche zu erhaschen oder ein Selfie am Tatort zu schießen.

„Wie sicher sind Sie, dass es sich bei dem Täter um denselben wie in den letzten Tagen handelt?", fragte ihn die ihm unbekannte Reporterin und hielt ihm weiterhin das Mikrophon vor den Mund.

Oliver bemerkte, dass sie die Fragen von einem Blatt Papier

ablas. Wer dachte sich nur solche dämlichen Fragen aus, auf die eh schon alle die Antwort kannten?

„Ich kann mich nur wiederholen, dass ich in diesem frühen Stadium der Untersuchungen noch nichts dazu sagen kann und zwar aus dem einfachen Grund, dass wir es noch nicht wissen. Allerdings könnte man anmerken, dass es wohl eher unwahrscheinlich ist, dass in den letzten Tagen noch jemand auf den Geschmack gekommen ist, junge Frauen zu töten. Wenn Sie mich nun bitte entschuldigen würden, ich habe noch eine lange Nacht vor mir."

Damit wandte er sich ab und lief auf den hell erleuchteten Spielplatz zu, der zum Leidwesen der Zuschauer mit Planen in alle vier Himmelsrichtungen abgeschirmt war. Er sah Chester zwischen einer Lücke der Absperrungen hindurchschlüpfen und winkte ihn zu sich heran.

„Und, was denkst du?", fragte er ihn.

„Das hier", sagte Chester und ließ seinen Blick über die Szenerie wandern, „ist eine verdammte Katastrophe."

Oliver nickte. „Da hast du wohl recht", sagte er und schluckte.

Kapitel 49

Idioten. Habe ich es nicht schon tausendmal gesagt? Idioten! Es ist ein Spiel und sie beherrschen die Regeln nicht. Nun steht eine weitere Seele auf meiner Liste, die nicht mehr lange leben wird, denn diesen Nachahmer werden sie kriegen. Natürlich müssen sie ihn wieder laufenlassen, weil sie nicht verstehen. Weil sie nicht erkennen. Was ist das Original, was ist die Fälschung, ein Künstler weiß so etwas, doch das sind keine Künstler, sondern Amateure. Sie machen das Spiel leicht und nehmen die Spannung. Ein Trittbrettfahrer und schon müssen sie zurück zum Start. Schmeichelhaft zwar, das ganz gewiss, aber unnötig. Bei einem Autorennen lasse ich doch auch keine Luft aus den Reifen meines Gegners. Komm hier durch, sei vorsichtig, zieh die Beine dicht an deinen Körper. Sehr gut, sehr gut. Sehen wir es positiv, jetzt habe ich Zeit, mich ganz dir widmen zu können und ich versichere dir, sie werden verstehen, dass du die einzig Wahre bist. Du bist das Original und ganz gewiss nicht die Fälschung, ich werde den Menschen diesen Unterschied schon noch lehren. Du bist der Engel, meine liebe Veronika. Wir werden uns heute Zeit lassen, ganz ungestört sein. Vergieß keine Tränen, lass die Ehre, die ich dir schenke, zu und gibt dich mir und den Schmerzen hin. Denn ich, ich werde dein Tod und deine Auferstehung sein.

Er trug sie über seine Schulter gelegt sicheren Schrittes über den Rasen. Als Fessel für ihre Arme und Beine hatte er ihre eigene Kleidung benutzt, allerdings spürte er, dass ihre Gegenwehr schon nachließ, das Gift zeigte bereits seine lähmende Wirkung. Ab und zu krampfte ihr Körper und ein leises Stöhnen war aus ihrem geknebelten Mund zu vernehmen, ansonsten verhielt sie sich ruhig. Als er ankam, bettete er sie vorsichtig auf dem Boden. Er holte die Schere aus dem Loch unter dem großen Stein hervor und Schnitt ihre Fußfesseln auf. Er konnte keine Striemen auf ihrer Haut erkennen und nickte zufrieden.

"So sauber und rein wie ein Engel. Bevor ich dich zurechtmache, werden wir noch ein klein wenig Spaß haben", raunte er ihr leise ins Ohr. Dann öffnete er seinen Gürtel und zog seine Jeans aus. Fein säuberlich faltete er sie zusammen und legte sie neben sich auf den Boden. Dann kniete er sich hin und zog das Mädchen dicht an sich heran. Ein Schauer lief ihm über den Rücken und er spürte, wie er erregt wurde. Dann griff er nach ihrem Slip.

„Wenn ich du wäre", sagte Martin und zielte mit der Mündung seiner Waffe mitten auf die Brust von Stephan Paulitsch, „dann würde ich die Frau jetzt loslassen."

„Ich würde auf ihn hören", ergänzte Andreas, der seine Dienstwaffe genau zwischen die Augen von Paulitsch gerichtet hatte. „Mein Kollege hatte eine verdammt harte Woche und ist so gar nicht zu Späßen aufgelegt."

Stephan Paulitsch war in seiner Bewegung erstarrt, seine Augen wechselten erst verwirrt, dann panisch zwischen den beiden auf ihn gerichteten Waffen hin und her.

„Ich sage es ein letztes Mal", zischte Martin und sprang vom Holzstapel auf die ausgebreiteten Decken, die Waffe nach wie vor auf Paulitsch gerichtet. Auch Andreas schwang sich nun herab.

Paulitsch reagierte blitzschnell und presste das Mädchen mit seinem rechten Arm wie ein lebendes Schutzschild an seinen eigenen Körper. Mit der linken Hand griff er nach der Schere, mit der er zuvor ihre Fesseln durchtrennt hatte. Seine Hand zitterte, als er ihr die Schneide an den Hals hielt.

„Wenn ihr euch auch nur einen Zentimeter bewegt, dann ist sie tot", flüsterte er und ritzte ihr dabei die Haut direkt über ihrem Kehlkopf auf. Blut tropfte aus der Wunde und lief ihren Hals hinab.

„Wenn wir es nicht tun, wird sie es auch bald sein", erwiderte Andreas. „Jetzt leg die Schere hin und lass sie los. Ich werde es nicht noch einmal sagen."

Ein kurzer Moment der Stille trat ein, niemand sagte etwas und sie verharrten abwartend in ihrer Stellung. Es war Paulitsch, der sich zuerst entschloss zu handeln.

„Fickt euch doch!", schrie er und stieß das Mädchen mit aller Kraft nach vorne und gegen die beiden Polizisten. Dann rannte er um sein Leben. Er hörte einen lauten Knall, blieb jedoch nicht stehen und spürte auch keinen Schmerz. Die hohen Gräser peitschten gegen seine nackten Beine, die ihn sicheren Schrittes zu der Öffnung im Zaun führten, durch die er noch vor wenigen Minuten die Wiese betreten hatte. In der Dunkelheit konnte er schon die Konturen der Grenze in die Freiheit entdecken, noch zwanzig Meter, noch zehn Meter. Dann erkannte er, wie sich eine dunkle Silhouette hinter einem Baum hervorschob und sich genau vor die rettende Öffnung im Zaun stellte.

Nina hörte den Schuss und machte sich bereit. Fieberhaft blickte sie in die Dunkelheit und hoffte, dass die Ehre ihr zu Teil werden würde. Sie hörte ihn, bevor sie ihn sah. Ein gehetztes Schnaufen in der Dunkelheit, es wurde lauter und dann entdeckte sie die dunkle Gestalt wenige Meter vor sich, die auf sie zu gerannt kam. Sie schob sich lautlos aus ihrem Versteck und zielte. Dann drückte sie ab. Dass sie getroffen hatte verkündete ihr der trommelfellzerreißende Schrei des Mannes, der sich zu ihren Füßen auf dem Boden wälzte. Kalt blickte sie ihm ins Gesicht. „Liegen bleiben, oder ich schieße dir dorthin, wo es wirklich weh tut", blaffte sie ihn an und richtete ihre Waffe auf seine Boxershorts.

Plötzlich tauchte Martin neben ihr in der Dunkelheit auf. „Ach, verdammt!", fluchte er und schaute auf Paulitsch herab. „Ich hatte wirklich gehofft, dass ich es bin, der ihn niederstrecken darf."

Kapitel 50

Die Pressekonferenz war auf neun Uhr morgens angesetzt worden, doch bereits eine halbe Stunde vorher platzte der Raum aus allen Nähten. Die Ereignisse der vergangenen Nacht hatten sich wie ein Lauffeuer verbreitet und wie immer brodelte die Gerüchteküche. Schon nach wenigen Stunden vermochte kaum noch jemand zu sagen, was nun der Wahrheit entsprach und was nicht. Dementsprechend aufgeregt saßen die Journalisten auf ihren Plätzen und warteten sehnsüchtig auf den Beginn der Veranstaltung. Noch war das Podium jedoch unbesetzt.

Oliver saß um diese Zeit noch im Konferenzraum und blickte in die Gesichter seiner Mitstreiter. Alle waren sie versammelt und jeder genoss das Ende der anstrengenden Woche auf seine eigene Weise. Andreas und Nina unterhielten sich angeregt, sie wollten so bald wie möglich das Picknick über dem Weinberg nachholen. Martin amüsierte sich köstlich über eine Geschichte von Chester, die mit hoher Wahrscheinlichkeit von Alkohol und einer fremden Frau handelte. Karin hatte die Füße auf den Tisch vor sich gelegt und die Augen geschlossen, sie enthielt sich jeglicher Gespräche. Clemens saß mit zufriedenem Gesichtsausdruck in seinem Stuhl und schüttelte alle zwei Minuten fassungslos seinen Kopf und Sophia spielte Bauernskat mit Jackson, wobei sie eine Niederlage nach der anderen einstecken musste. Jackson hatte den Projektor an den Fernseher angeschlossen und wollte die Pressekonferenz live auf der Leinwand übertragen und so ließen sie die Minuten verstreichen und warteten darauf, dass es losging.

„Hey, Partner", sagte Martin und wandte sich Oliver zu. „Meinst du, dass du deinen Job behalten darfst oder stehe ich ab morgen als Single in meinem Berufsalltag da?"

Die Gespräche rundum verebbten, sie blickten ihn mit teils

nervösen und angespannten Gesichtern an. Nur Karins Augen blieben geschlossen, ihr gleichmäßiges tiefes Ein- und Ausatmen verriet, dass sie eingeschlafen war.

Oliver runzelte nachdenklich die Stirn.

„Ich weiß es ehrlich nicht. Ich habe bereits etliche Male versucht Kohler anzurufen. Der alte Hund drückt mich aber immer weg. Ich habe keine Ahnung, wie viel er inzwischen weiß, aber die Pressekonferenz hatte er schon einberufen, da war die Show auf dem Kreuzbergl noch gar nicht vorbei. Er wird also zumindest *etwas* wissen. Ich muss anscheinend einfach abwarten."

„Machst du dir deswegen keine Sorgen?", fragte Sophia überrascht.

„Ach weißt du, im Moment ist mir so ziemlich alles egal", lachte Oliver und die anderen stimmten mit ein.

Es klopfte zaghaft an der Tür.

„Herein!", sagte Oliver.

Die Tür öffnete sich und Josepha betrat den Raum.

„Die Pressekonferenz findet ein Stockwerk tiefer statt", sagte Nina und lächelte ihr freundlich zu. „Allerdings weiß ich nicht genau, ob Sie noch einen Platz bekommen, ich war vor zehn Minuten unten und da war der Saal bereits brechend voll."

„Nun ja", sagte Josepha, „das wird wohl nicht nötig sein. Ich habe meine Story bereits."

Oliver stand auf. Nun war der Moment der Wahrheit also endlich gekommen.

„Ihr Lieben, darf ich euch Josepha Strasser vorstellen? Sie ist das Superhirn, das für letzte Nacht verantwortlich ist."

Er nahm ihren Kopf sanft zwischen seine Hände und gab ihr einen Kuss auf den Mund. Alle blickten völlig verdattert drein, nur Martin sagte „Das wurde aber auch Zeit." Dann brandete begeisterter Beifall auf, der Karin erschrocken aus dem Schlaf fahren ließ.

„Wollen wir runtergehen?", fragte Josepha an Oliver gewandt. „Ich wollte dich abholen. Du solltest nicht zu spät kommen."

Er nickte.

„Drückt mir die Daumen, dass ich euch Montag wiedersehe", sagte er.

„Ich nehme mir die nächsten zwei Wochen Urlaub", grinste Martin, dennoch war Sorge in seiner Stimme zu vernehmen.

Oliver legte den Arm um Josephas Taille und gemeinsam verließen sie den Raum.

Erika Binder empfing ihn vor dem Hintereingang des Presseraums.

„Ich fasse es nicht, dass ich weniger weiß, als die meisten Menschen dort drin", beschwerte sie sich im vorwurfsvollen Tonfall und zeigte auf die offene Tür.

„Es tut mir leid, ich hätte dich schon noch aufgeklärt, aber Kohler hatte noch in der Nacht auf heute die Pressekonferenz ausgeschrieben. Ich hatte schlichtweg keine Gelegenheit dich einzuweihen."

„Werde ich denn wenigstens zufrieden sein mit dem, was ich zu hören bekomme?"

„Ja, da bin ich mir ziemlich sicher", lächelte Oliver sie an und deutete mit ausgestrecktem Arm auf den Eingang. „Nach dir."

Als sie den Raum betraten, streifte Olivers Blick anerkennend die vielen Gesichter. Noch nie hatte er so viele Menschen in diesem Raum versammelt gesehen. Am Podium saßen bereits Ernst Kohler und der Pressesprecher Gerrit Wiens. Während Kohler mit tiefrotem Kopf stur geradeaus starrte und mit keiner Wimper zuckte, wirkte Wiens ziemlich nervös.

„Was ist denn mit Kohler los?", fragte Erika Binder überrascht.

„Abwarten", antwortete Oliver.

Pünktlich um neun beugte sich Gerrit Wiens in seinem Stuhl nach vorne und hob die Hände, um den Beginn der Pressekonferenz einzuläuten. Langsam verstummten die Gespräche und nur das Summen der Kameras und Diktiergeräte war noch als stetiges Hintergrundgeräusch zu hören.

„Ich begrüße Sie zu der heutigen Pressekonferenz. Ich kann Ihnen an diesem Morgen mitteilen, dass vor wenigen Stunden ein Mann festgenommen wurde, der mit den Morden der letzten Nächte in Verbindung gebracht wird."

Sofort schossen über dreißig Hände in die Höhe.

„Wir werden Ihre Fragen alle und der Reihe nach beantworten. Also bitte üben Sie sich in Geduld und lassen Sie einander ausreden. Bitteschön", und er deutete auf eine Frau zu seiner Rechten.

„Herr Kohler, wer ist die Frau, die vergangene Nacht tot auf dem Spielplatz aufgefunden wurde? Ist sie auch nach einer Blume benannt?"

Oliver hielt sich gespannt an der Tischplatte fest. Normalerweise genoss es Kohler in vollen Zügen, die gelungene Aufklärung eines Falls vor der Presse auszuführen. Nur war das diesmal nicht möglich, weil er sich geweigert hatte mit Oliver zu telefonieren.

„Ich würde die Fragen zu dem Fall gerne an Kriminalpolizist Oliver Strauß weiterleiten, da er bis zur letzten Minute an diesem Fall gearbeitet hat", rettete sich Kohler mit einem gönnerhaften Lächeln.

Wiens wandte sich Oliver zu.

„Herr Strauß?"

Oliver räusperte sich. „Nun ja, wie einige von Ihnen vielleicht schon wissen, gibt es keine Tote, die auf dem Spielplatz gefunden wurde."

In der Tat schienen die meisten Reporter zu nicken, Oliver bemerkte jedoch, dass Kohler ruckartig seinen Kopf in seine Richtung gedreht hatte und ihn nun aus großen Augen anstarrte. Er vermied es tunlichst, seinen Chef anzuschauen und erhob wieder seine Stimme.

„Ich denke, ich fange ganz von vorne an, das wird Ihnen sicher einige Fragen ersparen. Gestern Morgen ist es uns gelungen, das Versteck des Täters namens Stephan Paulitsch ausfindig zu machen. Die Misshandlungen der Frauen fanden auf dem Gelände des Etablissements Schloss Turmhöhe statt." Oliver ignorierte die Hände, die bei diesen Worten erneut in die Höhe flogen und redete weiter. „Ich möchte an dieser Stelle betonen, dass der Besitzer dieser Einrichtung keinerlei Kenntnisse von dieser Tatsache hatte. Wie dem auch sei, gut verborgen zwischen mehreren Stapeln Feuerholz hatte der Täter also sein Lager aufgeschlagen. Wir hatten zudem in dem Zaun rund um das Gebiet drei verborgene Stellen ausfindig machen können, an denen der Zaun aufgeschnitten worden war. Wir haben diese Löcher mit Kabelbinder repariert und etliche DNA-Proben sicher-stellen können. Ich kann schon jetzt verkünden, dass diese Proben mit der DNA von Paulitsch übereinstimmen."

Bei diesen Worten sah er aus dem Augenwinkel, wie die Mundwinkel von Erika Binder in die Höhe schnellten.

„Mit Hilfe einer Zeugenbeschreibung des gestrigen Mordes an Herrn Hannes Bachmann und dem Fahrzeug des Täters, das mit mehreren Tatorten in Verbindung gebracht werden konnte, war es uns möglich, den Mann Stephan Paulitsch als Verdächtigen auszumachen. Bei der Durchsuchung seines Hauses konnten wir die Pflanze sicherstellen, mit der seine Opfer getötet worden waren."

Erika Binder hatte inzwischen einen Notizblock aus ihrer Tasche herausgeholt, um es den Journalisten gleich zu tun und wie besessen mitzuschreiben.

„Außerdem fanden wir Hinweise darauf, dass eine weitere junge Frau entführt worden war. Darum sahen wir uns gezwungen, schnell zu handeln. Ich hatte gestern Abend unseren Leiter der Gerichtsmedizin, Herrn Chester Hensley, gebeten, alle sichergestellten Gegenstände zurück zum Versteck des Täters zu bringen. Anhand der getätigten Fotos hat er den kompletten Tatort so rekonstruiert, wie wir ihn am Morgen vorgefunden hatten. Den Wachen, die am Abend die Hügelregion gesichert hatten, befahl ich zudem, die Kabelbinder, mit denen der Zaun repariert worden war, wieder aufzuschneiden und zu entfernen. Nichts sollte darauf hindeuten, dass wir sein Geheimnis gelüftet hatten. Die Polizisten an der Kreuzbergikirche hatte ich beauftragt, Absperrband, Baustrahler und Planen zu organisieren. Über polizeiliche Beziehungen war es mir zudem möglich, Kontakt zu einer Reporterin aufzunehmen und sie in mein Vorhaben einzuweihen. Wir gingen stark davon aus, dass irgendwann am heutigen Tag der nächste Mord stattfinden sollte. Darum haben wir kurz nach Mitternacht einen Leichenfund nahe der Kreuzbergikirche vorgetäuscht. Wir wussten, dass der Täter die Region beobachtete und die Nachrichten sendeten live über den Leichenfund. Ich erklärte, dass sämtliche Polizisten an den Tatort gerufen worden waren. Ziel war es, den Täter aus seinem Versteck zu locken und ihn zurück zu seiner Wohlfühlzone zu treiben und zwar im Glauben, dass er dort ungestört agieren könnte. Drei Personen aus unserem Team hielten sich jedoch dicht im Unterholz nahe der Löcher im Zaun versteckt, ein weiterer Mann sicherte den Weg durch das Etablissement. Das Problem war, dass sie absolut nicht zu sehen sein durften und trotzdem wissen mussten, wann sie in Aktion treten sollten. Deshalb hatte ich Chester Hensley gebeten, bei der Rekonstruktion des Tatortes ein kleines Mikrophon zwischen den Holzscheiten zu verstecken. Sobald die versteckten Einheiten also über ihre Ohr- lautsprecher ein Geräusch hörten, wussten sie, dass der Täter auf dem Gelände und somit in der Falle saß. Sie konnten ihr Versteck also verlassen und die Löcher im Zaun beziehungsweise den Weg durch das Bordell sichern. Alle Fluchtmöglichkeiten waren damit versperrt. Um der entführten Frau direkt vor Ort zu Hilfe eilen zu können, lagen zudem zwei meiner Männer auf dünnen Matten unter den Planen, welche zum Schutz vor Regenwasser auf den Holzstapeln lagen, versteckt. Diese sollten den Täter wenn möglich direkt am Tatort festnehmen oder aber zu einem der vier Ausgänge treiben, an denen bereits auf ihn gewartet wurde. Was bleibt mir noch zu sagen? Der Plan ging auf, wenige Minuten nach unserer Inszenierung eines Leichenfundes, zappelte der Fisch bereits im Netz. Der Täter wurde zu einem seiner Fluchtwege getrieben und konnte durch einen Schuss in sein linkes Knie gestoppt werden. Die entführte junge Frau wurde mit dem Hubschrauber ins Krankenhaus geflogen, soweit ich informiert bin ist sie auf dem Weg der Besserung."

Oliver beendete seinen Bericht und blickte unsicher zu Gerrit Wiens, der ihn mit offenem Mund anstarrte. Dann fiel ihm anscheinend seine Rolle als Pressesprecher wieder ein und er rief eine weitere Wortmeldung auf.

„Wie hat der Täter seine Opfer entführt?", fragte ein kleiner dicker Mann mit kräftiger Stimme und wenig Haaren auf dem Kopf.

„Das können wir noch nicht beantworten", beantwortete Oliver die Frage. „Da der Täter selbst ebenfalls im Krankenhaus behandelt werden muss, war es uns noch nicht möglich, ihn zu seinen Taten zu befragen. Allerdings sind wir guter Dinge, dass uns die beiden Frauen im Krankenhaus nach ihrer Genesung aufklären können."

„Bitte", sagte Wiens und deutete auf eine weitere Reporterin.

„Herr Kohler, wie sicher konnten Sie sich sein, dass dieses Unternehmen auch gelingt?", rief sie nach vorne.

Nun drehte Oliver doch seinen Kopf und blickte seinem

Vorgesetzten in diese Augen. Dieser starrte zurück und nach einer schier endlosen Zeit machte sich stille Einverständnis zwischen den beiden breit.

„Nun", antwortete Kohler und blickte wieder nach vorne, „hätte ich nicht an diesen Plan geglaubt, dann hätte ich ihn nicht gebilligt. So einfach ist das."

Oliver war sich nicht sicher, ob er sich die lauten Jubelschreie aus dem Stockwerk über ihnen nur einbildete, oder ob sie der Realität entsprachen.

„Herr Strauß, könnten Sie bitte näher erläutern, wie der Zugriff erfolgt ist?"

„Ich denke, alle Fragen die noch offen sind werden in aller Ausführlichkeit beantwortet, wenn Sie um zehn Uhr die Nachrichten einschalten. Dort wird es eine Berichterstattung über die Operation der vergangenen Nacht geben. Vielen Dank für Ihr Verständnis."

Mit diesen Worten stand er unter dem Protestschrei der anwesenden Reporter auf und ließ einen resignierten Kohler und einen verdatterten Wiens zurück. Nur Erika sprang ebenfalls von ihrem Stuhl und folgte ihm aus dem Raum.

„Oliver, ich würde dich am liebsten küssen", jauchzte sie und warf sich ihm in die Arme. „Dieser Fall wird ein absoluter Selbstgänger und der Beginn meiner wunderbaren Karriere."

„Schön für Sie", sagte Josepha und lief den Gang entlang auf Sie zu, „aber sollten Sie ihn tatsächlich küssen verspreche ich Ihnen, dass es das Letzte sein wird, was sie tun. Komm mit, Süßer."

Und damit nahm sie Oliver bei der Hand und zog ihn hinter sich her Richtung Ausgang.

Zwei Wochen später

„Wie ist der Name?", fragte die Frau am Informations-schalter des Landeskrankenhauses Klagenfurt.

„Kalcher, Margarete Kalcher", erwiderte Josepha und schenkte der Frau ihr freundliches Lächeln.

Nachdem ihnen der Weg erklärt worden war, klopfte Oliver zwei Minuten später an die Tür von Zimmer dreihundertelf.

„Ja bitte?", hörten sie eine leise, heisere Stimme.

Oliver öffnete die Tür und trat ein. Margarete wirkte noch etwas blass, saß aber bereits aufrecht in ihrem Bett. Neben ihr saß der junge picklige Polizist David Broman auf dem Besucherstuhl und hielt ihre Hand. Oliver konnte einen großen Verband um seine Bauchregion zwischen den losen Enden seines Krankenhausnachthemdes herauslugen sehen, er sah jedoch um Welten besser aus als bei seinem letzten Besuch.

„Stören wir?", fragte Oliver mit Blick auf den jungen Polizisten.

„Nein, bitte kommen Sie doch rein", antwortete die junge Frau und winkte sie näher.

Viel Neues war in den letzten zwei Wochen noch nicht ans Licht gekommen. Stephan Paulitsch weigerte sich beharrlich mit ihnen oder seinem Anwalt zu sprechen. Seit seiner Verhaftung hatte er noch kein Wort von sich gegeben und so starrte er lediglich feindselig in die Gesichter derjenigen, die es wagten ihm Fragen zu stellen. Was man jedoch wusste war, dass er die Frauen tatsächlich gefesselt und geknebelt in seinem Auto transportiert hatte. Sie hatten den Jeep auf einem Waldweg nahe des Geländes gefunden, auf dem der Zugriff erfolgt war und er hatte sich als wahre Fundgrube an DNA- und anderen Spuren herausgestellt. Anscheinend war er mit seinem Geländewagen jeweils so weit wie möglich an die Tatorte herangefahren und hatte seine Opfer das letzte

Stück getragen. Es gab jedoch vor allem eine offene Frage, die Oliver noch geklärt haben wollte, weswegen er mit Josepha am heutigen Tag den Ausflug ins Krankenhaus unternommen hatte.

„Margarete, du weißt, warum ich hier bin?"

Sie nickte und ihre Augen füllten sich mit Tränen, was den jungen Polizisten an ihrer Seite dazu veranlasste, ihre Hand noch stärker zu drücken.

„Ich muss wissen, woher dich der Mann kannte", sprach Oliver den Grund seines Besuchs dennoch aus. „Woher wusste er deinen Namen und deine Adresse?".

„Es ist so albern", sagte sie und dicke Tränen rollten ihr über die Wange. „Ich bin mir nicht sicher, aber ich glaube das erste Mal habe ich ihn auf einer Einführungsveranstaltung der Universität getroffen. Dort gehen fast alle Studenten hin, die ihr erstes Semester hier in Klagenfurt beginnen. Eigentlich ist es eine gute Gelegenheit, seine Studienkommilitonen kennenzulernen. Alle haben Namensschilder getragen. Hören Sie, ich bin wirklich nicht sicher, aber ich glaube, dort habe ich ihn das erste Mal gesehen."

„Lass doch das Siezen und erzähl weiter", ermunterte Oliver sie freundlich.

„Nun ja, auf der Veranstaltung haben sie dann von einer Studienfachübergreifenden Facebookgruppe für Erstsemestrige erzählt. Dort hatte ich mich angemeldet. Ich glaube, daher kannte er meine Adresse."

Oliver nickte. Genau das gleiche hatte ihnen auch Veronika berichtet. Sie hatte bereits nach drei Tagen das Krankenhaus verlassen können und ihnen geholfen, das Vorgehen des Täters besser zu verstehen. Die Beschreibungen der beiden Frauen deckten sich.

„Ich lernte einige Personen in dieser Gruppe kennen und wir schrieben uns, wann wir welche Veranstaltungen belegt hatten, damit wir uns an vorher vereinbarten Orten treffen

konnten, um nicht alleine im riesigen Hörsaal sitzen zu müssen. Ich hatte mich mit ihm verabredet, damit wir…"
An dieser Stelle brach sie ab und weitere dicke Tränen kullerten über ihre Wangen.

„Hat er dich mit vorgehaltener Waffe gezwungen in sein Auto zu steigen?", fragte Oliver leise.

Sie nickte. „Er hat mich an Armen und Beinen gefesselt und ich lag ewig lange im Auto. Ich hatte so Hunger und Durst. Irgendwann gab er mir dann doch etwas zu essen."

„Und darin war das Gift", sagte Oliver. „Danke, Margarete, du hast uns sehr geholfen. Na gut, dann wollen wir euch auch gar nicht weiter stören."

„Entschuldigen Sie bitte, aber sind Sie nicht die Frau, die die Reportage über die Ergreifung des Täters noch am selben Morgen nach der Aufklärung des Falls gesendet hat?", fragte David Broman und sah Josepha an.

„Oh ja, die bin ich", nickte sie.

„Meinen Glückwunsch, ich habe gehört, einige Ihre Kollegen hassen Sie jetzt, weil sie als einzige vorab informiert waren." Er grinste.

„Für eine saftige Gehaltserhöhung habe ich diesen Umstand gerne in Kauf genommen", erwiderte Josepha freundlich lächelnd. „Gute Besserung euch beiden."

Sie traten aus dem Zimmer und schlossen die Tür hinter sich.

„Einige deiner Kollegen hassen dich jetzt?", fragte Oliver verblüfft.

„Nicht alle. Aber es hat nicht nur Vorteile, als Reporterin mit einem Polizisten zusammen zu sein. Du dagegen kannst doch mehr als zufrieden mit mir sein."

Oliver lachte.

„Da hast du natürlich vollkommen recht." Er griff nach ihrer Hand und gemeinsam gingen sie Richtung Ausgang.

Danksagungen

Mein ganz besonderer Dank geht an all jene Personen, die sich Zeit genommen haben, um aus meinem ersten Manuskript durch wertvolle Kommentare und Anregungen dieses Buch zu vollenden. Liebe Anja Eifert, liebe Marie und Elisabeth Holzer, lieber Bastian Blöhmer und Jakob Metz, für eure Geduld und Genauigkeit habt ihr alle einen Orden verdient (wenn nicht zwei)!

Dass ich während teils tagelangem Schreiben auch noch ans Essen und Schlafen gedacht habe, ist Karina Zach zu verdanken. Deine Unterstützung ist einfach unersetzbar!

Ein weiterer Dank gilt zudem Stefan Zach, der als Vermittler zu dem großartigen Graphiker Thomas Grassler fungiert hat. Vielen Dank euch für die graphische Gestaltung des Covers.

Zuletzt möchte ich mich ganz herzlich bei allen Leserinnen und Lesern bedanken, die das Buch bis zu diesen letzten Buchstaben gelesen haben. Sollten Sie Anregungen, Kritik oder Fragen haben, so scheuen Sie sich bitte nicht, Kontakt zu mir Aufzunehmen:

juliusfreisinger@gmx.at

In diesem Sinne wünsche ich alles Gute!
Auf Wiedersehen!

Ihr Julius Freisinger
Klagenfurt im Juni 2017